DWAS?

A Oes Heddwas?

Myfanwy Alexander

Argraffiad cyntaf: 2015
ⓗ testun: Myfanwy Alexander 2015

Cedwir pob hawl.
Ni chaniateir atgynhyrchu unrhyw ran o'r cyhoeddiad hwn,
na'i gadw mewn cyfundrefn adferadwy, na'i drosglwyddo
mewn unrhyw ddull na thrwy unrhyw gyfrwng, electronig, electrostatig,
tâp magnetig, mecanyddol, ffotogopïo, recordio, nac fel arall,
heb ganiatâd ymlaen llaw gan y cyhoeddwyr, Gwasg Carreg Gwalch,
12 Iard yr Orsaf, Llanrwst, Dyffryn Conwy, Cymru LL26 0EH.

Rhif Llyfr Safonol Rhyngwladol:
978-1-84527-553-2

Cyhoeddwyd gyda chymorth Cyngor Llyfrau Cymru

Cynllun y clawr: Sion Ilar
Llun yr awdur drwy garedigrwydd Richard Stanton

Cyhoeddwyd gan Wasg Carreg Gwalch,
12 Iard yr Orsaf, Llanrwst, Dyffryn Conwy, Cymru LL26 0EH.
Ffôn: 01492 642031
Ffacs: 01492 642502
e-bost: llyfrau@carreg-gwalch.com
lle ar y we: www.carreg-gwalch.com

Argraffwyd a chyhoeddwyd yng Nghymru

I'r merched gorau yn y byd mawr crwn,
sef Myfanwy, Eleanor, Amelia,
Lucia, Henrietta a Gwenllian.
Hefyd er cof am fy nhad annwyl, J. Mervyn Jones.

Hoffwn ddiolch i bob un o'm ffrindiau sydd wedi helpu
yn ystod y broses greadigol, yn enwedig Ann Lowther
am ei chyfraniad hael a hanfodol.

Pennod 1

Dydd Sul, 2 Awst, 2015

Roedd y syniad yn un da heb os nac oni bai: symud allan o'i fyngalo clyd er mwyn ei rentu i Steddfotwyr am yr wythnos. Roedd llawer iawn o bobl yr ardal wedi gwneud yr un peth, a heddiw, dylai Daf Dafis fod yn ymlacio yng Ngwlad Groeg yn lle dadbacio'i rasel a'i daclau yn stafell molchi Neuadd, cartref ei frawd yng ngyfraith. Roedd Dr Mansel a'i wraig yn torheulo ar Ynys Ithica, meddyliodd yn eiddigeddus, ar ôl llogi eu cartref i academwyr o Brifysgol Abertawe a hedfan i'r haul efo'r elw. Pan glywodd Falmai, gwraig Daf, am hynny roedd yn flin gacwn.

'Rhag eu cywilydd nhw, yn rhentu gan bobl ddi-Gymraeg. Yn gwario pres y cyhoedd fel ffyliaid,' poerodd, yn siarad â'i gŵr fel petai'n egluro rhywbeth i un o blant llai disglair blwyddyn tri. Ochneidiodd Daf. Am ryw reswm, roedd Fal wedi penderfynu ei bod yn casáu gwraig Dr Mansel, a phan fentrodd Daf fwmial y buasai o, hefyd, yn lecio dianc i ynys bellennig dros gyfnod yr Ŵyl, cafodd wyneb tin iâr yn ymateb i ddechrau, cyn i Falmai ddod i dderbyn nad oedd yn syniad rhy ddrwg wedi'r cyfan. Bu'r broses o sicrhau'r tenantiaid Eisteddfodol gorau ar gyfer eu cartref yn destun ffraeo rhwng y ddau am fisoedd. Roedd eu byngalo ar dir Neuadd, y fferm fawr lle magwyd Falmai a'i brawd John, yn berffaith yn ôl Falmai – dim ond pedair milltir o'r maes a llai na milltir o Lanfair Caereinion, tref oedd yn cynnig yr holl gyfleusterau fyddai'n hanfodol i eisteddfotwyr. Roedd yno garej, Londis, twll yn y wal ac, yn well na dim, tair tafarn a bar gwin. Bu'r penwythnos hwnnw rhwng cofrestru'r tŷ a derbyn yr ymholiad cyntaf yn hunllefus, cofiodd Daf. Mynnai Falmai jecio'r peiriant ateb am negeseuon bob hanner awr, a phan nad oedd neb yn cysylltu, arno fo roedd y bai. Doedd o ddim wedi rhoi digon o fanylion, neu wedi gofyn am ormod o rent, neu wedi anghofio pwysleisio pa mor gyfleus oedd y tŷ.

'Mae pawb yn hoffi cael immersion i gynhesu'r dŵr pan maen nhw ar eu gwyliau, Dafydd. Pam na wnest ti sôn am yr immersion?'

Brathodd Daf ei dafod. Gallasai fod wedi sôn am yr arogl. Pan roddodd John – a gafodd y fferm i gyd yn ogystal â chelc go helaeth gan ei dad ar ymddeoliad yr hen ŵr – gornel o'r buarth iddyn nhw i godi byngalo arno, sicrhaodd fod y plot yn ddigon pell o'r ffermdy i fod yn breifat. Yn anffodus, doedd o ddim cweit yn ddigon pell oddi wrth domen dail Neuadd i fod yn bersawrus.

Roedd Daf yn ddigon cyfarwydd bellach â'r pwysau oedd ar ysgwyddai Falmai: roedd hi'n ddirprwy brifathrawes yn yr ysgol gynradd leol lle roedd tri aelod o'i staff i ffwrdd o'r gwaith oherwydd 'straen', ond ar ôl penwythnos o'i thafod miniog, ystyriodd Daf tybed a oedd modd iddo yntau gael cyfnod i ffwrdd o'u priodas am yr un rheswm. Roedd o wedi cael llond bol ar ei chwyno di-baid am bethau nad oedd ganddo'r mymryn lleia o ddiddordeb ynddyn nhw, pethau fel cynlluniau ôl-arolwg neu asesu ar y cyd. Roedd rheol yn y tŷ nad oedd gyrfa Daf yn ddigon gweddus i'w thrafod ar yr aelwyd oherwydd y plant, felly anaml iawn y gallai Daf roi ei big i mewn. Ond roedd hynny'n ei siwtio i'r dim: roedd ei waith fel Arolygydd yn Heddlu Dyfed Powys yn heriol, yn drychinebus weithiau, a doedd ganddo ddim awydd na bwriad o ddod â'i waith adref efo fo. Felly, y drefn oedd i Daf wrando'n dawel ar gwynion Falmai am y cam a gafodd ei pharti cerdd dant yn y Steddfod Gylch, am ddiffyg cefnogaeth y rhieni, am y ffaith fod rhywun wedi dwyn y triongl cyn cyngerdd ymddeol Mrs Evans, Hafodwen, a fu'n hyfforddi'r dawnswyr gwerin ers y naw degau. Ond weithiau, pan oedd y pistyll geiriau yn tywallt drosto, byddai Daf yn meddwl am y problemau roedd o'n eu hwynebu o ddydd i ddydd – problemau fel cnocio drws i ddweud wrth rieni fod eu merch bymtheg oed wedi marw ar ôl cymryd legal high, neu geisio perswadio dyn

8

ifanc efo cyllell i beidio torri corn gwddw ei wraig anffyddlon. Ond doedd hynny'n ddim i'w gymharu â thrafferthion Falmai, oedd yn ystyried bod ei swydd o yn amharchus, a'i fod yn delio efo pobl amharchus, pobl nad oedden nhw'n cyfrif. Allai Falmai ddim deall penderfyniad Daf i ddewis gyrfa yn yr heddlu. Efo'i radd yn y Gymraeg a'r Saesneg, gallai fod wedi mynd i ddysgu mewn ysgol uwchradd ac anelu at fod yn brifathro, yn lle treulio'i ddyddiau yng nghwmni tlodion, pechaduriaid a phobl efo salwch meddwl. Ond ymfalchïai Daf yn y ffaith iddo, bob hyn a hyn, gael cyfle i greu ychydig o gyfiawnder ymysg y llanast. Roedd hynny'n cyfri llawer mwy iddo fo nag unrhyw erthygl o ganmoliaeth yn y papur bro.

Fu Falmai ddim yn hir yn denu tenantiaid gweddus ar gyfer yr wythnos fawr – cwmni teledu annibynnol a oedd yn hapus i dalu'r rhent uchel – felly treuliodd Daf a Falmai sawl noson anarferol o blesurus yn pori'r we yn chwilio am westy neu villa. Gwlad Groeg oedd y dewis mwyaf diplomyddol. Yn ôl Falmai roedd de Sbaen yn rhy gomon, gogledd Sbaen yn rhy Gatholig ac ar ôl busnes Madeleine McCann, ni fentrodd Daf gynnig Portiwgal. Ar ôl dros ugain mlynedd o briodas, gwyddai nad oedd pwynt egluro bod eu plant nhw gymaint yn hŷn na'r ferch fach aeth ar goll, ac mai'r plant fyddai allan yn yfed, mwy na thebyg, tra bydden nhw'n cysgu'n sownd yn y villa. Yr Eidal fu hoff gyrchfan gwyliau teulu Neuadd erioed, ond doedd Daf ddim yn fodlon cerdded, unwaith eto, yn ôl traed John, ei blydi frawd yng nghyfraith.

Roedden nhw bron â thalu'r blaendal ar villa gyda phwll preifat er mwyn sicrhau disgownt Early Bird pan dderbyniodd Carys, ei ferch ddeunaw oed, alwad ffôn gan aelod o'r Pwyllgor Gwaith. Roedd Elin Cain Parri, Morwyn y Fro, wedi torri'i choes mewn damwain sgïo. Yn ôl yr arbenigwr yn Ysbyty Gobowen doedd dim gobaith caneri y byddai wedi gwella'n ddigon da ar gyfer y seremonïau ym mis Awst. O ganlyniad, roedd cyfle i Carys gamu i'r adwy. Cytunodd hithau heb feddwl ddwywaith.

'Be am ein gwyliau ni?' cwynodd Rhodri, ei brawd.

'Rhaid meddwl am bopeth gydag agwedd bositif,' atebodd ei fam yn sydyn, i gau unrhyw ddadl. 'Mi fydd cyfle i ti gymryd rhan yng Nghôr y Plant wedi'r cwbwl, felly.'

'Well gen i beidio,' atebodd Rhodri o dan ei wynt. 'Côr y Plant ydi'r peth mwya lame yn y byd.'

'Dyna hen ddigon, Rhodri Dafis. Mae'n fraint i Carys gael ei dewis.'

'Ond chafodd hi ddim! Dim ond reserve morwyn ydi hi.'

'Mae Rhods yn rhy hen i Gôr y Plant beth bynnag,' eglurodd Carys.

'Mae gen i dipyn o ddylanwad – fydden nhw ddim yn gwrthod fy mab i,' atebodd Falmai fel paun.

'Dim diolch yn fawr, Mam. Fysa pawb yn chwerthin ar fy mhen i. A beth bynnag, lle fasen ni'n aros? Mae fa'ma'n llawn.'

'Dwi'n siŵr y bydd croeso i ni ar draws y buarth yn Neuadd, fel arfer.'

Cochodd Daf wrth feddwl am ei ferch yn cael ei disgrifio fel 'morwyn'. Ers dros flwyddyn bu Carys, oedd newydd orffen ei harholiadau Lefel A, yn canlyn Matt Blainey, bachgen tipyn hŷn na hi. Doedd Daf ddim yn ddyn afresymol – sylweddolai fod merch ifanc naturiol hardd fel Carys yn siŵr o ddenu sylw bechgyn. Er nad oedd ganddo lawer o reswm i gasáu Blainey, allai Daf yn ei fyw ddod i arfer â'r syniad o'r ddau efo'i gilydd. Drwy ddefnyddio ei sgiliau rhesymu proffesiynol, creodd Daf sawl esgus i gasáu Matt, gan gynnwys y ffaith ei fod o'n tynnu sylw Carys oddi wrth ei gwaith ysgol a'i chanu, ond yn y bôn, gwyddai Daf y byddai'n teimlo 'run fath waeth pwy oedd cariad Carys. Ei fabi o oedd hi, ac roedd hi'n rhy ifanc i fod yn caru. Fel cymylau, nofiai delweddau anaddas drwy ben Daf: Carys yng nghefn car Matt, Carys ar ei chefn yn y grug uwchben Llyn Hir, Carys yn ymateb fel dynes i fwythau'r bastard Blainey. Unwaith, a dim ond unwaith, rhannodd ei bryderon gyda Falmai. Ei hateb hi oedd atgoffa Daf o'r cyfnod pan oedden nhw'n canlyn; y nosweithiau hwyr a'r dyddiau melys yn nhwyni twyod Aberdyfi. Ni welai Falmai fod un gwahaniaeth hollbwysig, sef y ffaith mai eu plentyn nhw oedd Carys, felly fel bron pob sgwrs arall, trodd yn ffrae. Y bore ar ôl hynny, pan oedd Falmai yn saff yn ei dosbarth a'i brawd yn derbyn teyrnged briodol ym marchnad y Smithfield fel un o ffermwyr mwyaf sir Drefaldwyn, cododd Daf y pwnc gyda Gaenor, ei chwaer yng nghyfraith a gwraig John.

'Y gwir yw, Gae, dwi ddim isie i Carys i fod yn gaeth fel fi. Mi wnes i setlo'n rhy gynnar o lawer. Yn aml iawn, dwi'n teimlo yn union fel llwynog mewn trap.'

'Paid â malu cachu, Dafydd,' oedd ateb Gaenor. 'Mae gen ti blant lyfli, gyrfa sy'n dy siwtio di i'r dim a digon o lyfrau i dy gadw di, hyd yn oed, yn hapus.'

'Digon teg, ond dwi wedi cael hen ddigon o fyw yn y blydi buarth.'

'S'myda, 'ta.'

'Ti'n gwybod na faswn i ddim yn medru fforddio prynu cwt ieir. A chyn i ti gychwyn i lawr y lôn honno, dwi ddim yn fodlon bethyg ceiniog yn fwy gan John. Mae ganddo fo forgais ar f'enaid i'n barod.'

Chwarddodd Gaenor fel merch yn ei harddegau. 'O Daf, paid â meddwl ddwywaith am John. 'Dan ni wedi dod o hyd i ddull perffaith o ad-dalu'r hen grëyr glas yn barod, yn tydan.'

Wrth feddwl am John yn sefyll a'i goesau yn y nant, roedd yn rhaid i Daf hefyd chwerthin. Lapiodd y dŵfe yn dynnach drostyn nhw.

'O Gae,' sibrydodd yn dyner yn ei chlust.

'Paid bod yn sofft, Daf. Hwyl ydi hyn, a dim byd mwy.'

Rŵan, a'r Eisteddfod wedi cyrraedd ac yntau wedi gorffen dadbacio, edrychodd Daf o gwmpas y stafell wely. Er ei fod yn anfodlon derbyn gwahoddiad John i aros yn Neuadd dros y Steddfod, doedd ganddo ddim dewis gan ei fod o wedi'i gadael hi'n rhy hwyr i chwilio am unrhyw le arall. Trodd Carys yr holl beth yn jôc.

'Den ni fel Mair a Joseff yn chwilio am lety,' datganodd. Allai

Daf ddim dadlau – er na wyddai am 'run bennod yn y Beibl oedd yn crybwyll perthynas rhwng Joseff a gwraig y lletty – ond roedd rhaid iddo fo, hyd yn oed, gyfaddef fod stafell sbâr Neuadd yn llawer mwy cyfforddus na stabl. Agorodd y drws a daeth Gaenor drwyddo.

'Croeso i Westy Neuadd,' llafarganodd gyda gwên. 'Brecwast rhwng saith ac wyth ... a ti'n gwybod yn iawn pa fath o Room Service sy ar gael.'

'Rhaid i ni fod yn gall yr wythnos yma, Gae.'

'Call? Dwi'n bwriadu bod yn fwy na chall. Fi fydd y wraig berffaith! Dwi newydd lenwi saith Thermos i John ar gyfer holl stiwardiaid y maes parcio.'

'Wyt ti'n mynd i'r Gymanfa?'

'Well gen i grafu fy llygaid allan efo siswrn poeth.'

'Ond mae Siôn yn chwarae i Carys, yn tydi o?'

Roedd Siôn, mab Gaenor a John, yn dipyn o delynor, a Carys wedi dilyn traddodiad hir a pharchus teulu Neuadd gan ennill yr Unawd dan 21 yn Eisteddfod yr Urdd y llynedd. Dywedodd Gaenor unwaith, ar ôl potel gyfan o Chablis, fod merched Neuadd yn gorfod gwthio dair gwaith yn ystod genedigaeth eu babanod – unwaith ar gyfer y babi, unwaith ar gyfer y placenta a thrydydd tro ar gyfer y delyn sy'n ei ddilyn.

'O, Daf Dafis, faint o weithiau ti'n meddwl dwi 'di clywed eu darnau nhw? Erbyn hyn dwi ddim yn rhoi flying fuck am be ddigwyddodd rhwng y myrtwydd! Dwi 'di prynu potel o Burgundy gwyn a dwi'n bwriadu ei gwagio hi. Ti'n ffansïo fy helpu i?'

'Rhaid i mi aros i sortio tenantiad y byngalo. Ar ôl hynny, felly.'

'O ie, pobl fawr y cyfryngau! Dy fyngalo di fydd canolbwynt partis y Brifwyl, gei di weld.'

'Lle tawel ar gyfer aelod o'r staff a'i deulu, dyna be oedden nhw isie. Hen gwpwl yn eu saith degau, eu mab a'i bartner o.'

'Ti wedi fy siomi i rŵan. Ro'n i'n edrych ymlaen i weld chydig bach o glamour ar y buarth 'ma, am unwaith.'

'Dwi ddim yn ddigon glam i ti erbyn hyn, Gaenor? Bymtheg mis yn ôl, roeddet ti wrth dy fodd efo fi.'

'Ond ditectif enwog llofruddiaeth Plas Mawr oeddet ti yr amser hynny, cofia. Ar y newyddion bob nos ...'

Flwyddyn ynghynt, jyst cyn Eisteddfod yn Urdd, darganfuwyd corff dynes ifanc yng ngardd plasty lleol. Roedd hi'n noethlymun, roedd ei phen wedi ei saethu i ffwrdd a'i gwaed yn llawn cyffuriau. Roedd hi newydd ddyweddïo â bonheddwr cyfoethog ond roedd ganddi gariad arall hefyd, sef ffermwr lleol. Rhoddodd y wasg leol a chenedlaethol eu holl sylw i'r achos, a bu'n rhaid i Daf weithio'n galed iawn i sicrhau bod y troseddwr go iawn yn cael ei ddal, yn hytrach na'r dyn roedd y cyhoedd a'r cyfryngau yn ei amau. Wrth gwrs, blaenoriaeth Daf ar y pryd oedd canolbwyntio ar yr achos, y busnes bach hwnnw o ddal rhywun oedd yn mynd o gwmpas yn saethu pobl gyda twelf bôr, yn hytrach na throi ei feddwl at Steddfod yr Urdd. Wnaeth Falmai ddim maddau hynny iddo, a doedd dim arwydd y gwnâi hi chwaith, byth bythoedd!

Teimlodd Daf ryw fymryn o euogrwydd fel ias fach ar ei groen, cyn cofio am oerni a surni Falmai. Ystyriai Daf ei hun yn ddyn digon hawdd ei blesio, ac roedd ganddo ddigon o hunanymwybyddiaeth i ddeall yn union sut y gallai dynes arall dynnu ei sylw. Dipyn o hwyl, siarad lol, cwpwl o eiriau o weniaith, ychydig o bryfocio ac, yn bennaf, rhoi'r argraff ei bod hi'n cael pleser o'i gwmni. Dyna yn union sut roedd Falmai ers talwm. Daeth geiriau cân Kate Bush i'w gof '... Just like his wife before she freezed on him ...' Am gliché o ddyn canol oed.

'Mam! Dwi'n mynd â'r Outlander, ocê?'

Fel sawl tŷ o'i gyfnod, adeiladwyd Neuadd o gwmpas grisiau mawr. Roedd unrhyw un oedd yn gweiddi i fyny'r grisiau yn gallu clywed ei lais yn atseinio drwy'r tŷ cyfan. Penderfynodd Gaenor roi cusan i Daf cyn ateb ei mab.

'Mae Siôn wedi dechrau tynnu ar ôl ei dad,' sibrydodd. 'Yn gweiddi arna i fel taswn i'n ast ddefaid. Tyrd ata i am y Burgundy 'na, plis Daf.'

'Mi dria i 'ngorau glas.'

Cododd Gaenor ei llais i ateb Siôn. 'Be sy'n bod efo'r Suzuki?'

'Alla i ddim rhoi'r Salvi yng nghefn y Suzuki!' Hyd yn oed o bell roedd nodyn diamynedd yn llais y llanc.

'Ie, iawn. Mae goriad yr Outlander ar y dresel. Ti isie help?'

'Dwi'n iawn, diolch.'

Trodd Gaenor at y ffenest. Gwelodd Siôn yn symud yr Outlander, wedyn daeth Matt allan efo'r stôl. Roedd y dau ddyn ifanc yn llwytho'r delyn, y stôl, y stand a'r gerddoriaeth fel petaen nhw'n gallu gwneud hynny yn eu cwsg.

'Wrth gwrs, 'sgen i ddim problem rhoi benthyg fy nghar iddo fo,' eglurodd yn dawel, 'ond weithiau, dwi'n cael y teimlad nad oes gen i ddim byd sy wir yn perthyn i fi. Un o geir Neuadd ydi 'nghar i, a finne'n union fel un o'r stoc.'

'Paid cymryd sylw. Nid nhw piau ni.' Dangosodd Daf ei gefnogaeth i'w chwaer yng nghyfraith â chusan hir, a meddyliodd am addewid y botel Burgundy.

'Weithiau,' sibrydodd Gaenor, 'mi fydda i'n ysu am gael dweud wrtho amdanon ni. Dydi John Neaudd ddim yn ddyn go iawn fel ti. Tasai o'n cerdded i mewn a 'ngweld i wrthi'n rhoi blow job i ti, yr unig beth fydde fo'n ddweud fydde "Wyt ti wedi gweld fy high vis jacket i?" neu rywbeth.'

Ar y gair, taranodd llais John i fyny'r grisiau derw yr oedd Cadw wedi dynodi Gradd II iddyn nhw.

'Gaenor, wyt ti wedi digwydd gweld fy siaced high vis i? Roedd hi ar y bachyn neithiwr.'

Roedd yn rhaid i Daf gnoi cefn ei law i gadw'i chwerthiniad dan reolaeth. Crynai Gaenor drwyddi.

'Mi wna i jecio rŵan, John. Wyt ti wedi'i rhoi hi yn y Defender yn barod?'

'Digon posib. Paid â brysio – gwna'n siŵr fod Daf wedi cael popeth mae o'i angen.'

Ceisiodd Daf osgoi llygaid Gaenor, ond roedd yn amhosib. Roedden nhw fel plant ysgol yn camfihafio. Gydag ymdrech sylweddol, llwyddodd Gaenor i roi dipyn o drefn ar ei llais.

'Mi a' i i nôl sebon i ti rŵan,' meddai, fel linell o ffars. Neidodd Daf yn ôl ar y gwely a rhododd glustog dros ei ben i dawelu'i chwethin hurt. Clywodd, o bell, sŵn drws yn cau. Yn dal i grynu, aeth drwodd i'r en-suite i olchi ei wyneb. Edrychodd ar ei adlewyrchiad yn y drych: yn edrych yn ôl arno roedd dyn efo llawer iawn i'w golli, ond a oedd yn hoff iawn o chwarae â thân.

Aeth Daf yn ôl at y ffenest i'w hagor gan fod gwres tesog mis Awst wedi treiddio trwy gerrig cadarn waliau Neuadd. Roedd yr olygfa o'i flaen bron yn berffaith. O'r safle hwn uwchben Llanfair safai rhes ar ôl rhes o fryniau siapus, fel corff dynes yn harddwch mwynder Maldwyn. Yn nes at y tŷ roedd caeau braf, pob un yn garped gwyrdd moethus, a'r dolydd wrth yr afon oedd yn barod am yr ail, neu efallai'r trydydd toriad o silwair. Yr unig beth yn yr holl dirlun nad oedd yn gweddu i'r perffeithrwydd oedd y byngalo. Tŷ bach cyffredin, tŷ addas i Defi Siop, yr heddwas o gefndir tlawd a fentrodd godi ei olygon mor uchel â Falmai Neuadd.

Roedd car yn dringo'r wtra, heibio'r syrjeri, i fyny'r boncyn. Syllodd Daf ar y cloc ar y wal a sylwi ei bod bron yn bump. Y tenantiad, felly. Byddai'n well iddo fynd i'w croesawu, mae'n debyg, gan mai o'u herwydd nhw roedd o'n gorfod treulio wythnos gyfan o dan do ei frawd yng nghyfraith. O dan do John, nid o dan dŵfe John, addawodd Daf iddo'i hun, heb feddwl am funud y byddai'n cadw at ei adduned.

O leia roedd ganddyn nhw gar neis, meddyliodd Daf, yn falch iawn am ryw reswm nad oedd y bobl oedd yn symud i fewn i'w gartref, hyd yn oed am wythnos, yn edrych yn rhy siabi. Ond pwy oedd o'n ceisio'i dwyllo? Roedd o angen iddyn nhw fod yn neis. Y peth olaf roedd Daf isie dros y Steddfod oedd llif o gŵynion yn dod dros y buarth i glustiau Falmai. Tasen nhw'n bobl od, bai Daf fyddai hynny, wrth gwrs, gan ei fod yn arfer cymysgu gyda phob math o bobl. Wedyn, yn sydyn, meddyliodd am y broblem arall. Petai'r tenantiaid yn rhy neis, byddai gwahoddiad i Neuadd yn siŵr bownd o ddilyn. I un o'r barbeciws efallai. Mae creu awyrgylch ffurfiol mewn barbeciw yn beth anodd iawn, ond llwyddai John bob tro. Beth bynnag, yn ystod wythnos mor brysur â'r Steddfod, byddai digon o esgusodion credadwy i Daf gadw draw. Yn syth ar ôl i newyddion Carys orfodi'r teulu i newid eu cynlluniau, cyhoeddodd y Prif Gwnstabl nad oedd neb o'r ffôrs leol i gymryd gwyliau yn ystod y Brifwyl, yn enwedig y siaradwyr Cymraeg.

Agorodd Daf y giât i'r ymwelwyr. Dyn yr un oed â Daf oedd yn gyrru, efo'i ferch wrth ei ochr. Yn y sedd gefn, roedd Taid a Nain. A fo, y taid, oedd yr wyneb a adnabyddodd Daf gyntaf – wyneb cyfarwydd iawn mewn sawl cyd-destun. Yr Athro Talwyn Teifi; hanesydd, bardd, aelod o bob pwyllgor a mudiad pwysig yng Nghymru ers degawdau. Felly, mae'n rhaid mai gyrrwr y car oedd ...

'Geth?' galwodd Daf, gan ystyried, eiliad yn rhy hwyr, nad oedd gweiddi enw ei denant ar draws y buarth yn beth bonheddig iawn i'w wneud. Neidiodd Gethin Teifi o'r Mercedes M-Class i ysgwyd ei law.

'Daf! Be wyt ti'n wneud fan hyn? Oes 'na lofruddiaeth gynhyrfus arall i ti ymchwilio iddi?'

'Fan hyn dwi'n byw, Geth. Fi yw dy landlord di dros y Steddfod.' Erbyn hyn, roedd y teulu cyfan wedi dod allan o'r car ac wrthi'n ymestyn eu coesau ar ôl eu siwrne hir.

'Dafydd Dafis,' cofiodd yr Athro Talwyn Teifi. 'Sut hwyl ers tro byd? Rydan ni'n gweld eich enw chi yn y papurau yn ddigon aml. Pwy allai ddychmygu fod cymaint o droseddau a pheryglon yn berwi o dan wyrddni Maldwyn fwyn?'

'Fe ddwedais wrth yr Athro, petai Ann Griffiths yn gwybod ei hanner hi, fe fyddai hi'n troi yn ei bedd,' cyfrannodd mam Gethin, dynes fach frown, fel dryw, i'r sgwrs. Cofiai Daf dreulio sawl penwythnos braf yn ei thŷ Sioraidd yng nghanol Llandeilo – oedd yn gyfle gwych i fyfyrwyr ddianc am sbel, i fwynhau gwelyau cyfforddus a bwyd iachus. Arhosai Mrs yr Athro, fel roedd y myfyrwyr yn ei galw hi bryd hynny, yn yn y cysgodion, yn picio i mewn bob hyn a hyn efo potel arall o win neu chydig o gaws. Cyn cwrdd â theulu Geth, doedd Daf ddim wedi cael bwyd ecsotig a'u dadleuon haniaethiol oedd yn gallu para tan doriad gwawr. Ers hynny, er gwaethaf rhinweddau ei fywyd ei hun, hiraethai Daf am y ffordd honno o fyw. Felly, iddo fo, roedd llwyaid go dda o eironi yn y ffaith fod y teulu Teifi wedi dod i Neuadd, i dreulio wythnos ychydig yn rhy agos i domen dail John. Roedd cyfnod Daf yn Aberystwyth yn addysg ym mhob ystyr y gair – fel unig blentyn i rieni hŷn, ac fel aelod o deulu oedd yn rhy barchus i gymysgu efo tlodion y dre ond yn rhy dlawd i gymdeithasu â'r bobl fawr, roedd Daf wastad yn ansicr nes iddo gyraedd Aber. Yno, ymysg y cwrw a'r farddoniaeth, y wleidyddiaeth a'r gigs, bu iddo ddarganfod ei hun. Cyrhaeddodd Aber fel Defi Siop, llanc ifanc swil, a dychwelodd i sir Drefaldwyn fel dyn.

'Mae pobl yn cael eu lladd ym mhobman,' dywedodd y ferch ifanc. 'All sir Drefaldwyn ddim bod yn eithriad.'

Gwelodd Daf, dyn oedd yn ennill ei fywoliaeth drwy arsylwi ar ymateb pobl, fymryn o fin yn llygaid yr Athro wrth iddo lunio ateb.

'Debyg iawn, Manon annwyl, debyg iawn.' Ond nid oedd yr olwg yn ei lygaid yn llawn cariad, fel y byddai taid caredig yn edrych ar ei wyres. Eiliad yn ddiweddarach sylwodd Daf pam – rhoddodd Gethin ei law ar ben ôl Manon. Ystum ddigon syml ond un oedd yn dweud y cyfan. Nid tad a merch oedden nhw ond cariadon, ac yn amlwg, doedd yr Athro ddim yn fodlon rhoi ei fendith ar berthynas rhwng ei fab a merch oedd prin dros ugain oed. Fel cwmwl o lwch yn chwythu i fyny o gae gwair, daeth geiriau, awgrymiadau, hanner brawddegau, yn ôl i gof Daf. Gethin Teifi wedi gadael ei wraig a'i blentyn a symud i fflat rhyw lodes ym Mhenarth. Dim ond dwywaith neu dair y cwrddodd Daf â gwraig Gethin, actores dal a hardd ond a oedd, rhywsut, yn gythryblus. Byddai'n fwy tebygol o gael ei chastio fel Medea na Desdemona. A phwy oedd y ferch? Cyflwynydd, ymchwilydd, actores? Neb efo swydd go iawn, fel y byddai John yn dweud. Wrth gwrs, roedd Manon yn ddel tu hwnt, ond tybiai Daf y byddai Gethin yn siŵr o ddifaru cyn bo hir. Roedd hi fel petai perchennog Jaguar E-Type wedi penderfynu prynu Suzuki Swift newydd sbon yn ei le. Iau, ie, ond gwell? Tybed!

'Mae'r tŷ yn edrych yn hollol wahanol i'r lluniau,' mentrodd Mrs Teifi yn ei llais bach ansicr. 'Digon anodd i'w gadw'n gynnes.'

'Cynnes? Tydi hi ddim yn ddigon cynnes i ti yn barod, Derwenna?' wfftiodd ei gŵr.

'Tŷ fy mrawd yng nghyfraith yw Neuadd,' esboniodd Daf. 'Draw fan hyn mae'r byngalo.'

Edrychodd Daf ar wyneb Gethin. Roedd o'n hen ffrind iddo, a heb reswm o gwbwl i'w fychanu, ond roedd Daf yn bendant iddo weld cipolwg bach slei rhwng Gethin a Manon. Fel meistres i ddyn llwyddiannus, meddyliodd Daf, efallai ei bod hi wedi arfer â llefydd dipyn mwy moethus na byngalo Neuadd.

Roedd y tirlun o gwmpas y tŷ bach digymeriad heb ei ail, a thu fewn, roedd popeth wedi cael ei sgwrio a'i sgleinio, a'r plug-in air freshener newydd yn gweithio'n dda yn erbyn y domen ddrewllyd. Rhywsut, gwnâi hynny i Daf deimlo'n waeth: iddo fo, y neges a oedd yn cael ei chyfleu oedd; 'dan ni wedi gwneud pob ymdrech ond dan ni'n dal yn byw mewn twlc mochyn'. Ategodd y broses o ddangos popeth, swits yr immersion, y cwpwrdd bach llawn offer glanhau ac ati, at y teimlad hwnnw, ac atgoffwyd Daf o'i ddyddiau yn y siop, pan fyddai ei dad yn moesymgrymu o flaen pob cwsmer i sicrhau elw i'r busnes. Aethai degawdau heibio a dyma fo, unwaith eto: Defi Siop yn trio'i orau i blesio.

'Wn i ddim oes ganddoch chi gynlluniau ar gyfer swper heno,' cynigodd, 'ond mae 'na gyrri yn y freezer. Doedd Falmai ddim yn hapus efo'r syniad o'n gwesteion ni yn bwyta sglodion yn y sgwâr. Allwch chi ei roi o yn y meicrodon a chael pryd ymhen deng munud.'

'Cyrri cig oen? holodd Gethin.

'Syth o'r ffald i'r freezer,' atebodd Daf, ychydig yn euog oherwydd ei fod yn osgoi gwaith y fferm ar egwyddor. Dywedai Falmai weithiau, fel rhyw fath o fantra, 'Ni yw Neuadd a Neuadd ydyn ni' ac yn y cyd-destun hwnnw, roedd Daf yn anffyddiwr.

'Mi gawson ni ginio da ar y ffordd, diolch. Ar ôl y Gymanfa, fallai?'

Doedd penderfyniad yr Athro i fynychu'r Gymanfa ddim yn syrpreis. Ond beth am Gethin, y godinebwr diedifar?

'Dwi 'di trefnu i fynd i weld Meic Stevens heno,' dywedodd Manon. Yn sydyn, roedd awyrgylch anesmwyth rhwng y teulu, a theimlai Daf ei bod yn hen bryd iddo ddiflannu.

'Dwi home alone ar noson gynta'r Steddfod felly – dyna i ti drist,' chwarddodd Gethin. 'Be wyt ti'n wneud nes ymlaen, Daf?'

Fy chwaer yng nghyfraith, gydag unrhyw lwc, oedd yr ateb yr hoffai Daf fod wedi ei roi, ond wrth gwrs, nid dyna ddaeth allan.

'Dwi'm cweit yn siŵr ar hyn o bryd.' Roedd Daf eisiau gwybod mwy am sefyllfa ddomestig ei hen ffrind, ond eto roedd chwant yn cydio ynddo. Penderfynodd gadw ei opsiynau'n agored. 'Mi gnocia i'r drws nes ymlaen os bydd gen i eiliad yn rhydd.'

'Paid â dweud dy fod ti'n disgwyl trafferth ar ôl y Gymanfa.'

'Wn i ddim wir – be os na wnân nhw ganu un o emynau Ann Griffiths? I predict a riot!'

Fel yn yr hen ddyddiau, y sesiynau yn y Cŵps, y nosweithau ar y Pier, roedd Gethin yn barod iawn i werthfawrogi hiwmor Daf. Roedden nhw'n ffrindiau agos ... ffrindiau fethodd rywsut â chadw mewn cysylltiad, ond roedden nhw'n dal yn agos yn y bôn. Byddai digon o gyfleoedd i ddal fyny dros wydryn yn ystod yr Ŵyl. Am y tro cyntaf, dechreuodd Daf edrych ymlaen at yr wythnos oedd o'i flaen.

Cyn hynny, byddai'n cael y pleser o gario ychydig o glecs i Gaenor. Wrth gerdded dros y buarth, o dan wyliadwraeth y cŵn defaid oedd wedi ei gasáu ers ugain mlynedd, ystyriodd Daf y gwahaniaeth mawr rhwng Gaenor a Falmai. Dyletswydd a pharchusrwydd oedd y pethau pwysicaf i Falmai, nid pleser. Wastad ar ddeiet, wastad yn gofyn am gyfraniad at ryw achos da. Roedd ganddi fwy o ddiddordeb ym Merched y Wawr nag yn ei chariad, a chawsai Daf hi'n anodd, erbyn hyn, i gofio'r dyddiau angerddol, y dyddiau hynny pan oedd y ddau yn ysu am ei gilydd. Erbyn hyn, doedd rhyw yn ddim byd ond darn o batrwm bywyd gwraig yn ei phedwar degau: un o'r pethau hynny sy'n cael eu gwneud o ddyletswydd, fel prynu tocyn raffl. Yn waeth na dim, allai Daf ddim cofio'r tro diwetha iddyn nhw rannu jôc, heb sôn am rannu ffrwydradau o lawenydd fel y gwnaeth o a Gaenor yn gynharach. Canodd ei ffôn.

'Sut hwyl, Dafydd?'

Llais Tom Francis, un o ffrindiau John Neuadd. Roedd yn hŷn na Daf, yn hen ffasiwn ac, wrth gwrs, yn meddwl am ddim byd ond ffermio. Daethai Daf i adnabod Tom flwyddyn ynghynt, pan aeth dynes wallgo ar ôl y ffermwr efo twelf-bôr. Yn ystod yr ymchwiliad hwnnw, cwrddodd Tom, hen lanc yn agos at ei hanner cant, â Sarjant Sheila Bowland, un o gydweithwyr Daf. Cyn iddi ddechrau canlyn Tom Francis, doedd gan Falmai fawr o feddwl o Sheila. 'Pa fath o ddynes sy'n gweithio yng nghanol yr holl bethau cas 'na? A does ganddi hi ddim gair o Gymraeg, chwaith,' wfftiodd. Ond, mewn chwinciad, roedd Sarjant Sheila wedi dyweddïo, efo diemwnt ar ei bys yr un maint â mochyn cwta, a'r hen Mrs Francis, mam Tom, wedi prynu clamp o dŷ yn y pentre er mwyn gwneud lle i Sheila yn ffermdy Glantanat – a daeth Falmai o hyd i ffrind gorau newydd sbon. Efo Falmai yr aeth Sheila i Gaer i chwilio am deils Eidalaidd i utility newydd Glantanat, ac efo Falmai y dewisodd hi ei ffrog chwaethus a drud ar gyfer y briodas a drefnwyd ar gyfer mis Tachwedd (nid y tymor mwyaf rhamantus, ond cyfnod tawel ar y fferm). Rhagrith llwyr – roedd Sheila'n haeddu gwell. Ond dros y misoedd diwethaf wnaeth Daf ddim atgoffa'i wraig unwaith am ei disgrifiad cyntaf o Sheila, a datblygodd giang newydd o chwech. Am y tro cyntaf, roedd John yn cynnwys Daf yn ei gynlluniau, nid oherwydd y berthynas deuluol ond oherwydd ei fod o'n fòs i gariad Tom Glantanat. Ac felly y bu hi, a Daf yn 'mwynhau', yn cyd-brynu pethau mewn ocsiynau elusennol, ar yr un bwrdd â nhw ar gyfer pob cinio Sul yn mhob marcî, a hyd yn oed yn treulio diwrnod yn eu cwmni yn Rasus Llwydlo. Byddai'r leidis yn mynd braidd yn sili ar ôl gormod o Pimms a'r dynion yn trafod unrhyw bwnc y gellid ei droi'n ôl at amaeth. Felly, doedd brawddeg nesa Tom yn ddim syndod i Daf:

'Ddwedodd Fal nad wyt ti'n ffansïo'r Gymanfa?'

'Rhy brysur fan hyn, yn setlo'r tenantiaid.

'Wrth gwrs.'

Roedd tenantiad Eisteddfodol y teulu Francis, oedd wedi rhentu eu tŷ yn Llanfair, wedi eu setlo i mewn ers bron i wythnos erbyn hyn. Dyna sut rai oedden nhw, y Francises, pobl drefnus tu hwnt.

'Ond mae'r girls yma'n ysu i fynd allan wedyn. Dydyn nhw ddim isie colli holl fwrlwm yr Ŵyl.' Rhywsut, gallai tôn llais Tom Francis sugno'r egni allan o bopeth, hyd yn oed y gair 'bwrlwm'. Theimlodd Daf ddim mymryn o demtasiwn.

'Sori, Tom, ond dwi wedi gaddo peidio mynd yn bellach nag ochr arall y buarth heno, rhag ofn i rywbeth fynd o'i le yn y byngalo.'

'Digon teg. Mae ganddon ni wythnos gyfan i gael ychydig o sbri.'

Roedd y syniad o sbri efo Tom Glantanat wedi codi gwên fawr ar wyneb Daf. Pan agorodd Gaenor y drws iddo, cododd rhywbeth arall, felly arhosodd y corcyn yn y botel Burgundy am awr arall.

'Ti'n gwybod be sy'n braf?' gofynnodd Daf wrth gau botymau ei grys. 'Mae'r noson i gyd o'n blaenau ni. Mi allwn ni eistedd yn gyfforddus ar y soffa, gwrando ar chydig o fwsig, a sgwrsio am oriau.'

'Hynny ydi, os nad wyt ti am fentro draw i weld dy hen ffrind. Dwi'n ysu i gwrdd â fo.'

'Chei di ddim. Mae Geth yn ddyn golygus.'

'Paid â bod yn genfigennus.'

'Dwi ddim. Ond cofia di, Gae, mi dreuliais dair blynedd yn

chwarae'r ail feiolin iddo fo, a dwi 'di hen roi'r ffidl honno yn y to.'

Roedd Gaenor yn newid y dillad gwely ac aeth Daf draw i'w helpu. Tynnodd gornel y gynfas yn dynn a theimlo'r defnydd braidd yn arw o dan ei fysedd. Cotwm pur o'r Aifft – doedd dim polycotton ar gyfyl Neuadd. Pan gododd ei ben, gwelodd Gaenor yn syllu arno.

'Ti'n gwybod be arall sy'n braf?' dywedodd. 'Y gallwn ni'n dau fod yn ni'n hunain, yn hytrach na rhywbeth sy'n perthyn i Neuadd. Fallai y byddi di'n meddwl 'mod i'n hollol dwp, ond weithiau dwi bron iawn yn gallu teimlo'r tag yn fy nghlust.'

Aeth Daf rownd y gwely i'w chofleidio. 'Does dim byd yn dy glust ond fy nhafod i, lodes.'

'Ti isie clywed stori ddwl?'

'Mae'n dibynnu pa mor ddwl.'

'Ti'n cofio mis Mai llynedd, Daf? Roedd o mor neis ...'

'Dwi'n cofio mis Mai'n iawn. Corff yn dod i'r golwg draw ym Mhlas Mawr, Carys yn ennill ar yr Unawd a tithe'n cerdded o gwmpas bron yn noeth!'

'Dim ond gwisgo siwt nofio i arddio oeddwn i, Daf. Peth ymaferol oedd o.' Yn sydyn, marwodd y jôc yn ei lygaid. 'Ond dwi'n cofio sawl ffrind i Siôn yn galw draw pan fydde hi'n braf ...'

Mentrodd Daf jôc wan i geisio codi ei chalon.

'Paid â dweud bod gen ti stori debyg i'r *Graduate* i'w dweud wrtha i? Na, erbyn meddwl, does neb yn y chweched dosbarth yn ddigon deniadol.'

Ysgydwodd Gaenor ei phen. 'Dim byd secsi, sori. Amser te ryw ddiwrnod, derbyniodd Siôn decst, ac ar ôl hynny roedd o braidd yn od am ei ffôn. Ro'n i'n poeni am ... wel, ti'n clywed pethau am y lluniau mae pobl ifanc yn eu danfon i'w gilydd a ...'

Roedd yn rhaid i Daf gau ei lygaid am eiliad i gael gwared â'r ddelwedd yn ei ben o Matt yn derbyn llun o'r fath o Carys.

'Wel, mi gipiais ei ffôn o, ac mi welais lun ohona i fy hun, yn fy siwt nofio, yn chwynnu.'

'Bechgyn ydyn nhw, paid poeni,' atebodd Daf, yn ddigon hyderus. 'Wastad yn tynnu ar ei gilydd.'

'Doedd dim ots gen i am y llun ei hun, ond roedd pwy bynnag dynnodd o wedi gwneud dipyn o waith Ffotoshop arno fo.'

'Be ti'n feddwl?'

'Mi roddon nhw pitchmark mawr glas ar fy nghlun i: "J" am Jones Neuadd.'

Deallodd Daf yn iawn faint o sarhad oedd hyn yn llygaid Gaenor, felly gafaelodd amdani a'i chusanu'n nwydus.

'Cofia di, Gaenor Morris, bob tro ti'n teimlo fel'na, ein bod ni'n codi dau fys ar bob un wan jac o'r hoelion wyth a'r bobl barchus. Allet ti ddim bod yn fwy o rebel! Gwraig John Neuadd, yn ffwcio yn y gwely priodasol tra mae'r dyn ei hun yn stiwardio yn maes parcio Cymanfa'r Steddfod? Result!'

Unwaith eto roedden nhw'n chwerthin, ac ymhyfrydodd Daf yn y pleser newydd o gerdded lawr y staer derw law yn llaw â Gaenor, a setlo ar y soffa fawr, y rimôt yn ei law fel petai o'n berchen ar y sgrin hanner can moddfedd. Daeth Gaenor ato gyda hambwrdd ac arno 'bopeth angenrheidiol ar gyfer noswaith gysurus'. Llyncodd Daf lond ceg o'r gwin oer a gwenodd yn gableddus. Be ddywedodd Dewi Sant? 'Gwnewch y pethau bychain'?

Fel popeth arall ar y fferm, roedd cloch drws ffrynt Neuadd yn drwm ac yn hen ffasiwn. Hanner canrif yn ôl, canai nain John y gloch i alw'r gwesion yn ôl i'r tŷ am eu cinio. Fel aelod o'r teulu, hyd yn oed os oedd o'n aelod gwrthryfelgar, chafodd Daf erioed reswm i dynnu'r gadwyn felly doedd o ddim wedi arfer â'i sŵn. Neidiodd Gaenor i'w thraed, ei hwyneb yn llawn pryder.

'Braidd yn hwyr i Jehofas,' sylwodd Daf. 'Ond paid poeni, lodes – mae gen i reswm i fod yma.'

Gethin Teifi oedd yno, efo tair potel o win mewn bag Londis.

'Ro'n i ar fin yfed y cwbwl lot ar ben fy hun ond dwi ddim

mor drist â hynny. Be am barti yn lle'r Gymanfa?' Pan aeth Gaenor i'r gegin i nôl corcsgriw a gwydryn arall, plygodd Gethin i lawr i sibrwd yng nghlust Daf. 'Be 'di'r dyfyniad hwnnw gan Laurie Lee? "Quiet incest flourished where the roads were bad"? Cyfleus iawn, Dafydd Dafis, cyfleus iawn.'

'Dan ni ddim yn perthyn. O gwbwl. Mae Gaenor yn wraig i frawd fy ngwraig i, dyna'r cyfan.

'Aha! Dyna ti'n cyffesu!'

Dechreuodd y ddau hen ffrind chwerthin. Roedd Daf yn falch o ymateb lled-eiddigeddus Gethin – wedi'r cwbwl, roedd Gaenor yn ddynes ddeniadol, yn ddynes werth ei bachu. Roedd hi'n siŵr o fod yn symbol o ryw statws i ddyn fel Gethin Teifi, fu wastad yn llwyddiannus efo merched. Myfyriwr ffyddlon oedd Daf yn ystod eu dyddiau coleg, gyda'i gariad cyntaf yn aros amdano yn sir Drefaldwyn; ond weithiau, pan oedden nhw'n cymdeithasu, roedd Daf yn genfigennus o Geth. Rhywsut, daethai merched i'r golwg ble bynnag y dangosai ei wyneb. Sylwodd Daf ar rywbeth arall yn y cyfnod hwnnw hefyd – fel y gallai cŵn arogli ofn, roedd rhai merched yn gallu synhwyro llwyddiant. Roedd Gethin yn ddyn ifanc arbennig, yn nabod pawb, yn gallu ennill pob gêm y dewisai ei chwarae, ac roedd ei dad yn enwog. Byddai pwy bynnag â ddaliai Gethin yn wraig i ddyn llwyddiannus. Mewn cymhariaeth, doedd gan Daf ddim byd i'w gynnig. Erbyn hyn, felly, roedd o'n falch o weld llygaid Gethin yn llithro dros freichiau siapus Gaenor a welai o ddim rheswm o gwbwl i wadu'r berthynas rhyngddyn nhw. Wrth i'r tri ohonyn nhw ymlacio, sgwrsio a rhannu sawl gwydryn sylwodd Daf pa mor hawdd oedd bod efo Gaenor. Roedd hi'n gymdeithasol, wastad yn barod efo jôc fach, gwên neu gwestiwn cwrtais i ddangos diddordeb. Sylweddolodd cyn lleied roedd o'n ei wybod am ei chefndir – roedd John a Falmai wastad wedi bychanu ei gwreiddiau. Cofiai Daf ofyn i Falmai, flynyddoedd maith yn ôl pan ddechreuodd John a Gaenor ganlyn, pwy oedd hi. Atebodd Falmai'n syth;

'Neb. Rhyw neb o nunlle, yn Nyffryn Tanat.'

Ble bynnag oedd y nunlle hwnnw yn Nyffryn Tanat, meddyliodd Daf, o leia cawsai Gaenor ei magu i fod yn gwrtais, yn garedig ac i wneud i bawb deimlo'n gyfforddus. Yn wahanol iawn i Falmai a'i surni rhagfarnllyd.

Toc ar ôl un ar ddeg, daeth gorymdaith deuluol drwy'r drws cefn. Arhosodd Falmai yn nrws y parlwr am eiliad, a gwelodd llygaid profiadol Daf ei bod yn llunio pryd o dafod iddo fo. Yr hen, hen stori. 'Pam na ddoist ti efo ni? Roedd pawb yn holi amdanat ti – roedd o'n edrych yn od. Dydi o ddim yn brofiad neis i Carys pan mae pawb yn trafod ei theulu hi ...' Ac yn y blydi blaen. Ond cyn iddi agor ei cheg gwelodd Daf hi'n sylwi pwy oedd yn eistedd ar y soffa, wrthi'n tywallt gwin. Gethin Teifi – dyn cyfoethog, bron yn enwog, oedd yn berchen ar y cwmni teledu mwyaf yng Ngymru ac, yn bwysicaf oll, yr unig gysylltiad cymdeithasol o bwys oedd gan Daf. Diflannodd ei gwg a thaflodd ei hun ar draws y lolfa i gyfarch Gethin.

'Gethin! Braf iawn dy weld di! Ble wyt ti'n aros? O, rhaid i ti aros yma, ti'n cytuno, Gaenor?' Cochodd Daf. Oedd rhaid iddi fod mor amlwg?

'Mae Neuadd braidd yn llawn fel mae hi,' atebodd Gaenor.

'Mi allwn ni wasgu Gethin i mewn yn rhywle, siŵr.'

Safodd Gethin i ysgwyd llaw â John. Cyn i John gael cyfle i gyflwyno Sheila, Tom Francis, Siôn, Carys a Matt iddo fo, rhododd Gethin ei fraich dros ysgwyddau Fal, oedd yn ystum braidd yn nawddoglyd ym marn Daf.

'Mi gei di fy ngwasgu fi i fewn unrhyw bryd, Falmai, ond dwi'n aros ar draws y buarth, yn dy fyngalo di.'

Byngalo. Gair bach sur, heb rhamant na hanes yn perthyn iddo. Yn debycach i feudy na thŷ go iawn; dim ond rhywle i gysgodi ynddo.

'Na!'

'Wir i ti. Dan ni'n gymdogion dros yr Ŵyl felly.'

Roedd cwestiwn nesa Falmai braidd yn ddigwilydd.

'Pwy sydd efo ti?'

'Dad a Mam, wrth gwrs, a fy ffrind Manon.'

Tu ôl i gefn Gethin, cododd John ei aeliau. Ymatebodd Gaenor gyda gwên fach gyfrinachol, ac am y tro cyntaf teimlodd Daf genfigen angerddol. Wrth gwrs, gan John oedd yr hawl i rannu cyfrinachau gyda Gaenor, ystyriodd, ac yntau'n gorfod cau ei geg a derbyn y sefyllfa. Teimlodd Daf yn anghyffredin o ddiolchgar pan agorodd Falmai ei cheg drachefn.

'Gethin, mae'n rhaid i ti gwrdd â Carys, ein merch ni. Hi gipiodd yr Unawd yn yr Urdd llynedd, ti'n cofio? Mae hi wedi recordio CD ac mae 'na sôn am wahoddiad i Noson Lawen hefyd, rywbryd. Mi ganodd hi unawd hyfryd heno, 'Wele'n Sefyll'. Ti'n meddwl bod y Gymanfa ar Clic eto, Siôn? Nei di jecio?'

'Doedden ni ddim isio mynd i'r blydi Gymanfa, felly dan ni ddim isio gwylio'r peth ar Clic chwaith!'

'Does dim rhaid i ti fod yn gas, Dafydd.' Trodd Falmai ei hwyneb at Gethin ond y cyfan a welodd yn ei lygaid oedd cydymdeimlad â Daf. Achubodd Gaenor y sefyllfa.

'Den ni'n anghofio Tom a Sheila! Dewch i mewn i gael glasiaid.'

'I won't but Tom will,' atebodd Sheila wrth fachu allweddi'r Audi o boced ei siaced. Gweithred fach ond neges glir; roedd Sarjant Sheila bellach ar siwrans fferm Glantanat.

'I'm very interested to meet you, Gethin – I work with Daf and I would love some stories about his college days.'

Roedd balchder Tom Francis o'i bartner yn amlwg i bawb, a'r cyferbyniad rhwng Sheila a'i wraig yn amlwg i Daf. Ceisiodd Daf ganolbwyntio ar yr hyn ddywedai Sheila ond y cyfan a glywai oedd llais Falmai fel dril niwmatig yn y cefndir.

'... y cyfryngau eisoes â diddordeb yn Carys, ac wrth gwrs, mae hi mor naturiol o flaen camerâu erbyn hyn.' Sylwodd ar yr embaras yn gylchoedd coch ar fochau ei ferch, a phenderfynodd Daf fod yn rhaid iddo ddianc.

'Dwi ddim yn jibar, ond be am goffi?' awgrymodd.

'Ti'n jibar llwyr, Daf Dafis. Mae digon o win ar ôl,' ymatebodd Geth. 'Lock-in!'

'Mae ganddon ni'r cês hwnnw brynon ni yn y Royal Welsh,'

cynigodd John.

'Den ni ddim wedi meddwi hanner digon i ddiodde'r piso ceffyl hwnnw. Dwi'n mynd i roi'r tegell ymlaen.'

'Ddo i i dy helpu di, Dad.'

Yn y gegin, ymlaciodd Daf yn syth.

'Does dim rheswm i ti fod yn sbeitlyd wrth Wncl John, Dad.'

'Dwi'n gwybod, Carys fach. Sori.'

'Well i ti ymddiheuro iddo fo.'

'Mi wna i yn nes ymlaen. Mae dy fam wedi mynd ar fy nerfau i braidd, yn gwneud sioe ohoni'i hun.'

'Fel'na mae hi, Dad. Ti'n methu newid pobl.'

'Hi sy wedi newid. Weithiau, dwi bron yn methu ei hadnabod hi. Ti'n ddigon talentog i gael unrhyw swydd sy'n dy siwtio di – does dim rhaid i dy fam bysgota fel'na. Wir Dduw, mae isie amynedd!'

'Ti ddim yn sant dy hunan, Dad. Cofia di hynny, pan fyddi di'n brysur yn barnu Mam.'

'Be ti'n feddwl?'

'Ti isie i fi wneud rhestr i ti? Y gyfreithwraig snobydlyd 'na, Anti Gae, Chrissie Berllan, hyd yn oed.'

'Paid â siarad lol.'

'Dwi'n gwybod, mae'n anodd coelio pan mae gan Chrissie ddyn fel Bryn yn ei gwely, ond ...'

'Dydi siarad fel hyn ddim yn ffyni, o gwbwl.'

'Dwi ddim yn jocian, Dad. Dwi jyst isie rhoi chydig o falans i'r sgwrs, dyna'r cyfan.'

'Dwi angen dipyn o awyr iach.'

Tu allan, ar y buarth, gwelodd Daf fod golau ym mhob un o ffenestri'r byngalo. Roedd sŵn llefain isel yn dianc o ffenestr agored ei lofft o a Falmai. Clywodd lais yr Athro yn ceisio cysuro'i wraig.

'Ond Peredur druan, beth amdano fo?' gofynnai hi dro ar ôl tro.

Cerddodd Daf i gysgod y sgubor fawr. Byddai'n treulio oriau

yno, yr oriau llonydd rheini y dylai fod yn eu mwynhau yn ei gartref ei hun. Penderfynodd anwybyddu holl gymhlethdod ei fywyd am yr wythnos heriol oedd o'i flaen. Byddai miloedd o bobl yn dod i'r ardal. Degau o filoedd o boteli o win, mwg drwg wrth y Bar Guinness, plant heb oruchwiliaeth ar y maes carafannau, gigs anhrefnus ym mhobman. Heb sôn am y traffig. Ymhen ychydig funudau roedd o'n teimlo'n well, ei feddwl yn glir ac ar y trywydd iawn. Nid dyn mewn priodas dan straen oedd o bellach, ond heddwas effeithiol, proffesiynol.

Clywodd sŵn car ar yr wtra. Agorwyd y drws yng nghornel bellaf y sgubor. Dau ddrws yn clepian, wedyn lleisiau.

'Does dim rhaid i ti fynd yn ôl ato fe. Ymhen pum mlynedd fe fydd e'n hen ddyn.'

Roedd y llais yn gyfarwydd ond allai Daf ddim cofio llais pwy oedd o allan o'i gyd-destun.

'Debyg iawn, Gwion. Hen ddyn cyfoethog iawn.'

'Ti'n byw mewn paradwys ffŵl, Manon. Beth bynnag sy ganddo fe, mae'n rhaid iddo fe ei rannu efo'i wraig, neu ei gyn-wraig ... beth bynnag yw hi.'

'Ti'n hollol anghywir, Gwion bach. Mae unrhyw bres mae e wedi ei wneud ers i'r briodas chwalu yn saff.'

'Yw e wir? A faint o waith mae e wedi'i wneud yn ddiweddar? Mae e'n rhy brysur yn ffwcio i ffilmio y dyddiau 'ma.'

'Mae un darn o waith yn ddigon.'

'Digon i wneud be?'

'I wneud ffortiwn.'

'Mae hi'n hwyr, Mans. Tyrd 'nôl 'da fi.'

'No wê, Gwion. Wela i di fory, ar y maes.'

'Ond be am heno?'

'Ti'n gwybod i'r dim be fydda i yn ei wneud heno, boi. A ti'n gwybod pam. Os lwyddi di i gynnig ffordd arall i fi, digon teg, ond fi ddim yn fodlon hongian o gwmpas nes wyt ti wedi bennu cael dy hwyl.'

'Fi'n gwneud pob ymdrech, wir i ti, Manon.'

'Wyt wir? Est ti i'r lle 'na?'

'Do. Lle reit od. Llawer o fynachod.'

'Be ti'n ddisgwyl mewn Buddhist Retreat – clowns?'

'Plis. Fi'n dy garu di ... dim ond hwyl ydi hyn. Fe alla i stopio fory.'

'Ti dal ddim yn deall. Does dim ots gen i be ti'n wneud er mwyn cael buzz, ac os fyse Gethin yn rhoi mil o bunnau i fyny ei drwyn bob wythnos, fe fyse hynny'n iawn. Mae *e*'n gallu fforddio chydig o eira. *Ti*'n dal i fyw mewn lle sy fel sgwat, heb yrfa go iawn, heb ddyfodol. Os ei di fewn i unrhyw recovery programme fe fydden nhw'n gofyn i ti'n syth: yw *e*'n costo mwy nag arian i ti? Dwed y gwir, Gwion, fe gest ti'r dewis. Fi neu'r Charlie. Ti wedi gwneud dy benderfyniad, ac felly mae pawb yn symud ymlaen.'

Clywodd Daf sŵn traed yn mynd at y byngalo, drws y tŷ yn agor ac yn cau. Am sawl munud roedd tawelwch perffaith, fel pctai Gwion wedi sefyll yn stond er mwyn dilyn Manon efo'i lygaid. Wedyn sŵn traed yn mynd i'r cyfeiriad arall, drws car, tanio injan, wedyn sŵn car yn diflannu. Cafodd Daf ddigon o amser i ddechrau prosesu'r hyn roedd o wedi'i glywed – fel ffrind i Gethin, fel lletywr dros dro ac fel heddwas. Waeth sut roedd y bobl yma'n dewis byw, doedd Daf ddim yn fodlon caniatáu i neb dorri llinellau wrth ei sinc o, yn ei stafell molchi o. A phwy oedd y dyn a adawodd Manon er mwyn mynd at Gethin? Pwy bynnag oedd o, roedd hi'n ddigon amlwg ei fod o'n difaru ei cholli. Oedd hon yn broblem i'r heddlu tybed?

Penderfynodd Daf ei bod yn hen bryd iddo fynd i'w wely. Dringodd y grisiau heb siarad â neb. Dihunodd pan ddaeth Falmai i'r gwely a gafael yn ei law o dan y dŵfe.

'Plis paid â bod yn flin yr wythnos yma, Daf. Nid adre yden ni, a dwi'n methu diodde pobl yn ein barnu ni. Does 'na nunlle i mi guddio dros y dyddiau nesa.' Roedd ei llais yn fach ac yn feddal.

'Ocê, Fal. Be am i ni daro bargen? Os dwi'n ceisio bod yn neis, allet ti geisio peidio bod mor pushy?'

'Dim ond chwilio am gyfleoedd i Carys ydw i. Mae hi mor

ddel a mor ddawnus – ıni all hi fod fel Alex Jones ryw ddydd, neu Katherine Jenkins.'

'Merch ydi hi, nid darn o glai. Mae hi angen cyfle i fod yn Carys Dafis cyn ceisio bod yn fersiwn o rywun arall.'

'Does gen ti ddim syniad pa mor ddawnus ydi hi, Daf. Petaet ti'n dod i'w gweld hi'n perfformio dipyn bach amla...'

'Dwi'n nabod fy merch yn iawn, diolch yn fawr.' Trodd ei gefn arni. Yn y tywyllwch, roedd yn amlwg bod Falmai'n brwydro i ddal ei dagrau'n ôl, ond ei busnes hi oedd hynny.

Pennod 2

Dydd Llun

Hanner awr wedi pump. Melltithiodd Daf o dan ei wynt. Agorodd y cyrten – tu allan, roedd popeth yn dawel. Wrth gerdded yn droednoeth i lawr y coridor yng ngolau'r wawr atgoffwyd o am y nosweithiau di-gwsg rheini pan oedd y plant yn fabis. Gall eiliadau cyntaf pob dydd fod yn amser arbennig, bron yn hudolus, yn llawn potentsial a rhamant, ond doedd 'na ddim rhamant o gwbwl mewn sgrechian babi – nac yn sŵn lorri stoc Neuadd, oedd ar yr iard yn barod i gychwyn i'r Smithfield. Wrth iddo basio'r ffenest fawr gyferbyn â'r grisiau, gwelodd John a Siôn yn gweithio'n dawel, yn cwblhau eu tasgau arferol fel robotiaid. Fel ffermwyr da, roedd hi'n bwysig iddyn nhw gyrraedd y Smithfield yn ddigon cynnar, waeth faint o win a lowciwyd y noson cynt. O ran ei wisg, ei ystum a'i ffordd o siarad, bu John Neuadd yn hen ddyn ers ei fod o'n bymtheg mlwydd oed, ond heddiw, sylwodd Daf, roedd rhywbeth yn wahanol yn y ffordd roedd o'n symud, yn dynn a llawn straen. Cyn bo hir, meddyliodd, byddai hen ŵr go iawn yng ngwely Gaenor.

Dychwelodd i'r stafell sbâr a gwisgodd. Doedd dim pwynt ceisio cysgu. Doedd dim pwynt mynd yn ôl i rannu gwres corff ei wraig chwaith – ar ôl ei hymddygiad neithiwr, celwydd fyddai cyffwrdd ei chroen. Gwyliodd y lorri stoc yn gyrru i lawr yr wtra cyn mynd yn ôl i ffenestr y coridor. Fel roedd o wedi rhagweld, roedd sŵn y lorri wedi deffro rhywun yn y byngalo. Daeth y golau ymlaen yn y lloft fawr – yr Athro neu ei wraig felly. Gwyliodd Daf am ychydig, ond ddiffoddodd neb y golau. Un o breswylwyr y stafell yn methu cysgu, neu â gormod ar ei feddwl, efallai, yn union fel Daf.

Cerddodd allan drwy'r drws cefn yn dawel i nôl llyfr o'r car. Crynodd yn yr oerni ond roedd yr awyr yn hollol glir. Diwrnod braf arall. Yn union fel yn 2003, byddai'r tywydd yn berffaith ar gyfer Steddfod Meifod. Carys oedd y ferch ieuengaf yn y ddawns flodau bryd hynny, cofiodd, fel tylwythen deg yn ei ffrog werdd.

Roedd y llyfr yn gorwedd ar sedd gefn y car; llyfr trwchus, clawr caled roedd Daf wedi cael ei fenthyg gan Haf Wynne. Cododd Daf y llyfr heb frwdfrydedd: nofel ddirdynnol, o safbwynt dynes, a enillodd wobr y Booker. Yn ystod ei flynyddoedd yn yr heddlu gwelsai Daf ddigon o dystiolaeth o greulondeb dynion – cleisiau ar gyrff plant bach a'r ofn yn llygaid gwragedd wrth iddyn nhw ddweud fod popeth yn iawn yn eu teulu bach nhw – a doedd arno ddim chwant darllen amdano yn ei amser hamdden. Roedd yn adnabod dynion clên iawn hefyd, dynion addfwyn, caredig, llawn gofal; ond, fel jihadi ffeministaidd, doedd Haf Wynne ddim yn cydnabod bodolaeth y rheini. Iddi hi roedd y byd yn ddu a gwyn.

Ie, Haf Wynne. Llynedd, am wythnos, cawsai Daf ei hun mewn sefyllfa beryglus. Dros gyfnod o gydweitho yn ystod ymchwiliad llofruddiaeth Plas Mawr, dechreuodd Daf edmygu ei medrusrwydd, ei dewrder, ei dyfalbarhad. Wrth glosio ati, o dan straen yr achos ac absenoldeb ei deulu yn Eisteddfod yr Urdd, cafodd Daf ei swyno. Wnaeth hi ddim ymdrech arbennig i'w ddenu, ond datblygodd chwilfrydedd mawr yn Daf – pwy oedd hi, a pham roedd hi wedi penderfynu byw ar ei phen ei hun mewn bwthyn bach anhrefnus, llawn llyfrau? Roedd hi'n cynrychioli Bryn Humphries, dyn lleol oedd dan amheuaeth o'r llofruddiaeth, a Romeo'r fro. Disgrifiodd Bryn ei gyfreithwraig yn ei ffordd unigryw ei hun: 'Golygus, ie, Mr Dafis, ond does dim hwyl yn ei llygaid hi.' Yn ddiweddarach, pan nad oedd ar ddyletswydd, dywedodd Haf ychydig o'i hanes wrtho, a theimlodd Daf ryddhad annisgwyl. Rhoddodd ei sgwrs â Haf reswm iddo i beidio â'i charu – sylweddolodd Daf fod ei phellter a'i hoerni yn ffals a'i bod wastad ar ryw ymgyrch. Byddai'n benthyca llyfrau iddo'n rheolaidd a byddai rheswm penodol tu ôl i bob dewis, rhyw neges neu wers roedd hi isie i Daf ei dysgu.

Edrychodd ar glawr y llyfr yn ei law a phenderfynu y byddai'n osgoi'r wers y tro yma. Taflodd y llyfr yn ôl i'r car a phenderfynodd ddarllen un o'r hunangofiannau amaethyddol a welsai yn llyfrgell John. Neu, wrth gwrs, gymryd mantais o'r cyfle i brynu llyfr newydd ar faes y Steddfod yn nes ymlaen.

Yng nghegin Neuadd, canodd y ffôn a berwodd y tegell ar yr un eiliad.

'Neuadd.'

'John?' Roedd Daf yn ansicr o'r llais; doedd o ddim yn llais hen ddyn, ond yn sicr roedd ei berchennog wedi colli sawl dant.

'Mae John wedi mynd lawr i'r Smithfield. Alla i roi neges iddo fo?'

'Dewi Dolau sy 'ma. Ro'n i'n mynd i holi John am rif ffôn gŵr Falmai, y plismon.'

'Dafydd Dafis sy'n siarad.'

'O, diolch byth.' Dolau. Fferm lai na hanner milltir o'r maes.

'Trafferth dros nos?'

'Na. Wel, ie. Mae gen i bobl yn gwersylla'n fa'ma, ac mae un lodes yn sâl iawn.'

'Ti 'di ffonio'r ambiwlans, Dewi?'

'Dwi ddim isic unrhyw ffwdan, Mr Dafis,' mwmialodd Dewi. 'Doedd Mam ddim yn cytuno efo'r syniad o wneud dipyn bach o bres ... Doedd 'na ddim damwain, jyst 'i bod hi mewn trwmgwsg a dwi'n methu ei deffro hi.'

'Ocê. Mi ddo' i draw rŵan.'

'Mor gynnar?'

'Ie. Mae o'n argyfrwng, meddet ti.'

'O. Ie. Ond dwi ddim isie creu unrhyw fath o drafferth i ti ...'

'Trafferth yw fy ngwaith i, lanc. Wela i di toc.'

Ymadrodd braf, meddyliodd Daf, 'trafferth yw fy ngwaith i'. Roedd gwên fawr ar ei wyneb cyn iddo sylwi ar Gaenor yn nrws y gegin yn ei gŵn nos.

'Faint o'r gloch ydi hi?'

'Toc cyn chwech. Rhaid i mi fynd.'

'O, "trafferth yw fy ngwaith" ie? Tybed ydi rhywun yn meddwl gormod ohono'i hun?'

Hen ffrindiau, teulu, cariadon; dim ond rhai pobl allai dynnu traed rhywun yn ôl i'r ddaear heb unrhyw fath o falais. Roedd Gaenor yn un ohonyn nhw – y bobl hynny sy'n gwrthod cymryd unrhyw gachu. Roedd yn rhaid i Daf roi sws fawr iddi cyn mynd.

Dolau. Tŷ bach o'r pum degau; fel tŷ cyngor yng nghanol cefn gwlad. Twll o le, yn debyg iawn i gartref Daf heblaw ei fod wedi ei esgeuluso'n ddifrifol. Gerllaw roedd clwstwr o adeiladau fferm o sawl cyfnod, rheini hefyd heb eu moderneiddio. Yn y cae gwair, gwelai Daf tua deg ar hugain o bebyll, portalŵ a bowser dŵr. Dim llawer o foethusrwydd, felly. Doedd dim rhaid i Daf guro'r drws: roedd Dewi'n aros amdano ar y trothwy.

'Diolch o galon am ddod, Mr Dafis. Dwi'm yn gwybod be i wneud am y gore.'

Rhyw ddegawd yn iau na Daf oedd Dewi, ac yn esiampl berffaith o'r mab a arhosodd adre 'i helpu Dad'. Tybiai Daf, o edrych ar ei wallt tenau, budr, a'i ddillad Wynnstay, nad oedd yn mentro ymhellach na'r buarth o un pen wythnos i'r llall. Petai'n fab i deulu arall efallai y byddai wedi cael triniaeth i'w lygad gam, ond gan fod y cyflwr yn rhedeg yn nheulu Dolau, gadawyd iddo fel ag yr oedd. Teimlai Daf drueni drosto – hyd yn oed efo'r fferm i ddod iddo wedi dyddiau ei fam, bywyd caethwas a gawsai o ddydd i ddydd. Dim pres, dim rhyddid, dim ffrindiau. Roedd Daf bron yn bendant na chawsai gariad chwaith – o dan lygaid barcud ei rieni byddai pob sprigyn o ramant yn rhewi yn syth bìn.

'Ar dy ben dy hun wyt ti, Dewi?'

'Ie. Mae Mam yn Gobowen, wedi cael clun newydd. Ac mi gollon ni'r Bòs 'nôl yn y gwanwyn.' Gallai Daf weld rhywbeth yn ei lygaid, euogrwydd o ryw fath.

'Ble mae'r ferch, lanc?'

Cochodd Dewi.

'Yn ... yn y parlwr.'

Cerddodd Daf drwy'r gegin oer i'r stafell dywyll, oedd yn llawn dop o ddodrefn ac ornaments rhad. Ambell darw, wrth gwrs, ond pethau dipyn bach mwy egsotig hefyd: clown Pierrot gydag un deigryn ar ei foch, dynes fach mewn gwisg Fictorianaidd.

'Agor y llenni, Dewi.'

Ar y soffa gorweddai merch yn ei harddegau hwyr. Roedd ei hwyneb yn welw a'i gwallt yn glymau i gyd. Gwisgai grys T ac arno un gair, 'Hapus', a sgert fer iawn. Roedd ei nicer ar y carped. Teimlodd Daf am ei phyls – braidd yn gyflym – ac roedd ei hanadl hi'n fas. Ysgydwodd Daf hi'n dyner cyn sicrhau fod ei phibell wynt yn glir a'i rowlio ar ei hochr.

'Be ydi ei henw hi?'

'Sgen i ddim clem. Aros yn y cae mae hi, efo'i ffrind.'

'Be gymerodd hi neithiwr?'

'Dwi'm yn gwybod.'

'Wel, os nad wyt ti'n gwybod dim byd amdani, pam mae hi'n gorwedd ar dy soffa di?' Atebodd Dewi ddim. Tynnodd Daf ei ffôn o'i boced a phwysodd y rhifau cyfarwydd.

'A bore da i ti, Steve. Give Sheila a ring and tell her to get down to the station right away, and get the rape suite ready. Get the health people over and tell them we may need a mild detox, bit of charcoal, maybe, nothing heavy ... Yes, from the Steddfod. Looks like some little shit had his fun when she was off her face. We could do with a paramedic team up here, ambulance, preferrably. Dolau Farm, about half a mile from the maes, in the Meifod direction. And SOCOs, please.'

Dewisodd Daf ei eiriau i godi braw ar Dewi Dolau, a llwyddodd i wneud hynny. Ond roedd yn rhaid gwneud popeth yn iawn, ac yn bendant, roedd yn rhaid cael y Swyddogion Lleoliadau Trosedd yno, achos dyna beth oedd parlwr Dolau erbyn hyn. Trodd Daf i wynebu Dewi.

'Dewi Griffiths, dwi'n dy arestio di am dreisio'r ferch yma. Mae gen ti hawl i beidio â dweud dim, ond ...'

'Dim felly oedd pethau, Mr Dafis. Roedd hi'n reit cîn.'

'A sut oeddet ti'n gwybod hynny?'

'Wel, wnaeth hi ddim dweud "na" pan ddechreuais i ...'

'Wneud be?'

'Ei chyffwrdd hi. Ro'n i'n meddwl ei bod hi'n mwynhau.'

'Oeddet ti wedi gofyn?'

'Na, wn i ddim sut i ofyn y ffasiwn gwestiwn. Hi oedd yr un oedd yn gofyn.'

'Be?' Allai Daf ddim credu bod merch ifanc ddel wedi ffansïo creadur fel Dewi.

'Wel, yn amlwg roedd hi'n barod. Efo'i sgert reit fyny i'w phen ôl a thop mor dynn.'

'Ac mi wyt ti cystal arbenigwr ar deimladau merched nad oes raid i ti siarad, jyst darllen y vibes, ie?'

'Fel y dwedais i, Mr Dafis, wnaeth hi ddim dweud "na". Roedd hi'n chwerthin weithiau ...' Tyfodd tsunami o ddicter ym mrest Daf. Sut gallai'r hurtyn feddwl y câi o wneud beth fynnai o i ferch ifanc?

'Ti ddim yn mynd i ddweud wrth Mam, nag wyt, Mr Dafis?'

'Fydd dy fam annwyl yn siŵr o sylwi pan fyddi di'n cael dy garcharu.'

Cnoc ar y drws. Roedd Dewi'n sefyll yn stond, fel cerflun. Cnoc arall.

'Ateba di'r drws.'

Daeth merch i mewn, tua'r un oed â'r ferch ar y soffa. Roedd hi'n gwisgo trywsus pyjamas a crys chwys efo logo tîm hoci arno fo, ac wrth gwrs, roedd hi'n atgoffa Daf o Carys.

'Gwawr!'

'Ti'n 'i nabod hi? Heddwas ydw i, Inspector Daf Dafis.'

'Ydw, fy ffrind ydi hi. Dan ni'n gwersylla yma efo'n gilydd. Be sy'n bod arni?'

'Wedi gael gormod o hyn a'r llall, fyswn i'n tybio. Dewi, arhosa di yn y gegin, dwi isie gair bach preifat efo'r lodes 'ma.'

'Iawn, Mr Dafis.' Roedd ei lais mor fflat a difywyd â draenog marw ar y ffordd, chwedl Crysbas ers talwm, ac roedd yn falch o gael camu'n ôl i'r gegin. Wedi i Dewi fynd, edrychodd Daf yn syth i lygaid y ferch gan lawn sylweddoli fod ei wyneb yr un fath ag un athro oedd ar fin rhoi pryd o dafod i ddisgybl.

'Be gest ti? Ket? E's i ddawnsio, ond be wedyn?'

Edrychodd y ferch ar ei thraed.

'Alla i ddyfalu. Cwpwl o boteli o win a dipyn o hippy flipping, ie?'

'Ia. Mi fuon ni mor stiwpid. Ydi hi'n mynd i fod yn iawn?'

'Plismon ydw i, nid meddyg, ond dwi'n reit ffyddiog. Digon o gwsg a lot o ddŵr.'

'Dwi mor sori.'

'O ble ges ti'r shrŵms?'

Roedd yr ystafell yn hollol dawel, heblaw sŵn Gwawr yn anadlu.

'Be ydi dy enw di?

'Dyddgu.'

'Wrth gwrs. Ble ges ti'r shrŵms, Dyddgu? Dwi ddim am ofyn eto.'

Eiliad o dawelwch. Ticiodd y cloc yn y gornel.

'Digon teg, cadw di dy gyfrinachau. Posession with intent to supply felly, dwi'n meddwl. Fydd criminal record ddim yn help pan fyddi di'n chwilio am waith ar ôl graddio.'

'Dyn lleol, dwi'n meddwl. Tu allan i dafarn yn Llanfair. Aethon ni draw yno am ginio Sul go iawn ac mi ddechreuon ni siarad efo un neu ddau o bobl dros beint neu ddau. Hwyl yr Ŵyl yntê?'

Wrth edrych ar y ferch yn gorwedd ar y soffa, roedd yr ymadrodd yn troi ar Daf. Hwyl y ffycin Ŵyl?

'Taset ti'n gweld Mistar Madarch eto, fyddet ti'n ei nabod o?'

'Byswn, dwi'n meddwl.'

'Ocê, Dyddgu.'

Checiodd Daf anadlu Gwawr ond doedd ei chyflwr ddim wedi newid. Dros gyfnod o ugain mlynedd gwelsai Daf sawl OD, ac yn ei farn o doedd Gwawr ddim mewn cyflwr peryglus.

'Gwranda di, Dyddgu, ti'n lodes efo dyfodol braf o dy flaen di. A Gwawr hefyd. Tydech chi ddim angen crap fel hyn.'

'Dwi'n gwybod. Dan ni wedi bod mor stiwpid.'

'Oherwydd cyflwr Gwawr, mi fyddai rhai plismyn yn ceisio cyhuddo'i ffrindiau hi i gyd o possession with intent to supply.'

'Ddim felly oedd hi. Mi wnaethon ni brynu'r stwff a'i rannu o, yn union fel y gwnaethon ni efo'r gwin.'

'Dech chi wedi mynd dros ben llestri beth bynnag. Oes gen ti syniad be digwyddodd iddi hi neithiwr?'

'Na. Mi aethon ni 'nôl i'r babell.'

'Ond sut gyrhaeddodd hi'r soffa 'ma?'

''Sgin i ddim clem.' Wrth osgoi llygaid Daf, gwelodd Dyddgu y nicer ar y llawr. Gwridodd yn syth.

'Ydi'r sglyfath yma wedi ... gwneud rwbath iddi hi?'

'Fallai. Ddwedodd hi rywbeth amdano fo?'

'Dim byd, dim ond yr hyn mae pob merch sy'n aros yma yn ddweud, mai crîp ydi o.'

'Dim byd mwy?'

'Wel, roedd 'na dipyn o stŵr bore ddoe, rhyngddo fo a dyn y cawodydd.'

'Welais i ddim cawodydd. 'Mond cae yw'r lle 'ma ...'

Lledodd gwên gynnes dros wyneb Dyddgu.

'Bob bore, mae 'na ddyn yn dod draw efo tair cawod ar gefn trelar. Dan ni'n talu tair punt bob tro.'

'Be oedd y stŵr, felly?'

'Wel, mi ddywedodd dyn y cawodydd wrtho fo, y ffarmwr, y crîp, am gadw draw.'

'Pam?'

'Roedd o'n meddwl fod y crîp yn trio ... trio sbio arnon ni yn ein tyweli a ballu. Ond atebodd y crîp fod ganddo fo hawl i wneud beth bynnag leciai o ar ei dir ei hun.'

'Be ddigwyddodd wedyn?'

Chwarddodd Dyddgu yn isel a chafodd Daf syniad pwy oedd gŵr bonheddig y cawodydd. Dim ond un dyn lleol fyddai'n gallu gwneud i ferched wenu fel'na.

'Wel, mi gododd y dyn y crîp a'i daflu i ochr arall y buarth.'

'A wnaeth neb feddwl cysylltu â'r heddlu?'

'Doedd neb isio creu trafferth iddo fo. Fo oedd yn gofalu amdanon ni.'

'Ac mae o'n reit olygus, ydi o?' Weithiau, fel heddwas sy'n adnabod ei filltir sgwar bron yn rhy dda, byddai teimladau o ddiflastod yn llifo dros Daf. Pwy arall allai greu'r ffasiwn argraff ar ferched? Yn cynnwys Carys ac, yn bennaf, Haf Wynne. Hyd yn oed Sheila, ac roedd Sheila fel arfer yn gall. Weithiau, roedd ei swydd fel plismon yn debyg i gynhyrchydd cwmni theatr lleol – yr un cymeriadau o hyd, yn cerdded trwy ddramâu gwahanol.

'Gwranda, Dyddgu. Os wnei di fy helpu i sortio'r trwbwl mawr, mi wna i anghofio'r pethau bach, iawn?'

'Wrth gwrs, diolch yn fawr, syr.'

'Ond dwi isie gwybod o ble ddaeth y stwff. Sgen i ddim clem be digwyddodd i Gwawr neithiwr, ond yn bendant, chafodd hi ddim hwyl.'

'Ydi'r crîp wedi ...?'

'Ddylen ni ddim trafod pethau felly nawr. Ond sbia arna hi, off ei phen ar soffa dyn fel fo, a'i nicyrs ar y carped. Sbia, a challia, ocê?'

'Iawn, syr.'

Cododd Daf ar ei draed. Merched fel Carys oedden nhw, yn union fel Carys.

'A pheidiwch â meddwl am ddyn y cawodydd chwaith. Mae'r ddynes sy bia fo yn bwyta merched fel ti ar dost.'

Am y tro cyntaf, chwarddodd Dyddgu'n uchel, ac roedd Daf yn sicr ei bod hi wedi dysgu ei gwers.

'Ydi pob heddwas yn psychic?' gofynnodd.

'Ydi pob myfyrwraig mor amlwg? Sgwenna di dy fanylion cyswllt fa'ma – mi wyt ti'n dyst erbyn hyn.'

O'r gegin, daeth sŵn hollol annisgwyl: ffrwydrad. Crynodd y tŷ a chwympodd sawl un o'r ornaments o'r pentan. Cyn agor y drws, gwyddai Daf beth fyddai o'i flaen. Corff Dewi Dolau wedi disgyn dros y gadair, a gwn twelf bôr yn ei law. Nid oedd llawer o'i ben ar ôl. Cnawd, asgwrn, ymennydd a gwaed dros bopeth, ym mhobman. Roedd cegin Dolau wedi'i throi'n lladd-dy. Tynnodd ei ffôn o'i boced eto.

'Steve, me again. Got ourselves a suicide up here at Dolau now, to go with the rape. Might cut down on the paperwork a bit. Get Jarman on the phone, and I could do with at least three Welsh speaking officers up here to do the witness statements, including Nia ... And ask her to pop to the bakery to get me some breakfast, would you?'

Pan drodd rownd, gwelodd Dyddgu yn edrych drwy'r drws ar yr olygfa uffernol.

'Sut alli di fod mor dawel o flaen ... o flaen ...?'

Cydiodd Daf yn ei hysgwydd i'w thywys hi'n ôl i'r parlwr.

'Dwi 'di gweld gymaint o hunanladdiadau dros y blynyddoedd, lodes. Rhai sy'n crogi'u hunain, rhai sy'n boddi, rhai sy'n llenwi'r car efo mwg. Ac yma, yng nghanol mwynder Maldwyn, shooters ydi'r rhan fwya ohonyn nhw.'

Eisteddodd Dyddgu ar fraich y gadair.

'Ti angen paned ar gyfer y sioc,' awgrymodd Daf. 'Mi fydd fflasg gan y tîm pan gyrhaedden nhw. Dwi ddim isie dy adael di, ond mae 'na gwpwl o bethe bach angen eu gwneud.'

'Ocê. Dwi'n ocê.'

Tynnodd Daf ei siaced a'i rhoi dros ysgwyddau'r ferch. Wrth iddo fo gyrraedd y drws, dihunodd Gwawr.

'Be sy, Dydd? Ble ydw i?'

'Yn y ffermdy. Ti 'di crasho allan ar soffa'r crîp.'

'A pwy di o?'

'Heddwas.'

'O ffwc, na!'

'Mae o'n blismon neis.'

Roedd Daf yn falch o glywed y geirda.

'Gwrandwch, leidis, rhaid i mi bicio allan am eiliad. Arhoswch yma, plis, a beth bynnag arall sy'n digwydd, peidiwch â meiddio mynd drwodd i'r gegin.'

Roedd yn amlwg nad oedd y drws ffrynt wedi cael ei agor ers blynyddoedd – roedd glaw sawl gaeaf wedi stumio'r pren. Roedd yn rhaid i Daf ddefnyddio'i ysgwydd i'w agor o, un arall o'r sgiliau a ddysgodd gan Heddlu Dyfed Powys.

Tu allan, roedd sŵn yr ergyd wedi deffro'r gwersyllwyr i gyd. Roedd rhyw ddwsin ohonyn nhw eisoes wedi cyrraedd y buarth ac eraill yn symud o gwmpas y cae yn hollol ddibwrpas, fel morgrug wedi i rywun dywallt dŵr poeth i'w nyth. Edrychodd Daf ar ei watsh: toc ar ôl saith. Llawer yn rhy gynnar i bobl ar eu gwyliau, yn enwedig ar ôl noson hwyr.

'Nawr 'te, bobl, does dim rhaid i chi boeni ond mae cwpwl o bethau ... annisgwyl ... wedi digwydd yma, dros nos ac eto'r bore 'ma. Yr Arolygwr Daf Dafis o Heddlu Dyfed Powys ydw i, ac mae aelodau eraill o'r tîm ar eu ffordd draw i helpu. Mi fydd yr heddweision hynny'n dod i ofyn cwpwl o gwestiynau i bawb, ac mi fuaswn i'n hynod o ddiolchgar petai neb yn gadael y safle heb gael gair efo ni, iawn?'

Talsythodd dyn bach smart fel ceiliog dandi o flaen Daf, yn pesychu i glirio ei wddw.

'Be sy wedi digwydd?' gofynnodd mewn llais uchel. Athro, gweinidog neu actor, dyfalodd Daf, rhywun oedd wedi arfer clywed ei lais ei hun.

'Well i mi beidio â dweud dim nes i aelodau eraill y tîm gyrraedd. Dwi'n siŵr eich bod yn deall.'

'Dyw hyn ddim yn dderbyniol o gwbwl,' atebodd y dyn bach. 'Mae gen i deulu yn y babell fan acw, felly mae gen i berffaith hawl i wybod be sy'n mynd ymlaen.'

'Yn anffodus, tra bydda i ar fy mhen fy hun, does gen i ddim digon o amser i esbonio pethau,' atebodd Daf yn bendant wrth dynnu rholyn mawr o incident tape o gist ei gar. Yn y cefndir, clywai sŵn injan – gobeithiai Daf fod yr ambiwlans neu'r tîm o'r Trallwng wedi cyrraedd, ond na. Tractor oedd o.

'Be sy wedi digwydd?' gwaeddodd y dyn eilwaith, yn uwch. 'Ry'n ni wedi talu i aros yma, ac mae 'dan ni hawl i gael gwybod.'

Clymodd Daf y tâp dros ddrws cefn y tŷ. Roedd y

gwersyllwyr eraill yn edrych yn ansicr. Torfeydd, meddyliodd Daf, doedd dim byd gwaeth. Wedi i un godi ei lais byddai'r gweddill, fel defaid, i gyd yn brefu. Dechreuodd hylif tywyll lifo o dan y drws cefn.

'Iesu mawr – gwaed!' Merch ifanc sylwodd arno gyntaf.

'Fel y dywedais i, mae ganddon ni ymchwiliad i'w gynnal yma. Byddai'n well i bob un ohonoch chi fynd yn ôl at eich pebyll i aros i'r tîm gyrraedd.'

'A chyn i lif y gwaed gyrraedd y cae, gobeithio,' ategodd y dyn bach. ''Wy'n mynd i siarad â Mr Griffiths, i weld oes mwy o synnwyr i'w gael ganddo fe.' Camodd tuag at y drws cefn.

'Chewch chi ddim siarad efo Mr Griffiths,' mynnodd Daf.

'Felly? A phwy sy'n mynd i fy rhwystro i?'

Unwaith eto, chwythodd teimlad o ddiflastod drwy Daf fel gwynt yr hydref drwy berllan. Am hanner eiliad, ystyriodd Daf agor y drws er mwyn rhoi braw haeddiannol i'r dyn bach, ond wedyn cofiodd am yr holl gymhlethdod y gallai hynny ei achosi.

'Fi, os oes rhaid,' dywedodd Daf, yn sefyll o flaen y drws gan osgoi'r pwll bach o waed oedd wedi hel ar wyneb sych y buarth.

Cyrhaeddodd y tractor y buarth efo fflat-bed y tu ôl iddo – y cawodydd. Neidiodd Bryn Gwaun i lawr o'r cab yn gwisgo fest fach dynn, er ei bod mor gynnar yn y dydd. Dangos ei gyhyrau helaeth oedd ei flaenoriaeth yn hytrach na chadw'n gynnes rhag awel y wawr, a gwelodd Daf effaith y cyhyrau rheini yn llygaid rhai o'r merched, a rhai o'r mamau hefyd. Roedd yn rhaid i Daf gyfaddef, efo'i wallt du, ei gorff siapus a'r wên fawr oedd yn dangos ei ddannedd gwynion, roedd Bryn yn esiampl berffaith o ddyn deniadol. Ond llynedd, pan fu'n rhaid i Daf ddysgu llawer gormod am Bryn, collodd ei amynedd efo'r ffŵl – fel dyn, fel heddwas ac yn enwedig fel tad. Dyn mor olygus oedd â chyn lleied o safonau moesol a synnwyr cyffredin; dyn oedd â'r potensial i wneud llawer o ddrwg. Ac ers yr ymchwiliad roedd Bryn wedi mwynhau statws seléb o fath gan fod ei hanesion carwriaethol a'i ymddangosiad wedi apelio at y papurau newydd. Bob hyn a hyn, byddai Daf yn darllen rhyw erthygl arwynebol amdano a ysgrifennwyd fel esgus i gyhoeddi llun o Bryn heb grys. Roedd Bryn yn foi iawn yn y bôn, ond rywsut roedd yr effaith a gâi ar ferched yn peri blinder i Daf.

'Be sy'n bod, Mr Dafis?'

'Dn ni wedi cael dipyn o drafferth dros nos, cog,' atebodd Daf.

'A dyw e ddim yn fodlon ateb unrhyw gwestiynau ry'n ni'n eu gofyn,' cwynodd y Cardi.

'Mr Dafis ydi'r bòs,' datganodd Bryn. 'Plismon ydi o.'

'Ond...' dechreuodd y dyn.

'Ond dim byd. Mae Mr Dafis yn ddyn prysur, ac mi fyddai'n well ganddo fo tasech chi i gyd yn ffwcio o 'ma.

Gwenodd Daf. Allai neb wneud cwyn swyddogol yn erbyn Bryn Gwaun. Am hanner munud roedd tawelwch ansicr; roedd y gwersyllwyr yn anfodlon camu i lawr, ond pan ddaeth yn amlwg na fyddent yn derbyn unrhyw wybodaeth ychwanegol, aethant yn ôl i'r cae i rannu'r stori efo'r lleill.

'Be ffwc mae Dolau 'di wneud?' gofynnodd Bryn. 'Brifo un o'r merched?'

'Diolch am helpu, cog, ond alla i ddim trafod yr achos ar hyn o bryd.'

Cymerodd Bryn wynt mawr, fel ci hela.

'Mae'r lle 'ma'n drewi fel lladd-dy. Ai gwaed ydi hwn?'

'Ie.'

'Felly, mae o wedi brifo un o'r merched ac wedyn wedi chwythu ei ben hyll i ffwrdd. Ddylen i fod wedi dweud rhywbeth wrthat ti, Mr Dafis. Mi welais yr olwg yn ei lygaid.'

'Iesu Grist, Bryn Humphries, alli di ddim mynd at yr heddlu bob tro ti'n gweld rhywun yn edrych ar ferched.'

Roedd Bryn yn sefyll yn agos iawn ato, a gallai Daf arogli ei chwys ynghyd â rhywbeth arall ... arogl dynes.

'Ti wedi codi'n gynnar, Bryn.'

'Den ni ddim yn cysgu'n hwyr ddim mwy.'

Cododd delwedd tu ôl i lygaid Daf. Tua tri mis ynghynt, priododd Bryn weddw ei efaill. Roedd Chrissie, ym marn Daf, yn un o'r merched mwya deniadol iddo gwrdd â hi gydol ei oes, felly roedd hi'n amhosib iddo beidio â dychmygu yn union beth oedd Bryn yn ei wneud hanner awr ynghynt. Roedd 'na rywbeth arbennig iawn am Chrissie – roedd hi'n onest, yn alluog ac yn hapus yn ei chroen ei hun. Roedd hi hefyd wastad yn gwiso crysau T oedd yn dynn iawn dros ei bronnau hardd. Daeth yn weddw wedi iddi golli ei gŵr mewn damwain pan dorrodd drwy wifren drydan wrth dorri shetin. Er bod y golled yn un fawr i Chrissie wnaeth hi ddim gwastraffu amser yn galaru. Prynodd dractor newydd a JCB efo'r pres siwrans bywyd a sefydlu cwmni contractio. Roedd Chrissie yn beiriannydd heb ei hail ond, hyd yn hyn, doedd Daf ddim wedi cymryd mantais o'r cynnig o 'wasanaeth llawn' a gawsai ganddi. Yn aml iawn, pan fyddai Falmai yn gwneud môr a mynydd o ddim byd, byddai Chrissie allan yn torri silwair am un ar ddeg y nos er mwyn ennill bara menyn iddi hi a'i phlant. A phlant clên iawn oedden nhw hefyd, y pedwar ohonyn nhw. Roedd y mab hynaf yn ffrind i Rhodri, ei fab. Dynes a hanner oedd Chrissie.

'Busnes da, y cawodydd?' gofynnodd Daf, yn awyddus iawn i chwalu'r darlun o wraig Bryn o'i feddwl.

Chwarddodd Bryn yn uchel.

'Ti'n nabod Chrissie, Mr Dafis – wastad efo cynllun newydd i ennill pres, ac mae hyn yn goldmine bach. Pawb yn cael pum munud, tri ciwbicl, tair punt bob tro. Bron i ganpunt bob awr. Tair awr yn y bore a phedair fin nos. Den ni'n mynd â'r plant draw i Disney yn Orlando yn yr hydref.'

'Ddim yn ystod y tymor ysgol, gobeithio.'

Chwarddodd Bryn unwaith eto.

'Dydi addysg ddim yn gweud llawer i bobl fel ni, Mr Dafis. Dysgu digon i sicrhau na all neb dy dwyllo di, ac ar ôl hynny, y wers orau ydi gwaith caled.'

Felly dyma nhw, yn siarad am fanion bethau a phwll o waed yn lledaenu wrth eu traed. Meddyliodd Daf am ffonio Steve eto, ond doedd dim i'w ennill wrth fod yn ddiamynedd.

'Tywydd crand, Mr Dafis.'

'Clên iawn, Bryn. Sut aeth y silwair?'

'Tshampion, diolch. Digon da i dorri llwyth o wair hefyd.'

'O ie, mi welais yr arwydd – gen ti ddigon i'w werthu felly.'

'Chrissie eto. Mae gan bobl y ceffyle lot fawr o bres ... den ni'n gwneud andros o farjin ar y gwair.'

'Goelia i.'

O'r diwedd daeth y blues and twos i fyny'r wtra. Ambiwlans gynta, wedyn dau gar. Doedd dim amser i siarad mwy, ac roedd yn hen bryd i Bryn symud y tractor. Cychwynnodd heb ffarwelio, fel petai'n anfodlon gwastraffu mwy o'i amser ar Daf. Dyn od.

'Reit, ffrindie,' anerchodd Daf. 'Mae 'na ddyn wedi lladd ei hun yn y gegin a merch sy wedi cael ei threisio yn y stafell ffrynt. Mae SOCOs ar eu ffordd. Nia – allet ti ddod efo fi i siarad efo'r ferch? Wedyn mi allwn ni benderfynu oes angen iddi hi fynd lawr i'r Trallwng mewn ambiwlans. Does gen i ddim llawer o ddidordeb yn yr hyn ddigwyddodd bore heddiw, achos ro'n i yn y tŷ a dwi'n dyst digon da, ond dwi isie gwybod hanes pawb oedd ar y safle yma ar ôl un ar ddeg neithiwr.'

'Ti'n siŵr fod yr hunanladdiad wedi marw, Inspector?' gofynnodd un o'r criw ambiwlans.

'Wel, does ganddo fo ddim pen felly os ydi o'n dal yn fyw, den ni'n torri tir newydd yn y byd gwyddonol.'

'Ocê.'

Aeth Daf a Nia yn ôl i'r tŷ. Roedd y lle yn drewi o waed erbyn hyn. Eisteddai Gwawr ar y soffa efo golwg wag ar ei hwyneb.

'Dydi hi ddim wedi dweud gair, bron,' dywedodd Dyddgu. 'Allwn ni fynd allan? Mi fysa awyr iach yn gwneud byd o les iddi.'

'WPC Nia Owen ydw i,' cyflwynodd Nia ei hun i Gwawr. 'Tyrd efo fi am eiliad.'

Efo breichiau Nia a Dyddgu o'i chwmpas, cododd Gwawr. Roedd hi'n crynu. Rhoddodd Dyddgu siaced Daf dros ysgwyddau ei ffrind.

'Tyrd yn dy flaen, blodyn tatws. Mae 'na banad i ti tu allan.'

Yn yr awyr iach, roedd y gwahaniaeth rhwng y ddwy ferch yn amlwg. Nid oedd mymryn o liw ym mochau Gwawr a methai sefyll heb gymorth.

'Dwi'm isio mynd yn yr ambiwlans,' anadlodd.

'Stedda di yng ngefn fy nghar i,' cynigodd Daf. Roedd llyfr Haf Wynne yn dal i fod ar y sedd gefn. Llyfr drud a swmpus, ond yn dda i ddim. Rhoddodd o yng nghist y car. Eisteddodd Nia wrth ochr Gwawr ac, nid am y tro cyntaf, meddyliodd Daf pa mor ffodus oedd o, fel swyddog, i arwain cystal tîm. Am amser byr, roedd popeth yn dawel. Roedd drws cefn car Daf ar agor, a Dyddgu'n sefyll yno yn dal llaw oer ei ffrind. Yn y cefndir clywid sŵn generadur bach yn cynhesu dŵr ar gyfer y cawodydd, ac uwchben pawb, sawl bwncath fel smotiau yn uchel yn y glesni. Rhedodd ias oer i lawr asgwrn cefn Daf – y gwaed oedd wedi denu'r adar ysglyfaethus. Beth petai Daf yn gadael drws cefn y tŷ ar agor i'r bwncathod, y piod a'r cigfrain gael gwledda? Dyna fyddai'r drefn naturiol, ac wrth edrych ar Gwawr, tybiai Daf nad oedd Dewi'n haeddu gwell na bod yn fwyd i'r adar. Ond gwyddai y byddai'n rhaid i bopeth gael ei wneud yn iawn, hyd yn oed i Dewi Dolau. Byddai'n rhaid i rywun fynd i ddweud yr hanes wrth Mrs Griffiths yn Ysbyty Gobowen. Am hanner munud ystyriodd Daf ddweud y gwir wrth yr hen wrach – petai hi wedi magu ei mab fel dyn go iawn yn lle gwas fferm rhad, efallai y byddai Dewi wedi byhafio fel dyn go iawn. Ond, wrth gwrs, ddim fel'na fyddai pethau. Mi fyddai Daf yn smalio bod yn gwrtais efo hi, fel y byddai ei dad yn smalio yn y siop: 'Ie, Mrs Griffiths, na Mrs Griffiths,' ac ati. Glaniodd un o'r bwncathod wrth stepen y drws i flasu'r gwaed.

'Mae PC Nia yn gofyn am flanced, plis,' gofynnodd Dyddgu. 'A hefyd ... pad i fynd rhwng coesau Gwawr,' ychwanegodd mewn llais bach. Atgoffodd y cais syml hwn Daf o realiti'r gair 'trais'. Llanwodd ei gorn gwddw â chŵd ond llyncodd – roedd yn rhaid iddo fo gadw trefn arno'i hun. Pan oedd o'n croesi'r buarth i'r ambiwlans, gwelodd fod pioden wedi ymuno â'r bwncath ger y pwll gwaed. Gan ddilyn ofergoel ci deulu, cyfarchodd y bioden drwy godi llaw i'w dalcen. Gwnaeth hynny filoedd o weithiau er pan oedd yn blentyn heb feddwl am yr ystyr, ond heddiw, ar fuarth Dolau, roedd o'n wirioneddol falch o weld y bioden yn yfed gwaed Dewi Griffiths.

Ar ôl gwneud ei gorau i helpu ei ffrind daeth Dyddgu'n ôl at Daf, ei hwyneb yn dal i fod yn llawn pryder ond yn fwy normal, rhywsut, fel merch yn y chweched dosbarth oedd heb orffen ei gwaith cwrs yn hytrach na merch a fu'n dyst i hunanladdiad ffiaidd.

'Mi welais i drwy'r ffenest, syr; roeddach chi'n siarad efo dyn wrth y drws cefn ...'

'Bryn? Paid â phoeni, doeddwn i ddim yn cario clecs.'

'Na, nid fo o'n i'n feddwl. Dyn byr, gwallt brown.'

'Ie?'

'Eifion Pennant ydi o. Mae o'n nabod Dad.'

'Dwi ddim wedi dweud dim byd wrth unrhyw un.'

'Ond ... prifathro ydi Dad. Petai o'n clywed am fusnes yr E's ...'

Trueni na chafodd y prifathro ddigon o amser i roi gwers ar osgoi cyffuriau i'w ferch, meddyliodd Daf, cyn sylweddoli fod ei ragdybiaeth yn un hollol annheg. Faint yn union roedd o ei hun yn ei wybod am ymddygiad Carys ar noson allan?

'Dwi 'di dweud yn barod. Cyfrinachedd ydi un o sgiliau pwysicaf fy swydd i. Rhaid i ti fy helpu fi i ffeindio pwy sy'n gwerthu'r stwff, a dyna'i gyd.'

'Mae rhif ffôn y boi werthodd yr E's i Gwawr gen i. Mae o o gwmpas y maes.'

'Mi fydd hynny'n help mawr.'

'Dwi ddim wedi'i gyfarfod o.'

'Iawn. Allet ti ddod lawr i'r Trallwng nes ymlaen, er mwyn ceisio dod o hyd i ddyn y shrŵms?'

'Gallaf – ond fasa hi ddim yn well i mi fynd yn ôl i Lanfair? Mi fydd o'n siŵr o fod yno eto heno.'

'Ocê. A phan weli di o, danfona decst i mi.'

'Mi wna i. Diolch am fod mor neis.'

'Gwranda, lodes, merched ifanc ydech chi, sy wedi gwneud pethau dwl ar noson allan. Pwy sy ddim? Dydi o ddim fel taset ti'n fygythiad mawr i gyfraith a threfn ... os nad wyt ti'n aelod o'r Islamic State?'

'Ia, ond dan ni wedi torri'r gyfraith. A dan ni'n dod o deuluoedd parchus – does 'na ddim esgus.'

'Fallai mai parchusrwydd ydi'r esgus, Dyddgu. Mae'n anodd byw o dan bwysau disgwyliadau pobl o hyd, yn tydi?'

Daliodd y ferch yn llaw Daf am eiliad.

'Dach chi'n ddyn rhyfedd iawn, rhaid i mi ddweud. Dwi erioed wedi cyfarfod neb fel chi o'r blaen.'

'Sothach, lodes. Heddwas sy'n ceisio gwneud ei swydd ydw i, a dim byd mwy.' Ond roedd o'n deall yn iawn. Doedd hi ddim wedi cwrdd ag unrhyw un mewn awdurdod o'r blaen oedd yn dal i gofio sut deimlad oedd bod yn ifanc. Ac os oedd tyfu i fyny'n golygu bihafio fel John Neuadd, roedd Daf yn hapus iawn i barhau fel ag yr oedd o.

'Ydi hi'n iawn i mi fynd i gael cawod rŵan? Dwi rioed wedi teimlo'n futra...'

'Cer di.'

Rhedodd Dyddgu fel plentyn yn ôl i'w phabell i nôl ei thywel a phres i dalu Bryn. Cofiodd Daf sawl parti yn Aber efo'u hash cakes a lobsgows efo shrŵms ynddo. Mi gadwodd draw am ddau reswm. Prin y gallai o fforddio cwrw heb sôn am y mwg drwg, a gwelsai effaith y cyffuriau ar y rhai hynny o'i ffrindiau oedd yn trafod y 'stwff' o hyd, yn union fel y tancwyr yn trafod faint o sesh gawson nhw'r noson gynt. Cofiodd hefyd am y penwythnosau llawn barddoniaeth a'r nosweithiau hir yng nghwmni braf Falmai – roedd ei fywyd yn ddigon llawn bryd hynny. Byddai mwy o siawns iddo fo gymryd rhywbeth anghyfreithlon y dyddiau yma i lenwi'r bwlch yn ei galon, ond gwenodd wrth gofio ei ddewis o gyffur, Gaenor.

Roedd Nia'n bryderus: roedd yn hen bryd iddyn nhw fynd

lawr i'r Trallwng i roi gwell gofal i Gwawr. Roedd Daf yn ddigon hapus iddi adael y safle gan fod popeth bellach mewn trefn. Pan oedden nhw'n arafu i groesi'r grid gwartheg, brysiodd Eifion Pennant draw. Agorodd Daf ffenest y car.

'Maen nhw'n dweud bod Mr Griffiths wedi lladd ei hun.'

'Mae hynny'n wir, yn anffodus.'

'Alla i ddim caniatáu i'm teulu aros yma.'

'Dwi'n deall yn iawn, ond does gen i ddim syniad sut y galla i helpu.'

'Rhaid i chi ddod o hyd i wersyll arall i ni.'

'Heddwas ydw i, nid Trip Advisor. Mae gen i lodes reit sâl yn y cefn. Rhaid i mi fynd.'

'Y'ch chi'n gwybod pwy ydw i, Dafis?'

'Wel, dwi'n gwybod nad ydech chi'n Happy Camper, beth bynnag.'

'Ffion Pennant, fy chwaer, yw golygydd y *Daily Post*. Mae fy ngwraig yn ddarlithydd ym Mhrifysgol Aberystwyth. Mae 'da fi gefnder sy'n Aelod Cynulliad – dyw pobl ddim yn ein hanwybyddu ni.'

'Falch iawn o gwrdd â chi, ond mae gen i bethau i'w gwneud. Be am i chi gysylltu efo'r Tourist Information yn y Trallwng?' Doedd Daf ddim yn ffŵl. Roedd o'n gwybod i'r dim faint o helynt allai rhywun fel Eifion Pennant ei greu petai o ddim yn cael ei ffordd ei hun. Ond, yn y drych, gwelodd wên braf ar wyneb Nia. Dros y blynyddoedd cawsai Daf enw am wrthsefyll yr hoelion wyth, a rhaid oedd cadw'r enw drwg hwnnw. Wrth yrru heibio i gartref Bryn Humphries, cafodd Daf syniad. Arhosodd mewn cilfan i ddeialu'r rhif, cyn trosglwyddo'r alwad i'r teclyn di-law.

'Hclô?' Roedd Falmai yn meddwl fod y llais a glywsai Daf ben arall y ffôn yn eithriadol o gomon, ond roedd yn rhywiol iawn yn ei farn o.

'Chrissie? Daf Dafis yma.'

'Mr Dafis! A ble dech chi 'di bod? Dwi wedi bod yn aros wrth y ffôn ers misoedd!' Roedd hon yn hen jôc rhyngddyn nhw.

Gwyddai Daf yn iawn mai gêm oedd hi, gêm oedd yn gwneud byd o les i'w hunanhyder.

'Gwranda, Chrissie, dwi newydd ddod o Dolau.'

'Dwi 'di clywed. Dwi'm yn synnu – roedd y bastard bach yn gwylio pethau afiach iawn ar ei Sky.'

'Sut wyt ti'n gwybod, lodes?'

'Es i draw i sganio'i ddefaid o pan oedd ei fam i ffwrdd ar ryw drip Merched y Wawr. Mi oedd o isie i ni wylio porn efo'n gilydd, ac mi gynigiodd ddau gant o bunnau i mi. Cash.'

'Be wnest ti?'

'Mae coesau byr fel sy gen i yn dda iawn am gicio, Mr Dafis. Dwi fel Section A fech wyllt. Mi rois i andros o glec iddo fo yn ei meat and two veg a chymryd y pres ... fel ffein.'

'Chwarae teg i ti, Chrissie. Dwi ddim yn mynd i alaru drosto fo.'

Newidodd llais Chrissie, ond roedd nodyn addfwyn o dan yr hwyl.

'Wnaiff neb arall chwaith. Dwi'n meddwl amdanyn nhw'n ei gadw fo yno, ar ei ben ei hun. Taswn i heb wthio fy ffordd i fewn, felly y bydde mam a nain Bryn wedi'i gadw fo, a Glyn hefyd.'

'Tyrd 'laen, Chrissie. Maen nhw'n hollol wahanol i Dewi.'

'Peidiwch â bod mor siŵr. Faswn i byth yn gwneud hynny i 'mhlant i, byth.'

'Ta waeth am hynny, Chrissie, mae 'na tua saith deg o bobl yn gwersylla yng nghae Dolau, a fedren nhw'm aros yno. Wyt ti'n ffansïo agor safle yn Berllan?'

'Does gen i ddim gwaith papur, Mr Dafis.'

'Mae hyn yn argyfwng, Chrissie. Mi alla i sortio'r gwaith papur i ti.'

Tawelodd Chrissie am ryw hanner munud tra oedd hi'n ystyried y fantais ariannol.

'Iawn. Ond rhaid i ni fachu portalŵs Dolau – does 'na ddim portalŵ sbâr yr ochr yma i Gaer.'

'Da lodes.'

'Dewch draw efo'r gwaith papur, Mr Dafis. Mi fydda i'n falch iawn o'ch gweld chi.'

'Mi wna i.'

'Chi'n addo?'

'Dwi'n addo. Hwyl i ti, lodes, a diolch yn fawr.'

'Wela i chi wedyn, Mr Dafis. Mae gen i rywbeth i'w ddangos i chi.'

Wrth reswm, roedd gwên fawr ar wyneb Daf.

'Ti'n anobeithiol, Daf Dafis,' ceryddodd Nia o gefn y car.

Pennod 3

Yn hwyrach ddydd Llun

Ymlaciodd Daf ar stepen drws gorsaf yr heddlu fel y gwnâi yn aml. Fo oedd y brenin yn edrych i lawr ar ei deyrnas – os na fyddai'r top brass yn penderfynu picio draw. Ond tybiai ei fod yn saff heddiw – doedd y Prif Gwnstabl ddim i fod i ymweld â'r Steddfod tan y diwrnod canlynol, efo Comisynydd yr Heddlu, dynes fach annwyl o dop Cwm Tawe. Doedd hi'n gwybod dim am ei swydd cyn cychwyn ynddi, felly fel unrhyw ddynes gall, gwnaeth lawer iawn o ddim byd am sbel. Roedd Derbyniad Swyddogol yr Adran Gyfiawnder wedi'i drefnu ar y maes, a phan ddisgynnodd y gwahoddiad mewn amlen drwchus ar fat drws ffrynt y byngalo, roedd Falmai wedi cyffroi'n lân.

'Den ni wedi derbyn gwahoddiad arbennig,' broliodd. 'Dwi'n mynd i Gaer dros y penwythnos i brynu ffrog newydd.'

'Dwi'm awydd mynd,' oedd ymateb Daf. 'Llond y lle o bobl den ni ddim yn eu nabod yn malu cachu. Dim diolch.'

'Ond maen nhw'n cynnig pryd o fwyd i ni a bob dim.'

'Well gen i fyrger a llonydd, diolch.'

Llanwodd llygaid Falmai ac, wrth gofio hynny, teimlodd Daf braidd yn euog.

'Mi fydd pobl yn ein gweld ni'n mynd i fewn. Pobl den ni'n eu nabod. "Wel, drychwch ar Falmai a Dafydd, yn cymsygu efo'r bobl fawr." Dyna fydden nhw'n ddweud.'

'Sgen i ddim ffwc o ddiddordeb yn be mae pobl yn ddweud.'

'Ond ti'n gwneud yn dda yn dy yrfa, Daf. Dydi hi 'mond yn deg i ti gael dy wahodd i'r ffasiwn ddigwyddiadau.'

'Dwi wedi cael mwy na digon o sylw'n ddiweddar oherwydd rhai o'r achosion. Ond os wyt ti'n meddwl 'mod i'n delio â llofruddiaeth merch fel Jacinta Mytton, neu yn sortio llanast y cog oedd bron â boddi ar ôl gormod o Ket, jyst er mwyn y sylw, ti'n ffŵl llwyr, Falmai Dafis. Dwi ddim isie cerdded drwy waed a thrais i unrhyw fwffe, diolch yn fawr iawn.'

Roedd hyn yn esiampl berffaith o'r bwlch oedd wedi tyfu rhyngddyn nhw. I Falmai, roedd derbyniad crand yn y Steddfod Genedlaethol yn binacl i anelu ato, yn arwydd o'i llwyddiant. I Daf, dim ond niwsans oedd o. Wrth feddwl am y derbyniad, ceisiodd ystyried faint o weithiau y bu iddyn nhw siomi ei gilydd, ond roedd gormod o esiamplau i'w cyfri. A dyna pam, efallai, ei fod o'n teimlo fel petai'n sefyll ar dir cadarn pan oedd yn yr orsaf efo'i griw o'i gwmpas, ac yn suddo yn y byngalo bach.

Roedd Nia wedi setlo Gwawr yn y Sexual Assault Referral Centre i aros am y meddyg. Gwelodd Daf gar cyfarwydd yn cyrraedd: Dr Hugo Meredith. Lluniodd Daf restr o resymau i beidio â'i hoffi: roedd ei lais yn rhy Seisnig, gwisgai chinos lliwgar, roedd ganddo ffrindiau oedd yn mwynhau saethu ac roedd ei wallt yn od – ond y gwir oedd fod Daf wedi cymryd yn erbyn y meddyg fisoedd ynghynt a heb newid ei feddwl. Doedd o'n ddim i'w wneud â'r ffaith i Dr Hugo wahodd Haf Wynne ar sawl dêt – ym marn Daf, roedd pobl od yn haeddu ei gilydd.

'You've got a rape for me, Inspector Dafis?'

'Yes. Mixed things up a bit last night so she's not that straight yet.'

'I see. WPC with her?'

'Yes, WPC Owen. They're in the SARC.'

Efallai fod agwedd glinigol yn beth da i feddyg ond roedd ei ddull o siarad mor oer, fel petai o'n filfeddyg. Efallai nad oedd Dr Hugo yn deall natur trais, ystyriodd Daf; yn deall ei fod, yn wahanol i droseddau eraill, yn brifo'r enaid. Doedd 'na ddim byd arall y gallai Daf ei wneud i helpu Gwawr, ond roedd trosedd o'r fath yn ei filltir sgwâr ei hun yn teimlo fel methiant personol.

Trodd ei sylw at y pentwr o achosion eraill oedd angen ei sylw, yn cynnwys meddwl am sut i ddal pwy bynnag oedd yn gwerthu cyffuriau ar faes y Steddfod. Canodd y ffôn ar y ddesg.

'Dafydd Dafis?' Llais uchel Gwilym Bebb, Cynghorydd Sir a Chadeirydd Pwyllgor Gwaith yr Eisteddfod.

'Bore da, Mr Bebb.'

'Be fuest ti'n wneud lawr yn Dolau? Dwi wedi cael sawl un ar y ffôn yn dweud dy fod ti wedi byrstio i fewn i'r camp 'na a bihafio fel dwn i'm be. Mae 'na bobl bwysig yn aros yno.'

'Mr Bebb, cafodd merch ei threisio yno neithiwr ar ôl cymryd llwyth o gyffuriau gwahanol. Dwi wedi ceisio cadw'r peth yn dawel ...'

'Er mwyn y Steddfod? Da iawn ti.'

'Er mwyn y ferch. Dwi'm yn rhoi rhech am y Steddfod.'

'Ond oedd yn rhaid i ti fod yn gas efo ...?'

'Y ceiliog dandi 'na? Eifion Pennant?'

'Mae gan Eifion Pennant gysylltiadau dylanwadol ...'

'Dyn bach busneslyd ydi Mr Pennant. Mi geisiodd dorri i fewn i leoliad trosedd – roedd o'n ffodus na allwn i wynebu'r gwaith papur fyse 'na o ganlyniad i'w arestio am Obstructing an Officer in the Execution of his Duties.' Bu saib fach fel petai Mr Cadeirydd y Pwyllgor Gwaith yn ystyried y cyhuddiad.

'Wyt ti wedi dal y troseddwr?'

'Do.'

'Un o'r dynion oedd yn aros yno? Myfyriwr?'

'Dewi Dolau.'

'Camgymeriad. Mae Mrs Williams Dolau'n ysgrifenyddes ar Bwyllgor Sirol Merched y Wawr.'

'Problem i Ferched y Wawr ydi honno, nid i mi. Ond ta waeth, mae o wedi lladd ei hun erbyn hyn.'

'Trais? Cyffuriau? Hunanladdiad? Yn ystod ein Steddfod ni?'

'Mae pethau drwg yn digwydd ym mhobman, Gynghorydd Bebb. Wnaethon ni ddim rhoi blaenoriaeth i addysg cyffuriau na helpu dynion i fagu agweddau iach tuag at ferched yn ystod y cyfnod cyn y Steddfod, naddo? Roedden ni'n rhy brysur yn codi arian a gwerthu bynting.'

'Efo pwy wyt ti'n meddwl rwyt ti'n siarad, Dafydd Dafis?'

'Efo chi, Gynghorydd Bebb. Dim ond ceisio dweud bod

pethau drwg yn gallu digwydd heb i bobl fcio'r Steddfod.'

'Gobeithio dy fod ti'n iawn, Dafydd. Den ni ddim isie unrhyw fath o sgandal. A be sy'n mynd i digwydd i'r bobl ddiniwed oedd yn aros yn Dolau?'

'Dwi 'di trefnu safle arall iddyn nhw.'

'Lle braf, gobeithio?'

'I fod yn hollol honest efo chi, Gynghorydd Bebb, dydi fy swydd ddisgrifiad ddim yn cynnwys asesu gwersylloedd, ond dwi 'di gofyn ffafr gan hen ffrind sy'n gymydog i Dolau.'

'Chreda i ddim dy fod *di* yn nabod y tirfeddianwyr lleol, Defi Siop.'

Roedd yr hen sarhad fel ergyd i Daf ond, wrth gofio llais Chrissie ar y ffôn, llwyddodd i chwerthin.

'O, dwi'n dipyn o man of mystery, Gynghorydd Bebb. Mae'n rhaid i mi sicrhau trwydded frys ar gyfer y cae ond heblaw hynny, den ni'n coginio ar nwy,' meddai dan wenu.

'Yn be?'

'Cooking on gas, Gynghorydd Bebb.'

'Digon teg, Dafydd. Ti ddim yn cynllunio mwy o heroics yn ystod yr wythnos gobeithio?'

Roedd tad Daf wedi ei ddysgu i gyfri i ddeg o dan ei wynt, a chyrhaeddodd wyth cyn ymateb.

'Nid fi sy wedi brifo'r ferch, syr, na gwerthu cyffuriau iddi chwaith. Dwi'n bwriadu dal pwy bynnag sy'n gwerthu'r stwff yn ein hardal ni achos dyna fy swydd i, a dwi'n awyddus i gynnal safonau Heddlu Dyfed Powys.'

'Ond does dim rhaid i ti ei wneud o ... yn llygad y cyhoedd, Dafydd. Pwyll pia hi.'

'Be os ydi'r overdose nesa'n marw? Pa fath o sgandal fydd yn yr Eisteddfod wedyn? Dwi'n mynd i wneud yn union fel rydw i'n gweld orau.'

'Den ni'n deall ein gilydd felly, dwi'n meddwl, Dafydd. Jyst bydda'n gall, wnei di?'

'Wrth gwrs, Gynghorydd Bebb.'

'Wela i di a Falmai yn y derbyniad fory.'

'Den ni ddim yn mynd.'

'Ro'n i bron yn siŵr fod yr awrdurdod wedi danfon gwahoddiad i ti ...'

'Mi wnaethon nhw, a dwi 'di gwrthod. Dwi'n rhy brysur i siarad lol a bwyta canapés, sori.'

'Paid â bod yn elyn i ti dy hun, Dafydd. Does dim rhaid i ti fod yn ferthyr o hyd.'

'Nid merthyr ydw i, syr, ond dyn prysur.'

'Debyg iawn, Dafydd, debyg iawn.'

Roedd yn rhaid i Daf gnoi ar ddarn o gwm i lanhau ei geg ar ôl siarad â'r hen fastard. Penderfynodd fynd yn syth i'r maes i gychwyn ei ymchwiliad er mwyn ceisio rhoi stop ar y cyflenwad o E's cyn nos. Doedd o ddim eisiau i rywun arall ddiodde fel y gwnaeth Gwawr. Curodd ar ddrws y SARC.

'Sut mae hi'n mynd, Nia?'

'Iawn. Mae'r meddyg wedi bod ac wedi mynd; dwi wedi cymryd y swabs a phopeth, a den ni'n aros am ganlyniadau'r profion gwaed i sicrhau bod Gwawr yn iawn i fynd.'

'Ydi hi'n mynd adre?'

'Mae hi isie aros efo Dyddgu. Dydi hi ddim isie dweud ei stori wrth neb; ddim isie i neb gael gwybod y cyfan.'

'Dwi'n deall. Dwi'n bwriadu mynd i'r maes yn go fuan – mi alla i roi lifft iddi.'

'Mi fysa hynny'n help mawr. Mae hi'n dy hoffi di.'

'Falch o glywed.' Wedyn, o dan ei wynt, bron, cyfaddefodd; 'Dwi mor falch bod y ffycyr wedi cael brecwast plwm, Nia.'

'Den ni ddim i fod i ddweud pethau fel'na, Inspector. A sôn am frecwast, mi anghofiais i nôl bwyd i ti am ddau reswm. Yn gynta, dwi wedi dechrau mynd yn anghofus ar ôl dod yn ôl oddi ar fy nghyfnod mamolaeth ac yn ail, dwi ddim yma i redeg ar dy ôl di. Mae Sheila'n rhy feddal o lawer. Os ydan ni'n dal i ofalu amdanat ti, fyddi di byth yn tyfu fyny i fod yn fachgen mawr.'

'Ond dwi ar lwgu.'

'Ti'n ffodus iawn, dydyn nhw ddim wedi symud Tesco – mae o'n dal rownd y gornel.'

'Ocê, digon teg. Mi bicia i draw am Danish. Ti isie rhywbeth?'

'Dwi'n iawn, diolch.'

'Paid â dweud dy fod ti wedi mynd yn ôl i blydi Weight Watchers?'

'O cer, plis, Inspector.'

Doedd dim byd tebyg i dynnu coes yn y gweithle. Rhannu jôc, tynnu coes, siarad lol – doedd hynny ddim mewn unrhyw lyfr ar sut i redeg tîm ond, i Daf, roedd yn hollbwysig. Cerddodd Daf yn hamddenol draw i'r archfarchnad, heibio i gerrig yr Orsedd. Braf iawn oedd gweld baneri ym mhobman; roedd y Trallwng yn hapus yn ei Chymreictod, am unwaith. Daethai arwyddion i groesawu ymwelwyr i'r golwg dros y lle, hyd yn oed yn y siop DIY. Prynodd ei frecwast a sawl potel o win – efo Gethin yn aros yn y byngalo, byddai eu hangen nhw. Pan gyrhaeddodd yn ôl i'r orsaf, roedd Gwawr yn barod i fynd. Gafaelai yn dynn mewn potel o ddŵr.

'Mae gen i un alwad ffôn i'w gwneud, wedyn mi awn yn syth i weld sut mae Dyddgu, iawn, lodes?' Nodiodd Gwawr ei phen.

'Ti isie mynd yn ôl efo WPC Nia neu aros efo fi fan hyn am ddau funud?'

'Dwi'n iawn efo chi.' Roedd ei llais yn wan ac yn bell, fel petai hi'n siarad o waelod pwll. Sylwodd Daf mor sych oedd ei gwefusau.

'Wyt ti'n siŵr nad wyt ti isie mynd at dy fam a dy dad?'

'Mae Dad wedi gadael ers sbel, a dwi'n well off efo Dyddgu.'

'Iawn.'

Cododd Daf y ffôn. 'Nia, alli di roi galwad trwodd i swyddfa'r Cyngor Sir: Arfon John yn yr adran drwyddedu plis.'

Tra oedd o'n aros, ystumiodd ar Gwawr i eistedd i lawr ond penderfynodd hi sefyll.

'Arfon, sut wyt ti? Grêt, grêt. Alli di baratoi trwydded ar gyfer safle gwersylla yn sydyn i mi? Wel, dim i fi. Mae cwpwl o bethau reit hyll wedi digwydd draw yn Dolau sy'n golygu bod yn rhaid i bawb symud, a does 'na nunlle iddyn nhw fynd. Dwi 'di perswadio un o'r cymdogion i ddarparu lle iddyn nhw, a dwi wedi addo sortio'r gwaith papur ... Mrs Christine Humphries, Berllan ... O ie? Dydi pawb ddim fel ti, 'rhen hwrdd ... Na, mi a' i â nhw iddi hi ... Nace, nace, y papurau ... Diolch Arfon. Wela i di wrth y Bar Guinness rywbryd ddydd Gwener.'

Meddyliodd eto am Chrissie. Heb dorri unrhyw fath o reol cyfrinachedd, gallai ofyn i Chrissie gadw llygad ar y merched. Efo Chrissie, mi fydden nhw'n hollol saff.

'Tyrd 'laen, lodes.'

Symudai Gwawr fel rhywun yn cerdded yn ei chwsg. Roedd yn rhaid iddyn nhw alw yn swyddfa'r Cyngor ar y ffordd, a pharciodd Daf yn bwrpasol yn un o'r llefydd a oedd ar gyfer cynghorwyr yn unig. Rhedodd i mewn i'r dderbynfa i nôl yr amlen fawr frown, a phan ddychwelodd i'r car, roedd Gwawr wedi ei chloi ei hun i mewn. Gwenodd Daf arni drwy'r ffenestr ac agorodd hi'r drws. Roedd golwg o embaras ar ei hwyneb ond ddywedodd hi ddim gair yr holl ffordd yn ôl i Dolau.

Roedd digon o fwrlwm yn eu disgwyl yn Dolau a char Dr Jarman, y patholegydd, ar yr wtra.

'Does dim llawer i mi wneud fan hyn, Dafydd. Dipyn o lanast.'

'Mi fyddwn ni angen DNA ganddo fo.'

'Mi ddywedodd y swyddogion. Mae SOCOs bron â gorffen yn y stafell ffrynt hefyd.'

'Grêt, Diolch i ti, doctor.'

'Dim problem. Welais i mohonat ti yn y Gymanfa – roedd Carys yn wych.'

'Mae Carys wastad yn wych, ond dwi ddim yn ffan mawr o emynau.'

'Rhag cywilydd i ti, Dafydd. Mae emynau'n ddarn pwysig o'n hetifeddiaeth ni.'

'Os wyt ti'n trio fy mherswadio fi i fynd i'r Gymanfa, mae'n amlwg nad wyt ti wedi 'nghlywed i'n canu.'

'Tro nesa, felly. Hwyl fawr.'

'Ta ta, doctor.'

Roedd gan Daf barch mawr at y patholegydd, a hyd yn oed yn fodlon cymryd pryd o dafod ganddo fo. Mi fydden nhw wastad yn gweld ei gilydd mewn sefyllfaoedd fel hyn pan fyddai agweddau hen ffasiwn Cymreig y patholegydd yn gysur, rhywsut, ymysg y gwaed a'r helynt.

Roedd yr ambiwlans wedi mynd a SOCOs bron â gorffen. Daeth merch mewn siwt wen allan drwy'r drws ffrynt a chlustog o'r soffa wedi ei lapio mewn plastig yn ei dwylo. Gwgodd Daf. Digon o dystiolaeth, ond beth fyddai ei bwrpas heb achos llys, heb droseddwr? Weithiau, wrth geisio ymdopi ag achosion erchyll, ysai Daf am allu gwneud esiampl o droseddwr, i ddanfon neges glir i unrhyw un arall oedd yn hanner meddwl am wneud rhywbeth tebyg. Ond heb droseddwr i'w roi yn y doc, allai o ddim sicrhau cyfiawnder i Gwawr.

'Bron yn sorted, Bòs,' galwodd Darren arno. 'Tri, fallai pedwar o gyfweliadau eraill i'w gwneud, a dyna'r cyfan.'

'A?'

'Dim llawer o ddim byd. Chydig o fynd a dod neithiwr ymysg y criw ifanc, ac mae sawl un o'r merched wedi dweud nad oedden nhw'n hoffi'r Dewi 'ma o gwbwl, ond dim byd penodol, heblaw y ffrae ddoe rhyngddo fo a dy ffrind, Bryn Gwaun.'

'Dydi Bryn Gwaun ddim yn ffrind i mi, Darren. Dyn y dois i i'w nabod drwy fusnes Plas Mawr, dyna'r cyfan.'

'O ie, mi anghofiais – ffrind i'w wraig o wyt ti, yntê? Fyswn inne ddim yn meindio bod yn gyfeillgar â dynes efo pâr mor dda. Dwi ddim wedi gweld eu tebyg ers i mi brynu'r pecyn ola o Dry Roasted un tro.'

'DC Morgan, ti'n gyfarwydd iawn efo rheolau Heddlu Dyfed Powys ynglŷn â rhagfarn rhyw a iaith anaddas.' Gwenodd Daf; gwyddai na fyddai Chrissie'n poeni dim. 'Iawn 'te, lanc.'

'Yr unig broblem sy ganddon ni ydi ...'

'Dyn bach o'r enw Eifion Pennant?'

'Wel ie, ond i fod yn hollol deg iddo fo, mae ganddo bwynt da. Hyd yn oed ar ôl i ni roi pressure washer dros y lle, fydd Dolau ddim yn safle addas i bobl dreulio'u gwyliau ynddo.'

'Dwi 'di sortio hynny. Dwi'n bwriadu cael gair efo nhw rŵan.' Aeth Daf yn ôl at y car. Edrychodd Gwawr arno'n ddiolchgar – doedd hi ddim wedi agor ei cheg i siarad ar hyd y daith yno. Roedd hi'n dal yn rhy wan i gerdded felly gyrrodd Daf i fewn i'r cae, gan ddiolch fod y tir yn galed ar ôl pum wythnos heb law.

'Pa un ydi dy babell di, Gwawr?'

Pwyntiodd at babell pop-up fach oedd wedi ei haddurno â chydig o fynting pinc a melyn, y math o beth y byddai Daf yn disgwyl ei weld yn ffair haf yr ysgol Feithrin. Cododd y dicter yn ei frest unwaith eto – y fath ddiniweidrwydd yn cael ei chwalu gan chwant creadur fel Dewi Dolau.

Fel cwningen o dwll daeth pen Dyddgu i'r golwg ac roedd Daf yn falch iawn o'i gweld. Erbyn hyn roedd hi wedi sobri, a gwelai Daf ei bod yn ferch gyfrifol, hyderus, ac yn fwy na digon abl i ofalu am ei ffrind. Rhedodd merch fach atyn nhw efo fflasg fawr yn ei llaw.

'Mae Mam wedi gwneud gormod o goffi, y'ch chi isie peth?' I fyny'r rhiw, roedd dynes yn ei thri degau o flaen clamp o babell fawr, yn codi llaw.

'Dweud diolch yn fawr wrthi, wnei di?' atebodd Dyddgu wrth dynnu tair cwpan blastig o'i char. Eisteddodd Gwawr ar y glaswellt, ac er i Dyddgu dynnu planced liwgar o gist ei char wnaeth hi ddim codi. Setlodd Dyddgu hithau, a chroesi ei choesau fel plentyn bach ar lawr neuadd yr ysgol.

'Dwi dipyn bach yn rhy hen i eistedd fel'na,' esboniodd Daf wrth ollwng ei hun i lawr yn anesmwyth efo'i goesau'n syth o'i flaen.

'Ddylech chi wneud ioga,' awgrymodd Dyddgu, 'i'ch cadw chi'n ystwyth yn eich henaint.'

'Mi faswn i ofn gollwng gwynt.' Gwenodd Gwawr am y tro cyntaf ers i Daf ei chyfarfod.

'Dwi wedi dod o hyd i safle arall i chi wersylla, ocê? Mae o hanner milltir yn nes i'r maes ac mae'r ddynes sy bia'r lle yn ffrind i mi. Gwraig dyn y cawodydd.'

'O, peidiwch â dweud fod ganddo fo wraig!' ebychodd Dyddgu. 'Mae 'nghalon i'n sitrwns rŵan.'

'Mi ddeudais i fod ganddo fo wraig,' dywedodd Gwawr. 'Dwi'n cofio'r lluniau yn y papurau.'

'Pam oedd o yn y papurau?' holodd Duddgu yn ddryslyd.

'Roedd Bryn yn un o'r dynion oedd dan amheuaeth o lofruddio Jacinta Mytton,' esboniodd Daf. 'Oherwydd ei fod o'n gariad iddi, penderfynodd y papurau greu stori allan o'r peth.'

'A chi oedd yr heddwas,' cofiodd Dyddgu. 'Mi oedd gan Mam andros o grysh arnoch chi.'

'Diolch yn fawr. Mae hynna'n ganmoliaeth gwerth ei gael achos mi gafodd pob merch arall grysh ar Bryn.'

'Allwch chi ddim ein beio ni,' atebodd Dyddgu. 'Mae o mor gorjys, ac yn foi mor neis hefyd, mor gwrtais efo merched.'

'O, mae'r holl moves gan Bryn, lodes, ond mae Chrissie ganddo fo hefyd felly well i ti ei anghofio fo.'

'Does dim drwg mewn edrych.'

O gornel ei lygad gwelodd Daf effaith eu sgwrs ar Gwawr. Roedd hi'n dechrau ymlacio yn araf bach – yn ei brofiad o, bywyd bob dydd oedd y ffisig gorau oll. Gorffennodd ei goffi; paned dda.

'Gei di bacio dy bethau tra dwi'n esbonio'r sefyllfa i'r gwersyllwyr eraill. Dwi isie eich cyflwyno chi'ch dwy i Mrs Humphries, a gwneud yn siŵr eich bod chi'n setlo. Iawn?'

Doedd Eifion Pennant ddim yno ond cafodd Daf sgwrs gall iawn efo'i wraig, sef y fam garedig anfonodd y coffi at Gwawr a Dyddgu. Ym marn Daf, doedd Efion Pennant ddim yn haeddu cystal gwraig. Doedd bywyd ddim yn deg o gwbwl.

'Does dim rhaid i chi egluro unrhyw beth, Inspector – 'wy wedi gweld digon i ddeall y stori'n iawn. Fe aeth y merched dros ben llestri neithiwr a chymerodd Mr Griffiths fantais arnyn nhw. Busnes erchyll. A 'wy'n falch iawn eich bod chi wedi dod o hyd i rywle arall i ni aros – doedd dim rhaid i chi fynd i'r fath drafferth, a chymaint o bethau eraill ar eich meddwl.'

'Ar ddiwedd y dydd, Mrs Pennant, gwesteion ydech chi, gwesteion pobl Maldwyn.' Allai Daf ddim credu ei fod yn dweud y ffasiwn eiriau. Roedd fel petai ysbryd Gwilym Bebb wedi ei feddiannu fel rhyw ddiafol lloerig. 'A ... den ni ddim isie i unrhyw beth dorri ar draws y croeso,' gorffennodd yn gloff. Symudodd Daf ymlaen i'r babell nesaf, yn teimlo fel ffŵl. Doedd dim rhaid iddo fo barablu geiriau gwag am groeso Maldwyn, ond dyna wnaeth o hyd at y babell olaf.

Mewn llai na hanner awr, roedd Daf wedi siarad efo pawb ac ar ei ffordd draw i Berllan gyda Dyddgu yn ei ddilyn mewn Suzuki bach efo sticeri'r Eisteddfod a Chymdeithas yr Iaith yn y ffenest ôl. Wrth droi i fyny wtra Berllan sylwodd fod y marciau paent a adawodd ei gar wrth grafu'r wal ryw dro yn dal i fod yno. Efallai nad oedd Chrissie wedi eu glanhau am eu bod yn ei hatgoffa ohono fo, meddyliodd, cyn sylweddoli ei bod yn ddynes lawer rhy ymarferol i rwtsh felly. Gwelodd Daf hi wrth droi llyw y car i'r buarth, yn ysgwyd llaw efo dyn yn gafael mewn clip-bôrd. Wrth gerdded tuag atyn nhw gwelodd Daf gymysgedd o chwant ac ofn yn llygaid y dyn bach o'r Cyngor Sir ... dyna effaith Chrissie.

'I was just saying to Mrs Humphries, if she gets that corner of the field fenced off where the brook is a potential drowning hazard, we're all good.'

'My husband'll do that before he gets his dinner. I'll take a picture on my phone and send it to you when the job's done, to save you coming out again.'

Roedd yn amhosib peidio'i hedmygu. Dair awr yn ôl, egin oedd y syniad o greu gwersyll, erbyn hyn, roedd popeth wedi ei drefnu. Sylwodd Daf ei bod wedi rhoi llwyth o fasgara ymlaen – byddai'n hoffi meddwl mai ar ei gyfer o oedd hynny. Rhoddodd wên fawr iddo ar ôl ffarwelio a Mistar Clip-bôrd.

'Dy gwsmeriaid cynta di, Chrissie. Dyddgu a Gwawr.'

'Ocê, ferched. Dyna i chi'r cae. Dwi wedi rhoi portalŵ dros

dro yn y gornel, ond hwn ydi'r un den ni'n ei ddefnyddio wrth gontractio, felly peidiwch â disgwyl gormod. Mi fydda i'n bachu un gwell i chi yn nes ymlaen. Bydd Bryn yn dod â bowser yma hefyd. Os ydech chi angen unrhyw help, dewch at y tŷ, iawn?'

'Be am dalu?' gofynnodd Dyddgu.

'Rhaid i mi drafod hynny efo Inspector Dafis, lodes. Does gen i ddim clem faint i ofyn.'

'Oes 'na siawns am baned? Mae hi wedi bod yn fore a hanner,' gofynnodd Daf wedi i'r merched fynd i ddewis y safle gorau i godi eu pebyll. Roedd y plant yn cicio pêl tu allan, y buarth fel pìn mewn papur ac awel fach ffres yn dod ag arogl blodau'r eithin lawr o'r topiau. Arhosodd Chrissie ar stepen y drws.

'Gen i gynlluniau mawr ar y gweill, Mr Dafis. Den ni newydd gael planning ar gyfer sgubor fawr newydd ac estyniad i'r tŷ. Dwi'n hanner ffansïo conservatory ond mi fydd yn rhaid i ni gael llofft arall beth bynnag.' Rhedodd Daf ei lygaid dros ei chrys T tynn. Roedd ei bol ychydig yn fwy crwn nag arfer. Yn y gegin, tynnodd ffolder fechan allan o ddrôr a'i rhoi i Daf. Llun sgan babi oedd o, a oedd yn dangos efeilliaid yn glir. Cofiodd Daf fod gan fab hynaf Chrissie, Rob, efaill a fu farw pan oedd yn fabi.

'Llongyfarchiadau mawr, Chrissie.'

'Chwarae teg, Mr Dafis, mae'r hen darw wedi gwneud ei job gystal â'i frawd. Babis mis mêl fydden nhw.'

Wrth gwrs roedd yn newyddion da, ond dechreuodd Daf ystyried ymhellach wrth edrych ar lun priodas Chrissie a Glyn ar y wal. Yn y llun, roedd Chrissie yn sefyll rhwng y ddau frawd, a hwythau â llaw bob un ar ei hysgwyddau noeth. Bu'r brodyr yn agos iawn ac yn rhannu popeth – gan gynnwys Chrissie – cyn marwolaeth greulon Glyn. Ond, yn amlwg, roedd Chrissie wrth ei bodd.

'Felly mi fyddwn ni fel sardîns yn y tŷ 'ma cyn bo hir, Mr Dafis. Mae nain Bryn wedi dangos ei hewyllys iddo fo: mae hi'n sâl iawn felly den ni'n disgwyl y byddwn ni'n gallu gwerthu Gwaun yn y gwanwyn.'

'Gwerthu'r fferm?'

'Nage, nage, Mr Dafis – gwerthu'r hen gwt ieir o dŷ.'

'Ro'n i'n credu ei fod o'n esiampl berffaith o dŷ hir Cymreig.'

'Tase fo'n esiampl berffaith o dun Quality Street, fydden i ddim isie byw yn y ffasiwn dwll. Den ni wedi creu dipyn o le i Bryn roi'r gwartheg i fewn fa'ma dros y gaeaf, ac ar ôl cael y sgubor newydd mi fydd popeth yn gyfleus iawn.'

Yfodd Daf ei de – y baned orau a gafodd ers tro, wedi ei gwneud â dŵr ffynnon. Roedd yn ysu i ofyn cwestiwn na fyddai'n meiddio ei ofyn i neb heblaw Chrissie. Gwyddai na fyddai hi ddim dicach hyd yn oed petai hi'n anfodlon rhoi ateb iddo.

'Chrissie, ti'n cofio y llynedd, roedden ni'n trafod y ffaith dy fod ti a Glyn a Bryn yn ... wedi bod yn ... deall eich gilydd yn iawn ers amser hir?'

'Ydw, Mr Dafis, ond dech chi'n siarad yn od weithiau. Dydi "deall ein gilydd" ddim cweit yn gywir: ffwcio'n gilydd oedden ni.'

'Ac oeddet ti'n hapus efo'r trefniant?'

'Wrth fy modd: pwy fydde isie mono pan mae stereo ar gael?'

'Wel, dwi wedi meddwl am y busnes sawl tro ers hynny ...' dechreuodd, cyn i Chrissie dorri ar ei draws, yn llyfu ei gwefus yn araf.

'Ydech chi, wir, Mr Dafis? Dwi mor falch.' Yn amlwg, roedd hi'n hapus i fod yn destun i'w ffantasïau. Doedd hi ddim yn debyg i unrhyw ferch arall, a doedd Daf ddim yn synnu fod y gwragedd parchus lleol, megis Falmai, yn ei chasáu. Nid dim ond ei chorff hardd a'r fflach yn ei llygaid oedd yn ddeniadol. Roedd 'na rywbeth ffres yn ei hagwedd, awgrym y byddai gwledd o brofiadau i'w cael yn ei chwmni. Ers iddo ddod i'w hadnabod, roedd Daf wedi ceisio dyfalu sawl tro yn union pam roedd hi mor arbennig a phenderfynodd, yn y bôn, ei bod hi'n wahanol oherwydd nad oedd hi'n cysylltu rhamant a rhyw. Fel dynion, roedd Chrissie yn gallu gwahanu teimladau corfforol oddi wrth berthynas, a hi oedd yr unig ferch roedd Daf erioed wedi ei chlywed yn siarad yn agored am chwant heb gyd-destun cariad.

'Wel, a dwi'n gwybod 'mod i'n fusneslyd, ond sut ddechreuodd y peth? Wnaethon nhw ofyn i ti ...?'

Chwarddodd, a rhedeg ei dwylo bach cryf drwy ei wallt du.

'Rhaid dweud, Mr Dafis, dwi'n hoffi'ch cwestiwn chi, achos ro'n i'n hanner meddwl eich bod wedi anghofio amdana i. Does gen i ddim llawer i ddiddori dyn fel chi.'

'Paid bod yn ffôl, Chrissie. Allet ti diddori bob dyn dan haul.'

Arhosodd Chrissie am eiliad cyn ateb. 'Dech chi'n cofio Glyn yn prynu beic pan oedden ni'n canlyn? Norton Commando 1973 ... beic a hanner. Er ei fod o'n hen roedd 'na ddigon o wmff ynddo fo, ac mi deithion ni ar hyd y wlad efo fo, draw i'r TT Races hyd yn oed, un tro.'

'Ond mae 'na anfantais i feic, yn ystod y tywydd oer,' meddai Daf.

Gwenodd Chrissie a rhoi winc iddo. 'Dech chi o 'mlaen i rŵan, Mr Dafis! Wel, dech chi'n gwybod ffasiwn dŷ ydi Gwaun? Dim digon o le i ddim byd, felly roedd yn rhaid i'r bois gysgu yn yr hen daflod wair pan oedden nhw'n ifanc. Dim grisiau hyd yn oed, dim ond ysgol, a dim nenfwd go iawn, jyst y trawstiau a llechi. Yn ystod y gaeaf ro'n i'n arfer dringo fewn drwy'r ffenest i gwrdd â Glyn – dwi'n gallu dringo fel mwnci, Mr Dafis, fel dech chi'n cofio. Beth bynnag, un noson roedd Glyn wedi bod draw i'n tŷ ni er mwyn i mi gael torri ei wallt o, achos roedd ganddo gyfweliad yn y banc y bore wedyn, am fenthyciad busnes. Wedyn, aethon ni draw i Gwaun. Fel arfer aeth Glyn i mewn ac, ar ôl deng munud, dringais i fewn ar ei ôl o. Tynnais fy nillad yn y tywyllwch ac es i fewn i'r gwely. Dechreuodd pethau symud i'r cyfeiriad iawn ac ro'n i'n hapus reit nes i mi roi fy llaw yng ngwallt Glyn. Gwallt hir. Bryn oedd o. "Hei," gwaeddais, "be sy'n digwydd?" ac atebodd Bryn, yn ddigywilydd reit, "Be di'r broblem ? Den ni wedi gwneud hyn sawl tro cyn heno." '

'Be! Wyt ti'n dweud dy fod di wedi ffwcio Bryn sawl tro heb wybod?'

Gwenodd Chrissie, gydag ychydig bach o hiraeth yn ei llygaid bywiog.

'Roedden nhw'n debyg iawn, Mr Dafis, fel un dyn efo dau gorff. Ond, ar ôl hynny, ro'n i'n mynd â thortsh fach efo fi, er mwyn cael gweld pwy oedd pwy.'

'A ... doeddet ti ddim yn flin efo nhw?'

'Sut all dynes o gig a gwaed fod yn flin efo nhw? Maen nhw mor annwyl.' Wedyn, cofiodd. '*Roedden* nhw mor annwyl. Y ddau. Roedden ni'n hapus iawn efo'n gilydd.'

Cododd ton o euogrwydd dros Daf.

'Sori, Chrissie, ddylwn i ddim bod wedi gofyn. Dwi'n hen byrfyrt.'

'Dech chi ddim, Mr Dafis. Rhaid dweud, y peth gwaetha allech chi ei wneud i fi yw peidio meddwl amdana i.'

'Ti'n ddynes a hanner.'

'Pam dech chi'n meddwl 'mod i wedi cytuno i'r holl drafferth 'ma efo pobl y pebyll? Dwi isie cyfle i fflyrtian efo chi, Mr Dafis.'

Ceisiodd Daf feddwl sut i ddechrau trafod Gwawr a Dyddgu efo hi, ond doedd ganddo ddim syniad lle i ddechrau. Fel arfer, datrysodd Chrissie'r broblem.

'Y blondi fech, hi oedd yr un gafodd Dewi Sgwint, ie?'

'Ie.'

'Ffycar hyll. Ti isie i fi gadw llygad arni hi?'

'Plis. Doedd hi ddim yn fodlon mynd adre, am ryw reswm.'

'Dech chi'n gwybod be ydi trais, Mr Dafis? Trais ydi be sy'n digwydd pan nad oes neb yn gwrando ar y ferch. Rhaid iddi hi gael ei ffordd ei hun am dipyn, ocê?'

'Ti'n iawn, Chrissie, fel arfer.' Roedd Daf yn falch iawn o gael rhannu'r cyfrifoldeb efo dynes mor gall â Chrissie.

'Dech chi'n aros am eich cinio? Mae 'na gyw iâr yn y ffwrn.'

'Efo popeth ti 'di bod yn drefnu, ti 'di cael amser i baratoi cinio rhost?'

'Mae'r plant wastad yn pilio'r tatws; dyna'r job fwya. Ac mae'n rhaid i Bryn godi'n gynnar i fynd o gwmpas efo'r cawodydd. Mae'n bwysig iddo fo gadw ei nerth, Mr Dafis, mae hynny'n bwysig iawn i fi.' Llanwyd Daf â chenfigen, ac nid am y tro cynta. Fel ciw i'r llwyfan mewn drama, agorodd y drws a daeth Bryn i mewn.

'Rhaid i ti rhoi chydig o chain link dros gornel y Ddol, cariad,' gorchymynnodd Chrissie.

'Paned gynta? Ma' hi fel ffwrn tu allan.'

'Mi fydd glasiaid o sgwash yn torri dy syched yn well, ac yn gwastraffu llai o dy amser di,' atebodd Chrissie wrth roi Ribena yn ei law. Llyncodd Bryn yr hylif piws, a diflannodd fel bachgen bach yn dilyn ordors ei fam. Gwenodd Daf wrth feddwl am ei ffrind, Dr Mansel, a fyddai'n dweud bob amser fod pob teulu'n system, a phob system yn gweithio mewn ffordd hollol wahanol. Tu ôl i bob drws roedd patrymau a chyfrinachau gwahanol, a swydd Daf oedd cadw'r drefn, nid busnesa. Ond roedd hi'n amhosib iddo guddio ei ddiddordeb yn y sefyllfa yma.

'Chi'n aros am ginio, neu be?'

'Diolch am y cynnig, Chrissie, ond well i mi fynd. Rhaid i mi ddod o hyd i bwy bynnag werthodd y stwff i'r merched cyn i rywbeth arall fel hyn ddigwydd.'

Jyst cyn agor y drws iddo fo, rhoddodd Chrissie ei breichiau o amgylch ei wddf. Gan ei bod hi mor fyr, roedd hi ar flaenau ei thraed. Rhwbiodd ei chorff dros ei frest.

'Pan o'n i'n lodes fech, ro'n i'n dwli ar y Westerns. Roedd 'na wastad sheriff i ddatrys problemau pawb ... dyn tebyg iawn i chi, Mr Dafis. Ro'n i wastad yn ffansïo'r sheriff a dwi dal yn teimlo fel'na.'

'Well i mi brynu het wen felly, Chrissie.'

'Ddywedoch chi un tro eich bod chi'n methu dod i 'ngweld i oherwydd 'mod i'n dyst yn yr achos roeddech chi'n ymchwilio iddo. Dwi'm yn dyst ddim mwy.' Rhoddodd ei llaw ar ben ôl Daf a'i wasgu'n dynn.

'Ti'n wraig i ddyn arall, Chrissie, tad dy efeilliaid bach.'

'Does dim rhaid i chi fy atgoffa fi, Mr Dafis. Dech chi'n gwybod yn iawn faint dwi'n feddwl o Bryn, ond be mae'r Saeson yn ddweud? Variety is the spice of life.'

'Ti'n gwybod be, Chrissie Humphries, dwi erioed wedi cwrdd â dynes efo amseru gwaeth. Mae'n rhaid i mi fynd rŵan.'

'Dech chi ddim yn cael mynd heb addo dod 'nôl ryw dro.'

Rhoddodd Daf gusan hir, angerddol iddi.

'Arhosa di tan mae'r plant i gyd yn ôl yn yr ysgol ar ôl y gwyliau. Danfona di Bryn draw i ryw gontract yr ochr arall i'r Drenewydd, a choda'r ffôn, Chrissie.'

'Mi wna i.'

'Mi fydda i'n picio'n ôl yn nes ymlaen beth bynnag, i weld sut mae pethau'n setlo fan hyn.'

Yn sydyn, cofiodd Chrissie am fusnes.

'Faint ddylwn i godi arnyn nhw?'

'Bydd rhywun o'r pwyllgor Llety a Chroeso yn cysylltu yn nes ymlaen.'

'Dydi hi ddim yn deg iddyn nhw dalu ddwywaith, ond dwi ddim yn fodlon mynd i'r holl drafferth heb geiniog.'

'Digon teg.'

'Maen nhw'n haeddu rhyw fath o iawndal gan rywun.'

'Mi sortia i rywbeth efo'r Pwyllgor.'

Dechreuodd Chrissie chwerthin.

'Rhaid cyfadde, Mr Dafis, dwi dipyn bach yn crazy amdanoch chi. Alla i ddim stopio meddwl be sy ganddoch chi yn eich trywsus yn ogystal â be sy ganddoch chi yn eich pen.'

'Dim ond un ffordd sy 'na i ymateb i'r cwestiwn yna, ond dim rŵan.'

'Ond rhywbryd?'

'Dwi'n addo.'

O drothwy'r tŷ, gwelodd Daf bebyll y merched: roedd pop-up Gwawr ar ei thraed ac, efo help Bryn, roedd pabell Dyddgu bron yn barod. Roedd Daf yn ymwybodol o'r dagrau yn ei lygaid pan welodd Gwawr yn tynnu'r bynting o'i bag. Gwasgodd Chrissie ei law.

'Does dim rhaid i chi ofalu am bawb, Mr Dafis. Fydden nhw'n saff fan hyn.'

'Diolch Chrissie.'

'Dech chi'n gwybod be ydi fy mhroblem i, yn dydech?'

'Be?'

'Mae lot fawr o bobl yn dibynnu arna i. Dwi wrth fy modd efo Bryn, ond ... mae gen i saith dyn ar y payroll erbyn hyn, y plant a Bryn i ofalu amdanyn nhw, a dydi Mam ddim yn tshampion. Ata i fydd pawb yn dod am help efo'u problemau, yn union fel maen nhw dod atoch chi. Ac yn union fel fi, Mr Dafis, does neb y tu ôl chi efo chequebook yn ei law. Ni yw'r oedolion, Mr Dafis, dyna'r peth.'

'A be dwi wedi'i wneud bore heddiw? Llwytho mwy o broblemau arnat ti.'

'Dwi'n iawn. Ond cofiwch chi feddwl am ffordd neis iawn i 'nhalu fi'n ôl.'

'Dwi 'di addo, Chrissie.' Doedd hi ddim wedi gollwng ei law, ac efo gwynt yr eithin yn llenwi ei ffroenau rhedodd hen gân drwy ben Daf:

> Does gen i ddim ceiniogau coch
> Dim ond sofrenni'r eithin
> A fawr o ddim o hynny chwaith
> Dim ond dal dy law a chwerthin.

Heb iddo sylwi roedd yr alaw wedi dianc: roedd o'n hymian yn isel, ond yn ddigon uchel i Chrissie glywed. Gwasgodd ei law'n awgrymog.

'Haf yw tymor caru, Mr Dafis, fel dywed y gân.'

'Paid â 'ngalw fi'n "Mr Dafis" o hyd. Nid athro ydw i.'

'Ocê, Mr Dafis.'

'Ti'n anobeithiol.'

Wrth yrru i lawr yr wtra a ffenestr y car ar agor, clywai Daf sŵn adar, cân Sŵnami yn dod o radio car Dyddgu, lleisiau plant yn chwarae ac, o gornel y cae, clecian morthwyl. Clywai sŵn arall hefyd, sŵn dyn yn chwibanu. Chwarddodd Daf: dyna effaith

Chrissie ar ddynion: Bryn yn chwibanu fel mwyalchen allan o diwn ac yntau, yr Arolygydd Dafydd Dafis, yn hymian back catalogue Plethyn. Peth braf iawn i ddyn dros ei ddeugain oed oedd meddwl fod gan unrhyw un ddiddordeb yn ei gorff, heb sôn am ferch mor ddeniadol â Chrissie. Braf iawn hefyd oedd derbyn y fath gynnig, ond doedd Daf ddim yn siŵr a fyddai ganddo ddigon o hyder i fanteisio arno. Ar ôl blynyddoedd o brofiad o gyrff perffaith Bryn a'i frawd, sut fyddai Chrissie'n ymateb i ddyn canol oed oedd â gwendid am Danish pastries? Roedd yn rhaid i Daf gyfaddef nad oedd o'n hynod o hyderus yn ei sgiliau caru. Gwell iddo aros fel ffantasi i Chrissie, y sheriff yn ei het wen, na methu yn ei gwely.

* * *

Â miloedd o geir yn cyrraedd yr Eisteddfod yn ddyddiol, doedd y cynllun traffig yn ddim llai na gwyrth. O Berllan, cyrhaeddodd Daf y maes mewn chwarter awr. Wrth giât y maes parcio roedd Hywel y Ffridd, un o aelodau tîm John Neuadd, Prif Stiward Parcio Prifwyl Cymru. Roedd tynnu ei gerdyn ID allan o'i flaen yn bleser pur i Daf.

'Sori 'mod i'n torri ar draws dy system di, How, ond dwi ar chydig o frys.' Celwydd noeth oedd hynny – doedd o ddim yn sori o gwbwl am yrru heibio'r holl Hitlers Hi Vis i'r gornel o'r cae oedd wedi cael ei dynodi ar gyfer cerbydau argyfrwng, a doedd o ddim ar frys chwaith. Dechreuodd ystyried ei hun yn rebel, cyn ailfeddwl. Dewisodd fynd i mewn drwy'r Ganolfan Groeso yn hytrach na'r fynedfa argyfrwng ond, fel yn y maes parcio, ymhyfrydodd yn ei allu i chwifio'i ID o flaen pobl barchus.

Wrth y fynedfa, yn goch fel betys, roedd merch yr un oed â Rhods yn gwerthu *Golwg*.

'Ceri Wyn, ti'n mynd i losgi.'

'Dwi'n iawn, Mr Dafis. Dech chi isie prynu copi o *Golwg*?'

'Cer di i'r stondin Cymorth Cynta i nôl eli haul, da lodes.'

'Mae gen i ddeg ar ôl. Wedi i mi eu gwerthu nhw i gyd mi wna i chwilio am Mam – mae ganddi hi ffactor fforti yn ei bag.'

'Mae blacmêl yn drosedd ddifrifol,' dywedodd Daf wrth dynnu ei waled o'i siaced.

'Dech chi'n legend, Mr Dafis. Punt saith deg pump, plis.'

'Mi gymera i'r cwbwl lot os wyt ti'n addo mynd i chwilio am eli haul yn syth bìn.'

'Ond ... ond dech chi ddim isie deg!'

'Dwi'm isie un. Mae gen i gopi adre.'

Trodd Ceri Wyn i weld Daf yn rhoi ei gylchgronau yn y bin ailgylchu. Ddim fel hyn ddylai rheini ymddwyn, meddyliodd yr eneth yn ansicr.

Cerddodd Daf yn hamddenol rhwng y stondinau yn chwilio am wyneb cyfarwydd, rhywun fyddai'n fodlon helpu heb ofyn gormod o gwestiynau.

Roedd Carys wedi cael swydd ar y maes heb drafferth, yn gwerthu crochenwaith a nwyddau di-ri ar stondin o'r enw Dresel Nain. I siwtio'r naws vintage, roedd Carys wedi gwisgo ffrog o'r pum degau a chafodd Daf fraw pan welodd mor debyg oedd hi i hen luniau o'i fam o'r cyfnod cyn iddi fod yn fam nag yn Nain Siop. Doedd dylanwad Neuadd ddim yn amlwg o gwbwl ar ei ferch, ac roedd honno'n fuddugoliaeth bwysig. Aeth i fewn i'r stondin gan smalio chwilio am anrheg, ond, fel bron bob dyn arall mewn stondinau o'r fath, doedd ganddo ddim diddordeb yn yr hyn oedd o'i gwmpas. Ar ôl gorffen lapio mỳg wrth y til, daeth Carys draw.

'Dech chi'n chwilio am rywbeth penodol? O, Dad, ti sy 'na.'

'Helô cariad. Ro'n i jyst yn ceisio meddwl am anrheg i ddiolch i Anti Gaenor am ein croesawu ni, rhywbeth i'r tŷ, fallai.'

'Hmm. Mi wna i chwilio am rywbeth bech.'

'Dim rhy fach. Den ni ddim isie edrych yn tshêp.'

'Be am glustog o frethyn cartref? Neu, yn llai costus, un sy'n dweud "Croeso" arno fo?'

Ar gopa'r pentwr o glustogau roedd un efo'r geiriau 'Nos

Da' arno fo. Roedd pob un o'r clustogau eraill yn rhy debyg i'r clustogau oedd ar wely John Neuadd, yn rhy agos i'w odineb.

'Rhywbeth i'r gegin, fallai?' Cododd Daf fŷg efo gair arno fo: Cwtch. Un arall: Hiraeth. Y trydydd: Cariad. Roedd bron pob un o'r anrhegion yn drap, a chododd teimlad digon tebyg i banig yn ei frest – oedd modd iddo ddianc o'r stondin heb i'w ferch ddyfalu sut berthynas oedd rhwng ei thad a'i fodryb? Meddyliodd am stori Gaenor, stori'r marc ar ei choes yn y llun dderbyniodd Siôn. Roedd hi'n hoff iawn o'r ardd.

'Be am y planter llechen yna?' gofynnodd.

'Mae'n andros o ddrud, Dad, ac yn drwm ofnadwy.'

'Wneith tro. Mi bicia i 'nôl yn nes ymlaen.' Roedd gwên fawr ar wyneb Carys.

'Does dim rhaid i ti, Dad. Mae 'na stondinau eraill, ti'n gwybod.'

'Twt lol – ti wedi datrys problem i mi, felly ti'n haeddu chydig o bonus.'

'Does gen i ddim siawns o gael bonus a finne'n gorfod treulio hanner y pnawn yn y blydi Coroni. Ond wir, alli di ddim gwario fel hyn bob dydd, Dad, neu mi fyddi di'n fethdalwr cyn dydd Iau.'

'Wnei di ei lapio fo'n neis iddi?'

'Iddyn nhw. Mae Wncwl John yn ein croesawu ni hefyd.'

'Ie, ie, ond nid fo sy'n gwneud y gwaith tŷ.'

'Ddim Anti Gaenor sy'n glanhau, chwaith. Ond mi wna i ei lapio fo.'

'Ddiwedd y dydd, mi ddo' i â'r car i'r maes i'w nôl o.'

'Ti ddim yn cael gyrru ar y maes, Dad.'

'Dwi'n blismon, mi ga' i yrru drwy'r pafiliwn efo'r blues and twos ymlaen os lecia i, lodes.'

Cymerodd Carys ei gerdyn a phwysodd y rhifau ar fotymau'r peiriant.

'Ti i fod i ofyn am fy nghôd i.' Daeth y papur allan o'r peiriant. 'Mae hwnna'n costio mwy na limit y contactless, Carys.'

'O Dadi bech, dwi'n gwybod dy PIN di yn well na 'nghôd fy hunan. Den ni'n cau tua chwech heno, neu'n hwyrach fallai os bydd 'na lwyth o bobl o gwmpas.'

'Ocê. Ydi Siôn ar y maes?'

'Mae pawb ar y maes, Dad. Andros o giang wrth y bar. Mi welais Anti Gae yn Pl@iad, yn llyncu ei Sauv Blanc fel dŵr.'

'Oedd dy fam efo hi?'

'Mae hi'n wraig i ti hefyd, Dad, a nag oedd; mae hi'n gwneud brechdanau drwy'r dydd yn FfyddLe.'

'FfyddLe?'

'Pabell yr Eglwysi. Mae'r ficar wedi gofyn iddi hi.'

Rhwystrodd Daf ei hun rhag gwneud sŵn dilornus yn ei wddf. Eglwys yng Nghymru oedd teulu Neuadd ers cenedlaethau ond, ym marn Daf, lol oedd crefydd er bod ei deulu yn gapelwyr, yn enwedig Taid Siop a aeth â Daf i ysgol Sul Moriah. Wrth gwrs, i osgoi gwneud ffwdan, roedden nhw'n dilyn ffydd teulu Neuadd ond arferiad oedd o, ym marn Daf, heb egni, heb angerdd, heb dystiolaeth o'r Ysbryd. A dyna hi, Falmai Neuadd, yn torri crystiau oddi ar frechdanau a'r byd mawr crwn yn llawn o ddagrau sy angen eu sychu, llawn pobl dorcalonnus sy angen cysur. Pwy oedd y Cristion, meddyliodd, Falmai efo'i brechdanau, neu Chrissie, yn gofalu am ferch gafodd ei threisio? Dychmygodd Daf Chrissie yn tywallt olew persawrus dros ei draed a'u sychu nhw efo'i gwallt cyrliog. Roedd yr gwres yn dechrau cael effaith arno. Roedd o angen peint.

'Paid â gweithio'n rhy galed, lodes.'

'Paid â threulio gormod o amser draw yn Berllan, Dadi.'

'Be?'

'Mi glywais yr holl stori gan Mair. Ond dwi'm yn poeni, Dadi annwyl, fyddai neb yn dy ddewis di o flaen Bryn Gwaun, dim ffiars o beryg.'

'Dwi ddim yn meddwl am eiliad dy fod ti'n gwybod y cyfan, Carys fach. A diolch byth am hynny. Sticia at dy fŷgs a dy glustogau, a gadael y pethau tywyll i dy dad.'

Daeth cwsmer newydd at y bwrdd efo cwestiwn am un o'r

anrhegion Cymreig chwaethus. Cododd ei law wrth ffarwelio ond roedd ei eiriau nawddoglyd wedi disgyn rhyngddyn nhw fel llen. Llen o frethyn cartref efo brodwaith arno fo.

Erbyn hyn roedd syched Daf wedi cynyddu. Roedd yr haul crasboeth wedi troi'r awyr las yn wyn, heb gwmwl nac awel. Dan draed, roedd llwch wedi codi a setlo ar gynfas sawl stondin gan wneud iddyn nhw edrych fel hen luniau sepia. Doedd y Bar Syched ddim yn bell ond roedd Daf yn bwriadu manteisio ar bob cornel o gysgod rhag yr haul ar ei ffordd yno. Roedd tywydd fel hyn yn berffaith i orwedd mewn gwely grug efo merch fodlon, ond yn dipyn o boen i blismon oedd ag ymchwiliad ar y gweill. Ar ôl cerdded ychydig lathenni yn unig, arhosodd yng nghysgod y stondin drws nesaf am eiliad.

'Dŵr?' gofynnodd dyn dieithr, yn estyn cwpan blastig iddo.

'O, diolch yn fawr.' Roedd hon yn stondin wahanol iawn i'r un roedd Carys yn gweithio ynddi – un fawr, yn llawn beiciau mynydd. Uwchben y lluniau o bobl ffit yn gwibio i lawr llwybrau mynyddig, serth, roedd arwydd mawr: Dros y Topiau.

'Tro cynta yn y Brifwyl?' gofynnodd Daf i'r Samariad trugarog.

'I'm sorry, I don't really speak Welsh. Garmon!' O gefn y stondin daeth dyn ifanc mewn cadair olwyn. Roedd o tua pump ar hugain ac yn hynod o ddeniadol efo'i wên fawr, gwallt fel mwng llew a chroen rhywun sy'n treulio'i fywyd yn yr awyr iach. Yn union fel Bryn Gwaun, gwisgai fest i ddangos siâp ei gorff.

'Beic, dyna i ti chwip o ffordd dda o ddal lladron defaid ar dop Mynyddoedd y Berwyn,' meddai wrth Daf. 'Chwe beic a phum sesiwn hyfforddi – y buddsoddiad gorau fysa Heddlu Dyfed Powys yn medru'i wneud.'

Bu saib wrth i Daf sylweddoli ei fod wedi gweld y dyn ifanc yn rhywle o'r blaen, ond allan o'r cyd-destun, allai o yn ei fyw â chofio ymhle. Roedd Garmon, ar y llaw arall, yn amlwg yn gwybod yn iawn pwy oedd Daf.

'Efo toriadau fel maen nhw mi fyddan ni'n gwerthu'r ceir i

gyd ymhen blwyddyn – mae'n well gen i feic nac asyn.'

'Pan fydd y diwrnod hwnnw'n gwawrio, cofia di lle i gael y beiciau gorau!' Estynnodd ei law galed, frown, i Daf.

'Mi wna i. Daf Dafis ydw i.'

'Garmon Jones. Neu Garmon Beics fel maen nhw'n fy ngalw fi erbyn hyn.'

Garmon Jones. Cofiodd Daf yr hanes. Pencampwr byd ar feic mynydd, wedi teithio i bob cornel o'r byd i gystadlu. Yr eironi oedd mai yn ei filltir sgwâr ei hun y cafodd y ddamwain, ar lwybrau cyfarwydd iawn Eryri. Anafodd ei asgwrn cefn, ac ar ôl teithio yn yr Ambiwlans Awyr draw i Stoke roedd y diagnosis yn gadarn. Fyddai pencampwr y byd byth yn cerdded eto, heb sôn am rasio beic.

'Ti 'di gwerthu lot o feics heddiw?'

'Mwy na fysat ti'n meddwl, Inspector Dafis, ond dwi ddim yn disgwyl bod yn brysur iawn cyn diwedd yr wythnos, pan fydd pawb wedi diflasu ar ddiwylliant ac yn ysu am rwbath newydd i'w wneud.'

'Ac mae pob rhiant sy wedi bod yn feddw gaib ers y Gymanfa yn fodlon talu unrhyw bris i gadw'r plant yn dawel.'

'Debyg iawn, Inspector.'

Wrth siarad â Daf, cadwai Garmon Jones lygad barcud ar ei stoc. Ceisiodd un bachgen yn ei arddegau cynnar roi ei goes dros un o'r beiciau.

'Dwi wedi dweud wrthat ti, mi gei di fynd â fo ar ôl talu. Dim rhyw anrheg Dolig ceiniog a dima ydi hwn, ond Superfly FS 9.9 SL.'

'Fi'n gwybod,' atebodd y bachgen.

'Ble mae dy bres di felly?' mynnodd Garmon.

'Mae gen i bron i bum mil.'

'A be sydd ar y label?' Crafodd y bachgen gefn ei law. 'Ti'n dod i fan hyn yn brolio fod gen ti ffortiwn, ond wedyn ti'n methu darllen label. Mae'r Trek Superfly FS yn costio saith mil, ac mae hogia bach sy'n gwastraffu f'amser i yn mynd ar fy nerfau i.'

75

'Mae gen i bum mil yn barod.'

Gwelodd Daf rywbeth styfnig iawn yn agwedd y bachgen, fel petai o'n arfer cael ei ffordd ei hun.

'O ie? O ble? Ti 'di ennill y loteri?'

'Wedi 'i gael o gan fy nhad, dros y blynyddoedd.'

'Ti'n lwcus i gael tad mor hael ond plis, dos o 'ma. Mae 'na bobl yma sy wir isio prynu pethau, dim jyst brolio'u hunain.'

Tynnodd y bachgen fag plastig o boced ôl ei jîns. Cyfrodd bum mil a chynigiodd yr arian i Garmon.

'Pum mil i ti, arian parod.'

'Faint o weithiau sy'n rhaid i mi ddweud wrthat ti? Am bum mil, gei di'r Zesty, dim y Superfly.'

'Pam?'

'Achos mae'r Superfly yn feic gwell, felly mae o'n ddrutach, ocê.'

'Chei di ddim siarad 'da fi fel hyn, crip.'

Beth bynnag oedd wedi digwydd i nerfau Garmon, roedd ei adwaith yn gyflym iawn. Mewn ychydig eiliadau roedd o wedi codi potel ddŵr fetel drom a'i thaflu at y bachgen. Symudodd y bachgen ei ben a chwympodd y botel i lawr wrth wal ganfas y stondin.

'Dos o 'ma, y bastard bach.'

'Be ti'n mynd i wneud – rhedeg dros fy nhraed i?' gwawdiodd y bachgen wrth gerdded i ffwrdd. Brysiodd Daf ar ei ôl a'i ddal gerfydd ei benelin.

'Be wyt ti'n feddwl wyt ti'n wneud, cog?'

'A be wyt ti'n feddwl wyt *ti*'n wneud?'

'Ble gest ti'r pres?'

'Gan fy nhad, fel y dywedais wrth y crip.'

'Ti ddim yn cael siarad hefo pobl fel'na. Be fydde dy dad yn ddweud petai o'n gallu dy glywed?'

'Mae e wedi ffwcio bant beth bynnag.'

'Reit 'te, cog. Callia, neu mi fyddi di'n difaru, iawn?'

'A pwy wyt ti i fy nysgu i sut i fihafio?' atebodd, wrth sniffian.

'Arolygydd Dafydd Dafis, Heddlu Dyfed Powys. A dwi ar y maes 'ma i gadw ychydig o drefn. Dydi Mr Garmon Jones ddim yn haeddu cael neb yn siarad hefo fo fel y gwnest ti, ti'n deall?'

Nodiodd y bachgen a rhedodd i ffwrdd, gan sniffian drachefn. Amser rhyfedd o'r flwyddyn i gael annwyd, meddyliodd Daf. Efallai fod ganddo alergedd i rywbeth – y Steddfod, o bosib. Yn ôl yn y stondin roedd popeth yn iawn, a'r dyn di-Gymraeg wrthi'n gwerthu helmed tra oedd Garmon Jones yn llofnodi cefn llun ar gyfer un o'i edmygwyr.

'Paid cymryd sylw ohono, Garmon. Ffŵl bach ydi o.'

'Dwi ddim yn fodlon gwerthu'r Superfly iddo fo i wneud colled. No wê, Jose.'

'Does neb yn disgwyl i ti wneud y ffasiwn beth. Os gei di unrhyw drafferth eto, coda'r ffôn.' Rhododd Daf ei gerdyn iddo.

'Mi wna i, Inspector.'

Melltithiodd Daf o dan ci wynt wrth gerdded draw i'r bar: dylai fod wedi gofyn am enw'r bachgen. Efo'i arian parod, ei agwedd ormesol a hyd yn oed ei annwyd annhymhorol – petai o'n nes i'w ddeunaw oed byddai Daf yn fwy amheus, wedi ei chwilio am ychydig o Charlie, ond doedd y bachgen yn ddim hŷn na phedair ar ddeg ... iau, efallai. Roedd ei lais yn dal i fod yn uchel a chreithiau plorod yn amlwg ar ei groen. O dan ei orchest roedd rhywbeth pathetig amdano, fel ci wedi ei esgeuluso. Wedi dweud hynny, efo Garmon Jones oedd cydymdeimlad Daf – dyn ifanc a weithiodd mor galed i gyrraedd yn brig yn ei faes cystadleuol, dim ond i golli popeth mewn damwain. Doedd dim patrwm i fywyd, dim ond hap a damwain.

Roedd Carys yn iawn – gwelai Daf gannoedd o bobl yng nghanol y siâp pedol o garafannau oedd yn amgylchynu'r Patio Bwyd. Roedd rhai'n gyfarwydd iawn o sgrin y teledu, rhai yn lleol, eraill yn ddieithr. Rhedai plant fel ceirw gwyllt o gwmpas y rhieni oedd yn yfed, y teidiau a'r neiniau yn barod am noson o warchod yn nes ymlaen. Bob hyn a hyn, fel lafa yn byrstio o losgfynydd, codai cân i'r awyr las, emyn neu gân werin, ond ar ôl pennod a chytgan boddai pob cân yng ngwaelod gwydryn o gwrw … pob un heblaw 'Y Brawd Houdini' a godai yn achlysurol fel tiwn gron. Gwyntodd Daf arogl perffaith y Steddfod: cwrw, chwys, llwch a nionod.

Gwelodd Daf wyneb cyfarwydd iawn yn nesu drwy'r dorf. Bachgen tal, braidd yn wargam, wedi meddwi'n gaib. Siôn Neuadd, mab John a Gaenor, oedd yr un oed â Carys ond yn ymddwyn yn llawer iau. Rhywsut, doedd popeth ddim yn taro ddeuddeg efo Siôn; roedd o wastad yn methu'r targed. Roedd ei wisg heddiw yn esiampl berffaith. O'i ganol i lawr doedd o ddim yn rhy ddrwg o gwbwl: roedd y shorts syrffio hir a'r fflip fflops yn addas iawn, ond nid felly'r crys T CFfI ac arno lun o far siocled a'r geiriau 'She asked for a KitKat so I gave her four fingers'. Yn goron ar bopeth gwisgai het griced wen. Ar ei ên, sylwodd Daf, roedd ploryn enfawr a atgoffai Daf o Fur Mawr Tseina, yr unig beth arall ar y ddaear y gellid ei weld o'r gofod. Ffor ffyc' sêc, meddyliodd Daf. Yr hyn oedd yn gwneud y sefyllfa yn fwy trist byth oedd y ffaith ei fod o wedi dewis ei wisg cyn meddwi.

'Hei, Wncwl Daf,' galwodd Siôn. 'Jyst mewn pryd – mae Bebb newydd fynd i'r bar.'

'Sut hwyl, Siôn?'

'Popeth yn tshampion diolch, Wncwl Daf. Oes 'na siawns am lifft yn ôl i'r Black wedyn?'

'Dim probs. Dwi'n aros ar y maes am dipyn eto, cofia.' Roedd yn rhaid iddo gynnig lifft i Siôn – mab Gaenor oedd o, er gwaetha'i ddelwedd anffodus.

'Iawn gen i. Does dim brys. Dwi awydd mynd i Lanfair nes ymlaen, ond mae'n grêt yn fa'ma hefyd.' Chwifiai ei ddwylo fel arweinydd côr. Cyrhaeddodd merch siapus efo chwe pheint o gwrw ar hambwrdd cardfwrdd. Roedd hi'n deall rheolau gwisg y maes yn well na Siôn, yn ei sgert ddenim fer a'i chrys T Blodyn Gwyllt Cymreig oedd yn ddigon byr i ddangos y fodrwy yn ei botwm bol. Roedd hi wedi meddwi llawn cymaint â Siôn ac yn atgoffa Daf o'r corgimychiaid rheini sy'n cael eu gweini yn eu cregyn: corff lyfli, ond pen hyll.

'Tri pheint i ti, Sionsyn, a thri i fi.'

'Digon teg, Megs, digon teg. Dyma Wncwl Daf.'

'Ti oedd y plismon ar *Byd ar Bedwar*.'

'Debyg iawn. Neis i gwrdd â ti, Megs. Ti'n mwynhau'r Steddfod?

'Wrth fy modd, Wncwl Daf, wrth fy ffycin modd. Wythnos o sbri.' Torrodd Siôn ar ei thraws.

'Dydi Megs ddim wedi wedi bwyta ers dydd Gwener.'

'Eating is cheating, Wncwl Daf. Mae 'na ddigon o faeth yn y cwrw. Hefyd, dwi'n mynd i Sbaen wythnos nesa, ac fel maen nhw'n dweud: dim carbs cyn Marbs.'

'Ond allwn ni gael chips yn y Black nes ymlaen, Megs. Mae Wncwl Daf yn cynnig lifft i ni.'

'Dwi'n dy garu di, Wncwl Daf, wir. Ro'n i'n ysu i fynd lawr i Lanfair ond yn methu ffeindio ffordd yno.'

'Ocê. Mi ffonia i pan fydda i'n cychwyn. Ddwedest ti fod Arwel o gwmpas, Siôn?

'Wrth y bar,' atebodd ei nai. 'Andros o lot o bobl yna. Os wyt ti'n ei weld o, Wncwl Daf, atgoffa fo am y rownd. Mae arno fo beint arall i fi.'

Cododd teulu oddi ar y fainc agosaf at Siôn, a gollyngodd y bachgen ei hun arni.

'Cymer ofal, lanc.'

'Dwi'n iawn, Wncwl Daf.'

'Drycha di ar ei ôl o, lodes.'

'Mi wna i, Wncwl Daf.'

Roedd o'n fab i Gaenor ac yn gog digon clên ond gallai Siôn fod yn goc oen, ac roedd Daf yn falch iawn y funud honno nad oedd yn fab iddo fo. Tybed oedd y Megs yma'n gwybod ei fod o'n goc oen mor gcfnog?

Câi Daf hi'n amhosib, wrth adael Siôn a'i ffrind newydd, i beidio â meddwl am Gwawr, am chwarae'n troi'n chwerw. Pan oedd o'n ifanc, roedd Daf yn llawn pryder. Mwy o bryder na phres fel arfer, felly yn anaml iawn roedd o'n caniatau iddo'i hun feddwi'n rhacs. Os oedd pobl ifanc yn dewis cerdded o gwmpas yn y ffasiwn gyflwr, ddylen nhw ddim disgwyl i bethau drwg ddigwydd iddyn nhw? Ond roedd rhyddid yn yr awyr, ysbryd o hwyl diddiwedd roedd Daf yn ei gysylltu â'r Gwyddelod neu'r hen Gymry llawen; o'i gwmpas roedd pobl o bob oedran yn cysgu, yn yfed, yn dawnsio ac yn canu. O'i flaen gwelodd eithriad: roedd yr Athro a'i wraig yn eistedd yn sidêt, yn bwyta brechdanau ac yfed te o fflasg yng nghanol y miri. Roedd yn rhaid i Daf stopio i siarad efo nhw, hyd yn oed os oedd eu parchusrwydd yn amharu ar yr awyrgylch hedonistaidd.

'Dech chi wedi cael diwrnod da, gobeithio?'

'Diwrnod boddhaol iawn, Dafydd. Mae'r byngalo yn gyfleus iawn, heblaw am y traffig ben bore.'

'Fe symudodd y lorri cyn toriad y wawr,' cytunodd Mrs Teifi.

'Dim ond ar fore Llun maen nhw'n codi mor gynnar, i fynd i'r farchnad stoc.' Efallai ei fod yn dychymygu pethau, ond roedd Daf yn siŵr fod ateb yr Athro fymryn yn nawddoglyd.

'Wrth gwrs, wrth gwrs. Wyddoch chi, Dafydd, rydyn ni'n byw yn ein byd bach academaidd, ac yn tueddu i anghofio fod rhaid i bobl ennill eu bara menyn. Ac wrth gwrs, mae'n braf gweld ffermio yn llwyddo – yn ein cymunedau amaethyddol ni mae fflam yr iaith yn cael ei chadw ynghŷn.'

Teimlodd Daf dros Mrs Teifi. Hyd yn oed ar ei wyliau roedd o'n darlithio.

'Ydych chi am aros i gael paned efo ni?' gofynnodd hi.

'Yn anffodus, mae gen i ddyletswyddau.'

Chwarddodd yr Athro fel cymeriad mewn drama hen ffasiwn.

'Peidiwch â dweud eich bod chi'n ymchwilio i droseddau ar y maes, Dafydd! Ddylech chi fod wedi dod draw i'r Babell Lên amser cinio: roedd 'na sawl trosedd yn erbyn y gynghanedd yn y Talwrn.'

'Well gen i fod yn dditectif nag yn Feuryn, diolch, syr.'

Ar ôl eu gadael, daeth Daf ar draws eu mab yn nghanol giang fawr o gyfryngis. Roedd Gethin yn eistedd ar y bwrdd yn hytrach na'r fainc, ei goesau ar led a Manon yn sefyll rhyngddyn nhw. Hyd yn oed â'i chefn tuag at ei chymar, roedd yr ystum yn un rhywiol. Clywodd Daf frawddeg neu ddwy o'u sgwrs cyn eu cyrraedd; roedd hi'n amlwg mai Gethin oedd yn arwain y ddadl.

'Mae dyddiau'r cwmnïau bach wedi hen fynd. Gorau po fwyaf y dyddiau yma – rhaid cystadlu a thorri costau.'

'Ond beth am y syniadau gwreiddiol ddaeth i'r wyneb drwy'r cwmnïau bach, Gethin?' holodd dyn bach tew efo sbectol fach gron oedd yr un ffunud â Mr Pickwick. Er nad oedd ond yn ei dri degau roedd ei ddillad yn hen ffasiwn, ac roedd staen coffi amlwg ar lawes ei siaced liain – yn wahanol iawn i Gethin yn ei jîns Versace a'i grys polo Ralph Lauren.

'Mae 'nrws i ar agor o hyd, Elwyn. Coda'r ffôn, danfona e-bost ...'

'Sai'n mynd i fod mor diniwed eto, sori. Faint o fy syniadau i sy wedi cael eu dwyn yn ystod y pum mlynedd ddiwetha? Saith? Wyth?'

'Taset ti heb fynd i fyw mewn rhyw ogof yn sir Benfro, Els, fyddet ti wedi dysgu erbyn hyn beth yw'r zeitgeist. Mae 'na syniadau o gwmpas, pethau mae pawb yn eu trafod, felly y cynta i'r felin ydi hi.'

'Ffwcia dy zeitgeist, Gethin. Ti wedi cymryd pob un o fy syniadau i heb roi cydnabyddiaeth i mi hyd yn oed, heb sôn am geiniog o elw.' Roedd Daf wedi gweld Gethin yn ennill dadl sawl tro dros y blynyddoedd. Byddai pob sgwrs efo fo yn troi'n ddadl, pob dadl yn anelu tuag at fuddugoliaeth arall iddo, ond doedd Daf ddim wedi clywed y creulondeb yma yn ei lais o'r blaen. Bradychai wyneb Elwyn ei ddicter a'i siom ond tarodd Gethin ag ergyd arall.

'Wyt ti ar fin crio, babi mam? Dwi ddim yn arfer trafod materion fel hyn efo plant.' Fel sawl bwli arall, roedd Gethin yn un da am ganfod gwendid. Gwelodd Daf y dagrau'n cronni yn llygaid Elwyn.

''Sda ti ddim hawl ...'

'Mae gen i bob hawl. Mi brynais yr hawl i bob syniad pan brynais i'r cwmni ... pan brynais i ti.'

'Pa mor ddiflas all pnawn yn y Steddfod fod?' gofynnodd Manon gydag ochenaid. 'Fe glywaist ti, Elwyn bach – hel dy bac a cher o 'ma.'

Safodd Elwyn am eiliad, yn anfodlon i adael maes y gad. Tynnodd Manon hances o'i phoced a'i dal o flaen ei drwyn. Gwenodd Gethin arni a sylweddolodd Daf yn syth beth oedd yn gyfrifol am y casineb newydd hwn yn ei gyfaill – daethai Gethin o hyd i ferch oedd yn fodlon ei gefnogi yn y bwlio. Roedd Eira, ei wraig, yn ddynes gref, ond yn llawer rhy urddasol i iselhau ei hun i'r fath raddau.

'Chwytha dy drwyn cyn mynd, Eli bach.'

Disgynnodd pen Elwyn ar ei frest ond cyn mynd, taflodd ei beint dros Gethin a Manon. Yn anffodus doedd ei anel ddim yn wych, a dim ond rhyw ddiferyn neu ddau lwyddodd i'w cyrraedd. Gweithred wag gan ddyn gwan. Roedd y grŵp yn ymwybodol o'r deinamig. I lwyddo, rhaid oedd bod ar dîm Gethin Teifi. Gresynodd Daf ei fod wedi gweld y ddrama fach, oherwydd byddai'n ei chael yn anodd iawn i gymdeithasu efo fo am weddill yr wythnos.

'Hei, tyrd draw am beint, Dafydd!'

'Sori, dwi'n brysur, Geth.'

'Y blydi landlord uffern – ti ddim yn fodlon rhannu gwydryn efo dy denantiad, dyna'r gwir.'

'Dim o gwbwl. Dwi'n gweithio. Nes ymlaen fallai?'

'Dan ni'n bwriadu mynd i weld No Wê – sioe glybiau Bara Caws – yn Neuadd Bentre Meifod.'

'Tydi honno ddim yn dechrau tan nos fory,' eglurodd Daf yn swta.

'Llanfair amdani felly, bois!' cyhoeddodd Gethin, a nodiodd gweddill y criw eu cytundeb.

'Dyna ni felly.'

Roedd yn deimlad rhyfedd iawn, ond roedd Daf yn ysu i gael dianc oddi wrth ei ffrind, fo'i gariad arwynebol, ei ddilynwyr llawn gweniaith a'i ddylanwad dibwys. Hen bryd iddo ganolbwyntio ar yr achos – roedd yn rhaid iddo ffeindio rhywun fyddai'n gallu cysylltu â phwy bynnag oedd yn gwerthu'r cyffuriau.

'Helô, Dafydd.'

Trodd Daf i weld Arwel Bebb, ffrind i Siôn a Carys oedd yn fyfyriwr yn y Coleg ger y Lli – ac un o'r unig bobl sobor yn y cyffiniau. Cuddiai cymeriad cadarn y tu ôl i'w ddelwedd ffasiynol, er gwaetha'r trafferthion yn ei orffennol. Roedd achos Arwel yn esiampl berffaith o'r rhesymau pam fod Daf weithiau'n casáu'r ardal roedd o i fod i'w hamddifyn. Tra oedd Arwel yn mynd drwy gyfnod o uffern oherwydd cyffuriau, roedd ei fam yn pendroni a ddylen nhw roi gwres dan lawr eu cegin ai peidio, ei dad yn rhedeg ar ôl pob menyw o fewn ei gyrraedd a'i daid pwysig, y Cynghorydd Gwilym Bebb, yn rhy brysur yn trefnu'r Brifwyl i sylwi ar gyflwr bregus ei ŵyr. Pobl barchus oedd yn rhy snobyddlyd i ofalu am eu plant eu hunain. Roedd Daf yn meddwl y byd o Arwel ond bob tro roedden nhw'n cwrdd, roedd cwmwl o atgofion yn casglu. Erbyn hyn, roedd un o'r diawliaid oedd yn gyfrifol am boen Arwel wedi marw a'r llall yn y carchar, ond methiant, nid llwyddiant oedd hynny i Daf oherwydd y graith a adawyd ar y cog. Dylai heddwas da fod wedi ei amddiffyn o yn hytrach na glanhau'r llanast.

'Sut wyt ti, lanc? Ti 'di gweld Siôn?'

'Mae o wedi penderfynu cael sbri – roedd o lawr yn y Trallwng cyn chwech bore heddiw.'

'Maes B yn nes ymlaen?'

'Dwi awydd mynd efo rhai o fy ffrindie coleg, ond mae Siôn yn credu mai gwastraff pres cwrw ydi gigs.'

'Falch o weld dy fod ti'n gall, beth bynnag.'

'Fel ti'n gwybod, Dafydd, mi ddysgais i wers reit anodd, a dwi ddim wedi bod off fy mhen ers hynny.'

'Dwi'n cofio'n iawn. Dweud y gwir, cog, dwi angen dy help i geisio datrys achos sy'n debyg iawn i dy drafferth di.'

Llyncodd Arwel ei boer yn araf, fel petai chŵd wedi codi yn ei gorn gwddw. 'Ti'n meddwl mai fi yw'r un iawn i dy helpu di, Dafydd? Dwi'n shit am sefyll fyny i bobl.'

'Dim ond isie i ti wneud galwad ffôn ydw i. Neithiwr, roedd 'na ferch yr un oed â ti ... wel, mi gafodd hi dipyn o sbri a penderfynodd rhyw fastard ...'

'Dwi'n deall, does dim rhaid i ti ddweud.'

'Dwi wedi dal y dyn wnaeth ei threisio hi, ond dwi angen cael gafael ar bwy bynnag werthodd y stwff iddi hi hefyd.'

'Hei, Dafydd, dwi ddim yn siŵr ...'

'Ti'n cofio, o'r blaen, mi ddwedest ti dy fod wedi cael dy stwff gan Jacinta, a'i bod hi'n gofalu amdanat ti?'

'Ie, digon teg. Ond dwi 'di bod yn glir ers misoedd ...'

'Mae pwy bynnag werthodd i'r lodes 'na wedi rhoi coctêl o shit iddi. Dwi ddim isie i unrhyw un arall gael yr un broblem heno.'

'Ocê, ocê. Un alwad ffôn, ie?'

'Ie. Ffonia fo ...'

'Neu hi. Mae digon o ferched yn gwerthu.'

'Beth bynnag. Ti'n ffonio, gofyn am rywbeth, trefnu i gwrdd â fo ac wedyn mi fydda i'n ei ddal o. Neu hi.'

'Ond be sy'n mynd i ddigwydd i'r diawl sy wedi ei threiso hi? Achos dwi ddim isie i ti symud y bai oddi ar y ffycyr sy wedi ... ei brifo hi i rywun sy ddim ond wedi rhoi dipyn o grass iddi.'

'Mae o wedi lladd ei hun, felly mae o wedi talu'r pris.'

'Dwi ddim yn fodlon defnyddio fy ffôn fy hun, chwaith. Be os ydw i'n nabod y person?'

'Mae gen i Pay as You Go ar gyfer pethe fel hyn. Tyrd ymlaen, cog, pum munud fyddi di.' Rhoddodd Daf y ffôn iddo fo ar ôl deialu'r rhif roedd Dyddgu wedi ei roi iddo. Trodd Arwel ei gefn ar Daf, i'w gwneud hi'n haws iddo chwarae ei ran.

'Helô, mêt ... Ie, tywydd grêt, perffaith ar gyfer parti, ti'n gwybod ... chydig o bath salts, drone fallai ... Sori, mêt, methu fforddio'r eira – mond stiwdant ydw i. Ie, ie, wneith hynna'r tro ... wel, dwi'n gwybod lle ydw i efo E's. Hanner awr? Dim probs. Ocê, ocê.'

Wedi iddo wneud yr alwad ffôn, newidiodd agwedd Arwel.

'Roedd ei lais o mor ifanc, Dafydd. Rhy ifanc o lawer i fod

yn rhan o'r byd yna. Mae o'n mynd i adael y stwff i fi tu ôl i babell S4C, ar ôl sioe *Cyw*.'

'Waeth faint ydi ei oed o, mae o'n ddigon hyderus.'

'Ti 'di clywed be mae'r Saeson yn ddweud: Hiding in plain sight? Callach o lawer na chuddio yn y cysgodion.'

'Diolch, lanc. Ddylwn i fod yn iawn rŵan.'

'Ti'n jocian, Dafydd. Pwy bynnag ydi o, mae o'n siŵr o fod wedi dy weld di ar y teledu yn trafod rhyw achos. Ac os nad wyt ti'n meindio 'mod i'n dweud, ti ddim yn edrych fel rhywun fyddai'n barod i ddawnsio tan doriad y wawr. Gwastraff llwyr fyddai rhoi party drugs i ti.'

'Os ydw i'n cyrraedd y rendez vous ...'

'Fydd o wedi diflannu wrth glywed sŵn dy draed di, a fydd gen ti ddim darn o dystoliaeth. Rhaid i mi wneud y marc, ocê?'

'Digon teg, os wyt ti'n fodlon. Ti 'di newid dy gân ryw chydig.'

'Do, ar ôl clywed ei lais o. Mae'n rhaid i ni wneud rhywbeth i dorri un mor ifanc â fo allan o'r cylch.'

'Ti isie paned yn y cyfamser?'

'Er mwyn gwneud yn siŵr fod cymaint o bobl â phosib yn ein gweld ni efo'n gilydd? Well i ti roi pryd o dafod i fi, fel taset ti'n amheus o be dwi'n mynd i'w wneud. Wedyn, wela i di wrth S4C.'

'Dwi'n methu dod i arfer â'r syniad fod pobl yn fy nabod i. Dim ond gwneud fy swydd ydw i.'

'Ie, drwy ddatrys dau o'r achosion mwya amlwg yn yr ardal yma erioed. Ocê, dwyt ti ddim yn seléb go iawn fel Bryn Gwaun, ond mae pobl yn dy gofio di. Wela i di wedyn, Dafydd.'

Sylweddolodd Daf fod ganddo ddigon o amser i chwilio am lyfr newydd yn lle sothach Haf Wynne. Cerddodd at stondin y Cyngor Llyfrau efo teimlad o ryddhad a bodio sawl llyfr cyn dewis nofel wedi ei gosod yng nghyfnod y Rhyfel Byd Cyntaf. Wrth y til, gwelodd yr Aelod Seneddol lleol, Mostyn Gwydir-Gwynne, efo llyfr mawr clawr caled yn ei law. Fo a'i deip fyddai'n mynychu Derbyniad Swyddogol yr Adran Gyfiawnder, digon o esgus felly i gadw draw.

'Good afternoon, Inspector.'

'Pnawn da, Mr Gwydir-Gwynne. Mwynhau'r Steddfod?'

'The weather is ideal.'

'Debyg iawn.'

Fel dyn oedd yn credu bod rheolau yno i'w torri, esgus yn unig oedd ffyddlondeb Daf i bolisi iaith y Steddfod. Gŵr bonheddig hen ffasiwn oedd Gwydir-Gwynne, un a oedd, ym marn Daf, yn hollol anaddas i gynrychioli teuluoedd tlawd Maldwyn. Roedd ei deulu'n berchen ar y rhan fwyaf o Faldwyn ers canrifoedd, ac ysai Daf am weld ychydig o newid yn y drefn.

Ugain munud i fynd. Digon o amser i dorri ei syched. Roedd awel braf yr air-con yn dod allan o fwyty Pl@iad, felly diod feddal amdani. Tu allan roedd pob bwrdd ar y feranda yn llawn o bobl chwaethus yr olwg yn yfed gwin gwyn a chysgodi o dan ambarelau haul mawr. Roedd dipyn o wahaniaeth rhwng y rhain a'r criw oedd yn yfed peintiau wrth y Bar Syched. O'i gwmpas roedd môr o ffrogiau lliain a gemwaith trwm – a Gaenor, wrth ei bodd yng nghanol giang o'i hen ffrindiau swnllyd a saith potel wag ar y bwrdd o'u blaenau. Wedi'r holl flynyddoedd o gyfaddawd roedd hi'n dal i allu mwynhau ei hun. Cododd ei law arni a cherddodd heibio'n gyflym. Doedd ganddo ddim ddigon o amser i gael ei dynnu i'w sgwrs feddw.

Â photel wydr o ddŵr drud yn ei law, aeth yn syth draw i S4C a chyrraedd yn ystod eiliadau olaf sioe *Cyw*. Ar y llwyfan roedd llond dwrn o bobl ifanc mewn siwtiau chwyslyd yn dawnsio'n ddienaid o flaen y plant. Roedd un dyn cyfarwydd mewn siwt cwningen yn eu plith – cyflwynydd poblogaidd ar raglenni plant. Sylweddolodd Daf yn syth mai fo a glywsai yn siarad â Manon y noson cynt. Dyna pam roedd ei lais yn gyfarwydd. Fyddai dim llawer o gystadleuaeth rhwng Gethin Teifi a Gwion y Gwningen o safbwynt merch fel Manon. Cofiodd Daf fod y ddau wedi trafod habit cocên Gwion – oedd 'na gysylltiad rhwng y llais ar y ffôn a'r cyflwynydd ifanc tybed?

Ar flaen y llwyfan roedd Sam Tân, Norman Preis a Cyw yn llafurio yn eu siwtiau swmpus. Roedd Daf yn bendant fod rhyw reol iechyd a diogelwch yn cael ei thorri – os oedd o yn chwysu yn llewys ei grys roedd pwy bynnag oedd yn y gwisgoedd yn siŵr o fod bron â thoddi. Cymerodd gipolwg ar ei ffôn. Llai na deng munud i fynd. Daeth y gân olaf i ben, dihunodd rhai o'r plant bach oedd wedi cysgu drwy'r perfformiad a diflannodd y perfformwyr o'r llwyfan. Aeth Daf allan a defnyddio'i ffôn fel esgus i gadw ei ben i lawr, fel y gwnâi'n aml. Roedd tecst gan Chrissie: 'Merched yn iawn – popeth wedi ei sortio'. Roedd o braidd yn siomedig nad oedd un 'x' hyd yn oed ar ddiwedd y neges. Dau funud i fynd. Fesul un, daeth y performwyr allan drwy ddrws cefn adeilad S4C, y rhan fwyaf ohonyn nhw'n sychu'r chwys oddi ar eu hwynebau efo darnau mawr o bapur glas. Taflwyd y darnau papur i mewn i'r hen ddrwm olew oedd yn cael ei ddefnyddio fel bin. Daeth Arwel rownd y gornel a mynd yn syth at y bin. Tynnodd becyn bach allan ohono, wedi ei lapio yn y papur glas. Roedd nodyn bach arno: 'Hanner cant'. Tynnodd Daf lun o'r sefyllfa drwy smalio tynnu hunlun. Rhoddodd Arwel amlen fach yn y bin, a heb ddweud gair wrth Daf, cerddodd yn hamddenol i gyfeiriad y pafiliwn. Edrychodd Daf yn y bin wedi iddo fynd – roedd yn wag heblaw am bump neu chwech o ddarnau papur glas. Eisteddodd ar y glaswellt, tynnodd ei lyfr o boced ei siaced ac arhosodd. Doedd dim yn anghyffredin mewn dyn canol oed yn ymlacio yn y cysgod braf tu ôl i babell S4C.

Ar ôl saith pennod a hanner awr, roedd hi'n amlwg nad oedd y deliwr yn dod. Derbyniodd Daf neges ar y ffôn symudol Pay As You Go: 'Ti di cael o?' Atebodd yn gwrtais: 'Do diolch a gadael y pres fel y trefnwyd'. Roedd Daf yn anfodlon symud. Byddai'r troseddwr yn dod i nôl ei arian cyn bo hir.

'Dafydd Dafis, â'i ben mewn llyfr, fel arfer.'

Neidiodd Daf i'w draed i gyfarch Eira Owain Edwards, actores a chyn-wraig Gethin Teifi. Roedd hi'n gwisgo ffrog hir o defnydd ysgafn, a lliw haul ecsotig ar ei breichiau noeth. Fel arfer, doedd hi ddim yn gwisgo tamaid o golur ond roedd ei chroen yn berffaith, fel merch yn ei harddegau. Gwerthfawrogodd Daf pa mor dal oedd hi, yn agos i chwe throedfedd.

'Eira, sut wyt ti? Ti'n edrych yn wych.'

'Fues i draw yn Awstralia am fis. Mi wnaeth taith hir fyd o les i mi.'

'Ond mi ddoist ti'n ôl ar gyfer y Steddfod?'

'Mae gen i brosiect yma.'

'Wrth gwrs.' Ceisiodd Daf gofio popeth a ddywedodd Falmai wrtho am ddigwyddiadau'r Ŵyl yn ystod y misoedd blaenorol, ond allai o ddim cofio clywed enw Eira. Gwenodd Eira, ei hwyneb yn llawn caredigrwydd.

'Mor agored ag erioed, Dafydd; dwyt ti ddim wedi clywed am fy sioe.'

'Mae 'na gymaint o bethau mlaen.'

Gafaelodd Eira yn ei law am eiliad, i ddangos nad oedd yn dal dig.

'Mi fydd tocyn i ti wrth y drws nos fory. Mi wn y gwnei di roi dy farn onest i mi.'

'Swnio'n grêt.'

'Ac fe fyddwn ni'n rhannu gwydryn wedyn, Dafydd.' Nid gofyn oedd hi ond gorchymyn. Roedd y blynyddoedd wedi ychwanegu at ei naws urddasol: bellach roedd hi'n siarad fel brenhines. Cerddodd dwy ddynes heibio a chyffroi'n lân pan welson nhw Eira. Cofiodd Daf ffasiwn seléb oedd Eira erbyn hyn – waeth pa mor finiog a dwfn oedd ei gwaith theatrig, roedd pawb yn cofio'i chyfnod ar *Coronation Street*, yn rhan Gwen, barmêd yn y Rovers Return. Perderfynodd un o'r merched ddod draw at Eira.

'Sori am ofyn, ond ai chi oedd Gwen ar *Corrie*?'

'Ie.'

Roedd y cyffro ar eu wynebau yn synnu Daf – dim ond actores fu mewn opera sebon oedd hi wedi'r cwbwl, ond roedden nhw'n ymateb fel petai'r Meseia wedi dod i Feifod.

'Allwch chi plis lofnodi hwn ... plis,' gofynnodd y ddyncs iau, wrth dynnu taflen y Gymdeithas Gerdd Dant o'i bag.

'Wrth gwrs.'

Synnodd Daf nad oedd y merched wedi sylwi pa mor nawddoglyd oedd Eira. Roedd hi'n falch, meddai, eu bod wedi mwynhau ei pherfformiad yn *Coronation Street* ac efallai y bydden nhw'n mwynhau ei sioe newydd yn ogystal, ac yn y blaen. Roedd yn amhosib iddo adael heb fod yn anghwrtais ond teimlai Daf yn anesmwyth yn sefyll yno'n fud, yn enwedig pan newidiodd llais Eira'n gyfan gwbl wrth i'r ddwy droi eu cefnau, i ailafael yn eu sgwrs fel petai'r merched erioed wedi torri ar ei thraws.

'Dafydd, ti yw'r critic perffaith ar gyfer fy sioe *Si-wan*. Dwi wedi addasu drama Saunders o safbwynt Siwan, a ti yw'r unig berson dwi'n ei nabod sy'n gyfarwydd â'r darn a heb ddiflasu arno ar ôl blynyddoedd o ddysgu.'

'Difyr iawn.'

'Ond ... mae gen i ulterior motive, Dafydd.' Roedd hi'n ddynes ddeniadol, heb os, ond roedd ei brawddeg olaf wedi dychryn Daf. Roedd o'n ddigon call i sylweddoli nad oedd siawns o unrhyw fath o ramant rhyngddyn nhw, a doedd o ddim yn ffansïo bod yn arf yn ei brwydr yn erbyn ei chyn-ŵr.

'Mae Gethin a'i butain yn aros yn dy fyngalo, yn ôl y sôn. Dwi angen ysbïwr! Sut groeso mae Manon wedi'i gael gan yr Athro? Pa mor agos i nervous breakdown yw ei fam?'

Roedden nhw'n chwerthin efo'i gilydd fel hen ffrindiau pan ddaeth bachgen draw at Eira. Roedd o'n yfed can o Coke, a sylweddolodd Daf ar unwaith mai hwn oedd y bachgen fu'n creu helynt yn stondin y beics. Er mai heddwas oedd Daf, doedd o ddim yn un oedd yn cario clecs felly penderfynodd beidio dweud gair wrth Eira am ymddygiad ei mab.

'Peredur, dyma Dafydd Dafis, hen ffrind coleg dy dad.' Roedd wyneb Peredur yn goch. Y gwres, efallai. 'Mae Peri wedi bod yn gweithio'n galed ar y maes heddiw.'

'Mae cymaint o jobsys angen eu gwneud.'

Aeth Peredur draw at y bin er mwyn taflu ei gan gwag iddo, ond tynnodd ei law allan yn syth.

'Ti'n gwybod yn iawn fod yn rhaid i ti ailgylchu,' cwynodd ei fam.

Dyna foesau'r byd modern, meddyliodd Daf – y bachgen wedi cael ei fagu i beidio rhoi sbwriel yn y bin anghywir ond yn ddigon parod i sarhau dyn mewn cadair olwyn.

'Ti'n addo dod nos fory?'

'Bendant, os nad oes rhywun yn cael ei ladd.'

'Wel, mae'r un sydd fwya tebygol o gael ei ladd yn aros efo ti, Dafydd – mae bron pawb isie lladd Gethin Teifi!'

Chwarddodd Daf cyn meddwl am effaith y jôc ar Peredur. Arhosodd fan ychydig lathenni oddi wrthyn nhw a chododd un o'r dynion oedd ynddi yr hen ddrym olew a'i wagio i gefn y fan. Penderfynodd Daf wneud dim – yn fwy na thebyg, roedd y deliwr yn agos a phe byddai'n ceisio adennill y pres, byddai'n gweld y cyfan. Methiant oedd y cynllun ond o leia gwnaed y cyswllt; roedd y deliwr wedi ei fachu. Byddai'n ddigon hawdd cysylltu â thîm rheoli'r maes i gael gafael ar yr amlen o'r bin sbwriel. Efallai y byddai ôl bysedd ar y pecyn dderbyniodd Arwel, ond os oedd y bachgen mor ifanc ag yr oedden nhw'n ei ofni, fyddai'r rheini fawr o help gan na fyddai dim ar y bas data. Rhuthrodd hyn i gyd drwy ben Daf tra oedd Eira'n dal i siarad.

'Beth am Valerie? Wyt ti angen tocyn iddi hi hefyd?'

'Valerie?'

'Dy wraig di, Dafydd. Nefi bliw, tydan ni mor hawdd i'n hanghofio, ni'r gwragedd!'

'Sori, mi wnes i gamddallt: Falmai yw fy ngwraig i.'

'Wrth gwrs, wrth gwrs, Falmai, ie. Wel, fe fydd 'na groeso mawr iddi hithau, os yw hi awydd dod.'

'Dwi ddim yn siŵr.'

'O Dafydd, maddeua i mi plis – dwi mor hunanol! Dwi wedi ffocysu cymaint ar fy nhrasiedi fach fy hun, wnes i ddim meddwl am neb arall. Ydych chi wedi gwahanu, ti a ...' Hanner munud ac roedd hi wedi anghofio enw Falmai unwaith eto.

'Nac'den wir. Ond mae hi mor brysur yr wythnos yma, alla i ddim addo y gall hi ddod i unrhyw beth.' Doedd ei esgus ddim mor bell o'r gwir â hynny.

'Dau docyn wrth y drws, felly.'

'Yn edrych ymlaen,' cadarnhaodd Daf – celwydd arall. Wrth wylio'r bachgen tawel, cafodd Daf y teimlad ei fod wedi hen arfer â bod yng nghwmni oedolion oedd yn osgoi'r gwir.

'Rhaid i mi fynd, Eira. Pleser dy weld di.'

Gwgodd Eira. Hi fyddai fel arfer yn dod â phob sgwrs i ben, a chaniatáu i bobl adael ei phresenoldeb. Ond, wrth gwrs, gan ei bod cystal actores, roedd hi'n raslon wrth ffarwelio. Wrth gerdded ar ôl y fan a wagiodd y bin, ceisiodd Daf feddwl am y rhan berffaith iddi. Lady Macbeth, efallai? Efo'i mab pwdlyd wrth ei hochr roedd yn debycach i'r Duchess of York yn *Richard III*, fyddai'n gastio braidd yn anffodus i Peredur ...

Digon hawdd, wedi iddo chwifio'i ID, oedd perswadio bois y biniau i fynd yn syth yn ôl i'r man casglu. Benthycodd Daf fenig trwchus i chwilota, ond nid oedd yr amlen ymysg y sbwriel. Rhyfedd iawn. Gadawodd ei rif ffôn i fois y biniau rhag ofn y deuai rhywbeth i'r golwg, ond doedd Daf ddim yn obeithiol. Roedd dau opsiwn posib – fod Arwel heb roi'r amlen yn y bin, neu bod y deliwr wedi ei gasglu heb i Daf ei weld. Ond roedd Daf wedi bod yn sefyll gyferbyn â'r bin am hanner awr neu fwy heb weld neb. Allai o wneud dim mwy. Cofiodd yn sydyn ei fod wedi addo mynd i nôl y cafn llechen o stondin Carys cyn chwech.

Yn rhyfeddol, wnaeth neb geisio atal Daf rhag gyrru ei gar ar y maes. Gyrrodd yn syth at stondin Carys, ond doedd neb yno. Doedd neb wedi cau'r stondin felly welai Daf ddim rheswm pam na ddylai gerdded i mewn. Roedd o bron â chyrraedd y car efo'r cafn pan glywodd lais cryf, llawn awdurdod.

'Be ti'n feddwl ti'n wneud?' Synnodd Daf pa mor gyflym y gallai'r gadair olwyn symud. Mewn llai na munud, roedd Garmon Jones wedi gwibio rownd car Daf a thynnu'r goriad ohono.

'Ti ddim yn mynd i nunlla, mêt.' Edrychodd ar wyneb Daf, a dechrau cochi.

'Inspector Dafis. Mae'n ddrwg gen i!' Rhoddodd y goriad yn ôl i Daf.

'Paid poeni, lanc. Digon naturiol i ti fod yn ddrwgdybus wrth fy ngweld i'n helpu fy hun.'

'Fedra i helpu? Hen beth trwm, dwi'n siŵr?'

Cerddodd merch ifanc allan o stondin Garmon. Carys, â chan o lager ym mhob llaw.

'Dadi! Roedden ni'n meddwl fod rhywun yn dwyn stwff.'

'Wel, taset ti heb fitshio ffwrdd mi fyddwn i wedi gofyn yn swyddogol am y blydi cafn.'

'Ond mae Carys yn haeddu cael torri syched ar ôl diwrnod o waith caled, Inspector.'

'Digon teg. Ti isie lifft adre, Carys?'

'Dwi ddim wedi cau'r stondin eto.'

Roedd Daf yn ansicr a basiodd rhyw edrychiad rhwng Carys a Garmon, fel petai rhywbeth rhyngddyn nhw. Na, syniad ffôl – wedi'r cyfan, roedd Carys yn canlyn yn selog efo Matt, a Garmon ... wel, doedd o ddim fel dynion eraill. Roedd Daf yn falch iawn o Carys; roedd hi wastad yn gwrtais a chyfeillgar efo pawb, yn gyferbyniad llwyr i fab Gethin Teifi.

'Wela i di nes ymlaen, lodes. Falch o weld dy fod ti'n wyliadwrus, Garmon, dyna be sy angen, cymdogion da.'

Yn nrych y car, gwelodd Carys yn troi'n ôl at stondin Garmon. Roedd diferyn o gwrw ar ei gwefus, a phan lyfodd o ymaith, gwelodd Daf lygaid Garmon yn meddalu. Fel arfer, roedd Daf yn amddiffynnol iawn o gwmpas Carys ond doedd Garmon druan ddim yn bygwth ei deimladau gwarchodol.

Roedd hi'n anoddach cydymdeimlo efo Siôn. Parciodd Daf wrth y Patio Bwyd a cheisio ffonio Siôn dro ar ôl tro. O stepen ar ochr y llwyfan perfformio, o'r diwedd, cafodd gipolwg arno, yn gorwedd yn y llwch a Megs o dan ei gesail. Roedd pobl yn baglu drostyn nhw. Am eiliad, roedd Daf yn falch nad ei broblem o oedd Siôn – ddim yn swyddogol beth bynnag – ond cofiodd am lygaid tyner Gaenor a blas ei chroen. Aeth i lawr ar ei ben gliniau wrth ymyl y bobl ifanc.

'Siôn? Ti 'di gofyn i mi am lifft 'nôl i'r Black, ti'n cofio?'

'Ie, Wncwl Daf, ond dwi mor gysglyd, rhywsut.'

'Ar dy draed, lanc.'

Yn sigledig, cododd Siôn. Dilynodd Daf i'r car a chwympo i mewn i'r sedd gefn. Synnodd Daf pa mor gall oedd Megs; roedd hi wedi codi ar ei phen ei hun, cerdded draw i ochr arall y car, agor y drws ac eistedd y tu fewn. Gyrrodd Daf heibio i fwyty Pl@iad, rhag ofn fod Gaenor angen lifft, ond doedd neb yno.

Llwyddodd Daf i setlo Siôn a Megs ar y soffa yn Neuadd. Doedd neb arall adre. Meddyliodd Daf y byddai coffi'n syniad da ond roedd peiriant Tassimo Gaenor yn rhy gymhleth iddo felly gwnaeth baned o de bob un iddyn nhw. Ond pan agorodd ddrws y lolfa i gynnig te i'r ddau ifanc, roedd yn amlwg nad oedd ganddyn nhw fath o ddiddordeb mewn yfed te. Rywsut, roedden nhw wedi llwyddo i ddadwisgo, a datblygodd Daf barch newydd tuag at Siôn. Roedd o'n methu sefyll na siarad ond roedd ganddo ddigon o stamina i gael effaith sylweddol ar Meg gan ei bod hi'n sgrechian fel cath wyllt. Anodd dweud pa un oedd wedi cymryd mantais ar y llall, ystyriodd Daf, a hyd yn oed petaen nhw'n difaru yn y bore, roedden nhw'n sicr yn mwynhau'r profiad – yn hollol wahanol i Gwawr. Penderfynodd Daf godi'r ffôn.

'Chrissie?'

'Mr Dafis.'

'Sut mae pethau'n mynd?'

'Tshampion, diolch. Mae Dyddgu'n dod i gwrdd â chi yn y Black yn nes ymlaen ac mae Gwawr yn dod i fa'ma i wylio *Frozen*. Mae Becky a finne wedi bod yn ysu i weld y ffilm ers oes pys ond mae'r blydi bechgyn yn meddwl 'i bod hi'n crap gan nad oes 'na geir ynddi hi – ond efo Gwawr yma, maen nhw'n outvoted.'

'Safle'n iawn?'

'Grêt, diolch, Mr Dafis. Mae pawb ddaeth o Dolau wedi

setlo, a den ni wedi cael tair carafán a phedair pabell ychwanegol. Mi fydda i'n gwerthu brechdanau bacwn ben bore ... Ble dech chi, a be ddiawl ydi'r sŵn yn y cefndir?'

'Neuadd, ac mae Siôn, fy nai, wedi dod â merch 'nôl o'r maes.'

'Swnio fel ei fod o'n gwneud job dda, Mr Dafis. Gobeithio bydd ei wncwl cystal.'

'Hen ddyn ydw i, Chrissie.'

'Sothach. Beth bynnag, mae gen i jips yn y fryer – diolch am alw, Mr Dafis.'

Roedd Chrissie'n werth y byd – y therapi gorau i Gwawr fyddai cwmni plant diniwed. Reit, meddyliodd Daf, roedd hi'n hen bryd iddo newid ei grys cyn picio lawr i'r dre i chwilio am Mistar Madarch. Roedd wedi cyrraedd pen y staer pan glywodd rhywun yn dod i mewn drwy'r drws cefn. Carys, efallai? Na, roedd y sŵn traed yn rhy drwm o lawer. Nid Vans Carys nag esgidiau sodlau Gaenor na Chrocs Falmai oedden nhw, ond sgidiau John.

'Duw, Dafydd ... dwi 'di blino'n lân. Ble mae Gaenor?'

'Dal heb gyrraedd yn ôl o'r maes, mae'n debyg.'

Golchodd John ei ddwylo – ar ôl codi'n gynnar, roedd o bron ar ei bedwar erbyn hyn. Agorodd yr oergell a phan oedd o'n ceisio penderfynu rhwng y caws, yr ham a'r cig eidion oer, clywodd lais uchel:

'O ie, ie, ie, boi, jyst fel 'na!'

Chafodd Daf ddim digon o amser i'w rwystro, ac agorodd John y drws mawr derw. Yno, ar y llawr pren, roedd Siôn ar ei gefn a Meg yn arddangos ei sgiliau marchogaeth. Safodd John fel delw. Gafaelodd Daf yn ei benelin a'i dywys yn ôl i'r gegin.

'Gymeri di ryw wisgi bach efo fi, Dafydd?'

'Un bach iawn; mae gen i waith i'w wneud heno.'

Nodiodd John wrth ymestyn am botel o'r cwpwrdd – y stash ddirgel, mae'n rhaid, achos yn lolfa Neuadd roedd cwpwrdd cornel arbennig yn llawn o bob math o ddiodydd .

'Pwy ydi hi, Dafydd?' gofynnodd John, ar ôl llyncu ei wisgi.

'Megan ydi ei henw. Mi wnaeth Siôn ei chyfarfod ar y maes ac mi gawson nhw andros o sbri. Roedd yn rhaid i mi fynd â nhw i rywle – mae Siôn yn well yn fan hyn nag yn crwydro Maes B yn chwil.'

'Mae'n ddigon amlwg i mi fod Siôn yn well fan hyn, Dafydd.' Roedd y jôc fach wan yn ddigon i godi rhyw fymryn ar y cwmwl du. Cymerodd John ddiod arall. 'Wel, wel,' meddai, ar ôl saib hir. 'Chwarae teg i'r cog am geisio gwneud y job, hyd yn oed os ydi o'n ei gwneud hi'r ffordd rong.'

'Y ffordd rong?'

Cochodd John. 'Dwi ddim wedi ... cael y Sgwrs efo fo, ro'n i'n rhy swil. Dwi'n teimlo'n reit euog rŵan – ddylwn i fod wedi dysgu iddo mai'r dyn sydd i fod ar y top, a'r ferch oddi tano fo. Dydyn nhw ddim yn cael gwersi ...? Wel, ti'n gwybod, gwersi yn yr ysgol? Ti'n un o'r llywodraethwyr.'

'Dwi'm yn siŵr ydyn nhw'n dysgu'r manylion, ond dwi'n meddwl bod Siôn yn gwneud yn iawn. Mae Meg fach wrth ei bodd, 'swn i'n dweud.'

'Sut ferch ydi hi?'

'Llawn hwyl.'

'Dwi ddim isie iddi hi feddwl nad ydi fy mab i'n gwybod sut i wneud y peth, Dafydd. Be tasai hi'n dweud wrth bobl? Mi fydd Siôn yn cael enw drwg cyn cychwyn chwilio am wraig.'

'Mae'n amlwg fod Meg yn cael hwyl. Fydd hi ddim yn dweud gair yn ei erbyn.'

'Ti'n siŵr? Roedd o'n edrych mor od.'

'Mae lot o ferched yn ysu i fynd ar y top, felly maen nhw'n dweud. Mater o chwaeth.'

'Wel, wel.' Chwarddodd John. 'Digwyddiad addysgol iawn ydi'r Steddfod, Dafydd.'

Ymunodd Daf yn y jôc ond meddyliodd am Gaenor druan. Dros ugain mlynedd ar ei chefn yn edrych dros ysgwydd esgyrnog John. Wedyn, sylweddolodd rywbeth nad oedd wedi ei ystyried o'r blaen – roedd John Neuadd wedi cael corff ei wraig fel darn o'r fargen. Roedd yn rhaid i Defi Siop weithio'n galed i berswadio merch i rannu'i wely difreintiedig. Mwy na thebyg fod Gaenor wedi cael mwy o bleser yn ystod y tri mis diwetha nag yn ystod ugain mlynedd efo John. Druan ohoni hi, ond druan o John hefyd. Cafodd Dafydd syniad gwallgo: gallai John ddysgu sawl peth petai'n ei gyflwyno i Eira Owain Edwards.

Wnaeth y dynion ddim sylwi ar Gaenor yn dod i mewn. Roedd ei bochau hi'n goch, ei llais yn uchel ac, yn ôl yr olwg ar ei wyneb hardd, roedd wedi chwerthin nes ei bod hi'n methu chwerthin dim mwy. I Daf, roedd dynes llawn hwyl wedi cael dipyn o sbri yn ddeniadol iawn.

'Pam dech chi'n clwydo fan hyn fel ieir?' gofynnodd i'r dynion. 'Steddwch lawr yn y lolfa ac mi wna i rywbeth i ni i'w fwyta.'

'Mae Siôn yn y lolfa, efo lady friend, Gae,' esboniodd Daf.

'Ac maen nhw braidd yn brysur,' ychwanegodd John.

'Dim ar fy upholstery i, gobeithio,' gofynnodd Gaenor, yn ansicr a ddylai hi fod yn flin neu chwerthin.

'Fydd y rỳg sheepskin angen mynd i'r cleaners, dwi'n amau,' gwenodd John.

'Chwarae teg iddyn nhw, pobl ifanc ydyn nhw, wedi'r cwbwl,' datganodd Daf. Wrth gwrs, roedd o'n llawn rhagrith – petai o wedi gweld Carys yn caru fel yna, mi fyddai wedi lladd y dyn.

'Swper bach cartrefol fan hyn, felly,' atebodd Gaenor. 'Ffasiwn ddiwrnod gest ti, John?'

'Gormod o fynd a dod, ond ddim yn rhy drwg. Be amdanat ti, cariad?' Doedd Daf erioed wedi clywed John yn galw ei wraig yn ddim byd ond Gaenor, ac weithiau Mam. Roedd y gair yn swmpus yn ei geg, fel carreg.

'Ges i sbri efo fy hen ffrindiau o'r Comisiwn Coedwigaeth. Siân, Meinir, Ella, y giang cyfan. Alla i ddim gwneud yr un peth fory; dim digon o stamina.'

Ceisiodd Dafydd rwystro'i hun, ond roedd yn rhaid iddo chwerthin yn uchel. Roedd y sefyllfa fel ffars.

'Gan ei dad mae Siôn yn cael y stamina, felly, Gae?' gofynnodd. Am y tro cyntaf ers iddo gael ei glymu i mewn i deulu Neuadd, teimlai Daf fel aelod o'r tîm. A phwy a ŵyr, efallai mai rhan o'i rôl o oedd cadw Gaenor yn hapus. Pan gynigodd John Scotch arall iddo, roedd hi'n anodd gwrthod.

'Rhaid i mi fynd lawr i'r dre – dwi'n chwilio am ddyn sy'n gwerthu cyffuriau.' Fel petai o'n gweld ei frawd yng nghyfraith am y tro cyntaf, nodiodd John ei ben.

'Swn i ddim yn ffansïo dy swydd di, Dafydd, a dweud y gwir. Mi glywais i chydig o stori Dolau.'

'Busnes erchyll,' cytunodd Gaenor o dan ei gwynt, cyn edrych o lygaid John i lygaid Daf, fel petai hi'n chwilio am gytundeb ganddyn nhw. 'Well gen i fab fel Siôn na Dewi Dolau.'

'Mae'n bwysig iawn rhoi dipyn o ryddid iddyn nhw,' atebodd John. 'Mae'r byd yn bellach na'r buarth, dyna'r gwir.'

Ar y gair, daeth Siôn i mewn, yn edrych fel dyn oedd newydd orffen rhedeg marathon.

'Oes 'na siawns am goffi, Mami?' gofynnodd fel bachgen bach, ei eiriau anaeddfed yn hollol anghyson â'r ffaith ei fod o'n drewi o ryw.

'Wrth gwrs. Ydi dy ffrind isie un?'

'Diolch. Gwyn a dim siwgwr i Megs. Pryd wyt ti'n mynd lawr i Llan, Wncwl Dafydd?'

'Syth bìn, bron.'

'Well i ti gael dipyn o frêc cyn mynd lawr i'r bright lights,' awgrymodd Gaenor. 'Mi wnaiff Dad roi lifft i ti nes mlaen os leci di.'

'Dwi wedi blino, a dweud y gwir.'

'Cer lan staer am dipyn, felly. Mi ddo' i â'r coffi fyny i chi.'

'Ocê.'

Roedd eiliad o saib ar ôl i Siôn fynd allan drwy'r drws cyn i John ddechrau chwerthin eto.

'Mae'r ferch yn mynd fyny i'w stafell efo fo?' gofynnodd.

'Gobeithio,' atebodd Gaenor. 'Dwi isie fy lolfa'n ôl.'

Wrth edrych ar John a Gaenor, roedd yn amlwg i Daf fod

potensial yno am briodas lwyddiannus – petai Gaenor wastad yn feddw a John mewn hwyliau da.

'Rhaid i mi fynd. Wela i chi yn nes ymlaen.'

Dilynodd Gaenor Daf i'r car.

'Ti'n gwneud byd o les i ni i gyd, ti'n gwybod, Daf,' sibrydodd. 'Mi fydda i'n cael trafferth cysgu ar ôl sesh. Ti isie mynd am dro bach dan olau'r lleuad pa ddei di adre?'

'Gawn ni weld, Gae. Mi fyswn i wrth fy modd, os alla i.'

'Pob lwc.'

Roedd hi'n ddigon agos iddo allu arogli ei chroen, ei phersawr drud a'r gwin ar ei gwynt.

'Wela i di wedyn, Gaenor. Alla i ddim cadw draw oddi wrthat ti.'

'Aros yma, felly.'

'Rhaid i ni fod yn gall.'

'Wyt ti isie bod yn gall, Dafydd?'

Neidiodd Daf i'w gar cyn iddo newid ei feddwl, ac agorodd y ffenest.

'Mae gen i stori a hanner i ti yn nes ymlaen.'

'Pa fath o stori?'

'Stori hilariws. Nes ymlaen.'

Pan welodd Gethin yn cerdded drwy ddrws y byngalo efo Manon yn ei sgert fer, theimlodd Daf ddim owns o genfigen. Nid Gethin Teifi oedd yr unig ddyn canol oed i gael hwyl.

Pennod 4

Nos Lun

Gan fod y dref mewn cwpan rhwng y bryniau, roedd Llanfair Caereinion yn amlwg yn y tirlun. Wrth yrru lawr yr wtra i gyfeiriad y dref efo ffenest y car ar agor, clywai Daf sŵn anarferol, rhyw hymian, fel petai cwch gwenyn enfawr rownd y gornel. Dros y caeau, ar yr awel ysgafn, deuai miwsig i blethu â'r hymian ac roedd Daf, am y tro cyntaf, wrth ei fodd efo'r Steddfod. Roedd y dref fel petai wedi derbyn chwistrelliad hael o hwyl, o bres ac o fywyd.

Lle i barcio'r car oedd y cwestiwn cyntaf. Roedd y dref fach yn llawn pobl, yn llawn ceir ac yn llawn cerddoriaeth. Cofiodd am y llecyn wrth ymyl yr hen orsaf heddlu. Roedd yr orsaf wedi ei gwerthu a'i haddasu'n dŷ ond roedd y safle parcio yn dal i fod yno at ddefnydd yr heddlu, felly bachodd Daf y lle. Sgwennodd nodyn bach a'i roi yn y ffenest: 'DI Dafydd Dafis on duty' ac i lawr â fo i'r bwrlwm. Penderfynodd gael sbec o gwmpas cyn cysylltu â Dyddgu, er mwyn profi'r awyrgylch a cheisio rhagweld pa fath o drafferthion fyddai'n debygol o ddatblygu erbyn diwedd y noson. Fel niwl, roedd arogl barbeciw dros bopeth ac yn sydyn, sylweddolodd Daf ei fod ar lwgu. Ceisiodd ddewis rhwng y selsig a'r byrgyrs cig oen, ond newidiodd ci feddwl pan welodd fod hanner cant o gwsmeriaid yn ciwio o flaen allor y barbeciw. Doedd gan Daf ddim digon o amser i'w wastraffu yno. Canodd ei ffôn: rhif yr orsaf.

'Boss, you're going to have to talk to the mother of the suicide,' dywedodd Sheila.

'Be am Nia?' Saib bach, tra oedd Sheila yn ymdrechu, chwarae teg iddi, i ddod o hyd i'r geiriau cywir.

'Mae Nia wedi mynd ond nag oes y mam yn hapus. She demanded to see you. She's in the Orthopaedic, ti'n gwybod.'

'Dim heno!'

'I won't get the hospital off my back until you've made a settled time to call by tomorrow.'

'Iawn, be am ddeg o'r gloch bore fory?'

'Da iawn, Bòs. Sut mae'r hwyl heno?'

'Dwi'n dal yn gweithio, Sheila.'

'Wela i di yn y bore.'

'Ta- ta, lodes.'

'Dydi "ta ta" ddim yn Cymraeg iawn.'

'Ddim yn "Gymraeg", os den ni'n mynd lawr y lôn yna.'

'Hwyl fawr.'

Roedd geirfa Sheila'n datblygu'n ddyddiol. Neu dros nos, efallai – yn ôl y sôn, y lle gorau i ddysgu unrhyw iaith ydi'r gwely. Ymddangosodd delwedd ym mhen Daf o Sheila a Tom Francis yn chwarae fersiwn rywiol o'r hen gân 'Pen, Ysgwyddau, Coesau, Traed'. Penderfynodd y byddai'n rhannu hyn â Gaenor – byddai jyst y peth i wneud iddi chwerthin.

Tu allan i'r Black, roedd Arwel yn bwyta pecyn o borc scratchings.

'Ar ben dy hun, lanc?' gofynnodd Daf.

'Mae Mair wedi mynd i'r tŷ bach ers ugain munud. Mae'r lle 'ma'n mental heno. Scratchin?' Cariad Arwel oedd Mair, a oedd yn digwydd bod yn ffrind gorau i Carys hefyd.

'Dwi'n rhy hen, yn anffodus; dydi fy nannedd i ddim digon cryf.'

'Ti'n siŵr?'

'Pum munud yn bwyta scratchings, pum awr efo'r deintydd.'

'Ddaliaist ti'r "big man" ifanc?'

'Dim eto.'

'Achos jyst cyn i ti ddod allan o S4C, mi ges i gip bach sydyn yn y bin, a doedd dim byd yno bryd hynny.'

'A dim ond criw sioe *Cyw* ddaeth o fewn llath i'r bin.'

'Ti ydi'r ditectif, ond i mi, mae'n ddigon amlwg mai un o'r cast ydi'r deliwr.'

'Dwi wedi cyrraedd yr un canlyniad. Ac os mai actor ydi o, fallai ei fod o'n gallu newid ei lais i smalio bod yn iau.'

'Digon posib, Dafydd, ond roedd o'n swnio fel cog ifanc i mi. Wyt ti angen i mi wneud rywbeth arall i helpu?'

'Nag oes, ond mi ydw i angen y stwff yn ôl gen ti. Tystiolaeth.'

'Wrth gwrs. Mae o yn fy nghar i.'

'Rho ganiad i mi pan wyt ti wrth y car, ie?'

'Iawn. Dwi am bicio'n ôl i Maes B yn COBRA ond mae Mair yn shitfaced.'

Roedd Daf wedi clywed mai yn y Clwb Rygbi, neu'r Caereinion Old Boys Rugby Association i roi ei enw cywir iddo, roedd y gigs gorau'n cael eu cynnal.

'Ddim mor shitfaced â Siôn a Meg. Maen nhw'n saff yn Neuadd erbyn hyn.'

Chwarddodd Arwel yn uchel. Roedd Daf yn falch ei fod yn gallu mwynhau bywyd fel unrhyw lanc arall, er gwaetha'r uffern a brofodd.

'Mae Meg yn Ultimate Party Animal – tybed sut fydd hi'n siwtio Mr Jones?'

'Mae'n amlwg ei bod hi'n siwtio Siôn, a dyna ydi'r peth pwysig.'

'God, ti'n hen romantic, Dafydd. "Cyfaill efo mantesion" ydi Megan, dim byd mwy.'

'Mae ganddoch chi bobl ifanc lawer iawn o opsiynau y dyddie yma, cog!'

Daeth Mair allan o'r dafarn efo dwy o'i ffrindiau.

'Ble mae Carys heno, Mr Dafis?' gofynnodd.

'Dal yn gweithio pan o'n i'n gadael y maes.'

'Hm.' Gwnaeth Mair sŵn amheus. 'A ble mae Matt?'

'Wn i ddim.'

'Ti 'di clywed y gân "My Humps", Mr Dafis? Gan Shakira?'

'Do, ond ...'

'Mae 'na linell ynddi hi: "No drama, you don't want no drama". Den ni ddim isie drama yn ystod yr Ŵyl, Mr Dafis ...'

'Black Eyed Peas,' torrodd Arwel ar ei thraws.

'Be?'

'Shakira – "Hips Don't Lie". Black Eyed Peas: "My Humps".'

'Cau dy ben, Bebb.' Tynnodd Mair ei ffôn allan. 'Sgen i ddim signal o gwbwl. Be am dy ffôn di, Mr Dafis?'

'Ffôn Heddlu Dyfed Powys ydi o.'

'Mae hwn yn argyfwng,' mynnodd Mair. 'Os na fedra i jecio hyn ar YouTube yn syth bìn, rhaid i fi ladd y ffŵl yma.'

Fel dyn ifanc call, rhoddodd Arwel gusan iddi, ac anghofiodd Mair y ddadl am eiliad. Galwodd ar ôl Daf:

'Dweda di wrth Carys, Mr Dafis. No drama.'

Roedd Daf wedi drysu'n lân. Credai mai digon syml oedd bywyd ei ferch. Roedd newydd orffen ei harholiadau, wedi gwneud cais i sawl coleg ac yn canlyn Matt ers dros flwyddyn. Felly pam oedd rhaid i Mair roi rhybudd iddi hi? Pa fath o ddrama?

Trodd ymaith, a synnodd Daf o weld Mostyn Gwydir-Gwynne AS yn yfed hanner lager o wydr plastig ar y fainc tu allan i'r siop sglodion. Wrth ei ochr roedd Haf Wynne.

'Helô, Dafydd,' cyfarchodd Haf ef yn ei llais llyfn. 'Gwaith 'ta pleser?'

'Gwaith.' Doedd ganddo ddim syniad pam ei bod hi yn Llanfair, a llai fyth o syniad pam ei bod wedi dewis dod efo'r Aelod Seneddol.

'Thought one should sample the atmosphere, Inspector Davies. Miss Wynne was good enough to volunteer to accompany me.'

'Native guide wyt ti, ie Haf?' atebodd Daf. 'Ti ydi Tonto, fo ydi'r Lone Ranger?' Rhoddodd gymaint ag y gallai o sbeit yn ei lais ond gwenodd Haf, fel petai'n gwerthfawrogi'r jôc.

'I was looking for an excuse, actually. I haven't been to the Eisteddfod for years. So when Mostyn rang ...'

'Fel ro'n i'n dweud, dwi'n gweithio. Mwynhewch eich noswaith.'

Siom, dyna be oedd o. Roedd Daf yn siomedig efo Haf am fod fel roedd hi, ac yn siomedig efo fo'i hun am obeithio y gallai rhywbeth ddatblygu o'r fflyrtian fu rhyngddyn nhw. Bu Haf o gymorth mawr iddo fel cyfreithwraig i Bryn Gwaun yn ystod achos llofruddiaeth Jacinta Mytton, a phan ddatblygodd eu cyfeillgarwch cododd teimladau eraill yn Daf. Roedd o'n ei hedmygu oherwydd ei hegwyddorion; roedd hi'n fedrus tu hwnt ac weithiau, gallai wneud i Daf feddwl mai ei farn o ar unrhyw bwnc oedd y peth pwysicaf yn y byd. Ond roedd hi ei hun yn cyfaddef fod ei natur oeraidd yn broblem. Roedden nhw'n ffrindiau bryd hynny, yn closio, ac roedd Haf wedi bod yn agored iawn efo fo ynglŷn â'i natur rywiol a'i hunigrwydd. Serch hynny, teimlai Daf mai creulon oedd iddi ymddiried ynddo mai corff perffaith ei chleient oedd yn llenwi ei breuddwydion. I ddyfynnu Bryn, roedd Haf yn ddigon neis ond doedd hi ddim yn ddynes serchus. Dros y chwe mis diwethaf roedd Daf wedi chwilio am esgusodion i beidio ag ymweld â hi yn ei bwthyn bach ym Metws Cedewain, ond byddai wastad yn teimlo'n euog pan fyddai Haf yn crybwyll pa mor unig oedd hi yno. Camodd yn ôl o'u cyfeillgarwch, a chamodd Mostyn Gwydir-Gwynne i lenwi ei sgidiau. Ffycin Tori. Roedd yn beth digon naturiol i ddau o bobl fod yn chwerthin y tu allan i siop sglodion ar noson braf yn y Steddfod ond, wrth gerdded i fyny'r stryd, roedd Daf yn bendant mai chwerthin ar ei ben o oedden nhw. Bastards. Roedd o mor flin, bu bron iddo basio Dyddgu heb ei hadnabod.

'Sut hwyl, syr?'

Roedd yn rhaid i Daf gyfaddef, roedd o'n hoffi'r gair 'syr'. Wrth weld Dyddgu, llamodd llwyth o ddelweddau braf i'w ben: Daf Dafis y plismon effeithiol, y wên wan gyntaf honno ar wyneb Gwawr – a blas gwefusau Chrissie, dynes oedd â Bryn yn ei gwely ond a oedd yn dal i ysu am y sheriff yn ei het wen. Wfft i Haf Wynne.

'Tshampion, Gwawr, a tithe?'

'Mae'r lle campio newydd yn grêt. Un dda ydi'r leidi bòs, yntê?'

'Grand. Be am Gwawr?'

'Mae Chrissie wedi ei gwahodd hi draw i wylio ffilm efo'r plant. Rhaid i mi ddweud, syr, dwi mor falch o gael rhywun i rannu'r cyfrifoldeb amdani. Roedd hi mor fflat y pnawn 'ma do'n i ddim yn gwybod be i wneud efo hi.'

'Wrth gwrs. Dwi'n deall,' cysurodd Daf hi.

'Does gen i ddim profiad efo pethau fel hyn.'

'Dydi profiad yn cyfri dim. Cyfeillgarwch, dyna be sy'n bwysig.'

Roedd Daf yn falch o weld pa mor sobor oedd Dyddgu. Yn amlwg, cafodd y wers ei dysgu, hyd yn oed os mai dros dro oedd hynny.

'Dach chi'n cofio'r dyn werthodd y shrŵms i mi? Mae o'n eistedd ar y fainc wrth y gofeb ers awr a hanner. Dwi 'di bod yn yr Afr, ac mi sylwais ei fod o'n mynd am dro bach lawr i'r fynwent bob hyn a hyn.'

'Dal i werthu, ti'n meddwl?'

'Be am i chi rhoi weiar arna i, a finna'n mynd draw i brynu rhywbeth ganddo fo, wedyn ...'

'Lodes, does gen i ddim weiar. Cerdda di fyny ymhen rhyw bum munud a jyst gofyn oes ganddo fo dipyn bach mwy o be gest ti neithiwr.'

Gallai'r wal uchel o gwmpas y fynwent fod yn ddefnyddiol iawn. Os cerddai Daf i mewn drwy borth y fynwent, byddai'n bosib iddo gyrraedd ardal y gofeb heb i neb ei weld. I wneud i bethau edrych yn naturiol, safodd Daf fel dyn ar fin piso. Clywodd leisiau ar yr ochr arall.

'Diolch am y ... y stwff neithiwr.'

'Pleser, lodes.' Llais lleol, swynol. Roedd Daf yn flin.

'Oes 'na siawns am fwy?'

'Tyrd am dro, lodes. Mae 'na hen ffynnon sanctaidd draw wrth yr eglwys, ac mae o'n lle digon preifat.' Cododd gwrychyn Daf pan glywodd yr hen air lleol braf 'lodes' yn cael ei ddefnyddio yn y fath gyd-destun.

Clywodd sŵn giât uchaf y fynwent yn agor. Agorodd ei gopis i smalio pisio, ond yn syth, clywodd lais mawr yn gweiddi arno.

'Be wyt ti'n wneud yn fa'ma, y budryn? Mynwent ydi hon, nid toiled.'

Daeth Nev i'r golwg, yn ei iwnifform PC Pwysig, i ddal y dyn drwg.

'O bydd ddistaw, Nev, fi sy 'ma.' Yn y cyfamser, roedd Dyddgu a dyn y shrŵms wedi diflannu.

'Wel, Bòs, dech chi ddim yn cael pisio yn y fynwent, hyd yn oed yn ystod y Steddfod.'

'Do'n i ddim yn pisio.'

'Pam oedd eich copis ar agor, felly? Oes 'na ferch ...?'

'Doeddwn i ddim yn pisio nag yn ffwcio – dwi'n ceisio gwneud drug bust.'

'Efo'ch trywsus ar agor?'

'Roedd y deliwr yn cerdded heibio ... roedd yn rhaid i mi edrych yn naturiol.'

'Naturiol iawn,' dywedodd Nev, heb dorri gwên. 'Dech chi ddim yn Iddewig, dwi'n gweld.' Tynnodd Daf ei zip i fyny.

'Ha ha ha. Heddlu Dyfed Powys den ni, dim *Live at the* ffycin *Apollo*. Draw fa'ma aethon nhw. Dyn a merch.'

Rhedodd Daf nerth ei draed at Ffynnon y Santes Fair. Trodd ei dortsh ymlaen er mwyn gallu gweld beth oedd yn y dyfnderoedd a gwelodd bethau bach yn arnofio ar wyneb y dŵr du – madarch bach oedd wedi cael eu lluchio i mewn i'r ffynnon. Edrychodd i fyny. Roedd cwpwl yn cerdded yn naturiol, fraich ym mraich, heibio i'r toiled cyhoeddus, a nabododd Daf y ferch. Dyddgu. Dros y blynyddoedd roedd Daf wedi gorfod rhedeg ar ôl troseddwyr yn y fynwent sawl gwaith, felly doedd dim rhaid iddo boeni ble i roi ei draed. Ymhen pymtheg eiliad roedd o wedi dal braich y dyn oedd yn cerdded wrth ochr Dyddgu. Dilynodd Nev, yn ara deg.

Gwelodd Daf ei fod yn wyneb cyfarwydd. Cog ugain oed, ac aelod blaenllaw o'r Clwb Ffermwyr Ifanc lleol. Cymeriad hoffus, llawn hiwmor, oedd yn enwog am ei berfformiadau ysgafn.

'Ocê, Ed Mills, paid â dechrau efo unrhyw gelwyddau. Ro'n i tu ôl i'r wal pan gest di dy sgwrs efo Dyddgu.'

'Dyddgu? Ffwc o enw od, Mr Dafis.'

'Cofia di, lanc, the customer is always right.'

'Debyg iawn.'

'Reit 'te. Ti'n cael trip bach lawr i'r Trallwng.'

Am eiliad, edrychodd Ed yn syth i lygaid Dyddgu. 'Pam, Mr Dafis?'

'Achos rwyt ti wedi gwerthu magic mushrooms, lanc. Ti'n gwybod yn iawn fod hynny yn erbyn y gyfraith. Dwi'n dy gofio di yn y rhes gefn pan o'n i'n trafod cyffuriau efo blwyddyn un ar ddeg.'

'Oes rhaid i chi ei jarjio fo, syr?' gofynnodd Dyddgu.

'Mae'n rhaid i mi gael sgwrs efo fo, lodes. Ti'n deall?'

'Ydw.' Camodd Dyddgu yn ôl i'r cysgodion.

'Andros o lodes glên,' sylwodd Ed.

'Ydi, mae hi, felly pam wyt ti wedi bod mor ddwl? Gwerthu'r crap yna iddi hi?'

Gwgodd Ed. 'Dech chi'n gwybod faint mae'r bastards yn 'i dalu am laeth, Mr Dafis?'

'Tyrd efo fi am sgwrs.'

'Be os dwi ddim awydd dod?'

'PC Roberts, gei di arestio'r llanc a mynd efo fo lawr i'r celloedd yn y Trallwng. Dwi'n mynd i gael byrgyr.'

'Iawn, Bòs. Possession with intent to supply?'

'Dyna fo. Class A. Fyddi di'n colli'r Steddfod Ffermwyr Ifanc tro yma, cog, dyna i ti biti.'

'Ocê, Mr Dafis. Ewch â fi lawr i'r Trallwng.'

Wrth i Daf arwain y dyn ifanc i'r car, clywodd gân y Candelas, 'Symud Ymlaen', yn bloeddio o un o'r tafarnau. Anaddas iawn i Ed, meddyliodd. Doedd dim modd cynnal sgwrs gan fod y bas yn boddi popeth, a'r curiad fel rhythm methiant i Daf. Daeth i'r dref i ddal troseddwr pwerus, drwg ac roedd yn gadael efo Ed Broniarth. Ac i goroni'r cyfan, pan gyrhaeddodd ei gar gwelodd fod rhywun wedi pisio yn erbyn yr olwyn. Hwyl y ffycin Ŵyl. Clywodd Daf sŵn traed yn rhedeg y tu ôl iddo: Nev.

'Dech chi isie i mi ddod lawr, bos? Achos dim ond fi ac un o fois y Drenewydd sy 'ma a ...'

'Mi fydda i'n iawn, Nev. Mae 'na rywun yn yr orsaf, siŵr o fod.'

'Achos os ydech chi'n ei jarjio fo heno, rhaid cael ...'

'Dwi'n gwybod sut i jarjio rhywun, Nev, yn enw'r Tad! Dim ond sgwrs den ni'n gael ar hyn o bryd; mi allwn ni wneud y gwaith papur ben bore.'

'Iawn 'te.'

Hanner ffordd lawr i'r Trallwng, cofiodd Daf am Arwel. Doedd Arwel ddim wedi defnyddio unrhyw beth heblaw alcohol i newid ei hwyliau ers misoedd, ond a oedd yn beth ddoeth gadael yr E's efo fo dros nos?

'Ti'n reit dawel, lanc.'

'Well i fi beidio dweud dim byd.'

'Ed, ti'n fy nabod i. Dwi erioed wedi gwneud ffwdan jyst er mwyn cael rhywbeth i wneud: ti 'di landio dy hun yn y baw.'

'Dwi'n gwybod, Mr Dafis.'

Doedd neb yng ngorsaf yr heddlu ond Sheila, ac roedd Daf wedi synnu o'i gweld.

'Do'n i ddim yn gwybod dy fod ti'n gweithio heno?'

'Wedi swapio gyda Nia. Ganddi hi tocynnau ar gyfer nos Gwener a heno, a fi a Tom yn mynd i'r folk thing nos fory.'

Yn sydyn, cofiodd Daf. Noson Lawen Maldwyn a'r Gororau oedd y noson honno, a *Gwydion*, Sioe Cwmni Theatr Maldwyn y nos Wener cynt, a'r tocynnau ar eu cyfer un ai yn brin, neu wedi gwerthu allan ers misoedd. Rheini, a'r noson werin y noson wedyn, oedd y sioeau roedd pawb am eu gweld yn y pafiliwn pinc. Dyna pam, mae'n rhaid, nad oedd llawer o alw am docynnau i sioe Eira. Doedd gan Daf ddim llawer o ddiddordeb yn yr un ohonyn nhw. Gwrthododd Carys un o'r prif rannau yn *Gwydion* er mwyn canolbwyntio ar ei gwaith ysgol, a bu ei phenderfyniad cyfrifol yn destun andros o ffrae rhwng mam a merch. Yn ôl Falmai, roedd cyfle i serennu yn sioe fwyaf y Brifwyl yn bwysicach o lawer na'r gwahaniaeth rhwng A ac A Serennog yn yr arholiadau Lefel A. Rhagrith llwyr oedd hyn – fel arfer, byddai Falmai'n pwysleisio pwysigrwydd gwaith ysgol uwchben popeth arall. Ochneidiodd Daf wrth gofio'r mis o straen a helynt. Roedd Falmai wedi arfer cael ei ffordd ei hun ond erbyn hyn roedd Carys wedi datblygu cymeriad cryf hefyd, a byddai Daf yn mynd mor bell â dweud ei bod braidd yn styfnig. Cymharodd Rhodri ei fam â'r ddraig Smaug yn *The Hobbit*, oedd yn barod i ddinistrio popeth i gael ei ffordd ei hun. Arhosodd y ddelwedd anffodus honno ym meddwl Daf ac erbyn hyn, bob tro yr agorai Falmai ei cheg i gwyno, disgwyliai Daf weld fflamau. Unwaith eto, ceisiodd gofio'r ferch annwyl y syrthiodd mewn cariad â hi, ond methodd. Pan welodd y wên ar wyneb Sheila wrth iddi edrych ymlaen at noson mewn pabell dwym jyst oherwydd y byddai Tom Francis wrth ei hochr, roedd o'n llawn cenfigen. Atgoffwyd Daf o arogl corff Gaenor wrth iddyn nhw gusanu wrth y car. Byddai bywyd yn mynd yn ei flaen.

'Ocê, Sheila. Alli di wneud paned i mi, ac un i Ed hefyd?'

'Iawn, cog.'

'Paid â 'ngalw fi'n "cog", Sheila. Fi ydi'r bòs – a hefyd, mae'n swnio'n od.'

'Ocê. Dwi'n gwneud y glas.'

'Dy orau glas.'

'What you said.'

Pan gyrhaeddodd yr ystafell gyfweld, ymlaciodd Daf. Tynnodd ei siaced cyn eistedd.

'Dwi'm yn siŵr ddylwn i ddweud gair heb gyfreithiwr,' dywedodd Ed, yn dal ar ei draed.

'Ocê, os mai fel'na mae pethau, mi allwn ni aros i weld cyfreithiwr, mi alla i dy jarjio di, ac mae 'na siawns go lew y cei di dy gosbi'n galed. Neu, mi allwn ni gael sgwrs anffurfiol rŵan, mi ga' i amser i feddwl dros nos a gwneud yr holl waith papur wedyn, ie?'

'Dech chi'n dweud bod 'na siawns nad ydw i'n mynd i gael fy nghyhuddo?'

Edrychodd Daf yn syth i mewn i'w lygaid o. 'Ti 'di bod yn ddwl ofnadwy, Ed. Ti'n deall?'

'Ydw.'

'Cyffuriau Class A ydi'r cyffuriau mwya difrifol.'

'Dim ond shrŵms oedden nhw.'

'Stedda di lawr a dweud yr hanes wrtha i, cog. Gawn ni weld be i wneud wedyn.'

'Iawn 'te.'

Ar ôl eistedd a chael paned, roedd Ed yn edrych yn well. Roedd yn amlwg yn dal i boeni ond roedd dipyn bach o sbarc yn ôl yn ei lygaid. Cofiodd Daf y tro diwetha iddo'i weld o ar lwyfan, yn canu'r gân ddoniol yng nghyngerdd y CFfI. Aelod 'semi-detatched' o'r clwb oedd Carys, yn picio i mewn bob hyn a hyn i ganu efo nhw, ond roedd Ed Mills yn asgwrn cefn i'r clwb. Ceisiodd Daf feddwl am bopeth roedd o wedi ei glywed amdano dros y blynyddoedd: doedd dim byd drwg.

'Dwi am gychwyn efo tipyn bach o gefndir, Ed. Faint ydi dy oedran di, ble wyt ti'n gweithio ac ati.'

'Dech chi'n nabod fi, Mr Dafis.'

'Gwranda, Ed, dwi'n cwrdd â channoedd o bobl yn y swydd 'ma – dwi'n methu cadw'r holl CVs yn fy mhen.'

'Ocê. Ed Mills, Broniarth, ydw i. Dwi'n ugain oed a dwi'n byw efo Mam a Dad.'

'Sut wyt ti'n gyrru mlaen efo nhw?'

Cochodd Ed. 'Fy shit i ydi hwn, Mr Dafis. Dydi Dad a Mam ddim wedi gwneud dim byd yn rong.'

'Iawn. Ti'n gweithio acw?'

'Ydw, ond dwi'n helpu lawr yn Groeslon yn aml iawn hefyd.'

'Mae gen ti ddigon o bres yn dy boced, felly?'

Dechreuodd Ed rwygo darn o bapur gwyn oedd ar y ddesg. 'Dech chi'n gwybod fod Dad yn sâl, Mr Dafis?'

'Ydw. MS, yntê?'

'Ie. Bron yn methu cerdded erbyn hyn, heb sôn am weithio.'

'Ti sy'n gwneud y gwaith fferm, felly?'

'Dwi'n trio. Den ni ddim yn gwneud yn rhy ddrwg, ond den ni'n methu buddsoddi ceiniog. Mae'n parlwr godro ni'n barod am Sain Ffagan. A phan mae'r ffycars yn torri'r pris llaeth dro ar ôl tro ... Felly mae pres yn dynn efo ni.'

'Ond, ti'n cael pres o Groeslon, dwyt?'

'Digon i gadw'r car ar y ffordd. Ond dwi ddim yma i wneud esgusodion. Dwi'n ffycwit a dyna fo. Be ydi'r gosb fwya alla i gael, Mr Dafis?'

'Mae Class 1 Possession with Intent to Supply yn gyhuddiad go ddifrifol. Ble gest ti'r stwff?'

'Acw. Maen nhw'n tyfu ar y boncen.'

'Braidd yn gynnar yn y flwyddyn?'

'Mae popeth yn gynnar leni. Mi oedd 'na friallu acw ym mis Chwefror.'

'Pam wnest ti benderfynu gwneud rhywbeth mor ddwl?'

Crafodd Ed ei glust, i dynnu sylw oddi wrth ei eiriau.

'Mae Mam yn rubbish efo pres. Mae hi 'di gwneud cawl o bethau, ac yn y gwanwyn, mi gymerodd hi un o'r blydi payday loans 'na. Tri chant oedd o, i dalu'r bil trydan. Erbyn hyn mae o dros ddwy fil ac maen nhw'n dechrau rhoi lot o bwysau arni hi.'

'Ond ei chyfrifoldeb hi ydi o, nid d'un di.'

'Dwi 'di dysgu lot gan Mam a Dad, Mr Dafis. Cyn i Dad fynd yn sâl, roedd pethau'n iawn. Dewisodd Dad wraig efo'i lygaid, nid ei ben – dydi hi ddim yn gallu ymdopi efo dim byd, bron. Rhaid i mi gadw Dad yn iawn. Mae stress yn effeithio arno fo'n ddifrifol. Felly, roedd yn rhaid i mi ddod o hyd i fwy o bres.'

'Ond mae 'na ffyrdd gwahanol o wneud pres, lanc. Does dim rhaid i ti werthu cyffuriau.'

'Dwi wedi trio. Does dim mwy o oriau yn Groeslon, a dwi wedi gofyn ym mhobman arall. Ges i gwpwl o ddyddie'n contractio i Chrissie Berllan ond mae hi'n talu'n shit ac yn cosbi rhywun am stopio i bisio.'

'Be?'

'Mae'r bois sy'n gweithio iddi hi'n dweud bod yn rhaid iddyn nhw agor drws y cab a phisio wrth yrru. Os ydyn nhw'n stopio, mi fydd hi'n docio hanner awr o gyflog.'

Er bod gan Chrissie enw drwg am fod yn gyflogwr teg,

roedd Daf yn hanner gwenu. Peth braf oedd bod yn wendid i ddynes galed.

'Pryd gest ti'r syniad o werthu'r shrŵms?'

'Es i lawr i COBRA nos Sadwrn, lle maen nhw'n cynnal gigs Maes B. Wnes i gwrdd â giang o Gaerfyrddin a dywedodd un o'r bois; "Os wyt ti'n ffermio fan hyn, fetia i fod gen ti lond cegin o shrŵms." Wedyn, es i ar y we, i jecio prisiau ac ati, a sylweddoli fod dros fil o elw wedi tyfu ar y boncen. Sandwich bags o Londis a dyma ni.'

'Felly nos Sul oedd y noson gynta i ti fynd i werthu?'

'Ie.'

'Werthest ti rai i Dyddgu?'

'Do. Roedd hi a'i ffrind yn mynd i wneud rhyw de arbennig, medde hi.'

'Wyt ti'n gwybod be ydi hippy flipping, Ed?'

'Sgen i ddim clem.'

'Pan wyt ti'n cymysgu Es a shrŵms. Mae rhai yn dweud dy fod ti'n bownd o gael trip da efo'r shrŵms drwy gymryd Es ar yr un pryd.'

'Dwi'm yn deall y busnes o gwbwl.'

'Dyna un rheswm pam na ddylet ti fod mor dwp â photshan efo pethau fel hyn.'

'Dwi'n gwybod.'

'Beth bynnag, dyna wnaeth Dyddgu a'i ffrind. Roedd ei ffrind yn hollol rhacs pan ffeindiodd rhyw ddyn hi.'

'Dim Dewi Dolau?'

'Sut wyt ti'n gwybod?'

'Pawb yn trafod y peth.'

'Dwi'm am drafod y busnes, ond rhaid i ti ddysgu be ti 'di wneud. Tase hi heb gymryd y shrŵms, fallai na fyddai Dewi wedi cael cyfle i'w brifo.'

Disgynnodd tawelwch trwm fel blanced. Dechreuodd llygad Ed blycio.

'Dim fi sy wedi ... sy wedi ...'

'Ond ti sy wedi rhoi'r stwff iddi hi. Yr un oed â chdi ydi hi.'

'Ydi hi'n iawn rŵan, Mr Dafis?'

'Ddim o bell ffordd. A dweud y gwir, fydd hi byth yr un fath ag yr oedd hi cyn neithiwr.'

'Dyna'r rheswm dech chi 'di dod ar f'ôl i?'

'Dwi 'di dod ar dy ôl di gan dy fod ti'n creu perygl i ti dy hun, ac i bobl eraill, lanc.'

'Wnes i ddim meddwl am...'

'Paid â chwarae gêm efo fi, Ed Mills. Ti'n fachgen call. Ti'n gwybod bod pobl sy'n cymryd cyffuriau'n gwneud pethau dwl. Llynedd, boddodd dyn ifanc yn y Trallwng ar ôl cymryd tri tab o asid.'

'Ond mae asid yn ddifrifol, Mr Dafis. Hwyl yw shrŵms.'

'Maen nhw'n halwsinogen cryf. Ar ôl eu cymryd nhw, dydi pobl ddim yn gwybod pwy ydyn nhw, na be maen nhw'n wneud. Dyna pam maen nhw'n Class A.' Doedd dim ymateb. 'Faint werthaist ti, neithiwr, ac eto heno?'

Tynnodd Ed waled allan o'i boced gefn. 'Wyth bag neithiwr a chwech hyd yn hyn heno, Mr Dafis. Dyma'r pres. Saith gant. Dim digon eto ...'

'Digon i dalu dyled dy fam?'

'Ie.'

'Dwi dal yn methu deall. All dy fam ddim mynd i'r banc a gofyn am fenthyciad?'

'Dydi hi byth yn sortio pethau'n iawn. Mi welodd hi ryw hysbyseb ar y teledu yn ystod *Emmerdale*. Mi ffoniodd y rhif ac roedd hi'n mor falch, yn meddwl fod popeth wedi cael ei sortio'n iawn.' Roedd llais Ed wedi mynd yn dawel; dim ond sibrwd oedd o erbyn hyn, a doedd y dagrau ddim yn bell.

'Alli di ddweud y cyfan wrtha i, lanc. Dwi byth yn cario clecs.'

'Mae gan Mam syniad ... syniad erchyll am y ddyled. Mae hi isie benthyg pres gan un o'r cymdogion.'

'Dwi'n gwybod y byse hynny'n ergyd i dy hunan-barch, Ed, ond dydi o ddim yn syniad ffôl.'

'Dech chi ddim yn deall, Mr Dafis. Evans y Rhyd sy wedi cynnig pres iddi hi, unrhyw bryd. Ond mae 'na amodau.'

'Evans y Rhyd?'

'Wastad wedi hanner ffansïo Mam. Roedd Dad yn chwerthin am y peth, ond roedd hynny cyn ...'

'Cyn be?'

'Cyn i Dad fynd yn sâl. Dwi wedi bod ar y we, Mr Dafis. Dydi pobl efo MS ddim wastad yn gallu ...'

'Dwi'n deall.'

'Ocê, dydi Evans ddim hanner cystal â Dad ond mae o'n gefnog tu hwnt ac os ydi Mam ddim yn cael be mae hi angen gan Dad ...' Rhoddodd ei ben yn ei ddwylo, yn crynu.

'Hisht, cog, paid â phoeni. Mae dy fam yn ddynes neis – fyse hi ddim yn gwneud dim i frifo dy dad.'

'Ond weithie, maen nhw'n ffraeo ...'

'Fel pob gŵr a gwraig.'

'Wrth gwrs, ond yn ddiweddar, maen nhw'n ffraeo o hyd am yr un peth ... be sy'n digwydd yn y gwely. Mae'n uffernol gwrando arnyn nhw, Mr Dafis. Wedyn mac Evans jyst yn picio draw i fenthyg rhywbeth, ac maen nhw'n chwerthin, Mam a fo, a ...'

'A ti 'di penderfynu datrys y broblem drwy sefydlu dy hun fel drug dealer?'

'Do'n i ddim yn meddwl 'mod i'n gwneud dim byd drwg. Gwerthu cynnyrch lleol i ymwelwyr y Steddfod, dyna'r cwbl.'

'Paid â meiddio cymryd y piss, Ed Mills. Pwy oedd dy gwsmeriaid di?'

'Myfyrwyr, am wn i. Heb ofyn am ID ganddyn nhw.'

'Maen nhw'n bobl ifanc, yn union fel ti. Rhai ohonyn nhw efo problemau adre, jyst fel ti. A ti 'di cymryd mantais.'

'Nid fi wnaeth blannu'r shrŵms.'

Cododd Daf ar ei draed. 'Ti'n gwybod be, Ed, dwi wedi clywed hen ddigon. Dim ond esgusodion dwi wedi'u cael gen ti. Dwi'n reit sori nad ydi pethau'n grêt acw, ond does gen ti ddim hawl i geisio datrys dy broblemau dy hun drwy wneud dioddefwr o rywun arall. Dwi'n mynd i dy jarjio di.'

'Plis Mr Dafis. Dwi erioed wedi gwneud dim byd fel hyn o'r blaen.'

'Mi wn i, ond dwi ddim wedi clywed gair gen ti i fy sicrhau i na fyddi di'n gwneud yr un peth eto. Ti'n teimlo'n flin am sefyllfa dy deulu, ac yn barod i sathru ar bobl eraill er mwyn datrys pethau. Class 1 Possession with Intent to Supply.'

'Dwi'n sori. Dwi mor sori.'

'Ddylet ti fod yn sori.'

'A dweud y gwir, Mr Dafis, wnes i ddim meddwl am y peth o gwbwl. Mi welais y pethau'n tyfu'n wyllt ar y boncen, ac mi ges i syniad gwirion.'

'A sut wyt ti'n meddwl am y peth rŵan?'

'Dwi'n methu coelio 'mod i'n ffasiwn wancar.'

'Gan dy fod ti wedi cael dy ddal.'

'Na. Wel ie, hynny hefyd. Ond y peth ddwedaist ti, am y ferch.'

'Dwi ddim yn ceisio rhoi'r bai i gyd arnat ti, Ed. Ond tasa hi heb gael y shrŵms, fydde hi ddim wedi bod mor wasted.'

'Dwi'n deall.' Bu saib bach. 'Fallai, Mr Dafis, y byddai'n syniad da i mi fynd i'r carchar am sbel. Mae'n hen bryd i mi dyfu i fyny rywfaint. Alla i ffonio Mam cyn mynd?'

'Yn enw rheswm, cog, dwyt ti'n gwybod dim byd am y system? Hyd yn oed taswn i isie dy ddanfon di'n syth draw i'r carchar, alla i ddim. Mae'n rhaid cael y CPS i baratoi achos, cynnal achos llys, bob dim. A ti'n gwybod be?'

'Be, Mr Dafis?'

'Mae hynny'n golygu gormod o waith papur. Dwi'n mynd i roi lifft yn ôl i Lanfair i ti, wedyn mi fydda i'n danfon yr wybodaeth fyny i'r CPS efo argymhelliad am rybudd swyddogol. Dwi'n rhy brysur i wastraffu fy amser yn sefyll yn yr Wyddgrug yn dweud wrth ryw farnwr dy fod di'n ffycwit – mae hynny'n ddigon amlwg yn barod.'

'Diolch, Mr Dafis.'

'Ond dwi'n mynd i siarad efo dy rieni. Mae ganddyn nhw ddyletswyddau. Eu problemau nhw sy wedi achosi'r cyfan.'

'Na, Mr Dafis, allwch chi ddim. Mi fyddai'r stress yn ormod i Dad.'

'A faint o stress fyddai 'na taset ti'n glanio yn y blydi carchar? Does gen ti ddim hawl i ddweud wrtha i sut i ddelio efo sefyllfa fel hyn. Mi alla i dynnu dy rieni fewn yma i'w holi nhw, ti'n deall?'

'Sori ... sori.'

Roedd Daf yn ffyrnig, efo Ed, efo fo'i hun, efo'r diffyg cyfiawnder yn y byd. Doedd ganddo ddim llawer o ddewis beth bynnag – fyddai dyn ifanc fel Ed, efo'i enw da o, ddim yn cael llawer o gosb, a petai Daf yn trugarhau, byddai Ed yn dod i ddysgu fod awdurdod yn beth da. Teimlodd Daf yn fwy blin byth – nid ei ddyletswydd o oedd magu Ed.

'Mae hi wedi naw o'r gloch. Lle mae dy gar di?'

'Ges i lifft i mewn. Ro'n i isio cwpwl o beints, a dwi ddim yn hollol ddwl.'

'Reit. Dwi'n mynd i dy yrru di adre, a cer di'n syth i dy lofft. Dwi'n mynd i gael gair efo dy fam a dy dad, iawn?'

'Iawn.'

Cafodd Daf daith dawel arall. Roedd golwg wag ar wyneb Ed, fel petai wedi defnyddio'i eiriau i gyd. Pan gyrhaeddon nhw Broniarth, cartref Ed, doedd yr un car ar y buarth.

'Mae Mam wedi mynd allan, felly,' sylwodd Ed. 'Roedd hi'n hanner sôn am fynd i weld ryw ffilm heno, efo cwpwl o'i ffrindiau. Ac mae Dad yn mynd i'w wely'n gynnar y dyddie yma.'

'Falch o glywed ei bod hi'n gallu fforddio sbri bach.'

'Dwi'n gwybod, Mr Dafis, ond dydi hi ddim yn ddynes ddrwg, jyst gwan. Petai hi wedi priodi rhywun fel ... Tom Francis, Glantanat, neu hyd yn oed John Neuadd, mi fydde hi'n iawn.'

'Hm. Dyweda di wrthi 'mod i'n disgwyl ei gweld hi fory, iawn?'

'Ocê. A ... diolch, Mr Dafis.'

'Sgen ti ddim rheswm i ddiolch i mi, cog. Ond, bihafia, ie?'

'Dwi'n addo.'

Aeth Ed i'r tŷ. Gwelodd Daf ffrâm gerdded ymysg y sgidie gwaith yn y portsh cefn. Pum mlynedd yn iau na fo oedd Dave Broniarth. Peth creulon yw bywyd.

Hanner awr wedi deg. Petai Daf yn picio i'r dre ar y ffordd yn ôl i Neuadd, efallai y byddai'n gallu dod o hyd i Arwel neu, yn bwysicach, dod o hyd i'r E's. Gyrrodd yn ofalus drwy'r strydoedd prysur. Arhosodd am eiliad tu allan i'r Black, ond doedd neb wedi gweld Arwel na Mair ers oriau. Trodd yn ôl i'r car: roedd rhywun yn eistedd yn sedd y teithiwr. Carys oedd hi, wedi meddwi rhyw dwtsh ond dim i'w gymharu â'r rhan fwyaf o'r bobl ar y strydoedd.

'Oes 'na siawns am lifft, Dad?'

'Wrth gwrs. Noson neis?'

'Newydd gyrraedd Llanfair ydw i. Ro'n i ar y maes yn hwyr.'

'Cwmni braf?'

'Grêt, diolch.'

Yn y car, efo'r ffenestri ar gau, aroglodd Daf rywbeth nad oedd o isie'i gysylltu â'i ferch. Y bore 'ma, wrth sefyll yn agos i Bryn, a rŵan o gorff Carys, yr un arogl. Roedd yn rhaid iddo fo ofyn.

'Lot o bobl leol ar y maes?'

'Dim llawer.'

'Bryn Gwaun?'

'Goeli di eu bod nhw'n fflat awt efo'r gwersyll newydd? Ges i lot o hwyl hefo giang y stondinau. Mae 'na gwpwl o ferched o Bwllheli ac maen nhw'n nytars llwyr.'

Ond, meddyliodd Daf, doedd hi ddim yn gwynto fel hyn ar ôl cael hwyl gyda merched o Bwllheli. Canodd ffôn Carys a phan welodd hi'r rhif, lledodd ei gwên.

'Helô ... Ie, a finne ... Na, mi drefna i ben bore ... A finne. Dwi mor stoked.'

Stoked? Pa fath o air oedd 'stoked'? Doedd Carys erioed wedi dweud y gair o'r blaen. Cofiodd Daf be ddywedodd Mair – No drama. Gofynnodd gwestiwn arall.

'Ble oedd Matt heno?'

'Wn i ddim.'

'O. Ro'n i'n meddwl, fallai ...'

'Dad.' Roedd yr olwg hapus ar ei hwyneb wedi diflannu.

'Dad, dwi'n gwybod be 'di dy swydd di ond does dim rhaid i mi gael interrogation bob tro.'

'Digon teg.'

Roedd Daf yn falch o gyrraedd Neuadd. Diflannodd Carys yn syth i'w llofft. Yn y gegin, roedd Falmai wedi gwneud paned iddi'i hun ond chynigiodd hi ddim un i Daf. Roedd hi wedi blino'n lân. A pham, meddyliodd Daf? Er lles y blydi ficer? I sicrhau fod pobl fawr yn ei gweld hi'n gwneud y peth iawn?

'Diwrnod da?' mentrodd.

'Na, dim o gwbwl. Peth cas ydi gweithio'n galed mewn gwres llethol a chlywed cymaint o straeon erchyll am dy ŵr, a dweud y gwir.'

'Pa fath o straeon?' Doedd cydwybod Daf ddim yn glir, wrth gwrs. Yn unig beth allai o feddwl oedd pa mor wael oedd yr amseru – petaen nhw'n cael coblyn o ffrae, lle allai o aros? Yn y pafiliwn pinc? Yn yr orsaf?

'Ac mae Rhodri'n iawn, diolch am ofyn.'

'Be ti'n feddwl?'

'Ro'n i mor brysur heddiw, yn rhy brysur i gadw golwg ar Rhodri, ond roedd yn rhaid i mi wneud.'

'Ro'n innau'n gweithio.'

'O ie, dy waith pwysig.'

'All neb, hyd yn oed ti, Fal, ddisgwyl i mi fynd â Rhod i'r rape suite efo fi pan oeddet ti'n gwneud dim byd ond torri brechdanau.'

'Be wnest ti lawr yn Dolau ben bore, Daf?'

'Mae'r busnes yna'n gyfrinachol.'

'Mae pawb yn dweud dy fod ti wedi penderfynu cau'r gwersyll yno er mwyn rhoi cyfle i dy bit of stuff wneud chydig mwy o bres.'

'Be?'

'Mi giciaist ti'r drws ffrynt lawr, wedyn cymryd cyfrifiadur Dolau, i godi ofn ar Dewi. Doeddet ti ddim yn disgwyl iddo'i ladd ei hun. Ond dim ots am hynny, os wnest ti lwyddo i roi tipyn bach o bres poced i Chrissie.' Am eiliad, allai Daf ddim ymateb. 'Maen nhw'n dweud ei bod hi'n nymphomaniac, wedi arfer efo dau ddyn yn ei gwely. Do'n i ddim yn disgwyl llawer gen ti, Daf, ond mi o'n i'n disgwyl rhywbeth dipyn bach mwy rhamantus na bod yn ail ddyn yn un o orgies Chrissie Berllan.' Roedd fflach o sbeit yn ei llygaid ac am eiliad, roedd Daf yn ysu i roi slap iddi hi.

'Dau beth, Fal,' dechreuodd Daf, yn ceisio cadw pob emosiwn o'i lais. 'Neithiwr, treisiodd Dewi Dolau ferch rai misoedd yn hŷn na Carys ni. Merch neis, o deulu neis, ond mi fydd hi'n byw efo atgof y drosedd yma am weddill ei bywyd. Ar ôl be ddigwyddodd yno, roedd yn rhaid i mi gau'r gwersyll. Ac yn ail – fallai fod ein perthynas ni wedi cyrraedd y pen, Fal, ond does dim rhaid i ni fod mor gas.'

'Ti'n cyfadde, felly?'

'Cyfadde be?'

'Dy fod ti'n ffwcio Chrissie Berllan, fel hanner y plwy.'

Yn ymwybodol o'r ffaith ei fod yn swnio fel Bill Clinton, atebodd; 'Dwi erioed wedi ffwcio Chrissie.'

'Dwi ddim isie dychmygu'r pethau eraill ti wedi'u gwneud efo'r butain.'

Teimlai Daf mor flin efo Falmai a'i rhagfarn. Mae'n amlwg na wyddai hi fod Bryn a Chrissie, bob dydd Sul, ym mhob tywydd, yn treulio o leiaf awr yn sefyll wrth y bedd lle gorweddai Glyn a'i fab hynaf, y baban gwan fu fyw am ddim mwy na phedwar diwrnod yn yr uned gofal arbennig. Ac oherwydd bod Chrissie wedi goroesi, wedi ceisio byw a mwynhau ei bywyd er gwaethaf baich ei galar, roedd merched parchus fel Falmai yn ei chasáu.

'Ti'n gwybod be, Falmai Jones, dwi ddim wedi ei ffwcio hi ond paid â phoeni, mi wna i. A bore heddiw, pan oedd raid i mi chwilio am rywun digon call a digon caredig i roi dipyn o ofal i ferch ifanc oedd wedi cael ei brifo, wnaeth dy enw di ddim croesi fy meddwl unwaith. Tra oeddet ti'n torri crystyn o frechdan yn enw Iesu Grist, roedd Mair Magdalen yn helpu.'

'O, dyna be ydi ffantasi, yntê? Ai ti ydi Iesu a hithau'n sychu dy draed?'

'O cau dy ben, Fal. Dwi 'di bod yn brysur. A dwi'n gwybod bod mam Dewi Dolau yn ddynes fawr ym Merched y Wawr, ond treisiwr ffiaidd oedd ei mab hi. Fallai y galli di ofyn iddi hi am sgwrs fach, efo sleids: Sut i fagu seicopath!'

Slapiodd Falmai wyneb Daf, yn ddigon caled i adael marc. Sylwodd Daf fod Rhodri'n sefyll yn nrws y gegin, â golwg flinedig ar ei wyneb.

'Ydi hi'n iawn i mi gael lifft lawr i'r maes efo ti yn y bore, cyn deg, plis?' gofynnodd.

'Dim problem,' atebodd Daf, yn cofio'n syth ei fod wedi cytuno i ymweld â Mrs Dolau yn yr ysbyty.

'Dwi'n mynd lawr cyn naw,' dywedodd Falmai yn gystadleuol.

'Well gen i fynd efo Dad. A dim jyst lawr i'r maes. Os ydi Dad yn mynd i Berllan, dwi'n mynd hefyd.'

'Be ti'n feddwl, Rhodri Dafis?'

'Ti'n gwybod be, Mam? Dwi'n ffrindie mawr efo Rob Berllan. Ac mae Rob yn cael bod yn fo'i hun – does neb yn ei wthio fo i ymarfer, i esgus bod yn rhywun arall. Mae ganddo fo trail bike ac mae o'n dwli ar saethu colomennod clai. Mae gan Rob fywyd llawer gwell na f'un i.'

Allai Daf ddim peidio gwylio effaith y geiriau ar ei wraig. Roedd ei hwyneb wedi gollwng, yn crynu. Diflannodd Rhodri a daeth sŵn bach anobeithiol drwy wefusau Falmai, fel ci bach yn cnewian.

'Dwi ddim yn mynd i Berllan, Fal. Dwi ddim awydd mynd i nunlle.'

'Ond allwn ni ddim cario mlaen fel hyn.'

'Digon teg. Ar ôl y Steddfod, mi chwilia i am rywle i fyw, rhentu tŷ yn Llanfair, fallai.'

'Sut ddigwyddodd hyn, Dafydd?'

'Mae pobl yn newid. Plant oedden ni'n priodi, a den ni wedi tyfu fyny ar wahân.'

'Cliché, Daf.'

'Gall rhywbeth fod yn wir ac yn cliché. Ti'n meddwl 'mod i'n embaras i'r teulu, a dwi ddim yn rhannu'ch ffordd chi o fyw.'

'Dwi wedi gweld lot o newid ynot ti ers llynedd, rhaid i mi ddweud. Dydi'r pethau sy'n bwysig i ni fel teulu yn cyfri dim i ti bellach.'

'A phwy ydi'r teulu hwnnw? Dydi o ddim yn cynnwys Rhod, mae'n amlwg. Ti'n treulio dy holl amser yn rhedeg ar ôl yr hoelion wyth, a does gen i ddim diddordeb yn dy gemau snobyddlyd di.'

Gwthiodd Fal heibio i Daf ar ei ffordd at ddrws y gegin ac am hanner eiliad teimlodd wres ei chorff, efallai am y tro olaf. Trwy'r angerdd meddyliodd am ei brif broblem ymarferol: ble allai o gysgu'r noson honno. Ystyriodd soffa Neuadd. Amhosib. Y car? Oer, hyd yn oed yng nghanol haf. Soffa'r byngalo? Torri pob rheol yn y berthynas rhwng tenant a pherchennog. Penderfynodd helpu ei hun i'r Scotch gynigiodd John iddo'n gynharach, a phan ddaeth Gaenor i'r gegin, roedd Daf yn clwydo ar stôl ac yn dal ei wydr fel mae dyn sy'n boddi'n dal rhaff.

'Glywest ti ...'

'Mi glywais i ddigon, Daf. Mae hi mor stressed am y blydi Steddfod. Ti'n gwybod be ydi'r broblem, yn dwyt ti? Does ganddi hi ddim statws yn yr Ŵyl yma, a hithau wastad yn cymryd rôl ganolog ym mhopeth lleol. Mi wnaethoch chi newid eich cynlluniau, yn do, felly mae hi'n meddwl fod pawb yn ei bychanu achos nad ydi hi wedi gwneud ei siâr.'

'Unwaith eto, be sy'n ei phoeni hi ydi be mae pobl eraill yn ddweud neu yn feddwl. Dwi 'di cael hen ddigon o'r holl straen.'

'Mae'n gyfnod od: mae pawb yn diodde.'

'Daeth Rhodri i lawr. Mae o wedi cael hen ddigon hefyd.'

'Ti'n edrych wedi blino'n lân. Cer i dy wely.'

'Dwi'n methu cysgu yng ngwely Fal.'

'A ti'n methu rhannu efo John a fi. Be am gwtsho ar y soffa? Mi ffeindia i ddŵfe i ti.'

Roedd hen ddigon o le ar y soffa fawr. Roedd y stafell braidd yn oer, felly taniodd Gaenor y stôf. Fel dyn mewn trwmgwsg, gwyliodd Daf y fflamau'n cael gafael ar y coed. Daeth Gaenor yn ôl â dillad gwely a sawl clustog fawr – roedd yn rhaid i Daf edmygu ei symudiadau pwrpasol. Heb ddweud gair, aeth allan drwy'r drws. Tynnodd Daf ei drywsus a setlodd ar y soffa o dan y dŵfe. Ymhen deng munud dychwelodd Gaenor efo hambwrdd a llanwodd yr ystafell ag aroglau wisgi a choffi.

'Ti angen nightcap bach.'

Eisteddodd Daf i fyny i gymryd y gwpan.

'Roedd John mewn hwyliau rhyfedd heno,' dywedodd, yn sgwrsiol. Drwy'r holl helynt, teimlodd Daf fflach o ddireidi.

'Paid â dweud ei fod o wedi awgrymu ffordd wahanol o ...'

'Sut wyt ti'n gwybod hynny, Daf? All hyd yn oed y ditectif gorau yn y byd ddim gwybod bob dim.'

Daeth y diwrnod i'w derfyn efo chydig o chwerthin ac un gusan hir.

'Well i ni beidio gwneud pethau'n waeth,' mwmialodd Daf.

'Be ydi tropyn bach o betrol os ydi'r tŷ ar dân?' sibrydodd Gaenor yn ei glust.

Pennod 5

Dydd Mawrth

Tua saith o'r gloch y bore wedyn, roedd yn amlwg i Daf fod Gaenor wedi penderfynu codi hwyliau pawb efo brecwast da. Bacwn, wyau, ffa pob, bob dim. O gwmpas y bwrdd, roedd pawb yn dawel. Roedd Siôn yn dal yn swp sâl ond gwelodd Daf lygaid Meg yn symud o'r dresel i'r cwpwrdd cornel, o'r cypyrddau cegin derw i'r Aga bedair ffwrn.

'Ddrwg 'da fi am droi lan 'ma heb wahoddiad,' meddai, gan wenu'n braf ar John.

'Chest ti ddim dewis,' eglurodd Daf. 'Doedd 'na ddim siâp ar yr un ohonoch chi.'

'O ble dech chi'n dod, lodes?' gofynnodd John.

'Abertawe. Mae Dad yn athro celf a Mam yn ysgrifenyddes yn yr ysgol.'

Cododd Falmai ei llygaid o'i phlât i edrych ar Gaenor: er nad oedd Gaenor, ym marn Falmai, yn hanner digon da i fod wedi priodi John, ar adegau fel hyn roedd yn rhaid iddi hi dderbyn statws ei chwaer yng nghyfraith. Roedd Falmai'n awyddus i selio barn Neuadd tuag at y ferch newydd yma – a oedden nhw, fel uned, am dderbyn Meg neu geisio ei gwahardd? Yn ôl y sôn, roedd Siôn dipyn yn ara deg efo'r merched ac roedd hynny'n boendod i John, ond ar ôl mabolgampau'r noson cynt gwelai Fal botensial yn Meg, yn amlwg. Welai Daf ddim byd yn llygaid Gaenor heblaw ei charedigrwydd arferol, a fyddai hynny, yn sicr, ddim yn plesio.

Dim ond gair neu ddau ddywedodd Falmai tra oedd hi wrth y bwrdd, ac roedd ei llygaid yn goch. Chysgodd hi ddim llawer, mae'n rhaid, ond roedd Daf wedi cael ei saith awr a mwy ar y soffa. Wnaeth yr eiliad o euogrwydd ddim para'n hir – hi oedd wedi dewis ffraeo, nid fo. Yn gyferbyniad llwyr roedd Rhodri yn llawn hwyl, yn sôn am ei sesiwn hyfforddi efo'r Gweilch yn nes ymlaen. Daeth Carys i mewn fel roedd pawb arall bron â gorffen bwyta, efo bag chwaraeon yn ei llaw.

'Dim bacwn i mi diolch, Anti Gae.'

'Paid â meiddio dweud dy fod ti ar ddiet!'

'Rhaid i mi gadw rhyw drefn arnaf fy hun gan 'mod i'n bwyta rwtsh drwy'r dydd ar y maes.'

'Ti wedi blasu'r cnau 'na maen nhw'n werthu?' gofynnodd Rhodri i'w chwaer. 'Candied cashews. Maen nhw'n siriys o neis.'

'Ydyn, ac mae mil o galories ym mhob un.'

'Ti a dy galories!' ebychodd Gaenor. Sylwodd Daf, ac nid am y tro cyntaf, ar y berthynas agos, hawdd rhwng Gaenor a Carys. Doedd Falmai dim wedi sylwi ar y drwg roedd hi wedi'i wneud efo'i blynyddoedd o gwyno.

'Pwy sy'n ffansïo barbeciw cynnar heno, cyn y Noson Werin?' cynigodd John.

'Mi fyddai hynny'n neis iawn,' atebodd Falmai. Sylwodd Daf ar y straen yn ei llygaid – fel arfer, byddai wedi mynnu gwneud y trefniadau ei hun a rhoi swyddi bach i bawb, ond yn lle hynny, eisteddodd yn ôl yn dawel.

'Dwi'n aros dros nos efo Meilyr heno,' datganodd Rhodri.

'Sori, Wncwl John,' ychwanegodd Carys, 'ond dwi'n mynd ffwrdd am y pnawn: pwy a ŵyr faint o'r gloch fydda i'n ôl.'

'Ffwrdd?' gofynnodd Daf. 'Ffwrdd i ble? A be am y stondin?'

'Ro'n i'n gweithio ddydd Sul felly ges i ddewis un pnawn rhydd. A dwi ddim cweit yn siŵr ble yn union. Lan y môr, fallai.'

'Mi anghofiais i ddweud neithiwr, Car, mi ffoniodd Matt.' Roedd Gaenor fel arfer wastad yn cofio pob neges ond wrth gwrs, roedd hi wedi meddwi'n rhacs y diwrnod cynt.

'Do? Faint o'r gloch?'

'Tua naw.'

Syllodd Daf ar Carys. Roedd tôn ei llais yn hamddenol, fel petai Matt yn un ymysg nifer o ffrindiau yn hytrach nag yn gariad iddi. Sylwodd Fal ddim. Penderfynodd Daf y byddai'n holi mwy ar ei ferch, ond nid dros fwrdd brecwast Neuadd.

Yn annisgwyl, cnociodd rhywun ar y drws cefn a chyn i neb

gael amser i'w ateb, cerddodd Gethin i mewn.

'Trugarha drosta i, Gaenor fach, dwi ar lwgu ac mae'r byngalo'n llawn o arogl bacwn Neuadd.'

'Roedd dy fam yn arfer gwneud brecwast da,' atgoffodd Daf ei gyfaill.

'Ond dim ond i fechgyn bach da – does ganddi hi ddim crystyn i'w rannu efo pechadur fel fi. A dydi Mans ddim yn fodlon gwneud fry-up i mi oherwydd 'mod i'n ddigon tew fel rydw i. Un peth yw caru hen ddyn, ond hen ddyn tew ...'

'Stedda di lawr, â chroeso Gethin,' datganodd John. 'Cer i nôl cyllell a fforc iddo fo.'

Ufuddhaodd Gaenor fel morwyn fferm, ond roedd hi'n gwybod yn iawn faint roedd Daf yn casáu clywed John yn siarad efo hi fel'na felly ceisiodd osgoi ei lygaid. Roedd Daf wedi cael hen ddigon o frecwast Neuadd a chododd ar ei draed.

'Wel, mae gen i lwyth o waith i'w wneud heddiw,' dywedodd. 'Wela i chi wedyn. Ti'n dod efo fi, cog?'

'Ydw, plis.'

'Alli di aros tan dwi'n mynd os leci di, Rhod,' cynigodd Carys. Unwaith eto, ddywedodd Falmai ddim gair.

'Dwi am fynd efo Dad, Car.'

Plygodd Carys i godi ei bag chwaraeon a gwelodd Daf sut roedd Geth yn edmygu ei phen ôl. Roedd yn ysu i gael dianc, am sawl rheswm.

'Pa noson fyddai'n eich siwtio chi am farbeciw, Gethin?' Clywodd Daf gwestiwn John wrth iddo gerdded allan drwy'r drws cefn a Rhodri wrth ei sodlau.

'Tydi hi ddim braidd yn gynnar i ti fynd rŵan, cog? Rhaid i mi fod yn Gobowen am hanner wedi awr deg.'

'Mae'n iawn,' mynnodd Rhodri.

Wrth gerdded at y car, teimlodd Daf fod yn rhaid iddo ddweud rhywbeth. 'Sori am neithiwr.'

'Mae Mam mor anodd i'w phlesio. Wastad yn ein gwthio ni ac yn brolio pawb arall. Dwi byth yn teimlo'i bod hi ar f'ochr i, nag ar dy ochr di, chwaith, Dad.'

'Digon teg.'

'Pan oedd tad Rob mewn trafferth llynedd, roedd ei fam yn ei gefnogi o, yn doedd hi?'

'Oedd, ond dydi Bryn ddim yn dad i Rob, cofia.'

'Mae o, ym mhob ffordd sy'n cyfri. Eniwé, dim jyst nhw sy fel'na – sbia faint o ofal mae Anti Gaenor yn gymryd o Siôn. A Meilyr, wel, mae mam Meilyr wastad yn ceisio'i helpu fo, nid ei fwlio fo.'

'Dwi'm yn nabod teulu Meilyr.'

'Nag wyt, achos dwi'n methu gwahodd ffrindiau draw, oherwydd Mam. Mae hi'n fy mychanu fi o flaen pawb.'

Nodiodd Daf ei ben. Roedd yn anodd dod o hyd i eiriau addas, rhywsut. Tra oedden nhw'n eistedd yn y car, sylwodd Daf yn sydyn mor dal oedd Rhodri.

'Nid jyst am Berllan ro'n i'n siarad neithiwr, Dad.'

'Dwi'm yn mynd i Berllan.'

'Wel, ble bynnag ti'n mynd, mi fyddan ni'n well off hebddi hi.'

'Diolch am siarad yn blaen, lanc. Sgen i ddim syniad be i wneud nesa, ond wrth gwrs y cei di ddod efo fi os mynni di.' Bu saib bach yn y car.

'Dad, ydi Carys a Matt wedi gorffen?'

'Sgen i ddim clem, Rhod. Pam wyt ti'n gofyn?'

'Ffoniodd o sawl gwaith neithiwr. Dwi'n hoffi Matt.'

'A finne hefyd. Ond does dim rhaid i ni ei garu fo, cofia.'

Wrth adael ei fab ger y maes teimlai Daf yn bositif. O'r diwedd, roedd fframwaith haearnaidd teulu Neuadd yn dechrau chwalu, ac o ganlyniad gallai unrhyw beth ddigwydd. Rhedodd y surni fu rhyngddo a Falmai'r noson cynt drwy ei wythiennau yn ystod ei daith draw i'r ysbyty orthopaedig. Faint o bobl dros y blynyddoedd oedd wedi eu gwenwyno gan foesau traddodiadol, y fframwaith o reolau a gawsai eu gweinyddu gan famau'r fro, fel Falmai a Mrs Griffiths Dolau? A faint o bobl a gawsai eu dinistrio? Y rhai nad oedd mor gadarn â fo, pobl fel Dewi Dolau? Roedd o'n barod am frwydr pan gyrhaeddodd yr ysbyty ond pan welodd y ddynes fach yn y gwely uchel, diflannodd ei ddicter. Nid symbol o ormes oedd hi ond menyw a oedd newydd golli ei hunig blentyn.

'Mrs Griffiths?'

'Defi Siop? Dwi'n dy gofio di'n iawn. Ti 'di tyfu'n dal.'

'Dafydd Dafis, o'r heddlu.'

'Dyn tal oedd dy daid, os dwi'n cofio'n iawn.'

'Sut aeth y driniaeth, Mrs Griffiths?'

'Llawer mwy o boen nag o'n i'n 'i ddisgwyl. Maen nhw'n meddwl 'mod i bron yn barod i fynd adre, ond sut alla i fynd efo neb acw i helpu?'

'Bydd y Gwasanaethau Cymdeithasol ar gael i'ch helpu chi.'

'Ydyn nhw'n gwneud gwaith fferm?'

'I'ch helpu chi ddod atoch eich hun.'

'A be wedyn? Bŵts ymlaen a syth i'r buarth?'

'Rhaid i chi ddod o hyd i rywun i'ch helpu chi efo'r gwaith.'

'A sut alla i ddod o hyd i was fferm a finne mor gloff?'

'Dwi'n nabod llanc reit stedi sy angen dipyn o waith. Lleol i chi hefyd.'

'Pwy felly? A dwi ddim yn fodlon rhoi eiliad o waith i dîm Berllan – maen nhw'n gweithio drwy'r nos, a'u pop-miwsig yn rhy uchel.'

'Be am Ed Mills?'

'Ed Broniarth?'

'Ie. Yn ôl y sôn mae pres braidd yn brin yno gan fod ei dad yn sâl.'

Symudodd yr hen wraig yn y gwely. Roedd ei chroen fel papur. 'Doeddwn i ddim yn ifanc yn ei gael o, wyddost ti. Dros fy neugain.'

'Dwi'n deall.'

'Ti'm yn deall o gwbwl. Anodd ei gael o, anodd ei fagu o. Ddywedodd ei dad, ryw dro, tasen ni wedi cael ffasiwn lo, bydde'r llo hwnnw wedi cwrdd â'r rhaw yn go sydyn. Fel mae'r Sais yn dweud, put out of its misery.' Aeth ias oer i lawr cefn Daf. Dynes yn siarad am ei mab heb dynerwch o fath yn y byd yn ei llais. 'Byddai ei dad yn gwneud cownt bach bob chwarter: faint oedd o wedi'i gostio i ni o ran bwyd a dillad, a faint o oriau o waith roedden ni wedi ei dderbyn ohono. Fel arfer, roedd o jyst yn talu ei gostau.'

'Mrs Griffiths, ydech chi'n gwybod be ddigwyddodd ddoe?'

'Wrth gwrs 'mod i. Wnest ti ddanfon rhyw ferch draw i ddweud yr hanes.'

'Faint o'r hanes dech chi 'di gael? Mi wyddoch fod Dewi wedi marw?'

'Wedi saethu ei hun yn fy nghegin i.'

'Be ddywedodd y PC wrthoch chi am yr hyn ddigwyddodd yn gynharach?'

'Rhyw lol am ferch. Dydi Dewi erioed wedi mynd yn agos at unrhyw ferch.'

'Yn anffodus, Mrs Griffiths, dydi hynny ddim yn wir. Pan gyrhaeddais Dolau bore ddoe, roedd y ferch ifanc ar y soffa, yn hollol anymwybodol ac roedd Dewi wedi ...' Ni welodd Daf na sioc na phoen yn llygaid yr hen wraig, felly penderfynodd siarad yn blaen. 'Roedd Dewi wedi ei threisio, Mrs Griffiths, ac mi wnes i ei arestio fo.' Doedd dim ymateb o gwbwl. 'Dydi hi ddim yn stori neis, mi wn i, ond mae ganddoch chi hawl i gael gwybod y gwir. Yn enwedig gan mai eich cartref ydi'r crime scene.'

Pesychodd Mrs Griffiths fel cath â phelen o flew yn ei chorn gwddw. 'Dydi hi ddim yn stori neis o gwbwl, Defi Siop. A dyna ydi dy swydd di, ie? Chwilio am drafferth?'

'Ffordd arall rownd, Mrs Griffiths. Dwi'n ceisio atal trafferth, os alla i.'

'Hm. Beth bynnag, roeddet ti'n ddigon cwrtais i ddod i 'ngweld i, wyneb yn wyneb, i ddweud wrtha i mai treisiwr oedd fy mab. Ti'n sicr mai fo wnaeth?'

'Yn sicr, Mrs Griffiths. Ac ar ôl i ni dderbyn yr adroddiad fforensig, fydd 'na ddim amheuaeth o gwbwl.

'Dwi'n synnu – mi faswn i wedi dweud nad oedd ganddo fo ddigon o nyrf i fentro'r ffasiwn beth.'

Hyd yn oed ar ôl clywed yr hanes cas i gyd, doedd hi ddim

yn amddiffyn ei mab, ac roedd ei hagwedd yn atgoffa Daf o eiriau Rhodri wrth ddisgrifio Falmai. Doedd sylwadau Mrs Griffiths ddim yn haeddu ymateb.

'Rhaid i mi fynd, Mrs Griffiths.'

'Oes 'na lanast yn y tŷ?'

'Ar ôl gwneud yn siŵr fod pob tamed o dystiolaeth wedi cael ei gasglu, mi fyddan ni'n glanhau a chlirio'r lle.'

'Cer o 'ma, Defi Siop: dwi wedi cael hen ddigon o dy lol di.'

Yn falch o gael dianc i'r awyr iach, ailadroddodd Daf ei geiriau. Ei lol o oedd yn ei phoeni? O leia wnaeth hi ddim ceisio beio Gwawr. Ystyriodd Daf y teulu a'r fagwraeth a gafodd Dewi – ai hynny oedd wedi creu'r treisiwr? Fyddai'r hen ast hunanfodlon byth yn cymryd tamaid o gyfrifoldeb, a rhai fel hi oedd wyneb cyhoeddus yr ardal roedd o'n ceisio'i hamddiffyn.

Yn anffodus, mam arall nad oedd yn ysgwyddo'r cyfrifoldeb am ei theulu oedd y person nesaf ar restr Daf. Roedd yn rhaid iddo gael sgwrs â theulu Ed Mills draw ym Mroniarth. Wrth yrru heibio, gwelodd olygfa brysur yng nghae Berllan, a gwynt bacwn a choffi da. Roedd Daf yn nabod ei yn hun yn ddigon dda i sylweddoli mai ond esgus oedd picio i mewn am air â Dyddgu ar ôl y digwyddiadau yn Llanfair y noson cynt. Yn syth wedi iddo droi dros y grid gwartheg, gwelodd y ddelwedd roedd o'n ysu i'w gweld, sef Chrissie yn ei hoferôls yn rhedeg lawr i'r stand-peip yng nghornel y cae, â bag offer ar ei chefn. Pan welodd hi Daf, gwaeddodd dros ei hysgwydd.

'Fydda i efo chi mewn munud, Mr Dafis – rhaid i mi sortio'r dŵr.'

Wedi'i hudo gan ei medrusrwydd, gwyliodd Daf tra oedd hi'n newid y tap, heb sylwi fod Bryn wrth ei benelin.

'Blydi grêt, yn tydi hi?' sylwodd Bryn. 'Mae hi'n gallu sortio popeth.'

Gwenodd Daf heb gyfaddef fod mwy na'r tap wedi ei drwsio; ar ôl ffraeo efo Falmai a dysgu am wenwyn teuluol

Dolau roedd Chrissie wedi llwyddo i godi'r cwmwl du o negyddiaeth oedd wedi casglu o'i amgylch.

'Mr Dafis,' dywedodd Bryn yn isel. 'Dwi'n gwybod bod Chrissie yn dy ffansïo di. Mae hi'n lodes tshampion, ac os ydi hi awydd mynd efo ti, paid meddwl ddwywaith amdana i. Dros y blynyddoedd mae hi 'di bod mor ffeind efo fi, mae hi'n haeddu sbri.' Am yr eilwaith mewn ychydig oriau roedd Daf yn ymbalfalu am eiriau heb lwyddo i gael gafael ar un. 'Gawson ni noson glên iawn gyda'r ferch ... Gwawr, neithiwr. Gwylio ffilmiau efo'r plant gynta, wedyn aeth Chrissie â hi drwodd i'r stafell gefn am heart-to-heart dros botel o Baileys.'

'Popeth yn iawn, felly?'

'Dwi'n meddwl.'

'O, dwi ddim wedi cael cyfle i dy longyfarch di ar y newyddion da.'

'Grêt, yn tydi? Efeilliaid hefyd.'

'Rhaid i ti wneud yn siŵr fod Chrissie'n treulio digon o amser efo'i thraed fyny.'

'Mi fydda i'n gwneud fy ngorau glas, ond dydi hi ddim yn un dda am orffwys.' Daeth Chrissie draw i ymuno â nhw gan sychu ei dwylo.

'Jyst dod i jecio fod popeth yn iawn efo'r campyrs, Chris.'

'Tshampion, Mr Dafis. Dwi'm yn disgwyl gweld Gwawr am sbel – roedd hi'n curo'r Baileys yn go galed neithiwr.'

'Diolch am gadw llygad arni hi.'

'Mae hi'n lodes lyfli.'

'Falch o glywed. Nawr 'te, rhaid i mi fynd.'

'Dech chi ddim yn aros am baned?'

'Dim heddiw, Chrissie.'

'Mi wela i chi felly, Mr Dafis.'

Safai fferm Broniarth mewn lle braf ar silff fach o dir uwchben llawr y dyffryn, oedd yn golygu ei bod yn osgoi llifogydd ac yn cael cysgod rhag y gwynt. Er nad oedd ganddo fath o ddiddordeb mewn pynciau amaethyddol roedd Daf wedi treulio digon o amser yng nghwmni dynion fel John Neuadd a Tom Francis i wybod nad oedd Broniarth yn fferm lwyddiannus, o bell ffordd. Roedd angen pres a gofal ar y lle, ond sylwodd Daf ar arwyddion amlwg fod rhywun yn dal i wneud ymdrech yno. Roedd y buarth, er enghraifft, wedi cael ei lanhau yn ddiweddar a sawl shiten o fetel wedi cyrraedd i drwsio to'r bing. Neithiwr, roedd Daf yn chwilio am unrhyw un i gymryd cyfrifoldeb am yr hyn ddigwyddodd i Gwawr, ond yng ngolau dydd, wrth weld gwaith caled Ed o gwmpas Broniarth, roedd Daf yn falch o'r cyfle i fod yn llai llawdrwm. Dyn ifanc oedd Ed a wnaeth gamgymeriad o dan bwysau cyfrifoldeb.

Cnociodd Daf ar y drws. Bu'n rhaid iddo aros am sawl munud cyn cael ateb. Agorwyd y drws gan ddynes tua'r un oed â fo, dynes olygus ond braidd yn rhy denau ym marn Daf. Roedd yn amlwg o'i dewis o ddillad ac o'i cholur trwchus nad oedd hi'n wraig fferm a fyddai'n helpu ar y buarth.

'Mrs Mills? Dafydd Dafis, Heddlu Dyfed Powys.'

'Ydi Ted yn iawn? Ydi o wedi cael damwain?'

'Does neb wedi cael damwain ond mae'n rhaid i mi gael sgwrs fach efo chi, ynglŷn â'ch mab, Ed.'

'Ed? Be mae o wedi'i wneud?'

'Fyse'n well gen i beidio trafod y peth ar stepen y drws, Mrs Mills.'

Roedd tu mewn y ffermdy wedi'i esgeuluso'n waeth na'r buarth hyd yn oed. Meddyliodd Daf, yn annheg efallai, am yr oriau a dreuliai Mrs Mills bob wythnos yn peintio'i hwyneb – byddai'r un ymdrech ar y waliau wedi para'n hirach. Agorodd y wraig ddrws y swyddfa iddo, oedd ddim llawer mwy na chwpwrdd efo desg a chyfrifiadur ynddo, a ffeiliau ym mhobman. Disgwyliodd Daf gael cynnig paned ond cafodd ei siomi.

'Neithiwr, yn Llanfair, mi wnaethon ni ddal Ed yn gwerthu madarch.'

'Heb leisens gwerthu bwyd? Busnes Food Safety ydi hynny, nid yr heddlu, 'swn i'n dweud.'

'Nid madarch bob dydd oedden nhw ond rhai efo halwsinogen cryf ynddyn nhw.'

'Sori, Mr Dafis, ond dech chi wedi gwneud camgymeriad. Dydi Ed ddim yn mynd yn agos at ddrygs.'

'Dwi'm yn dweud ei fod o'n eu cymryd nhw. Eu gwerthu nhw oedd o.'

'Dydi hyn ddim yn gwneud sens o gwbwl. Mae 'na gamgymeriad wedi bod yn rhywle.'

'Mi glywais o'n cynnig madarch i ferch yr un oed â fo ac ers hynny, mae o wedi cyfadde.'

Caeodd Mrs Mills ei llygaid am eiliadau hir, fel petai hi'n dymuno gallu eu hagor i weld mai dim ond breuddwyd oedd y sefyllfa.

'Dwi ... dwi ddim yn dda efo pethau fel hyn. Well i ni aros i Ted ddod yn ôl o'r ffisio.'

'Does neb yn dda mewn cyd-destun fel hyn, Mrs Mills.'

'Ond mae Ted yn llawer mwy ...'

'Yn ôl Ed, mae eich gŵr yn ddyn sâl ac mae straen yn effeithio'n wael arno fo.'

'A be am effaith y straen arna i?'

'Dech chi ddim yn diodde o MS, Mrs Mills. A beth bynnag, does gen i ddim digon o amser i aros amdano fo – dwi'n mynd i drafod Ed efo chi rŵan.' Gwelodd Daf newid yn ei hwyneb fel petai wedi sylwi nad oedd pwrpas ceisio osgoi'r broblem.

'Ydi o'n ... ydi o'n mynd i'r carchar?'

'Dwi ddim awydd ei gyhuddo fo. Mae'n rhaid i Wasanaeth Erlyn y Goron wneud y penderfyniad terfynol ond dwi'n meddwl ei fod wedi dysgu ei wers.'

'Gobeithio'i fod o. Peth gwirion i'w wneud. Ydi o wedi dweud pam y gwnaeth o'r fath beth?'

'Angen pres oedd o.'

'I be? I brynu car newydd?'

'Nage, Mrs Mills. I dalu eich payday loan chi.' Unwaith eto, newidiodd ei mynegiant yn gyfan gwbwl a llanwodd ei llygaid ag euogrwydd.

'Be ... be ddywedoch chi?'

'Cog clên ydi Ed. Fyddai o byth yn gwneud peth mor beryglus a drwg heb reswm da. Mae eich problemau ariannol chi wedi codi braw arno fo, ac roedd o'n fodlon mynd i'r carchar i'ch helpu chi.'

'Do'n i ddim ... wnes i ddim ...'

'Den ni ddim yn eich trafod chi, Mrs Mills, ond eich mab. Os benderfyna i roi rhybudd swyddogol iddo fo mae'n rhaid i mi fod yn siŵr nad ydi o'n debygol o wneud dim byd tebyg byth eto.'

'Mae o wedi dysgu ei wers, yn sicr, Mr Dafis.'

'A sut yn union allwch chi fod mor bendant, heb siarad efo fo? Er mwyn sicrhau na fydd Ed yn mentro lawr y lôn yma byth eto, rhaid i ni greu perthynas agos rhwng yr awdurdodau a'ch teulu chi. Felly dyma'r cwestiwn dwi'n ei ofyn, a dwi'n disgwyl ateb gonest ganddoch chi – ydech chi'n fodlon helpu Ed neu beidio?'

'Wrth gwrs 'mod i.'

'Does 'na ddim "wrth gwrs" mewn achos fel hyn, Mrs Mills, ac mae'n rhaid i mi ddweud 'mod i braidd yn amheus o'ch agwedd chi. Roeddech chi'n ysu gynne am gael pasio'r cyfrifoldeb dros Ed draw i'w dad o, sy ddim mewn cyflwr i'w warchod. Felly dwi'n mynd i ofyn y cwestiwn unwaith eto. Ydech chi, yn bersonol, yn fodlon cydweithio efo ni i helpu Ed?'

'Dwi'n falch iawn o gael y cyfle i'w helpu.'

'Ac mi ddylech chi fod yn falch, Mrs Mills. Yn fy marn i, y cam cyntaf fydd rhoi trefn ar eich materion ariannol.'

'Ond ers i Ted fod yn sâl, mae pethau wedi bod ...'

'Dwi wedi clywed yr holl hanes. Dwi ddim yn gwnselydd dyledion ond mae 'na ddigon o gymorth ar gael. Rhaid i chi leihau pryderon Ed.'

'Dwi'n deall. Mae gen i ffrind all fy helpu, fallai.'

'Be am aelod o'ch teulu? Mae Ed yn bryderus am ... wel, pa mor gryf ydi'ch priodas chi ar ôl yr holl straen, ac os ydech chi'n gofyn am help gan ddyn arall, bydd hynny'n boen ar Ed.'

Cododd Mrs Mills ar ei thraed, yn ceisio casglu pob tamaid o urddas a hunan-barch.

'Does ganddoch chi ddim hawl i ddod i 'ngartre i a rhoi darlith i mi,' datganodd.

'Mrs Mills, dwi'm yn rhoi rhech am eich bywyd personol chi ond mae'ch ymddygiad chi'n amharu ar eich mab, ac os ydi o'n debygol o werthu Class As yn fy ardal i eto, dwi'n eich cynghori chi i newid eich ffordd. Dyna'r cyfan. Does dim ots gen i os ydech chi'n benthyg pres gan hanner y plwy, ond gwnewch yn siŵr fod eich mab yn iawn, plis?'

Newidiodd ei hwyliau eto a llifodd dagrau du ei masgara drwy ei phaent a'i phowdr. Cafodd Daf deimlad cryf ei bod eisiau iddo fo ei chofleidio, ond roedd o'n rhy gyfarwydd â merched gwan yn ceisio dylanwadu arno i ildio.

'O, Mr Dafis,' sibrydodd. 'Mae gen i gymaint ar fy mhlât a finne'n teimlo mor unig ...'

'Trafodwch eich problemau efo'ch gŵr, Mrs Mills. Mae gen i waith i'w wneud.'

Yn y buarth, chwarddodd Daf wrth feddwl amdani'n ceisio fflyrtio'i ffordd allan o drafferth, ac nid am y tro cyntaf, tybiodd. Byddai'n rhaid iddo ddod yn ôl i drafod ffawd Ed efo'i dad yn y dyfodol agos – MS neu beidio mi fyddai'n well cefn i'w fab na Mrs Masgara.

Clywodd Daf sŵn annisgwyl tractor ar y boncen. Roedd hi'n rhy hwyr i dorri'r silwair cyntaf ac yn rhy gynnar am ail doriad. Edrychodd i fyny; roedd rhywun yn troi'r tir ar y rhiw efo arad fawr. Tymor rhyfedd iawn i aredig, meddyliodd. Craffodd Daf ac adnabu ffurf Ed yn y caban, yn aredig y madarch i mewn i'r pridd mae'n rhaid, er mwyn osgoi unrhyw demtasiwn. Ar yr wtra, agorodd Daf ffenestr y car a chododd ei law, a chanodd corn y tractor fel ymateb. Nid oedd Daf yn teimlo fel heddwas llwyddiannus yn aml iawn ond roedd gweld y pridd yn cael ei droi dros y shrŵms yn cyfrif fel buddugoliaeth fach.

Wnaeth ei hwyliau positif ddim para'n hir: cofiodd Daf am y cyflenwr arall a lwyddodd i ddelio o dan ei drwyn. Roedd yn bosib bod yn ffyddiog am ddiflaniad y madarch ond be am yr Es? Parciodd y car er mwyn anfon tecst i'r deliwr: roedd yn ddigon hawdd gwneud ail fargen. Gofynnodd am rywbeth drutach y tro yma, eira gwerth dau gan punt. Awgrymwyd yr un patrwm â ddoe, a'r cyffuriau i'w casglu ar ôl sioe olaf *Cyw*. Penderfynodd Daf siarad efo Gwion cyn gynted â phosib.

Wnaeth fflachio'i ID ddim gweithio cystal y tro yma. Roedd stiwardiaid y maes parcio'n disgwyl ei weld o a'r Ganolfan Groeso'n orlawn, felly chafodd Daf 'mo'r pleser o herio awdurdod y Steddfod. Ymbalfalodd ym mhoced ei siaced am y bathodyn bach pili-pala; ers misoedd bellach roedd grŵp lleol wedi bod yn eu gwerthu er cof am un o gymeriadau mwyaf hoffus yr ardal, i'w gwisgo ar y maes. Cafodd hyd iddo, ac er bod un adain wedi plygu rywfaint, gwisgodd ef gan ei fod yn symbol o ddyn arbennig ac o bopeth gwerth chweil yn ei filltir sgwâr.

Ar ddyddiau fel y rhain, pan fyddai'r haul yn gryf erbyn deg o'r gloch y bore, fyddai gan Daf ddim syniad o'r amser a dibynnai ar ei stumog i ddweud wrtho faint o'r gloch oedd hi. Pan gyrhaeddodd y maes roedd ar lwgu – amser cinio felly – ond wrth edrych ar ei ffôn gwelodd ei bod bron yn dri. Digon hwyr i ddal Arwel wrth y bar, efallai. Ar y ffordd i'r Patio Bwyd, tarodd heibio i stondin Carys a digwyddodd glywed y perchennog yn siarad efo ffrind.

'... Na, mae hi wedi cymryd y pnawn i ffwrdd am ryw reswm. Ac wrth gwrs, rhaid i mi ei rhyddhau hi ar gyfer pob seremoni ...'

'Ond cofia di, Enid,' atebodd y ffrind, 'mae'n fraint i ni gael Morwyn y Fro ar ein stondin fach ni – PR bendigedig.'

'Digon gwir, ac mae hi'n ferch grêt hefyd.'

Byddai mam Daf yn arfer dweud wrtho, dro ar ôl tro, nad oedd neb yn clywed pethau braf wrth glustfeinio, ond roedd o'n falch iawn o glywed y ddwy yn canmol Carys. Roedd hi wastad wedi bod yn lodes dda iawn, ac erbyn hyn efallai nad oedd yn rhaid iddi ddweud wrth ei thad yn union lle roedd hi'n mynd bob amser.

Fel ddoe, roedd stondin y beiciau'n brysur. Edrychai tri o ddynion canol oed yn ddifrifol ar y beiciau drud ac roedd chwech o blant yn hofran o gwmpas yn chwilio am ffordd o lenwi diwrnod hir ar y maes.

'Ble mae Garmon heddiw?' gofynnodd bachgen yr un oed â Rhodri i'r dyn oedd yn gwarchod y stondin.

'Wedi mynd am spin fach. Mae ganddo fo gadair olwyn newydd sbon, yr ATW Extreme 8, ac mi oedd o'n ffansïo mynd i ben Cader Idris.'

'Ti'n methu dringo Cader Idris mewn cadair olwyn,' atebodd y bachgen yn ddigywilydd.

'Dydi Garmon ddim yn deall ystyr y gair "methu",' oedd yr ateb, yn union fel slogan. Dyna gyd-ddigwyddiad, meddyliodd Daf, fod Carys a Garmon wedi mynd am dro ar yr un prynhawn. Chwarae teg i'r llanc – roedd Daf yn colli ei wynt wrth gerdded i gopa'r Gader, heb sôn am fynd mewn cadair olwyn. Roedd ar fin troi o'r rhes stondinau pan glywodd ddiwedd y sgwrs o'r stondin feics.

'Ydi Garmon wedi dringo Cader o'r blaen?'

'Erioed. Roedd o mor stoked am y peth ben bore.'

Stoked. Defnyddiodd Carys yr un gair neithiwr. Cyd-ddigwyddiad arall. Ond wrth gwrs, roedd iaith pobl ifanc yn heintus, fel pla. Byddai'n ddigon hawdd i Carys bigo geirfa newydd i fyny o'r stondin drws nesa.

Ddoe, doedd Daf ddim hyd yn oed wedi sylwi ar stondin Heddlu Gogledd Cymru, ond roedd hi'n un dda, efo byrddau mawr yn esbonio i rieni sut i sylwi ar effaith cyffuriau ar eu plant, a phwysleisio cynifer o bobl sy'n cael eu lladd bob blwyddyn ar briffyrdd Cymru. Ar fin gorffen darlith ar dechnoleg newydd roedd hen ffrind i Daf o Gaernarfon, Meirion Martin. Meddyliodd Daf am Falmai yn syth – roedd hi'n rhagfarnllyd iawn o bobl hoyw ac felly, i'w gwylltio hi, tueddai Meirion i droi yn llawer mwy camp o'i chwmpas. Roedd Meirion yn swyddog effeithiol iawn ac, yn union fel Daf, yn chydig o rebel. Yn ei law roedd camera bach.

'Be sy gen ti'n fan'na, Mei?' gofynnodd Daf iddo.

'Teclyn bach grêt, cont. Camera Wi-Fi. Ti'n gosod y peth yn rwla, wedyn gwylio'r lluniau ar dy ffôn neu'r cyfrifiadur.'

'Ga' i ei fenthyg o?'

'I be?'

'Dwi isie dal pwy bynnag sy'n gwerthu'r Es ar y maes. Nes i stakeout crap ddoe a llwyddodd y deliwr i ddianc.'

'Am hwyl – gwaith heddlu go iawn! Dwi 'di diflasu efo show an' blydi tell! Ti isio i mi recordio'r lluniau ar fy laptop?'

'Gwych. Awn ni i gael peint nes ymlaen?'

'Bendant. Cofia di rŵan, Daf, ma' hwnna'n declyn bach drud.'

'Mi gymera i ofal.'

Gwaith pum munud oedd cuddio'r camera bach mewn hen focs sglodion a'i osod yn ei le. Piciodd Daf yn ôl at Meirion i wneud yn siŵr ei fod yn gweithio, ac ymddangosodd lluniau clir o'r ardal tu ôl i adeilad S4C ar sgrin ei liniadur.

'Diolch am hwn, Mei. Wyt ti'n gallu rhoi'r lluniau ar go' bach?'

'Gallaf – neu mi gei di fenthyg y laptop os ti isio. Ond paid ag edrych yn rhy fanwl ar y lluniau yn fy ffolders i. Dwi newydd ddod adra o Stiges ac roedd 'na betha gwerth eu gweld yna ... dwi'm isio i dy wraig fy ngweld i yng nghanol y party boys!'

'Do'n i ddim yn meddwl dy fod ti 'di cael y ffasiwn liw haul yn Nhywyn.'

Roedd hi'n braf iawn cael Mei ar y tîm, meddyliodd Daf ar ei ffordd draw i'r Patio Bwyd. Braf hefyd oedd meddwl na fyddai Mei byth eto yn diodde sbeit Falmai. Faint o ffrindiau, cydweithwyr a chymdogion dros y blynyddoedd oedd wedi derbyn ei gwawd? O hyn ymlaen, fyddai dim rhaid i Daf ymddiheuro na cheisio esbonio'i hymddygiad anfaddeuol. Llanwodd ei ysgyfaint ag awyr pur rhyddid.

Yn union fel ddoe, roedd llys yr Arglwydd Gethin wedi ymgasglu i roi iddo'r weniaith a'r ganmoliaeth roedd o'n ei haeddu. Cododd Daf ei law o bell – doedd o ddim yn fodlon treulio mwy o'i amser yn yr awyrgylch hwnnw. Byddai'n well ganddo gwmni'r bobl oedd yn prynu a gwerthu cyffuriau na Gethin a'i ddilynwyr. Ac ar y gair, yn aros am fyrgyr cig oen, gwelodd Arwel.

'Dwi'm yn hapus efo llond fy mhoced o Es,' dywedodd y llanc yn boenus.

'Rho nhw i mi.'

Gorffennodd Arwel ei fyrgyr, rhoddodd y napcyn yn ei boced am ennyd a'i estyn draw i Daf. Rhoddodd Daf y papur yn ei boced. Doedd dim rhaid iddo edrych be oedd y tu fewn – gallai deimlo'r pecyn bach plastig.

'Mae Mair yn poeni am Carys,' dywedodd Arwel, i newid y sgwrs. 'Mae hi'n meddwl fod Matt a Carys ar fin gorffen.'

'Dwi byth yn busnesa.'

'Na finne, ond mae Matt wedi gofyn i mi geisio darganfod be sy'n bod. Ble mae hi heddiw, er enghraifft?'

Gwyddai Daf ei fod yn hollol afresymol, ond roedd yn flin iawn efo Matt. Byddai Carys yn rhannu ei chynlluniau efo fo petai hi awydd gwneud hynny, a doedd gan Matt Blainey ddim hawliau drosti.

'Wn i ddim, a dwi'm yn meddwl ei fod o'n beth call i Matt ei mwydro hi.'

'Cyngor da, ond alla i ddim rhagweld y bydd o'n gwrando ar neb.'

'Diolch am dy help, Arwel.'

'Iawn, ond dwi'm yn hoff iawn o fod yn rhan o bethau fel hyn. Dwi wedi newid. Ro'n i'n meddwl am hynny neithiwr pan glywais fod Ed Mills wedi cael ei ddal. Gêm i ffyliaid ydi hi, ac mae 'na ddigon o hwyl i'w gael efo merched, cwrw a rock'n'roll – dydi'r blydi cyffuriau ddim yn gwella unrhyw beth.'

'Fydd Ed yn iawn, dwi'n siŵr i ti. Mae o'n fachgen da yn y bôn.'

'Rwyt ti'n gweld pobl yn reit glir, yn dwyt ti, Mr Dafis?'

'Dyna fy swydd i, cofia, ond dwi 'di gwneud sawl

camgymeriad dros y blynyddoedd hefyd. Rhan o fywyd, tydi?'

Bum munud yn ddiweddarach, gwelodd ei gamgymeriad mwyaf yn dod allan o babell yr Eglwysi efo tri thun mawr dan ei chesail.

'Fal,' galwodd yn ei lais mwyaf addfwyn, 'mae 'na olwg brysur arnat ti.'

'Oes. Mae gen i lot i'w wneud.' Edrychodd Daf ar ei watsh: roedd dros hanner awr nes y byddai sioe olaf *Cyw* yn dod i ben. Roedd yn rhaid iddo ddweud rhywbeth.

'Oes gen ti amser am baned?'

'Nag oes. Mi alla i gael paned tra dwi'n torri'r cacennau.'

'Ocê. Ond dwi isie siarad efo ti. Siarad go iawn.'

'Dwi'm yn siŵr be sy ganddon ni i ddweud wrth ein gilydd i fod yn onest, Dafydd. Ddwedest ti'r cyfan neithiwr – den ni wedi cyrraedd y diwedd. Sdim llawer o iws ceisio mynd ymhellach.'

'Ti'n cofio'r tro hwnnw pan aethon ni lawr i nôl Carys o Gôr Cenedlaethol y Ffermwyr Ifanc yn Builth? Mi welaist ti'r arwyddion No Through Road ond ro'n i'n gwybod yn well. Roedd yn rhaid i mi stopio'r car pan gyrhaeddon ni afon heb bont!'

'Dwi'n cofio.'

'Doedd 'na ddim ffordd ymlaen ond mi yrrais drwy'r cae, dros y rhyd ac wedyn roedden ni'n iawn, ti'n cofio?' Nodiodd Falmai ei phen. 'Wel, fallai nad oes 'na ffordd glir ymlaen i ni, ond be am drafod rhywbeth gwahanol? Ffordd arall o fyw?'

'Dwi'm yn gwybod, Dafydd, wir i ti. Dwi 'di ceisio bod yn bositif ond ... wel, mae fel taset ti wedi penderfynu ers cwpwl o flynyddoedd dy fod yn gadael ein priodas ni er mwyn chwilio am bethau mwy cyffrous. Dy wyneb wastad yn y papurau, pawb yn sôn pa mor glyfar wyt ti, a fi? Dim ond dysgu blwyddyn tri a phedwar ydw i, 'run fath ag arfer. Yn edrych ymlaen at Steddfod yr Urdd bob blwyddyn achos does 'na ddim byd arall mwy cyffrous yn fy mywyd i. Ro'n i'n meddwl y gallai pethau wella, y byddet ti'n bodloni rywfaint, ac ro'n i'n gobeithio, petaen ni'n cael digon o hwyl efo Tom a Sheila, er enghraifft, fallai ...'

'Os wyt ti'n dibynnu ar Tom Francis i achub ein priodas ni, rhaid i mi dy siomi di.'

'Mae 'na wastad fin yn dy lais pan wyt ti siarad efo fi, ti 'di sylwi? Ti mor ffeind efo pawb arall, ac mae pobl yn dweud dy fod ti'n amyneddgar ac yn onest ac yn llawn dop o egwyddorion ond dwi'n derbyn dim byd ond coegni.'

'Ocê, ocê, digon teg. Erbyn hyn, dwi'n teimlo ein bod ni'n nabod ein gilydd yn rhy dda. Den ni'n gwybod i'r dim sut i frifo'n gilydd.'

'Ydw i'n haeddu cael fy mrifo, Daf?'

Y lol hunandosturiol eto! Diflannodd amynedd Daf yn syth.

'O na, dywysoges Neuadd, ddylai pethau drwg byth ddigwydd i *ti*! Ddylet ti aros yn dy dŷ mawr crand a thrafod pethau neis efo pobl neis ac yfed te o gwpan a soser tra mae pawb arall yn straffaglu yn y baw a'r gwaed a'r chwys. Ti'n haeddu'r gorau – wel, cer i'w nôl o, a rho dipyn o lonydd i mi.'

Nid Fal oedd wedi colli ei gŵr yn ddeg ar hugain oed mewn damwain. Nid Fal oedd y wraig yn Neuadd a oedd wedi galaru dro ar ôl tro pan lithrai babi bach arall o'i chroth. Doedd hyd yn oed ei thaid a'i nain ddim wedi marw eto. O'i gymharu â sawl un, cafodd Falmai fywyd breintiedig iawn ond roedd hi'n dal i gwyno. Yr unig beth oedd yn gyffredin rhyngddyn nhw'r eiliad honno, heblaw'r plant, oedd eu bathodynnau pili-pala.

Yn ymarferol, roedd ffraeo'n cymryd llai o amser na chymodi, ac roedd Daf angen mynd ar ôl y deliwr. Yn dilyn ei fethiant ddoe, penderfynodd wylio'r holl broses ar gyfrifiadur Meirion. Aeth draw i adeilad S4C ac, yn hamddenol, gollyngodd y ddau gan punt i'r bin sbwriel. Wrth gerdded yn ôl at stondin Heddlu Gogledd Cymru gwelodd nifer o wynebau cyfarwydd – yn amlwg, bu Derbyniad Swyddogol y Prif Gwnstabl yn llwyddiant ysgubol. Dyna eironi fod yr holl bwysigion yn yfed gwin a thrafod dyfodol yr heddlu tra bod Daf a Meirion a'u tebyg yn gwneud y gwaith go iawn.

Yng nghefn y stondin, roedd Mei wedi paratoi'n dda ar ei

gyfer efo bwrdd bach, cadeiriau ac, yn well na dim, dau fŷg o de da.

'Pan fyddi di awydd panad arall, gofyn i Betsan.' Daeth WPC i'r golwg, dynes ifanc efo gwên hyfryd a sbarc deniadol iawn yn ei llygaid.

'Does 'na neb yn cael gofyn i mi am banad o hyd jyst oherwydd 'mod i'n ferch. Sexist, dyna be 'di hynny, sexist.'

'Fedra i ddim bod yn sexist achos dwi'n hoyw.'

'Helpa fi, Inspector Dafis – tydi'r ffaith mai fo ydi'r Only Gay in The Police Station ddim yn golygu ei fod o'n cael amharchu merched, nac'di.'

Gwenodd Daf cyn ymateb. 'Er nad ydi'r heddlu yn caniatáu unrhyw beth o'r fath, mae bron pob gair sy'n dod allan o geg y budryn yma'n sarhaus i ryw raddau.'

Tu allan, rhwng y stondinau, roedd nifer y plant bach wedi cynyddu'n sydyn. Dim ond un peth roedd hynny'n ei olygu – roedd sioe *Cyw* wedi gorffen. Edrychodd Daf ar y cyfrifiadur. Yn glir ar y sgrin, gwelodd aelodau'r cast yn dod allan drwy'r drws cefn, a gwyliodd Norman Preis yn cerdded yn hamddenol tua'r bin. Lluchiodd rywbeth iddo ond wedyn, fel petai o wedi gwneud camgymeriad, estynnodd i mewn a chwilio am rywbeth. Cododd yr amlen fach allan a diflannodd, allan o'r shot.

'Norman Preis yn gwerthu Charlie ar faes y Steddfod?' ochneidiodd Meirion. 'Oes pwynt i fywyd bellach?'

'Gwna'n siŵr fod popeth wedi cael ei safio – dwi'n mynd ar ôl ein ffrind.'

Mater bach fyddai creu panig wrth redeg drwy dorf fawr o bobl, felly brasgamodd Daf yn gyflym, yn melltithio'r crwbanod oedd yn llenwi pob llwybr dan ei wynt. Cymerodd bron i bum munud iddo ddychwelyd at y bin. Yn ofalus ac yn ymwybodol o olion bysedd, cododd Daf y pecyn bach o bowdr gwyn. Blasodd y cynnwys. Cocaine, a chocaine da hefyd. Aeth i'r un cyfeiriad ag yr aeth Norman Preis ond cyn iddo gerdded deg llath baglodd dros hanner siwt sbwng. Hyd yn oed wyneb i waered, roedd yn ddigon hawdd adnabod trywsus Norman Preis.

Cofiodd Daf eiriau Arwel: hiding in plain sight. Dim wyneb, dim llais – gallai unrhyw un fod yn cuddio tu ôl i'r wên gyfarwydd. Cododd Daf y wisg a theimlo fod chwys wedi treiddio drwy'r defnydd. Digon i brofi am DNA efallai, ac yn y cyfamser, roedd hi'n hen bryd i Daf gael sgwrs efo Gwion.

Roedd y cog oedd yn gwerthu sothach plastig yn adeilad S4C wedi diflasu'n llwyr yn y gwres annioddefol.

'Dan ni 'di cau,' mwmialodd heb godi ei ben o'r bwced o Sali Malis.

'Heddlu Dyfed Powys. Dwi isie siarad efo dyn sy'n gweithio yn fan hyn. Gwion?'

'Mae o wedi mynd.'

'I ble?'

'Dwn i'm. Am beint, fallai, neu 'nôl i'r B & B?'

'Oes gen ti rif ffôn symudol iddo fo?'

'Oes.'

Canodd y ffôn am sawl eiliad cyn i lais blinedig ateb.

'Gwion Morgan.'

'Mr Morgan, Dafydd Dafis o Heddlu Dyfed Powys yma. Dwi angen gair.'

'Be?'

'Dwi isie i ti ddod draw i stondin Heddlu Gogledd Cymru rŵan, yn syth. Ble wyt ti'n aros dros y Steddfod?'

'Fferm Pandy Newydd. Ond pam ydech chi isie siarad â fi?'

'Dwi'n ymchwilio i nifer o droseddau difrifol. Felly tyrd draw ar unwaith.'

Wedi iddo orffen yr alwad, ffoniodd Nev.

'Nev – alli di ddod o hyd i gwpwl o bobl i fynd i Pandy Newydd? Dim byd i'w wneud â theulu'r fferm ond mae un o gyflwynwyr S4C yn aros yno, a dwi'n disgwyl dod o hyd i fwy o eira ganddo fo na sydd yn St Moritz.'

'Iawn, Bòs. A den ni newydd dderbyn galwad ffôn yn

achwyn am ryw ddyn sy wedi gadael y maes ar ôl yfed chwe pheint. Gyrru, coelia.'

'Ydi rhif y car gen ti?'

'Ydi.'

'Blues and twos amdani, Nev. Zero tolerance yn ystod y Brifwyl.'

Wrth adrodd hanes trywsus Norman Preis wrth Meirion, doedd Daf ddim yn gweld yr ochr ddoniol. Gwyntodd Betsan y wisg.

'Neis,' meddai, a'i gollwng i mewn i fag tystiolaeth.

'Oedd y bag yna'n brop i'r ddarlith heddiw hefyd?'

'Oedd. Diolch i Dduw ein bod ni yma – fysach chi, Heddlu Sheepshaggers, byth yn cyflawni dim heb griw Gogledd Cymru.'

'Ti'n gwybod be, Meirion Martin? Yn ystod y tair blynedd ddiwetha, den ni wedi'ch curo chi bob tro yn nhablau effeithiolrwydd yr heddlu felly cau dy ben.'

Cerddodd Gwion i mewn ar flaenau ei draed.

'Reit 'te, Gwion Morgan, be ydi hwn?' Yn ofalus, tynnodd Daf y pecyn o'i boced.

'Sai'n gwybod.'

'Dafydd Dafis o Heddlu Dyfed Powys ydw i, a dyma Ditectif Sarjant Meirion Martin o Heddlu'r Gogledd. Den ni'n meddwl mai cocaine ydi o, a ti'n edrych ar bum mlynedd yn y carchar.'

'Fi erioed wedi ei weld e o'r blaen. Beth yw e? Rhyw fag o bowdr gwyn?'

'Charlie, C, snow, eira, Peruvian marching powder, dim ots be ti'n ei alw fo. Class 1 Possession with intent to supply dwi'n ei alw fo.'

'Possession? Nid fi sy biau fo. Fi heb ...'

'Ocê, Mr Morgan,' torrodd Meirion ar ei draws mewn llais bach addfwyn. 'Be am i Mr Dafis ddweud y stori, ac i chditha wrando, iawn?'

'Pa stori?'

'Mi dderbyniaist ti alwad ffôn ddoe, yn ystod y pnawn, gan y rhif yma,' eglurodd Daf, gan ddangos ei ffôn i Gwion. 'Ar lafar, mi drefnaist ti i werthu Es i ddyn ifanc, a'u gadael nhw yn y bin tu allan i ddrws cefn adeilad S4C.'

'Es? Fi'n gwybod dim byd am Es.'

'Wedi i ti roi'r Es yn y bin daeth rhywun i'w nôl nhw, a gadael pres yn eu lle. Rhywsut, mi wnest ti lwyddo i nôl y pres heb i mi sylwi, a chysylltu wedyn drwy decst. Os dwi'n deialu'r rhif, mi fydd dy ffôn di'n canu.' Pwysodd Daf y botwm. Dim swn.

'Rho dy ffôn ar y bwrdd, rŵan.'

Tynnodd Gwion ei ffôn o'i boced. Deialodd Daf y rhif eto. Dim swn. Cododd Meirion ffôn Gwion a phwysodd gwpwl o fotymau.

'Dim saith saith saith tri dim pump saith chwech chwech un.'

Caeodd Daf ei lygaid am eiliad. Y rhif anghywir.

'Rho'r rhif i mi, Inspector Dafis,' dywedodd Betsan. 'Mi jecia i o rŵan.'

'Ocê, Gwion,' ailddechreuodd Daf. 'Ers faint wyt ti wedi bod yn cymryd coke?'

Gwelodd Daf y sioc yn lledu dros wyneb Gwion. Pesychodd ac atebodd mewn llais isel iawn. 'Ers y chweched dosbarth yng Nghastelltaf.'

'A faint o habit sy gen ti erbyn hyn? Tua thri chant yr wythnos?'

'Llai na 'nny. Two fifty, llai yn aml.'

'Llai oherwydd nad wyt ti'n gallu fforddio mwy?'

'Ie, ocê.'

'A be ydi'r ffordd orau i dy gadw dy hun yn hapus? Dipyn bach o werthu yn lle prynu o hyd, ie?'

'Fi'n methu gwneud hynny.'

'O paid â meddwl 'mod i'n dwp, Gwion. Nid angel yn nrama'r Geni wyt ti rŵan.'

'Fi wedi dweud y gwir, Mr Dafis. Fi'n methu gwerthu achos ... does neb yn fy nhrystio i. Fi ddim yn ddigon trefnus i werthu hetiau Holi Hana, heb sôn am coke.'

Wrth edrych ar Gwion yn crynu yn ei gadair dechreuodd Daf dosturio drosto.

'Faint ydi dy oed di, lanc?' gofynnodd. Edrychodd Meirion arno'n syn – doedd Daf ddim yn arfer galw troseddwr dan amheuaeth yn 'llanc'.

'Chwech ar hugain.' Digon ifanc i newid, digon hen i wneud llawer o ddrwg.

'Hen bryd i ti ddweud hwyl fawr wrth yr hen Charlie felly, tydi?'

'Debyg iawn.'

'Mae 'na lwyth o bobl all dy helpu di, ti'n gwybod. Pobl sy'n gwybod eu stwff.'

'Oes, mi wn i.'

'Ond mae'n rhaid dy fod ti isie newid, ti'n dallt?' Saib. 'A ti'n addo i mi nad ti oedd yn gwerthu?'

'Fi erioed wedi gwerthu dim.'

'Ocê. Den ni angen dipyn o dy DNA di, a dy olion bysedd, iawn?'

'Dim problem.'

Canodd ffôn Daf.

'Bòs,' dywedodd Nev, 'mae 'na ddigon o eira yn stafell ffrynt Pandy Newydd i gynnal cystadleuaeth downhill slalom.'

'Diolch, Nev.' Rhoddodd Daf ei ffôn ar y bwrdd. 'Mae fy nghydweithwyr i newydd ddarganfod llwyth o cocaine yn dy lofft di.'

'Mi ddwedes wrthych chi, syr. Dwi'n cymryd coke. Ond dyw defnyddio a delio ddim yr un peth.'

'Ond pam roedd 'na gymaint yna?'

'Os allwch chi aros yn y Steddfod am ddeg noson heb artificial stimulants, chwarae teg i chi.'

'Mae 'na reswm arall dros geisio gwneud chydig o bres ar yr ochr, hefyd, does Gwion?'

'Am be chi'n sôn?'

'Mae Manon yn ferch ddrud i'w chadw.'

'Manon?'

'Paid â smalio bod yn dwp, Gwion. Ti'n ddigon twp yn dy fywyd go iawn, heb sôn am geisio actio felly. Mae dy gariad wedi dy adael di am ddyn cefnog.' Doedd dim ymateb. 'Fallai, os wnei di ennill ffortiwn fach slei, y bydd 'na gyfle i ti allu rhoi'r holl bethau neis 'na iddi, aur y byd a'i berlau mân ac ati.'

'Falle, ond fel ddwedes i, fi'n methu. A fi heb.'

'Oeddet ti'n chwysu yn siwt Norman Preis?'

'Oeddwn, mae'n gas gen i'r peth.'

'Felly, ar ôl y sioe, roeddet ti yn ei thynnu hi'n syth?'

'Pan fyddai'n rhaid i mi ei gwisgo hi. Fi ddim wedi gorfod ei gwisgo hi ers y sioe Nadolig dair blynedd yn ôl.

'Roeddet ti'n ei gwisgo hi pnawn heddiw.'

'Nag o'n, Mr Dafis. Ywain Ysgwarnog ydw i.'

'Be?'

'Pwy yw'r sgwarnog ysgafn droed, sydd yn dawnsio drwy y coed?' torrodd Betsan ar ei draws. 'Hoff gymeriad fy nai.'

'Da iawn, Sarjant, ti'n golled i'r sgrin,' ymatebodd Meirion.

'Pwy oedd yn siwt Norman Price?' gofynnodd Daf yn chwilfrydig.

Gwgodd Gwion. 'Bastard bach Gethin Teifi. Peredur Teifi.'

'Faint ydi ei oed o?'

'Wn i ddim. Blwyddyn wyth, fallai, neu saith.'

'Pam ti'n ei alw fo'n fastard?'

'Am mai bastard bach yw e. Fi erioed wedi cwrdd â phlentyn mor drahaus. Ffycyr digywilydd.'

'Pam wnest ti roi swydd iddo fo, felly?'

'O, Mr Dafis, nid y blydi Sgwarnog sy'n gwneud penderfyniadau staffio.'

'Ond Gwion, mae ganddon ni luniau o Norman Preis yn gadael bag bach o coke yn y bin, ac yn nôl y pres.'

'Plentyn yw e, nid sypleier.'

'Fallai fod rhywun arall wedi benthyg ei siwt.'

'Gyda phob parch, y'ch chi wedi gweld maint y wisg, neu faint fy mhen ôl i? Mae fy nyddiau Norman Preis i wedi hen orffen.'

'Ti'n iawn. A dwi'n tybio y bydd raid i ti ffarwelio â rhaglenni plant yn gyffredinol.'

'Pam?'

'Achos ti'n llawn coke, lanc.' Bu saib hir. 'Welest ti'r bachgen Teifi yn newid?'

'Aeth e allan yn syth. Arhosais i am ddiod o ddŵr.'

'Pa mor dda wyt ti'n nabod Peredur?'

'Ddim o gwbwl.'

'Felly fyddai gen ti ddim clem pwy allai roi pwysau arno fo?'

'Dim clem, ond os oes rhywun wedi llwyddo i godi braw ar y bastard bach, dwi isie cwrdd â fe i ysgwyd ei law.'

'Pwy ydi ei ffrindiau o?'

'Fi wedi dweud, does gen i ddim diddordeb ynddo fe.'

'Iawn. Betsan, wnei di fynd â Gwion lawr i'r Trallwng am y DNA a ballu?'

'Gwnaf siŵr, os bydd y bòs yn gadael i mi fynd.'

'O cer di, Bets, ti'n mynd ar fy nerfa i erbyn diwedd y dydd beth bynnag,' ymatebodd Meirion.

'Daf, wyt ti isio'r wybodaeth ynglŷn â pherchennog y rhif ffôn yna?'

'Oes gen ti enw, Betsan?'

'Dim enw person. Cwmni o'r enw XTreme Team Films sy biau'r ffôn.'

'A phwy yden nhw?'

'Maen nhw'n saethu lot o bethau awyr agored, dringo, beicio mynydd ac ati. Maen nhw'n perthyn i grŵp o gwmnïau o'r enw Tei Fi TV.'

'Diolch yn fawr iawn i ti, Betsan. Wyt ti'n gwybod ble mae gorsaf yr heddlu yn y Trallwng?'

'Jyst gyferbyn â'r orsaf drenau, ia?'

Trodd Daf at Gwion. 'Callia o hyn ymlaen, lanc. Wnaiff y stwff yma ddim dy helpu i greu bywyd braf i ti dy hun.'

Roedd Daf yn falch o'r cyfle i drafod yr holl fusnes efo Meirion dros beint.

'Dydi bechgyn blwyddyn wyth ddim yn prynu a gwerthu C!'

'Fallai mai rhywun arall sy'n gwneud y busnes a fo ydi'r mul,' meddai Mei.

'Mae o'n ddigon styfnig.'

'Ti'n ei nabod o?'

'Mab i hen ffrind coleg, ond dyden ni ddim wedi cadw mewn cysylltiad. Mi welais o ar y maes ddoe, yn creu helynt wrth y stondin feics.'

'Pa fath o helynt?'

'Isie disgownt. Gwrthod gwrando. Bod yn sarhaus. Ond mae ei rieni newydd wahanu a'i dad yn cerdded o gwmpas efo ffansi newydd.'

'Dydi trafferth yn y teulu ddim yn rhoi esgus i bobl werthu cyffuriau.'

'Ond sut all bachgen wneud y ffasiwn beth?'

'Maen nhw'n tyfu i fyny'n sydyn y dyddiau yma.'

'Rhaid i ni fynd i'w weld o.'

'Ni? Pa "ni" ti'n feddwl?'

'Den ni wastad wedi gweithio'n dda efo'n gilydd, Mei. A be arall sy gen ti ar y gweill?'

'Pwynt da. Peint gynta?'

'Well i ni ei gael o wedyn.'

'Pam?'

'Petaet ti wedi cwrdd â mam y bachgen, fyset ti ddim yn gofyn y cwestiwn. Wyt ti'n gyfarwydd ag Eira Owain Edwards?'

'Yndw tad, dwi'n ei chofio hi o'i chyfnod yn Theatr Gwynedd.'

'A sut wyt ti'n meddwl y bydd hi'n ymateb i'r ensyniad fod ei mab ifanc yn gwerthu cyffuriau?'

Oedodd Meirion am eiliad. 'Wyt ti'n digwydd cario stab vests yn dy gar, Daf?'

'Dim byd fyddai'n ddigon trwchus i atal min tafod Eira Owain Edwards.' Roedden nhw'n dîm da, a chyn hir roedden nhw'n chwerthin ar eu ffordd draw i'r maes carafannau.

Ym marn Daf, doedd dim byd gwaeth na jobsworth, ac yn

swyddfa'r maes carafannau roedd enillydd Pencampwriaeth Jobsworth y Byd 2015. O hafan ei gaban bach llwyddodd i greu awyrgylch teilwng o Kafka – roedd grwpiau bach o bobl wedi ffurfio tu allan a bob hyn a hyn, yn hollol fympwyol ac ar hap, penderfynai'r jobsworth ymateb i ymholiadau. Ar ôl sefyll am ddeng munud a gwylio tri o bobl a gyrhaeddodd ar eu holau nhw yn cael sylw, dangosodd ei ID i'r dyn bach.

'Den ni wedi aros yma'n ddigon hir,' meddai Daf yn uchel. 'Dech chi isie cael sgwrs fach breifat neu ydi hi'n iawn i mi floeddio'r manylion dros y lle?'

'Dewch i mewn, fonheddwyr.' Ar ôl cau'r drws ar eu holau, sibrydodd Prif Swyddog y Maes Carafannau; 'Be ydi'r broblem?'

'Ble mae Eira Owain Edwards yn aros?'

'Rheol 54 ar Restr Rheolau'r Maes Carafannau. Dydi Swyddfa'r Maes byth yn rhannu gwybodaeth bersonol am ein gwersyllwyr.'

Pwysodd Meirion yn drwm ar y ddesg fach. 'Nid stalkers ydan ni, ond swyddogion yr heddlu.' Trodd at Daf. 'Dwi 'di cael hen ddigon o'r boi bach 'ma – dan ni am ei arestio fo?'

'Fy arestio fi? Am be?'

'Be am gychwyn efo Rhwystro Swyddog wrth Weithredu ei Ddyletswydd, Daf?'

'A Gwastraffu Amser yr Heddlu hefyd.'

'Ond, yn enwedig efo rhywun enwog fel Ms Owain Edwards ...'

Gwelodd Daf ddicter yn llygaid Mei a phenderfynodd egluro mwy i'r dyn bach rhag i'w gydweithiwr ddechrau gwagu'r cypyrddau ffeilio dros y llawr.

'Den ni'n ymchwilio i nifer o droseddau difrifol, yn cynnwys trais a gwerthu cyffuriau. Jyst dwedwch wrthon ni ble mae ei charafán hi.'

Pwyntiodd y dyn bach at gynllun o'r maes carafannau.

'Draw fan'na. Safle 357.'

Tu allan yn yr haul, gwelodd Daf y diferion o chwys ar dalcen Meirion.

'Paid â gadael i wancyrs bach fel fo dy boeni di, Mei.'

'Well gen i droseddwr go iawn na dyn efo clip-bôrd. Maen nhw'n byw mewn swigod, cont.'

Nid carafán arferol oedd hi, wrth gwrs, ond campyr fan VW wedi ei hadfer yn berffaith. Wrth ei hochr roedd tipi efo pydew tân mawr y tu allan iddo.

'Dydi Damian hyd yn oed ddim mor High Camp â hyn,' ebychodd Meirion. Roedd o a'i ŵr yn tynnu ar ei gilydd yn aml iawn ond, o'r hyn a wyddai Daf, roedden nhw'n hapus iawn.

Cnociodd Daf ar y VW. Agorodd Eira'r drws yn gwisgo dim byd ond ei dillad isa, fel petai hi ar hanner gwisgo. Nid oedd math o embaras yn ei hwyneb ac roedd yn rhaid i Daf gyfaddef fod ei chorff yn edrych fel un dynes ugain mlynedd yn iau.

'Dafydd, ti'n rhy gynnar!' meddai. 'A phwy sy efo ti? Dim Mei Martin? Am drêt i hen ddynes! Ddylwn i roi'r tegell ar y tân neu agor potel o Sancerre?'

'Yn anffodus, Eira, dan ni'n gweithio. Dim byd, diolch,' atebodd Meirion.

'Gweithio? Ww, cyffrous! Ydych chi'n bwriadu f'arestio i?' Yn y cysgod, tu ôl i'w fam, sylwodd Daf ar Peredur yn chwarae ar dabled.

'Allen ni gael sgwrs ... y tu allan, Eira?' gofynnodd Daf.

'Wrth gwrs.' Camodd allan i'r awyr agored heb na thywel na choban ond doedd dim byd profoclyd yn ei hymarweddiad.

'Rhowch rywbeth ymlaen, wnewch chi, Eira?' gofynnodd Meirion, 'neu mi fyddwch chi'n llosgi fel Pop Tart yn yr haul 'ma.'

'A phwy ydi'r Pop Tart?' ymatebodd Eira'n chwareus, ond cododd grys mwslin a'i daro dros ei hysgwyddau. Am ryw reswm cafodd y ddelwedd ohoni efo'r defnydd ysgafn dros ei breichiau siapus effaith gref ar Daf. Roedd yn rhaid iddo droi i guddio'i godiad.

'Ers bore ddoe,' meddai mewn llais oedd bron â gofyn iddi

hi am ffwc fach sydyn, 'den ni wedi bod yn chwilio am bobl sy'n gwerthu cyffuriau ar y maes ac yn Llanfair Caereinion.'

'Mae fy marn i'n hollol bendant, Daf. Mae unrhyw gyffur yn dinistrio dy Chakra di.'

'Hyd yn oed Sancerre?' gofynnodd Meirion.

'Ti wedi bod yn y Steddfod o'r blaen, Mei. Ti'n gwybod bod yn rhaid i bob dynes ganol oed yfed o leia tair potel o win bob dydd. Mwy, os yw'r plant yn cystadlu.'

Gwelodd Daf ei gyfle i drafod Peredur. 'Ydi'r cog yn cystadlu?'

'Dafydd Dafis, ti'n fy siomi. Mi gipiodd yr Alaw Werin o dan un ar bymtheg.'

'Dwi'm yn dilyn llawer ar y llwyfan, a dweud y gwir.'

'Rhag cywilydd i ti, a dy ferch dy hun yn cystadlu.' Dros y blynyddoedd, roedd Eira wedi datblygu tôn yn ei llais ar gyfer pob achlysur.

'Faint ydi oed Peredur?' gofynnodd Meirion.

'Tair ar ddeg. Pam wyt ti'n gofyn?'

'Den ni wedi darganfod bod y bobl sy'n gyfrifol am y busnes gwerthu cyffuriau ar y maes yn defnyddio'r ardal tu ôl i S4C fel man gollwng. Felly, mi osodon ni gamera cudd, a dal Norman Preis yn gadael pecyn bach o bowdr gwyn yno, a chasglu'r pres.'

'Rhaid bod rhywun arall wedi defnyddio siwt Norman Preis. Maen nhw ar werth ar eBay.'

'Debyg iawn, ond mi hoffwn i gymryd chydig o DNA Peredur, ac olion ei fysedd hefyd.'

Fel storm dros fôr tawel, taranodd dicter Eira.

'Does gen ti ddim hawl i gymryd DNA gan blentyn, Dafydd Dafis.'

'Mae ganddon ni bob hawl, Eira. Ac os wyt ti'n cydweithio efo ni, mi allwn ni ddod at y gwir a helpu Peredur.'

'Dydi Peredur ddim angen unrhyw gymorth gan gadi-ffan fel ti, Meirion, na dyn sy'n methu'n llwyr ym mhopeth, Dafydd.'

'Ocê, Eira, ond mae'n rhaid i ni holi ymhellach. Oes gan Peredur dros bum mil o bunnau o arian parod? Gwelodd Daf gysgod bach dros ei hwyneb am eiliad.

'Rydan ni wedi bod yn rhoi pres yn ei gyfrif banc ers iddo gael ei eni. Does gen i ddim clem faint sy yno erbyn hyn. Ac mae o'n derbyn anrhegion gan aelodau eraill y teulu. Er enghraifft, rhoddodd ei fam-gu ugain punt iddo fo ddoe, ar ôl ei lwyddiant ar y llwyfan.'

'Mi fyddai'n rhaid iddo fo ganu ddydd a nos am flynyddoedd i godi pum mil,' atebodd Meirion, ei wyneb yn hollol syth.

'Pam wyt ti'n holi am hyn, Dafydd?'

'Achos mi welais i o ar y maes ddoe, ac roedd o'n bendant yn gwneud rhywbeth fflash efo'i cash. Dywedodd Peredur wrth ddyn sy'n gwerthu beiciau y byddai o'n gallu cael dwy fil arall cyn diwedd yr wythnos. Sut hynny, Eira? Sut all llanc ifanc ddod o hyd i arian fel'na ar faes y Steddfod?' Camodd Eira yn ôl i gyfeiriad y tipi.

'Dwi'n meddwl fod Gethin yn rhoi llawer gormod o arian iddo fo, fel iawndal am ei benderfyniad i adael ein teulu bach ni am butain rad.'

'Fallai wir, ond dwy fil?'

'Wel, mae ganddo fo ei swydd fel Norman Preis hefyd.'

'Sy ddim yn talu dim byd tebyg i ddwy fil.'

'Fallai fod ganddo fo ryw gyfrif preifat. Gan Gethin.'

'Rhaid i mi ddweud, pan welais i o, roedd o'n bihafio'n od. Fel rhywun sy wedi cymryd dipyn o ... rywbeth.'

'Dafydd, wyt ti wir yn awgrymu fod bachgen blwyddyn wyth yn cymryd cyffuriau?'

'Ydw.'

Am funud hir daliodd Eira ei chorff yn berffaith lonydd, cyn dweud mewn llais ysgafn;

'Beth am ofyn iddo fo a ydi o'n cymryd a gwerthu cyffuriau? Dyna'r ffordd rwyddaf ymlaen.'

'Wyt ti'n fodlon ei nôl o?' gofynnodd Daf. 'Neu, oherwydd sensitifrwydd yr holl fusnes, allwn ni ddod i mewn i'r fan.'

'Byddai hynny'n well.'

Wrth arwain Daf a Mei i'r VW, newidiodd hwyliau Eira unwaith yn rhagor. Diflannodd ei dicter, fel petai hi wedi sylwi pa mor fregus oedd sefyllfa Peredur.

'Dim ond bachgen bach ydi o, Dafydd,' sibrydodd.

'A'r peth gorau i'w helpu o fydd y gwir.'

Daliodd Eira law Daf am eiliad.

'Rwyt ti'n hollol wahanol i dy hen ffrind, dwyt, Dafydd,' sibrydodd. 'Ti wedi tyfu i fyny.'

Delwedd ddiniwed oedd yn eu haros yn y VW: bachgen ifanc yn chwarae Minecraft ac yn yfed smŵddi. Cododd ei lygaid yn gwrtais.

'Be sy, Mami?' gofynnodd. Mami. Clyfar iawn. Roedd ei ddewis o air yn tanlinellu ei ieuenctid – fel ei fam, roedd yn berfformiwr i'r carn.

'Mae'r dynion yma yn aelodau o'r heddlu. Mae pobl ddrwg yn gwerthu cyffuriau, ac maen nhw isie gofyn cwpwl o bethau i ti, siwgwr candi.' Siwgwr candi! Perfformiad da, meddyliodd Daf.

'Faint o amser fydd o'n gymryd? Achos mae dy sioe di ymlaen cyn hir, Mami, a fi ddim isie'i cholli hi.' Roedd Daf yn amau a fydden nhw'n siarad efo'i gilydd mor neis tasen nhw heb gynulleidfa.

'Mi alwa i dy dad draw i helpu os oes rhaid, Peri.'

'Eira, mi fydd yn rhaid i ni fynd â Peredur lawr i orsaf yr heddlu i gymryd olion ei fysedd ac ati. Rhaid iddo fo gael rhywun efo fo.'

Cododd Eira ei ffôn a chamodd tu allan, o dan adlen y VW. Roedd yn amhosib peidio clustfeinio.

'Mae'n rhaid i ti ddod draw i'r maes carafannau'n syth. Peredur ... wel, wn i ddim, ond mae Dafydd Dafis yma, yn swyddogol ... Nage, nage, nid yfed dan oed, llawer mwy difrifol ... Wrth gwrs na alla i ddod i dy gasglu di, dwi ar y llwyfan ymhen awr a hanner ... Be am Bitch Bach, neu ydi hi'n rhy ifanc i gael leisens? Sortia fo, Gethin. Paid â ngorfodi fi i ffonio dy dad.'

Doedd dim ffarwél o gwbwl, a phan ddaeth hi'n ôl i'r VW, roedd wyneb Eira'n wyn gan gasineb.

'Mae tad gorau'r byd dros y blydi limit. Gormod o sherbets wrth baredio'i fflŵsi fach o gwmpas y maes.' Sylwodd Daf ar effaith tôn llais Eira ar ei mab a'r modd y llanwodd ei lygaid â chasineb.

'Rhy brysur i fi, fel arfer,' meddai.

'Does dim pwrpas i ni oedi, Eira. Allwn ni ddechrau gofyn ychydig o gwestiynau?'

Nodiodd ei phen ond, yn ystod y sgwrs, dechreuodd goluro, gwneud ei gwallt a fflosio'i dannedd mewn paratoad ar gyfer ei pherfformiad.

Arhosodd Peredur yn ei gymeriad. Bachgen ifanc oedd o, yn mwynhau'r Brifwyl efo'i fam – yn cystadlu, yn cymdeithasu ac yn ennill pres poced wrth ddawnsio mewn gwisg Norman Preis o flaen plant bach. Fin nos, byddai weithiau'n mynd i gyngherddau efo'i fam, weithiau i'r gigs. Doedd o ddim yn yfed, ac erioed wedi cymryd cyffuriau. Ar ôl deng munud roedd y VW fel ffwrn, felly awgrymodd Meirion saib er mwyn cael awyr iach.

'Ti 'di sylwi ar ei septwm o?' gofynnodd Meirion i Daf pan oedden nhw'n ymestyn eu coesau.

'Mi feddyliais i ddoe, petai o hyd yn oed flwyddyn yn hŷn ...'

'Na, cont, ti 'di cael dy dwyllo gan ei gefndir dosbarth canol. Mae'n ddigon posib canu "Mae 'Nghariad i'n Fenws" efo cap stabl ar dy ben cyn mynd i snortio coke.'

Canodd ffôn Eira eto ac atebodd yr alwad â geiriau unsill cyn dod allan i siarad efo Daf a Meirion.

'Mae'r Athro'n dod draw i fynd efo chi. Mi fydd o wrth y Brif Fynedfa ymhen hanner awr i'ch cyfarfod chi. Dydi o'n gwybod dim am gyffuriau, felly mae'n well i chi beidio'i boeni o.'

'Eira, den ni'n amheus iawn o Peredur. Gall bachgen bach fel fo fod yn ddefnyddiol iawn i rai sy'n gwerthu cyffuriau – pwy fyddai'n edrych ddwywaith ar Norman Preis? Mae'n ddigon posib fod Peredur wedi cael ei orfodi i'w helpu nhw, ti'n deall?'

'Ti'n union fel Carrie yn *Sex and the City*, Dafydd; wastad yn chwilio am Mr Big.'

Roedd wyneb Meirion yn dweud cyfrolau. Allai o ddim credu fod Eira'n cellwair pan oedd ei mab yng nghanol y ffasiwn helynt. Teulu od iawn, meddyliodd.

Cytunodd Peredur i fynd efo nhw i gwrdd â'r Athro. Wrth adael, cofiodd Daf am draddodiad y llwyfan.

'Torra goes heno, Eira!'

Fel ymateb, rhoddodd wên hardd i Dafydd, a sylwodd nad oedd erioed wedi cwrdd â dynes a ysgogai gymaint o deimladau gwahanol yn ei frest, ac mewn llefydd eraill. Roedd hi'n oer a deniadol, doniol ond snobyddlyd, a doedd Daf ddim yn gwybod oedd o eisiau ei chofleidio neu redeg i ffwrdd, nerth ei draed. Un peth oedd yn glir: y tu hwnt i glyw ei fam roedd Peredur yn fachgen hollol wahanol. Roedd hyd yn oed ei gerddediad yn wahanol. Symudai'n gyflym ar beli ei draed, yn union fel paffiwr.

Cerddodd y tri heibio i res o faniau mawr, drud, efo pob cyfleuster ynddyn nhw. Ar gefn un o'r rhai gorau roedd bathodyn anabl. Arhosodd Peredur am eiliad i boeri ar y sgrin wynt.

'Be ti'n feddwl ti'n wneud?' holodd Daf.

'Fe, y crip, fe sy wedi achosi'r trafferth 'ma, jyst oherwydd 'mod i'n gofyn am ostyngiad ym mhris beic.'

'Does 'na ddim cysylltiad rhwng Garmon Jones a'r achos yma o gwbwl.'

'Ond mae 'na dipyn o gysylltiad rhyngddo fe a dy ferch, Inspector. Ro'n i'n pasio heibio tua saith neithiwr – ddylen nhw dynnu'r llenni. Arhosais am chwarter awr i wylio ... roedd e fel ffilm porn. Un peth sy'n bendant, dyw Morwyn y Fro ddim yn forwyn erbyn hyn.'

Teimlodd Daf dyndra yn ei frest, fel petai llaw yn gwasgu ei galon. Rhoddodd Meirion edrychiad o rybudd i Peredur, ond roedd y bachgen yn dal i siarad.

'Dwi'n flin iawn na wnes i feddwl am ffilmio'r cyfan ar fy ffôn. Fe fyddai'n instant YouTube sensation.'

'Fel y dywedodd Mr Dafis, does 'na ddim cysylltiad rhwng Garmon Jones a'r ymchwiliad yma.'

'Ond fe sy wedi rhoi'r syniad yn eich pennau chi fod cysylltiad rhyngdda i ac unrhyw gyffuriau.'

'Nage, nage, fachgen – dy ymddygiad di ddoe oedd y cliw. Dwi erioed wedi gweld rhywun yn fwy coked.'

Roedd Daf yn falch ei fod o wedi llwyddo i siapio'i eiriau oherwydd roedd y tyndra wedi cwmpasu ei ysgyfaint erbyn hyn. Penderfynodd y byddai'n yfed i anghofio heno. Roedd yn anodd anwybyddu'r wên fain, sbeitlyd ar wyneb Peredur ond llwyddodd Daf i gerdded draw i'r Brif Fynedfa heb ladd y bastard bach. Ond wnaeth o ddim llwyddo i glirio'r delweddau o'i ben ac, yn afiach iawn, roedd elfen o chwilfrydedd yn eu cwmpasu. Bu delweddau rhywiol yn rhedeg drwy ei ben pan oedd o'n meddwl am Carys a Matt ers misoedd bellach, ond roedd o bron ag arfer efo'r rheini gan mai delweddau digon fanila oedden nhw. Ond sut roedd hi'n bosib i Carys gael perthynas rywiol efo dyn mewn cadair olwyn? Pwy oedd yn gwneud be i bwy, a sut? Cododd chwd yn ei geg o ganlyniad i'w ddiddordeb.

Yn syth fel polyn ac yn gwisgo'i siaced ffurfiol hyd yn oed yn y gwres, roedd yr Athro yn aros amdanyn nhw. Cododd ei law.

'Helô, Dafydd. Beth yw'r hanes?'

Yn wyneb deallus, caredig yr Athro, gwelodd Daf unig obaith Peredur, a hyd yn oed os oedd o'n haeddu cael ei grogi, dim ond plentyn oedd o. Er gwaetha'i rieni roedd cyfle i Peredur dderbyn yr arweiniad roedd o ei angen gan ei daid.

'Cerdda di efo Peredur i 'nghar i, Meirion; dwi angen gair efo'r Athro.'

'Dwi ddim isie bod ar ben fy hun 'da fe, rhag ofn iddo fe fy nhreisio i,' cwynodd Peredur.

'Does gen ti ddim dewis, washi. A ti ddim hanner digon del chwaith.'

Am eiliad, gwrandawodd yr Athro fel dyn yn gwylio drama ond yn sydyn, penderfynodd ymateb.

'Dwyt ti ddim yn cael siarad â bonheddwyr yr heddlu fel'na, Peredur Teifi. Ymddiheura ar unwaith.'

'Sori,' mwmialodd Peredur o dan ei wynt.

'Dydw i erioed wedi cael rheswm i siarad efo'r heddlu – na, dydi hynny ddim yn hollol wir oherwydd y ddamwain – ond tydw i ddim wedi arfer efo'r cyd-destun o gwbwl. Ond dwi'n sylweddoli fod yn rhaid cydweithio i geisio datrys y broblem. Fydda i ddim yn rhoi unrhyw fath o gymorth i ti os wyt ti'n ddigywilydd.'

'Sori, Tad-cu.'

'Trueni nad oes ganddon ni ddigon o amser i alw i weld dy fam-gu ar y ffordd lawr i gymryd dy DNA di. Mae hi'n poeni amdanat ti. Rŵan 'te. Fe eistedda i yn y sedd gefn wrth d'ochr di, gan obeithio y bydd yr holl fusnes yma'n cael ei setlo'n fuan.'

Sylwodd Daf ar ddylanwad yr hen ŵr dros ei ŵyr. Yn urddasol, galluog, llawn cariad tuag at ei gyd-ddyn, roedd yr Athro yn ddigon sicr ohono'i hun i osod safonau moesol i fachgen fel Peredur a gafodd ei fagu gan bobl arwynebol a hunanol. Arweiniodd Daf yr hen ŵr yn dyner oddi wrth y car.

'Syr,' mentrodd Daf yn ofalus, yn amharod i achosi mwy o boen i'r hen ddyn, 'mae ganddon ni andros o broblem efo'r cog. Den ni'n meddwl ei fod o wedi ei glymu mewn byd go ddifrifol, sef byd cyffuriau.'

'Cyffuriau, Dafydd? Dim ond bachgen bach ydi o.'

'Dwi'n gwybod ond, yn anffodus, mae ganddon ni resymau teilwng dros feddwl ei fod o'n defnyddio rhywbeth.'

'Mae'n amhosib credu hynny.'

'Bydd y profion yn rhoi gwybodaeth bendant i ni ond, ac mae'n ddrwg iawn gen i orfod dweud, dwi'n amheus iawn ohono.' Chafodd Daf ddim ymateb gan yr Athro ond suddodd ysgwyddau'r hen ddyn fel petai o wedi heneiddio degawd. 'Dewch i'r car. Mi gaiff Meirion yrru eich car chi ar ein holau ni.'

Doedd 'na ddim llawer o siarad ar y ffordd lawr i'r Trallwng ond yn y drych, gwelodd Daf yr Athro yn ceisio rhoi ychydig o gysur i'w ŵyr.

'Ble mae Dad?' gofynnodd Peredur.

'Cafodd dri pheint ar y maes yn ystod y dydd. Doedd o ddim yn disgwyl gorfod gyrru heno.'

'Ro'n i ei angen e.'

'Er tegwch iddo, doedd o ddim yn disgwyl cael ei alw allan.'

'Roedd Mam yn brysur hefyd ...' Diflannodd ei lais a gwyddai Daf nad oedd y dagrau ymhell.

Yn yr orsaf, roedd popeth yn barod ar eu cyfer. Roedd agwedd Sheila yn help mawr – roedd yn ymddwyn fel nyrs yn hytrach na heddwas. Ymhen hanner awr, roedden nhw'n ôl wrth gar yr Athro.

'Peredur,' meddai Daf. 'Dwi 'di bod yn y gêm yma ers ugain mlynedd ac ers y dechrau, den ni wedi ennill ein brwydrau gam wrth gam. DNA, profion gwaed, technegau fforensig o bob math. Does nunlle i guddio. Amser cinio fory, neu ychydig yn gynt hyd yn oed, mi fyddwn ni'n gwybod os wyt ti wedi cymryd cyffur anghyfreithlon ai peidio. Os wyt ti'n dweud y stori gyfan wrthon ni, mi allwn ni dy helpu di.'

'Fy helpu i wneud be?' Daeth fflach o'i hen agwedd yn ôl a phesychodd yr Athro i'w rybuddio.

'Does 'na ddim llawer o ganu gwerin yn yr Young Offenders, wyddost ti. Ac oherwydd natur y drosedd, mi fydd y llys yn debygol o ddweud na all dy rieni ymdopi efo ti. Prin ydi'r bobl hynny sy'n fodlon maethu plentyn sy'n gwerthu cyffuriau. Cartref plant amdani, felly.'

'Paid â phoeni, Peredur; mi fydd dy fam-gu a finne'n rhoi cymorth i ti.'

'Os bydd y Llys yn caniatáu hynny, syr,' esboniodd Daf. 'Allen nhw ofyn ble roeddech chi cyn i'ch ŵyr gael ei ddal. Bydd eich oedran hefyd yn cyfri yn eich erbyn chi.'

'Ond tydw i ddim wedi bod yn sâl yn fy mywyd. Heblaw pwl bach ar ôl y ddamwain.'

Roedd Daf yn ysu i glywed mwy am y ddamwain honno, fel dyn busneslyd yn ogystal â heddwas, oherwydd tôn llais yr Athro pan oedd o'n sôn am y peth. Ond doedd dim digon o amser.

'Meddylia di dros nos, Peredur. Allwn ni gael sgwrs fory pan fyddwn ni wedi derbyn yr adroddiad fforensig. Ac os yn bosib, syr, allwch chi gadw llygad barcud arno fo dros nos? Dwi ddim yn hapus iddo fo fynd yn ôl i'r campyr fan ar ei ben ei hun.'

'Fe gei di aros dros nos gyda ni, Peredur. Beth am fynd i archebu têc-awê?'

Pan ddringodd Peredur i sedd gefn y car, plygodd yr Athro er mwyn sibrwd yng nghlust Daf. 'Beth yw'r gosb waethaf all o ei disgwyl, Dafydd?'

'Class A Possession with Intent to Supply, ond dydi hyn ddim yn gwneud synnwyr i mi. Dydi bechgyn blwyddyn wyth ddim yn gwerthu coke heb help – os ydi o'n fodlon dweud wrthon ni pwy ydi'r bòs, bydd pethau'n llawer haws.'

'Fe wna i fy ngorau glas i fynd i wraidd hyn, Dafydd.'

'Dwi'n cydymdeimlo efo'r hen foi,' meddai Meirion wrth wylio'r car yn gyrru ymaith.

'A finne. Pwy mae Peredur yn ei warchod? A pham?'

'Mae 'na ateb i bob cwestiwn, ac maen nhw'n dod o botel efo Jamesons ar y label.'

'Diolch byth am hynny.'

'Mae gen i botel 'nôl yn y bwthyn. Mi fydd Betsan yno fel chaperone, felly paid â disgwyl i mi neidio ar dy gefn di.'

'Does dim angen i ti ofyn ddwywaith ...!'

Pennod 6

Nos Fawrth

Nid bwthyn oedd o ond ysgubor oedd wedi cael ei hadfer, yn y bryniau tua thair milltir o'r maes. Lle perffaith i glirio pen. Roedd Betsan yn torheulo yn yr ardd fach – yn ei ffrog hafaidd roedd hi'n edrych yn llawer iau nag yr oedd hi yn ei hiwnifform. Rai blynyddoedd ynghynt, pan oedd ei briodas yn un hapus, byddai Daf wedi gallu ei hedmygu heb hiraeth ond erbyn hyn, gwelai pob dynes ddeniadol fel symbol o'i garchar: â chymaint o ferched hyfryd yn y byd, pam y dewisodd o Falmai? Ond cofiodd am Gaenor, a gwenodd.

'Ti isio i mi danio'r barbeciw?' gofynnodd Meirion.

'Wisgi den ni angen.'

'Dim ar stumog wag, neu mi fyddi di'n chwydu fel y gwnest ti yn yr Eil o' Man, ti'n cofio?' Chwarddodd Meirion ar yr atgof wrth nôl caniau o lager.

Awr yn ddiweddarach, a'i ail gan yn ei law ac arogl selsig yn llenwi ei ffroenau, roedd Daf wedi ymlacio.

'Alla i gysgu ar y soffa heno?' gofynnodd cyn agor dolen y can. 'Achos dwi wir angen yfed mwy nag un can.'

'Be am i ti ofyn i Falmai ddod i dy nôl di?' cynigiodd Meirion.

'Den ni ddim yn siarad ar hyn o bryd.'

'O diar. Siriys, ta jyst diwrnod neu ddau o pictures, no sound?'

'Sgen i ddim clem. A den ni wedi rhentu'r tŷ allan, i dad a thaid Peredur fel mae'n digwydd, felly den ni'n aros efo brawd Falmai. Fel y galli di ddychmygu, tydi hi ddim yn sefyllfa ddelfrydol.'

'Croeso i ti aros, ond does dim llawer o le.'

Gwenodd Betsan a chodi ei haeliau. 'Roedd pwy bynnag yn HQ wnaeth fwcio'r lle 'ma yn amlwg yn meddwl mai dod efo

Meirion am dipyn bach o rympi pympi o'n i, felly un llofft sy 'ma. Yn amlwg, doeddan nhw ddim yn ein nabod ni.'

'Mi fydda i'n hapus ar y llawr. Dim ond rhywle i guddio dros nos dwi angen.' Cyn iddo lwyddo i yfed diferyn o'i gwrw, gwelodd Daf wraig y fferm yn cerdded tuag atynt ar draws y buarth.

'Inspector Dafis? Mae dy chwaer yng nghyfraith ar y ffôn.'

Roedd Daf yn flin wrth godi'r ffôn, ond llyncodd ei ddicter pan glywodd lais Gaenor.

'Rhaid i ti ddod adre, Daf. Mae 'na uffar o helynt yma.'

'Be sy?'

'Andros o ffrae yn y byngalo. Mae'r hen ddynes wedi rhedeg i ffwrdd, ac mae Matt Blainey yn eistedd ar fy soffa i yn ei ddagrau.'

Dyna'i noson o gymdeithasu wedi diflannu. Ar ôl iddo ffarwelio â Meirion a Betsan teimlai Daf yn reit isel. Roedd o wir angen cyfle i ymlacio. Cytunodd yn llwyr â geiriau Mair: 'Drama, we don't need no drama'.

Efo ffenest y car ar agor, clywodd lais Gethin yn nrws y byngalo. Roedd ei wyneb yn goch gan win a dicter.

'A pwy ti'n meddwl ffoniodd y moch? Neb ond dy annwyl Gwion. Ac erbyn hyn, mae fy mab i wedi cael ei dynnu mewn i'r holl fusnes cyffuriau yma.' Daeth Manon i'r golwg yn ffrâm y drws â dwy afon ddu yn rhedeg i lawr ei bochau hardd.

'Ond doedd dim rhaid i ti ffonio Meleri. Mae e wedi cael y sac nawr!'

'Mae o'n haeddu'r ffycin sac. Swydd hawdd oedd ganddo fo, ond all neb gyflwyno rhaglenni plant efo hanner cynnyrch blynyddol Colombia fyny ei drwyn.'

'Helô,' galwodd Daf. 'Popeth yn iawn?'

Anelodd Geth ei holl ddicter at Daf. 'Be ti 'di wneud i fy mab i?'

'Mae Peredur mewn dyfroedd dyfnion, Geth, roedd yn rhaid i ni ymchwilio.'

'Bachgen tair ar ddeg oed ydi o, nid pennaeth rhyw gartél ym Medellín.'

'Os ydi'r dystiolaeth fforensig yn cefnogi'r hyn den ni'n wybod yn barod, mae Peredur ynghlwm â busnes gwerthu cyffuriau. Ond dwi'n credu fod 'na rywun y tu ôl iddo fo – sgen ti syniad pwy?'

'Gwion Morgan.'

'Ti'n siŵr?'

'Ydw.'

'Ers faint mae Peredur yn ei nabod o?'

'Maen nhw wedi bod yn cydweithio ers Steddfod yr Urdd.'

'Mae dy dad wedi gwahodd Peredur i aros yma heno. Well iddo fo aros efo pobl sy'n mynd i'w helpu o i ddewis y llwybr gorau. Ond – a dwi ddim isie busnesu o gwbwl – dydi ffraeo fel hyn ddim yn mynd i helpu pethau.'

'Ffoniodd Gwion y cops yn gynharach, i ddweud 'mod i dros y limit. Dad oedd yn gyrru, ond am dric bach slei.'

'Rhaid i chi i gyd ganolbwyntio ar broblemau Peredur, dwi'n tybio.'

'A ble mae'r ffycin invisible mother? Yn perfformio'i dehongliad o Saunders Lewis o flaen pymtheg o athrawon Cymraeg canol oed sy'n jidlo yn eu trôns gerbron ei harddwch?'

'Geth, rhaid i ti dawelu. Fydd dy dad yn ôl cyn hir, efo'r bachgen.'

'Ocê, Daf, ocê. Wyt ti'n gwybod ble mae Mam wedi mynd?'

'Newydd gyrraedd ydw i.'

'Mi chwilia i amdani hi. A titha,' ategodd, wrth droi at Manon, 'Sortia dy golur – mae o'n costio digon i mi.' Trodd Gethin ar ei sawdl a cherddodd lawr i giât y cae â blinder ym mhob symudiad.

'Fi erioed wedi ei weld e fel'na o'r blaen,' sibrydodd Manon.

'Na finne chwaith. Be ddigwyddodd?'

'Ar y ffordd yn ôl o'r maes, fe gawson ni stop gan yr heddlu. Roedd popeth yn iawn – yr Athro oedd yn gyrru – ond mae Geth wedi'i argyhoeddi ei hun mai Gwion ffoniodd nhw i achwyn. Ac yna ffoniodd Meleri, Uwch Swyddog S4C, i ddweud am Gwion.'

'I ddweud be yn union am Gwion?'

Edrychodd Manon i lygaid Daf, fel petai'n ceisio penderfynu allai hi ei drystio.

'Dipyn o Charlie, Dafydd. Mae e wedi bod yn sili am y peth ers y chweched dosbarth. Fe ddechreuodd er mwyn rhoi hyder i'w berfformiadau. Fi'n cofio pan gawson ni lwyfan 'da'r Ymgom, fe gynigodd linell i mi. Wrthodes i, ond rhaid i mi gyfadde fod y cyffur wedi rhoi wmff iddo fe. Gawson ni gyntaf ac roedd ei fam mor falch!'

Am y tro cyntaf ers iddo gwrdd â hi, gwelodd Daf rywbeth addfwyn yn ei hwyneb. 'Wyt ti wedi bod efo fo ers yr ysgol?'

Nodiodd ei phen. 'Ond y broblem efo coke ydi ei fod e mor ddrud. Roedden ni'n dau'n gweithio ddydd a nos i dalu rhent ar dwll o le yn Riverside ac, a dweud y gwir, fi'n ysu i gael babi. Ro'n i'n caru Gwion ond doedd dim dyfodol i fi 'da fe.'

'Be am werthu'r stwff? Allai Gwion fod yn gwneud hynny?'

Chwarddodd Manon a thynnodd gefn ei llaw dros ei hwyneb. Roedd snot yn gymysg efo'i cholur.

'Allai Gwion ddim gwerthu tocyn raffl. Mae e mor anobeithiol.'

'A sut berthynas sy ganddo fo a Peredur?'

'Dyn nhw ddim yn nabod ei gilydd, heblaw'r ddwy stint Norman Preis wnaeth Peredur eleni.'

'Sut fath o gog ydi o?'

'Cymhleth. Fel ei fam, wastad yn actio. Fi ddim yn 'i nabod e ac mae e'n fy nghasáu i oherwydd barn ei fam.'

'Felly, dwyt ti ddim yn meddwl y gallai Gwion berswadio Peredur i fod yn runner iddo fo?'

'Dyw Gwion ddim yn ystrywgar o gwbwl. All e ddim perswadio neb i wneud dim byd. Gwahaniaeth arall rhyngddo fe a Geth.'

'Dwi'n deall.' Bu saib byr tra oedd Manon yn ceisio sychu'i hwyneb.

'Dafydd, alli di roi lifft i mi lawr i Londis? Does 'na ddim gwin ar ôl yn y tŷ.'

'Dwi'm yn meddwl bod hynny'n syniad da. Tywallt petrol ar dân fyddai hynny. Rho'r tegell ymlaen.'

Heb air arall, trodd Manon yn ôl i'r tŷ.

Gwenodd Daf ar yr eironi: roedd Falmai mor falch o ddenu tenantiaid parchus fel teulu'r Athro, ond yn lle cael barbeciw bach hamddenol efo John Neuadd roedd y teulu'n brwydro yn erbyn sawl problem ac wedi troi'r byngalo yn faes y gad.

'Diolch am ddod 'nôl.' Swniai Gaenor yn wirioneddol ddiolchgar wrth ei gyfarch y tu allan i'r drws cefn.

'Ble mae Matt?'

'Dal ar y soffa. Mae Carys wedi gorffen efo fo heb roi rheswm o gwbwl. Ac mae hi fyny yn ei llofft rŵan.'

Yn y coridor, fel darn o ffrâm dderw'r tŷ, safai John.

'Mae'r lle 'ma wedi troi'n seilam. Rhaid i ti wneud rhywbeth, Dafydd.'

'Ocê,' atebodd Daf yn ddiamynedd, gan lwyddo i rwystro'i hun rhag dweud ei farn yn onest wrth John.

Doedd Matt ddim wedi gwneud unrhyw ymdrech i guddio'i ddagrau. Eisteddai'n dalsyth ar y soffa, yn wylo heb gywilydd.

'Mr Dafis. Beth sydd wedi digwydd? Dydw i ddim wedi gwneud unrhyw beth drwg. Is it the iaith, do you think? Achos mae gen i dipyn o Gymraeg ...'

'Mi ga' i air efo hi rŵan. Chwytha dy drwyn, wnei di – not a good look.'

Yn y llofft fach gefn roedd Carys yn gorwedd ar y gwely sengl, yn tecstio. Roedd Gaenor wedi ei haddurno fel stafell i ferch fach, ond ar ôl pymtheng mlynedd o dorcalon, a dim merch fach, stafell sbâr oedd hi. Teimlai Daf fod awyrgylch drist yno.

'Car, rhaid i ti siarad efo Matt.'

'Dwi'n methu, Dad.'

'Mae o'n haeddu esboniad.'

'Does dim byd i'w ddweud. Den ni wedi cael hwyl efo'n gilydd, ond mae'n amser symud ymlaen.'

'At Garmon Jones?' Cochodd Carys a gwenu o glust i glust.

'Ai problem deuluol ydi hi, Dadi? Bod yn love rat?'

'Be ti'n feddwl?'

'Ddylen i fod wedi siarad â Matt ddydd Sadwrn, achos ar ôl deng munud yng nghwmni Garmon ro'n i'n gwybod y gallai unrhyw beth ddigwydd.'

'Fel ddigwyddodd yn ei gampyr fan neithiwr?'

'Wnest ti fy nilyn i?'

'Naddo wir, ond ... well i chi gofio tynnu'r bleinds tro nesa.' Roedd Daf yn disgwyl siom neu embaras gan ei ferch, ond doedd dim.

'Does dim ots gen i be mae rhyw hen peeping Tom yn ddweud ...'

'Ond be am Matt?'

'Reit Dadi, ti 'di dewis ymyrryd yn fy mywyd personol i, felly ti'n mynd i glywed y gwir. Ches i ddim orgasm o gwbwl efo Matt. Mae o'n chap hyfryd ond roedd o'n rowlio arna i a gwneud chydig o push-ups a dyna hi, job's a good un. Ond mae Garmon wedi ... wedi rhoi matshen yn y tân. Dyna sut dwi'n teimlo, Dadi, fel merch ar dân. A dwi ddim yn ei nabod o'n ddigon da i fod yn siŵr oes dyfodol i ni fel cwpwl, ond dwi'n bendant 'mod i isie treulio gweddill fy mywyd yn ei wely.' Roedd Daf wedi gofyn amdani, ond doedd o'n sicr ddim wedi disgwyl hyn. 'A rŵan, fallai dy fod di'n deall pam ei bod hi'n well i mi beidio dweud y gwir wrth Matt. Does ganddo fo ddim technique o gwbwl – ac yn anffodus, tydi ei offer ddim yn ddigon da chwaith.'

'Ond Carys, mae Garmon wedi cael damwain a ...'

'A dyna be sy mor anodd. Alla i ddim dweud wrth Matt fod gwell secs i'w gael efo dyn mewn cadair olwyn.'

'Ocê. Mi geisia i gael gwared arno fo.'

'Mae Garmon yn hoff iawn ohonat ti, Dad. Well i Anti Gaenor roi gwahoddiad iddo fo i swper cyn diwedd yr wythnos.'

Rhywsut, llwyddodd Daf i gynnal sgwrs gall efo Matt. Roedd o'n gofyn gormod o gwestiynau amhosib eu hateb ond, o'r diwedd, cytunodd i fynd. Anodd oedd ysgwyd llaw ar stepen y drws: dros y misoedd blaenorol roedd Matt wedi bod bron fel aelod o'r teulu. Wrth adael, edrychodd y bachgen lawr i'r ddôl.

'We were set on having the marquee down there, when we wed. Nice trees for the pics if the weather was kind.'

Safodd Daf am bum munud wrth y giât yn gwylio'i Suzuki bach yn diflannu. Roedd pennod ym mywyd Carys wedi dod i ben. Daeth Gaenor i sefyll efo fo.

'Be oedd y broblem rhyngddyn nhw, Daf? Wnes i ddim sylwi eu bod nhw'n ffraeo.'

'Mae Carys wedi cwrdd â rhywun arall. Chwarae teg iddi, doedd hi ddim yn fodlon setlo am ail ddewis.'

'Ond mae Matt yn ddyn ifanc neis.'

'Ac mae Falmai yn ddynes neis, ond os na cha i dy ffwcio di cyn hanner nos mi fydda i wedi mynd yn wallgo.'

'Daf Dafis, be wna i efo ti?'

'Mae gen i sawl awgrym ...'

Pennod 7

Dydd Mercher

Deffrodd Daf yn y gwely sengl yn y stafell gefn. Treuliodd Carys y noson efo Garmon felly roedd y gwely'n rhydd iddo fo gysgu ynddo. Roedd yn gyfleus hefyd i Gaenor bicio draw: roedd siâp ei phen yn dal yn y gobennydd ac am y tro cyntaf, tua phump o'r gloch y bore, roedd Gaenor wedi sôn am adael John.

'Gallai Falmai symud 'nôl fewn i ofalu amdano fo ac mi allen ninnau wneud be fynnen ni.'

'Ti'n ffansïo byw efo fi?'

'Wel, disgrifia di'r manteision a'r anfanteision.'

'Ar yr ochr bositif, den ni'n gyrru mlaen yn tshampion, mae fy mhlant yn dwli arnat ti, a den ni'n reit hapus yn y gwely. Yr anfanteision ydi nad oes gen i lawer o bres a dwi wedi addo ffwcio Chrissie Berllan.'

'Ydw i'n cael ffwcio Bryn?'

'Wrth gwrs dy fod ti. Dydi hynny ond yn deg.'

Cynllun newydd, ffordd ymlaen. Roedd Daf wedi breuddwydio am ysgwyd seiliau'r teulu – ond efallai y byddai'r daeargryn hwn yn dymchwel y cyfan. Na, ffantasi oedd hynny, oherwydd roedd Daf yn sicr y byddai sawl cenhedlaeth arall yn trafod prisiau stoc ac ymddygiad annerbyniol pobl eraill o gwmpas bwrdd y gegin, ac oerni teulu Neuadd yn dal yn eu gwaed.

Synnodd Daf pan welodd Carys wrth y bwrdd brecwast, ond roedd yn amlwg ei bod wedi penderfynu gwneud datganiad.

'Fel mae rhai ohonoch chi'n gwybod yn barod, mae Matt a finne wedi gwahanu, am sawl rheswm. Eniwé, mae gen i ffrind newydd o'r enw Garmon, ac mi fyswn i wrth fy modd tasech chi'n cael cyfle i gwrdd â fo.'

'Cariad newydd?' gofynnodd John.

'Ie. Fasen ni'n gallu trefnu rhywbeth ar y maes ond mi fyse'n lot neisiach tasen ni'n cael barbeciw a ...'

'Be am nos fory?' cynigiodd Gaenor yn syth.

'Grêt, Anti Gae.'

'Plis paid â dweud ei fod o'n llysieuwr!'

'O bell ffordd – ond mae o'n defnyddio cadair olwyn, felly os allwn ni ddod o hyd i ddarn o bren i'w roi dros y stepiau, mi fydd o'n gallu cyrraedd y lawnt yn haws.'

Roedd John a Falmai yn edrych yn debyg beth bynnag, ond yn yr eiliad honno o sioc, roedden nhw fel gefeilliaid.

'Cadair olwyn?' ebychodd Falmai. 'Ydi o'n sâl? Efo popeth sy'n mynd ymlaen yn y teulu 'ma ar hyn o bryd, oes raid i ti chwilio am fwy o broblemau?'

'Dydi o ddim yn sâl o gwbwl. Damwain beic gafodd o. Roedd o hanner ffordd drwy wneud ffilm am ei sgiliau fel pencampwr y byd ar feic mynydd ac roedd y cynhyrchydd yn ei orfodi o i wneud pethau mwy a mwy peryglus, i gael gwell footage. Torrodd ei asgwrn cefn.'

'Dwi'n siŵr fod 'na lot o waith gofalu amdano. A gwaith budr hefyd ... ych a fi.'

Cododd Carys botel o sôs coch yn ei thymer a'i thaflu i gyfeiriad ei mam. Yn anffodus, doedd y caead ddim wedi cau'n dynn.

'Ti'n edrych fel zombie, Anti Fal,' sylwodd Siôn.

'Dwi wedi gwahodd y Garmon 'ma i farbeciw,' datganodd Gaenor ar draws yr anhrefn. 'Ac fel bob gwestai sy'n dod i'r tŷ yma, ryden ni'n mynd i'w groesawu o a bod yn glên efo fo, dim ots os ydi o'n cyrraedd mewn cadair olwyn neu Ferrari.'

'A sôn am hynny, Mami,' ychwanegodd Carys yn chwerw, 'does dim rhaid i ti boeni o gwbwl. Mae o'n gefnog ac yn fab fferm.'

Cododd Falmai yn araf a cherddodd at y drws gan dynnu sawl darn o bapur cegin o'r rholyn wrth fynd heibio. Estynnodd Daf ei law i gyffwrdd â'i braich ond plyciodd Falmai hi allan o'i gyrraedd fel petai'n ddanadl poethion. Yn llawn siom, helpodd Carys i lanhau'r bwrdd.

'Yn y dyddie cynnar,' dechreuodd John fel petai dim byd o gwbwl wedi digwydd, 'roedd y Royal Welsh yn teithio fel y Steddfod. Ond ers iddi gael cartref yn Builth, mae'r sioe wedi profi llwyddiant ysgubol. Hen bryd i'r Steddfod wneud 'run fath, yn fy marn i. Setlo'n rhywle, yn ddigon pell o'n hardal ni.'

Allai neb ymateb, ac roedd y rhyddhad yn weladwy ar bob wyneb pan glywyd cnoc ar y drws i dorri ar y tawelwch. Gethin oedd yno, ond mewn hwyliau hollol wahanol i'r bore cynt – doedd dim fflyrtian na chais am facwn. Roedd y Gethin hwn fel ysbryd, heb gysgu ac yn gwisgo crys ddoe.

'Sori i dorri ar draws. Gawn ni sgwrs fach, Dafydd?'

'Â chroeso.'

Ychydig ddyddiau ynghynt, meddyliodd Daf, roedd Gethin yn ddyn llwyddiannus, llawn hyder, mewn perthynas newydd gyffrous a chanddo yrfa lewyrchus. Bu tipyn o newid yn ei sefyllfa o ei hun hefyd, sylweddolodd, ers iddo gerdded allan o'r byngalo dridiau'n ôl.

'Dech chi wedi llwyddo i berswadio Peredur i gydweithio efo ni?'

'Do, dwi'n meddwl. Dwi'n teimlo fel shit llwyr, Daf – bob tro ro'n i'n ei weld o, roedd Eira yn rhoi sbin bositif ar bopeth. Wnes i ddim gofyn sut oedd o'n teimlo. Ddywedodd Eira ei bod hi wedi mynd â fo i gwpwl o sesiynau cwnsela ar ôl i ni wahanu, jyst rhag ofn, ond ... wel ... roedd o'n dal i chwarae rygbi, dal yn mwynhau mynd i'r sinema, wedyn daeth yr obsesiwn efo beicio mynydd ...'

'Ers pryd mae o wedi bod isie beic mynydd?'

'Daf, alli di ddim magu plentyn heb brynu beic iddo fo. Ond pan sylwodd o pa mor aml roedd Mans a finne'n mynd fyny i'r gogs am y penwythnos i feicio, mi ddechreuodd o chwilio o ddifri.'

'Ac wedyn mi aeth o at stondin Garmon Jones a gweld ei fod o'n methu fforddio'r un roedd o'n ei ffansïo.'

'Be ddwedest ti am Garmon Jones?'

'Roedd Peredur yn creu trafferth ar y stondin. Digywilydd iawn.'

'Effaith y coke?'

'Wyt ti'n disgwyl canlyniad positif, Geth?'

'Ydw, yn anffodus. Mae o wedi altro ers ddoe, mae o'n isel.'

'Paid â dweud nad wyt ti wedi gweld y patrwm o'r blaen. Coked up ddoe, comedown heddiw.'

'Dwi'n gwybod, Daf, ond mae o mor ifanc.'

Roedden nhw i gyd wrth fwrdd y gegin, heblaw Manon.

'Rydyn ni wedi gofyn i Eira ddod draw i glywed yr hyn sy gen ti i'w ddweud, Peredur.' Â phawb fel pwyllgor o gylch y bwrdd, roedd yr Athro yn ei elfen. 'Rydw i wedi paratoi braslun o agenda i ni, er mwyn sicrhau ein bod ni'n trafod pob agwedd o'r broblem.'

'Fi ddim yn broblem,' mwmialodd Peredur. Roedd ei groen yn llwyd ac roedd cylchoedd tywyll o dan ei lygaid.

'Dwi'n falch iawn o gael cyfrannu i'r drafodaeth,' eglurodd Daf, 'ond mater i'r teulu ydi hwn, yn y bôn.'

'Beth am i ni roi eich pwyntiau chi ar flaen yr agenda, Dafydd? Mae ganddon ni sawl cwestiwn i'w ofyn am ochr swyddogol y broblem.'

'Mae'n rhaid i chi gael paned gynta, Dafydd,' mynnodd Mrs Teifi.

Canodd ffôn Daf: yr orsaf. Sheila, diolch byth. Cerddodd allan i gornel y buarth lle roedd y signal gryfaf.

'Adroddiad fforensig i chi, Bòs.'

'O ie?'

'Positif am coke yn y pi-pi ac roedd y chwys yn y siwt foam yn match hefyd.'

'Iawn.'

'A'i fingerprints ar y bags, y coke ac ar yr Es.'

'Diolch yn fawr iawn, Sheila.'

'Croeso, Bòs.'

'A Sheila?'

'Ie?'

'Olion bysedd yw "fingerprints".'

'Hwyl fawr.'

'Ie, hwyl fawr, Sheila.'

Roedd y teulu yn y byngalo yn gwybod beth i'w ddisgwyl ond, cyn gofyn, rhoddwyd mỳg o de o'i flaen. Daeth sŵn car o'r buarth: Eira. Heb ddweud gair, daeth i mewn i'r gegin ac eistedd i lawr, gan droi cadair gegin arferol yn orsedd efo'i hurddas.

'Ble mae Manon y bore 'ma?' gofynnodd, efo min yn ei llais.

'Mae hi'n hapus yn y parlwr, efo llyfr.'

'O! Mae gan Manon lyfr! Gobeithio fod ganddi hi ddigon o ffelt pens i'w liwio fo.'

'Cau dy geg, yr hen gath sur!'

Cododd yr Athro ei lais. 'Dyna hen ddigon. Eira, Gethin, os na allwch chi ymddwyn yn gall, bydd yn rhaid i ni ofyn i chi adael y cyfarfod. Mae llawer iawn i'w drafod a does gan Dafydd ddim amser i'w wastraffu – dydi o ddim ar ei wyliau. I gychwyn, Dafydd, alla i ofyn ydi canlyniadau'r profion wedi dod yn ôl eto?'

'Yden syr, ac yn anffodus roedd cocaine yn nŵr Peredur. Ac roedd olion ei fysedd ar y ddau fag o gyffuriau, sef yr ecstasi ddydd Llun a'r cocaine ddoe.'

Yn y tawelwch a ddilynodd, clywyd sŵn anadlu bas Peredur a llais Gethin yn canu alaw hen ffefryn gan Plethyn:

'O am haf fel hafau Meifod, Seidir ddoe yn troi'n gocên ...'

Trawodd yr Athro ei ddwrn ar y bwrdd nes bod pob mỳg yn neidio hanner modfedd i'r awyr.

'Rydw i wedi cael llond fy mol. Mae dy unig blentyn wedi cael ei ddal yn defnyddio cocaine ac mi wyt ti'n dal i wneud dy jôcs bach arwynebol. Cadwa dy geg ar gau nes y bydd gen ti rywbeth gwerth chweil i'w ddweud. A rŵan, Peredur Teifi, dwi'n disgwyl dy stori di.'

Stori fach drist, meddyliodd Daf. Yn ei flwyddyn olaf yn yr ysgol gynradd, collodd Peredur ddiddordeb yn ei waith a dechreuodd ei athrawon boeni amdano.

'Roedd hi'n anodd iawn canolbwyntio ar brosiect am y Rhufeiniaid pan oedd pawb yn y dosbarth yn trafod pwy oedd 'da Dad yn y Cameo Club y noson cynt.' Cafodd bresgripsiwn gan y meddyg am Ritalin. 'Fe wnes i stopio'i gymryd e. Doedd e ddim yn gwneud gwahaniaeth ac ro'dd e'n gwneud i mi deimlo braidd yn sâl ar ôl ei gymryd e. Daeth fy ffrind, Adam, draw i chwarae a gwelodd y botel Ritalin yn y cwpwrdd yn y stafell molchi. Roedd ei frawd hŷn yn fodlon eu prynu nhw gen i, meddai – saith bunt am bob tabled. Mae 'na farchnad dda yng Nghaerdydd; y myfyrwyr yn ysu i gael rhywbeth i'w helpu nhw efo all-nighters.'

'Wnest ti ddim dweud wrtha i fod Peredur wedi cael Ritalin gan y meddyg,' cwynodd Gethin wrth Eira.

'Wnest ti ddim gofyn. Os ydw i'n cofio'r cyfnod hwnnw'n iawn, yr unig ffordd o gyfathrebu gyda ti fyddai sgwennu neges ar siani Manon, a doeddwn i ddim yn ei nabod hi'n ddigon da i hynny.'

Roedd yr olwg roddodd yr Athro iddyn nhw'n ddigon i'w tawelu. Dechreuodd Peredur siarad eto.

'Wedyn, ro'n i'n gwybod sut i wneud digon o bres poced heb lawer o waith. Fesul tipyn, mi wnes i ddatblygu busnes i mi fy hun, yn prynu gan sawl un a'u gwerthu nhw 'mlaen.'

'Felly wnaeth neb hŷn na ti dy orfodi di i werthu?'

'Neb. Doedd brawd Adam ddim yn hoffi fy llwyddiant o gwbwl.'

'Wyt ti'n fodlon rhoi enw brawd Adam i mi, Peredur?' gofynnodd Daf. Edrychodd Peredur o un wyneb i'r llall, fel petai o'n chwilio am ateb. Cafodd yr ateb hwnnw yn llygaid ei dad-cu.

'Ydw.'

'Da iawn ti.'

'Ymlaen efo dy stori, Peredur,' gorchmynnodd yr Athro.

'Sdim byd mwy i'w ddweud. Ro'n i'n gwneud y cysylltiadau, oedd yn golygu gwneud y pres.'

'Pam oeddet ti angen yr holl bres, Peri?' gofynnodd ei fam-gu yn ei llais bach swil.

'I brynu beic mynydd.'

'Beth ddywedest ti?' Doedd yr Athro ddim yn credu'r hyn a glywodd. 'Mae gen ti feic ardderchog yn barod.'

'Ond ro'n i isie cael beic gwych, fel y Superfly. Ac ro'n i'n methu cael disgownt gan Garmon Jones gan fod pawb yn dy feio di am ei ddamwain e, Dad.'

'Sothach,' atebodd Gethin, fel petai wedi ateb yr un cwestiwn sawl tro o'r blaen. 'Roedd Garmon yn feiciwr proffesiynol i'r carn. Roedd o'n gyfarwydd iawn â'r peryglon.'

'Ond ti wnaeth ei orfodi e i wneud y naid hir olaf, Dad, achos bod cwmni mawr yn America wedi dangos diddordeb yn y ffilm.'

'Pwy sy wedi dweud y holl lol 'ma wrthat ti?'

'Mae pawb yn gwybod, Dad. Plant pobl teledu yw pawb yn fy ysgol i, ac ry'n ni'n gwybod pob dim.'

'A sôn am ysgolion,' ymyrrodd yr Athro, 'roedd Derwenna a finne'n meddwl fallai y byddai'n llesol i Peredur ddod i aros gyda ni. Mae ysgol dda iawn yn Llanbed.'

'Gawn ni fynd yn ôl at bethau swyddogol am eiliad, plis,' torrodd Daf ar draws. 'Ers pryd wyt ti wedi bod yn defnyddio cocaine dy hun, Peredur?'

'Ers ... cwpwl o fisoedd.'

'Ers i dy Dad ffwcio i ffwrdd, fallai?' awgrymodd Eira.

'Plis, plis, allwch chi drafod eich problemau personol ar ôl i mi orffen fy ngwaith? Wyt ti'n cymryd lein bob dydd, cog?'

'Nac ydw. Tair neu bedair bob wythnos.'

'Ocê, ond mae hynny'n ddigon i greu dibyniaeth. Wyt ti'n fodlon mynd ar gwrs i dy helpu di i stopio defnyddio cyffuriau?'

'Ydw.'

'Bydd yn rhaid i mi benderfynu, cyn rhoi argymhelliad i'r CPS, a allwch chi, fel teulu, gefnogi Peredur ar ei daith yn ôl o'r lle tywyll yma.'

'Wrth gwrs,' atebodd yr Athro, oedd erbyn hyn yn llefarydd swyddogol i'r teulu.

'Digon teg, ond mae gofalu am berson ifanc sy wedi bod ynghlwm â phethau fel hyn yn gyfrifoldeb mawr.'

'Tydw i erioed wedi osgoi cyfrifoldeb.'

Cododd Eira ar ei thraed. 'Alla i ddim diodde mwy o hyn. Rydych chi wedi'ch castio'ch hun fel y penteulu perffaith, efo'ch doethineb, eich statws a'ch ffydd Gristnogol – ond dydych chi ddim wedi byw bywyd perffaith. I gychwyn, rydych chi wedi magu mab sy'n meddwl efo'i goc yn lle'i ben – ac er eich bod wedi fy nghastio i fel y fam o Uffern, nid fi laddodd fachgen wrth yrru'n esgeulus!'

Gwelodd Daf effaith ei geiriau ar yr Athro. Crebachodd ei wyneb cyn iddo ffurfio'i ymateb.

'Damwain oedd hi.'

'Wrth gwrs mai damwain oedd hi, ond tydi hynny'n ddim cysur i'r fam a gollodd ei phlentyn. Dwi wedi cael hen ddigon arnoch chi i gyd.'

Clepiodd Eira ddrws cefn y byngalo ar ei hôl mor galed nes bod Daf yn poeni am eiliad am ffrâm ei ddrws. Melltithiodd o dan ei wynt – roedd Peredur yn ddigon o broblem heb i rywun geisio tanseilio'r unig berson a oedd yn debygol o gael dylanwad positif arno.

'Mae'n rhaid i chi geisio cael gwared ar yr awyrgylch uffernol 'ma – tydi o ddim yn mynd i helpu'r sefyllfa o gwbwl. Os, ac mae hwn yn gwestiwn pwysig, *os* dech chi'n fodlon cydweithio i helpu Peredur, mi alla i roi rhybudd swyddogol iddo fo yn hytrach na'i gyhuddo o drosedd, ond mae'n rhaid i ni greu pecyn cymorth swyddogol hefyd. Dech chi'n deall?'

'Rydyn ni'n deall yn iawn, Dafydd. A diolch o galon am roi eich cyngor a'ch cymorth i ni yn ystod y creisis hwn.' Ar ôl ysgwyd llaw'r Athro roedd o'n falch iawn o gael dianc i'r awyr iach.

Roedd hi'n hen bryd iddo ddal i fyny efo'i fynydd o waith papur, ac roedd Nia'n aros amdano â golwg lem ar ei hwyneb.

'Dwi newydd ddarllen yr adroddiad fforensig. Mae 'na gamgymeriad arno fo.'

'Pa gamgymeriad?'

'Mae dyddiad geni'r bachgen dan amheuaeth. Nid tair ar ddeg oed ydi o, does bosib?'

'Ie. Ac mae o newydd ddweud ei holl hanes wrtha i, o werthu ei dabledi Ritalin yn yr ysgol gynradd i gynnal busnes gwerthu coke ar y maes mewn gwisg Norman Preis.'

'Ti 'di gweld y newyddion Cymraeg?'

'Dwi ddim wedi bod yn agos at y teledu ers dyddiau – den ni wedi rhentu'r byngalo allan dros y Steddfod, cofia.'

'Mae S4C wedi diswyddo Ywain Ysgwarnog. Problem efo cocaine, dyna maen nhw'n ddweud. Fo oedd yn aros yn Pandy Newydd?'

'Ie.'

'Be den ni'n mynd i wneud efo'r holl bethau ti wedi hanner eu gwneud ers y penwythnos?'

'Os wyt ti'n fodlon fy helpu i efo'r gwaith papur, mi bryna i frechdan i ti amser cinio.'

'Iawn. Ond, Bòs ...'

'Ie?'

'Os oedd oedran y bachgen yn gywir, mae ganddon ni hymdingar o achos gofal plant fan hyn.'

'Ffyc. Heb feddwl am hynna. Mae o a'i rieni'n ffraeo o hyd, ond mae ganddo fo daid a nain sy'n fodlon helpu.'

'Bachgen blwyddyn wyth yn gwerthu Charlie? Mae hynny'n ddifrifol.'

'Mi wn i. Yng Nghaerdydd maen nhw'n byw – allet ti ffeindio rhif y tîm Gofal Plant yno? A bydd yn rhaid i ni gael gweithwyr ar y tîm hwnnw sy'n siaradwyr Cymraeg.'

'Mi wna i. Ga' i ofyn i Katy ddod fewn i helpu? Alla i ddim ymdopi efo hyn i gyd.'

'Cnocia dy hun allan, fel mae'r Sais yn dweud.'

Doedd gan Daf ddim amser i feddwl tra oedd o'n cerdded draw i Tesco i brynu cinio. Roedd o'n ysu i weld Rhodri, oedd ond ychydig yn iau na Peredur. Estynnodd ei ffôn a deialodd ei rif.

'Haia, cog. Sut oedd y sesiwn hyfforddi?'

'Gwych. Ond gwranda, Dad, mae'r signal yn crap: ffonia fi ar y landline.'

'Ble wyt ti?'

'Efo Anti Gae, wrth gwrs.'

Dyna hi eto, yn gofalu am bobl eraill. Roedd Gaenor yn dotio ar Carys ac yn enwedig ar Rhodri. Roedd Falmai ar y llaw arall yn llawer mwy addfwyn efo Carys, yn dangos ochr braf ei natur pan oedd yng nghwmni ei merch. Ond yn ddiweddar, roedd bwlch wedi agor rhwng y fam a'r ferch: wrth i Carys ddatblygu'n ferch ifanc annibynnol doedd hi ddim mwyach am ddilyn y llwybr roedd Falmai wedi'i ddewis iddi – a doedd hynny ddim yn plesio. Ffoniodd y rhif cyfarwydd.

'Hei, Dad, dyna welliant.'

'Felly, be ti'n 'neud heddiw?'

'Dwi'n helpu Anti Gae. Den ni mor stoked am y barbeciw. Nid 'mod i ddim yn licio Matt, ond doedd ganddo fo ddim byd i'w ddweud heblaw pwy oedd wedi cael grant ar gyfer double glazing.'

Chwarddodd Daf yn uwch. 'Ti'n amhrisiadwy, Rhods.'

'Ac mae Meilyr yn cael dod i'r barbeciw hefyd achos ei fod o'n gystal ffan o Garmon Jones.'

'Cofia, dydi Carys a fo ddim yn eitem eto, yn swyddogol.'

'Dim ots gen i os ydi o'n caru efo Wncwl John, y peth pwysig ydi mai i'n barbeciw ni mae o'n dod. Mae o wedi teithio ledled y byd felly den ni'n chwilio am ryseitiau o bedwar ban byd i'w coginio iddo fo.'

'Ti'n ffansïo mynd i lan y môr i bysgota ryw dro?'

'Fyse hynny'n grêt.'

'A Meilyr hefyd. Cyn gynted ag mae'r halibalŵ 'ma drosodd?'

'Grêt. Gall Anti Gac wneud picnic i ni.'

'Mi allai hi ddod efo ni, ac os yden ni'n dal unrhyw beth, all Gae eu coginio nhw, ar dân yn y tywod.'

'Briliant. Rhaid i mi fynd rŵan – den ni'n gwneud rhestr ar gyfer y delivery Tesco.'

Gwenodd Daf. Diolchodd mai Rhodri, nid Peredur, oedd ei fab; a bod Gaenor a Rhodri mor agos. Diolchodd hefyd, wedi blynyddoedd o yrru'n ôl ac ymlaen i'r siopau a chario bagiau plastig o'r troli i'r car ac i'r tŷ, fod faniau bwyd unwaith eto yn dringo sawl wtra, fel yn ei blentyndod. Bob dydd Sadwrn, a'i Wncwl Maldwyn yn gyrru fan y siop, arferai deithio o dŷ i dŷ, yn aros weithiau i sgwrsio am y tywydd. Yn swyddogol, rôl Daf oedd agor y giatiau ond y tu ôl i'r cownter yng nghefn y fan, fo fyddai'n sgwennu popeth i lawr a chyfri'r newid hefyd. Ni allai Maldwyn sgwennu na darllen a chlywodd Daf feddyg newydd i'r syrjeri yn dweud wrth y nyrs un tro mai oed meddyliol o chwech oedd ganddo. Byddai pawb yn y pentre'n gofalu amdano ond un noson, pan oedd Daf yn ddeg oed, aeth Maldwyn am ei hanner arferol o mild i'r Black. Penderfynodd giang o ddynion ifanc o'r maes pebyll gerllaw gael sbort efo fo, gan brynu fodca iddo nes iddo gachu yn ei drywsus. Am chwe mis bu'n rhy isel i adael y tŷ, ac yn ystod y cyfnod hwnnw byddai Daf a Maldwyn yn treulio bob dydd Sadwrn yn chwarae Ludo. Ymhen hir a hwyr roedd Maldwyn yn barod i fynd ar ei rownds unwaith yn rhagor, a phob tro y neidiai Daf lawr i agor giât a chlywed pip-pip o ddiolch gan gorn y fan, cofiodd yr addewid a wnaethai i dreulio ei fywyd yn gweithio i drechu bwlis y byd.

Roedd y syniad o ddiwrnod ar lan y môr efo Rhodri, Meilyr a Gaenor yn dawnsio o gwmpas ei feddwl, a dechreuodd ddychmygu bywyd efo Gaenor; yn eistedd wrth y tân yn y gaeaf, yn chwarae Ludo ac yn bwyta sgons. Am y tro cyntaf erioed, cafodd Daf y teimlad fod ganddo ddewis, hawl i ddweud pa fath o fywyd i'w fyw ac efo pwy.

Sylweddolodd wrth ddewis wrap cyw iâr i Nia a BLT iddo'i hun nad oedd yn rhaid iddo fynd yn agos at y maes y diwrnod hwnnw. Diolch byth. Ond cofiodd fod yn rhaid iddo adael i Meirion wybod am y datblygiadau diweddaraf. Danfonodd decst: 'Dal i aros am y wisgi'. Roedd o'n cerdded drwy ddrws yr orsaf pan dderbyniodd ateb: 'Dos i brynu dy wisgi dy hun y bastard tynn, ond tyrd draw i'w yfed o efo ni ☺'.

Hanner awr ar ôl dathlu'r ffaith nad oedd yn rhaid iddo fynd i'r maes roedd Daf yn gyrru i faes carafannau'r Brifwyl ym Meifod. Doedd dim cyswllt â chyffuriau y tro yma – roedd galwad wedi dod i'r swyddfa ynglŷn â diflaniad rhyw offer chwaraeon drud. Roedd y swyddog bach yn amlwg yn cofio'u cyfarfyddiad diwethaf oherwydd chwifiodd gar Daf drwy'r giât.

'Safle 623, Mr Dafis.'

'Iawn.'

Safle 623: ardal y campyr fans mawr, drud. A dyna hi, rhif 623. Fan Garmon Jones. Wrth barcio'r car, ceisiodd Daf gofio'r holl strategaethau a ddysgodd erioed, yn gymdeithasol a phroffesiynol, ond doedd yr un ohonynt yn addas i'w baratoi ar gyfer yr her o ddod wyneb yn wyneb â'r dyn roddodd ei horgasm cyntaf i'w ferch.

'Mr Dafis, dwi mor falch mai chdi sy 'ma!' Roedd yn amhosib i Daf beidio ag ymateb yn bositif i wên mor onest.

'Be ti wedi'i golli, Garmon?'

'Bwa.'

'Be?'

'Bwa. I saethu.'

'Fel Robin Hood?'

'Yn union fel Robin Hood.'

'Alla i ofyn pam fod gen ti fwa yn y Steddfod?'

'Dwyt ti ddim yn fy nabod i'n ddigon da eto i ddeall, Mr Dafis, felly mi wna i drio esbonio. Ers talwm, roedd pawb yn fy nabod fel pencampwr byd, a dyna'n union oeddwn i. Dwi'n dal i fod yn bencampwr, ond dwi'n chwilio am rwbath arall i'w wneud. Mi brynais y bwa ar ôl sesiwn hyfforddi lawr yn Stoke Mandeville efo criw British Wheelchair Archery. Fy nharged ncsa ydi Rio, y Paralympics, ond mi fydda i'n edrych fel rêl ffŵl os a' i yno heb fy mwa.'

'Pryd welaist ti'r bwa ddiwetha, cyn i ti ddarganfod ei fod o wedi mynd?'

'Ddoe. Aethon ni am sbin fach i fyny'r Gader, ac am bryd o fwyd yn Aberdyfi wedyn gyda'r nos. Ro'n i'n ceisio rhoi gwers saethu i Carys ar y traeth. Mae hi'n anobeithiol, Mr Dafis, ond i fod yn deg, mae'r bwa'n un trwm, bwa addas i ddyn ydi o.'

'Be ydi'r gwahaniaeth?'

'Upper body strength. Mae gan Carys lygad dda ond roedd hi'n methu meistroli'r bwa.'

'Ar ôl y trip, be ddigwyddodd i'r bwa?'

'Kit cyfan ydi o, Mr Dafis. Chwe saeth, bres i'r fraich, y cwbwl lot.'

'Ydi'r pethau 'ma'n ddrud?'

'Dwi wedi rhoi eu gwerth nhw lawr ar y siwrans fel wyth can punt.'

Chwibanodd Daf. 'Nid rhyw degan plant, felly?'

'O bell ffordd. A dyna ydi'r peth. Roedd y bocs yng nghefn y car a fedra i ddim cofio wnes i gloi'r car ai peidio.'

'Wyt ti'n cofio'r bore 'ma? Oedd y car ar gau ben bore?'

'Dwi bron yn siŵr 'mod i wedi'i gloi o, Mr Dafis. Ro'n i'n poeni braidd am y bastard bach sy wedi bod yn hongian o gwmpas.'

'Dwi'n ffyddiog fod y broblem honno wedi cael ei datrys. Beth bynnag, doedd o ddim ar y maes carafannau o gwbwl neithiwr. Gwranda, os wnei di gyfaddef wrth y cwmni siwrans na wnest ti gloi'r car, fydden nhw ddim yn talu ceiniog i ti.'

'Dwi'n gwybod hynny. Ond dwi'm yn ffansïo dweud celwydd chwaith.'

'Ddylwn i ddim dweud hyn, Garmon, ond yn dy sefyllfa di, mi fydde'r rhan fwyaf o bobl yn dweud yr hyn sy'n eu siwtio er mwyn gwneud cais.'

Gwenodd Garmon a throi ei ddwylo i fyny mewn ystum Ffrengig. 'Well gen i golli wyth can punt na fy hunan-barch.'

Syllodd Daf arno am eiliad. 'Well i ni ddod o hyd i'r bwa felly, i safio gwaith papur.'

'Ac os ydw i'n penderfynu gwneud cais, rhaid i mi gael rhif trosedd gan yr heddlu.'

'Ti'n iawn. Pa mor bwerus ydi'r bwa 'ma? Allet ti frifo, neu hyd yn oed ladd rhywun efo fo?'

'Mewn chwinciad. Pam? Oes 'na rywun wedi cael ei saethu ar y maes?'

'Mae digon yna sy angen cael eu saethu. Mi chwilia i.'

'Dwi'n hanner meddwl mai un o'r bobl ifanc yn y carafannau 'ma sy wedi ei fenthyg o. Dwi wedi dangos i rai ohonyn nhw sut i'w ddefnyddio fo, ac ella mai wedi'i fenthyg o, nid ei ddwyn o, mae rhywun.'

'Mae'n werth gwneud yn siŵr nad oes neb wedi'i listio fo ar Ebay.'

'Mi wna i hynny ar y stondin. Does dim Wi-Fi fan hyn.'

Roedd yn rhaid i Daf ddweud rhywbeth, a bachodd ar ei gyfle. 'A sut mae Carys yn diodde heb Wi-Fi?'

'Tydi hi ddim yn cwyno.' Nag oedd siŵr, meddyliodd Daf, a hynny oherwydd bod ganddi hi bethau tipyn mwy difyr na Candy Crush ar ei meddwl yng nghwmni Garmon.

'Ti'n dod i'r barbeciw yn Neuadd?'

'Wrth gwrs 'mod i. Edrych ymlaen. Dwi'm yn gogydd da, a hyd yn oed efo sawl Guinness i'w golchi nhw i lawr, mae selsig wedi llosgi yn ddiflas ar ôl y trydydd diwrnod.'

'Grêt.'

'Diolch yn fawr am helpu.'

'Dwi ddim wedi helpu, eto. Dyma fy rhif ffôn i, yr un personol. Os wyt ti'n cofio rhywbeth arall, rho ganiad i mi.'

'Mi wna i, Mr Dafis.'

'Daf, plis.'

'Daf.'

Am ryw reswm ysgydwodd y ddau ddwylo'i gilydd. Cerddodd Daf yn ôl i gyfeiriad y fynedfa – petai o'n gweld wyneb cyfarwydd, mi allai ofyn am y bwa.

Yn siop y maes carafannau, tarodd ar ferch oedd yn Aber yn yr un cyfnod â fo, Tcsni Waters. Am ryw reswm roedd ei henw wastad wedi gwneud i Geth chwerthin. Byddai'n ailadrodd yr enw yn llais un o Gumbys *Monty Python*, ond roedd Daf wastad wedi ei chael yn ferch glên, onest a llawn hwyl.

'Daf Dafis,' meddai â gwên lydan, 'ydi o'n wir dy fod ti 'di arestio Ywain Ysgwarnog am Possession of Cocaine?'

'Tes, ti'n gwybod na alla i ddweud gair am hynny.'

'Sbia di yn y papur, Daf – sgŵp gorau'r *Daily Post* ers blynyddoedd.'

'Mae'r stori'n dweud ei fod o wedi cael ei ddiswyddo; does 'na ddim byd am ei arestio.'

'Athrawes babanod ydw i erbyn hyn, ac mae gen i un cwestiwn i'w roi i ti, Inspector Dafydd Dwi'n Ddyn Pwysig: Pwy yw'r sgwarnog ysgafn droed, sydd yn dawnsio drwy y coed? Os oes rhaid i mi ddweud wrth fy nosbarth derbyn fod Ywain Ysgwarnog yn y carchar, mi fydden nhw'n fy lladd i.'

'Ti'n gwybod be, Tes, mae'r Steddfod yma wedi creu andros o gur pen i mi. Erbyn hyn dwi'n chwilio am fwa.'

'Bwa i saethu?'

'Ie. Ydi dy blant di wedi sôn am unrhyw beth tebyg?'

'Bwa Garmon Jones, ti'n feddwl? Mae o wedi bod yn grêt efo'r plant, yn eu dysgu nhw sut i ddal y bwa a ballu. Os oes un o'r bygyrs bach anniolchgar wedi'i ddwyn o, mi saetha i nhw fy hun.'

'Alli di wneud ffafr â mi? Os wyt ti'n clywed unrhyw beth, coda'r ffôn, wnei di?'

'Dim probs.'

Piciodd Daf draw i VW Eira er mwyn trefnu cyfweliad ffurfiol efo Peredur ac i'w rhybuddio am ymweliad y gweithiwr cymdeithasol o Gaerdydd. Byddai'n rhaid iddyn nhw, yn enwedig yr Athro, wneud argraff dda iawn i osgoi Gorchymyn Gofal neu Orchymyn Diogelu ar gyfer Peredur. Cnociodd y drws a phan nad oedd ateb, ysgrifennodd Daf nodyn bach iddi. Ar ei ffordd yn ôl i'r car gwelodd fod signal ei ffôn wedi cryfhau, felly gŵglodd enw'r Athro. Stori o 2013 gyrhaeddodd ben y rhestr chwilio: 'Senior Academic Guilty of Boy's Death'. Cyn iddo gael cyfle i ddarllen mwy diflannodd y signal yn gyfan gwbwl, fel y gwnâi yn y canolbarth yn aml, Steddfod neu beidio. Roedd o bron â chyrraedd ei gar pan ddaeth merch ifanc draw i werthu copi o *Golwg* iddo fo.

'Dwi wedi prynu sawl un yr wythnos yma.'

'Plis. Dim ond un. Ydach chi wedi ei ddarllen o eto?'

'Dim eto, ond ...'

'Be os fyddwch chi mewn tagfa draffig? Allwch chi ei ddarllen o wrth aros.'

'Ocê, os wyt ti'n cytuno i ateb cwpwl o gwestiynau.'

'Pa fath o gwestiynau?'

'Dwi'n helpu Garmon Jones i chwilio am ei fwa sy wedi mynd ar goll. Dwi'n holi o gwmpas i weld oes rhywun wedi ei weld o.'

'Ocê. Dwi ddim wedi'i weld o fy hun ond ydach chi isio i mi holi fy ffrindiau?'

'Diolch. Be ydi d'enw di?'

'Modlen Carter. A dwi'n gwybod pwy ydach chi, Inspector Dafis. Dwi'n ystyried ymuno â'r heddlu, neu fod yn newyddiadurwr. Dwi'n dda am holi pobl.'

'Dyma fy rhif ffôn; a chofia, Modlen, os nad ydw i'n ateb, dim signal fydd gen i, mwy na thebyg. Danfona di decst neu adael neges, ocê? Ac er gwybodaeth, den ni ddim isie ffwdan, ond mae'n rhaid cael y bwa yna'n ôl.'

Roedd Modlen yn anghywir am y traffig – roedd y system yn gweithio'n berffaith o hyd. Parciodd ei gar am sbel ar dop Banc Cefn Llwyd. Cytunai Daf efo'r bardd a ddywedodd; 'Harddaff lle'r wy'n allu 'nabod yn y byd yw dyffryn Meifod'. Ar y maes islaw, llifai pobl fel dŵr, pob diferyn yn llawn gobeithion, pryderon ac atgofion. Ffoniodd yr orsaf.

'Sut mae'r jolihoitian yn mynd efo chi, Bòs?' gofynnodd Nia. 'Den ni ar fin mynd allan am gyfnod ar y sun-loungers achos does ganddon ni ddim hanner digon i wneud.'

'Dwi angen Impact Statement o achos llys yng Nghaerfyrddin ddwy flynedd yn ôl. Damwain car oedd hi: cafodd bachgen ei ladd. Y diffynnydd oedd yr Athro Talwyn Teifi, taid y bachgen Peredur.'

'Alla i ofyn pam?'

'Achos mae'r teulu 'ma'n ddwfn yn y system erbyn hyn: dwi isie'u rhybuddio nhw, eu helpu nhw drwy'r broses. Mae'r bachgen 'na'n ddigon ffycd yp yn barod heb golli'r aelodau hynny o'i deulu all ei helpu o.'

'Digon teg.'

'Fe fydda i'n ôl toc.'

Fel magned, tynnwyd Daf yn ôl i'r maes drachefn. Cyn iddo gerdded mwy na deng llath, canodd ei ffon unwaith eto. Betsan.

'Dafydd, lle wyt ti?'

'Pam wyt ti'n gofyn?'

'Mae gen i broblem a dwi angen help.'

'Dwi wedi bod ar y maes carafannau ond rhaid i mi fynd yn ôl i wneud yr holl waith papur sy wedi hel ar fy nesg yn ystod yr wythnos.'

'Plis Dafydd, dwi wir angen cyngor gen ti. Fedra i ddim trafod y busnes efo Mei, fyswn i byth yn clywed ei diwedd hi.'

'Problem bersonol, felly?' gofynnodd Daf, wrth feddwl am gymhlethdod ei fywyd ei hun.

'Hanner a hanner. Tyrd i gael paned efo fi plis, Daf – dwi'n gwybod y galla i ddibynnu arnat ti.'

Wrth benderfynu gadael ei gar yn y maes carafannau a cherdded draw i'r maes, roedd Daf yn flin. Roedd pentwr o waith papur yn aros amdano, roedd ei deulu fel cwch bach yn hwylio drwy storm ond allai o ddim gwrthod cais neb am help. Doedd y ffaith fod Betsan yn ferch olygus ddim yn ystyriaeth – gwendid Daf oedd ei ddelfryd o allu helpu pawb. Felly, yn lle gyrru lawr i'r orsaf i orffen ei waith mewn pryd, roedd o'n ymlwybro'n ôl i'r maes o dan haul crasboeth. Ac i beth? I geisio ennill parch rhywun fyddai'n bendant wedi anghofio amdano fo erbyn dechrau'r wythnos nesa.

Llwyddodd y wên nerfus ar wyneb agored Betsan i newid hwyliau Daf yn syth bìn. Roedd hi wedi cerdded i lawr i'r fynedfa i gwrdd â fo.

'Be ydi'r gyfrinach yma ti'n methu ei rhannu efo Meirion, Bets?' gofynnodd, gan geisio jocian er mwyn lliniaru ei hembaras.

'I ddechrau, plis paid â dal ymddygiad aelodau o 'nheulu i yn f'erbyn i. Mi ddaw'r rheswm yn glir i ti cyn bo hir.'

'Mae gen i lond seilam o nytars fy hun, yn enwedig yr wythnos yma, felly paid â phoeni. Dwi'n siŵr nad ydyn nhw mor ddrwg â ti'n feddwl.'

'Ti isio panad?'

'Be am hufen iâ yn lle hynny?'

Roedd Daf wedi synnu o weld y ciw – roedd dros hanner cant o bobl yn aros am eu 99s, ond cyn iddo allu awgrymu i Betsan y dylen nhw setlo am baned, galwodd perchennog y fan:

'Hei, bobl, rhowch gyfle i'r heddlu gael hufen iâ!' Roedd o'n cynnig Mr Softee am ddim ond talodd Betsan, i gefndir o ganmoliaeth am ymdrechion y gwasanaethau brys i sicrhau llwyddiant yr Ŵyl.

'Den ni ddim yn cwrdd â chwsmer hapus yn aml iawn, Bets,' dywedodd Daf, yn ymwybodol ei fod yn ceisio bwyta'i Flake yng nghwmni cydweithwraig ddeniadol heb fod yn awgrymog.

'Digon gwir. Gwranda, Daf, dwi'n gorfod mynd i gyflwyno sesiwn i blant ar y stondin cyn bo hir, felly ga' i jyst ddweud y stori wrthat ti?'

'Wrth gwrs.'

'Mae gan fy mam chwaer sy'n hŷn na hi, dros ei chwe deg. Athrawes oedd hi cyn ymddeol ac mae hi'n reit ... anodd ei thrin. Hen ferch, yn barnu pawb ac yn meddwl mai hi sy'n iawn bob amser. Dyna un o'r rhesymau 'mod i'n methu siarad am y peth efo Meirion – mae Bodo Mai yn gymaint o homoffôb mi fyddai hi'n sicr o'i wylltio fo.'

'A be sy wedi digwydd i Bodo Mai?'

'Mae hi'n arwain parti merched, un da iawn hefyd. Dydi hi ddim yn byw yn agos i weddill y teulu achos mi gafodd hi swydd yn sir Gâr flynyddoedd yn ôl, felly ar ôl iddi ymddeol doedd ganddi hi ddim i lenwi'i dyddiau heblaw hyfforddi Blodau Mai.'

'Yden nhw'n cystadlu?'

Roedd Betsan yn llyfu diferyn o hufen iâ o ochr ei chôn, felly wnaeth hi ddim ateb am eiliad.

'I fod. Ond Dafydd, mi ddaeth hi draw i 'ngweld i heddiw, yn flin fel cacwn, yn dweud bod rhywun wedi rhoi gwenwyn ym mwyd merched y parti, achos maen nhw i gyd, heblaw amdani hi, yn swp sâl. Dydyn nhw ddim yn ddigon cryf i sefyll heb sôn am ganu.'

'Wine flu, fallai? Salwch mwya cyffredin y Brifwyl.'

Siglodd Betsan ei phen. 'Ti ddim yn dallt. Does ganddyn nhw ddim owns o ryddid, a petai un ohonyn nhw'n meiddio yfed cyn cystadlu, mi fysa Bodo Mai yn eu lladd nhw. Ti ddim yn ei nabod hi – mae hi fel Mussolini'r Maes, Pol Pot y Pafiliwn.'

'Be os ydyn nhw wedi bwyta rhywbeth i'w gwneud nhw'n sâl? Rhyw selsig dodgy?'

'Dwi'm yn gyfarwydd efo'r manylion, ond yn bendant, fydden nhw ddim yn cael cyfle i grwydro ymhell, ac mae Bodo Mai yn barticlar iawn ynglŷn â lle mae hi'n bwyta. Mae hi wedi cymryd camau helaeth i atal unrhyw beth fel hyn rhag digwydd.'

Gorffennodd Daf ei gôn. 'Bets, os ydi hi'n gymaint o ast, pam maen nhw'n gwneud unrhyw beth efo hi?'

'Achos eu bod nhw isio ennill. Ac mae hi'n gwybod ei stwff. I ryw raddau, maen nhw'n fodlon derbyn ei nonsens er mwyn y cyfle i gyrraedd y llwyfan.'

'Sut alla i helpu?'

Methodd Betsan ag edrych i lygaid Daf. 'Dwi'n gwybod pa mor brysur wyt ti, Dafydd, ond alli di gael gair efo hi? Dwi'm isio iddi wneud cwyn swyddogol a gwneud i mi edrych fel twpsyn llwyr.' Roedd ei llais mor addfwyn, a dechreuodd Daf deimlo'n reit dadol tuag ati.

'Ble maen nhw'n aros? Mi bicia i fyny rŵan.'

Beth bynnag arall oedd wedi digwydd iddyn nhw, roedd Blodau Mai wedi bod yn ffodus o ran llety. Roedden nhw'n aros mewn ffermdy hyfryd yn y bryniau uwchben Pontrobert, dim ond dwy filltir o'r maes. Ar y lawnt o flaen y tŷ roedd y perchnogion wedi gosod bwrdd mawr pren er mwyn i'r gwesteion gael mwynhau'r golygfeydd, a hanner dwsin o gadeiriau. Ond doedd y grŵp o ferched welai Daf yn eistedd o gwmpas y bwrdd yn amlwg ddim yn mwynhau moethusrwydd a mwynder Maldwyn o gwbwl.

Roedd y criw rhwng ugain a deugain oed ac yn amrywio'n helaeth o ran edrychiad a siâp, ond roedden nhw i gyd yn rhannu un peth, sef yr olwg welw ar eu hwynebau. Cyn i Daf gael cyfle i gyflwyno'i hun iddyn nhw, agorodd drws y tŷ a daeth dynes fach allan i'r heulwen. Roedd hi'n fyr iawn, a'i gwallt wedi'i dorri yr un mor fyr, gan wneud iddi edrych fel bachgen bach wyth oed yn y tri degau. Yn y gwres llethol roedd hi'n gwisgo sgert a siaced o frethyn cartref, ac roedd ei ffurfioldeb yn atgoffa Daf o John Neuadd. Efo'i choesau tenau, ei llygaid bach duon a'i symudiadau bach pendant roedd fel petrisen yn wynebu diwrnod heriol.

'Ai ti ydi'r heddwas mae Betsan wedi'i ddanfon?' gofynnodd yn blwmp ac yn blaen i Daf.

Doedd y frawddeg gyntaf ddim yn un addawol. Arferai Daf gychwyn sgwrs yn ffurfiol ac ymlacio wrth fynd yn ei flaen ond roedd yn amlwg fod Bodo Mai wedi penderfynu'n syth nad oedd Daf yn haeddu cael ei alw'n 'chi'. Ochneidiodd Daf ei gydymdeimlad â Betsan.

'Inspector Dafydd Dafis, Heddlu Dyfed Powys. Sut alla i'ch helpu chi?'

Erbyn hyn roedd y merched wrth y bwrdd i gyd wedi troi tuag ato, a chafodd Daf y teimlad anesmwyth fod pob symudiad o'i eiddo yn cael ei ddilyn gan ddwsin o lygaid.

'Fo oedd yr heddwas llynedd,' dywedodd yr aelod ieuengaf o'r grŵp, 'pan gafodd y ferch honno ei lladd.'

Gwnaeth Bodo Mai sŵn yn ei chorn gwddf a sylweddolodd Daf nad oedd ganddo glem beth oedd ei henw llawn – ac allai o ddim ei galw hi'n 'Bodo Mai' felly roedd yn ei chael hi'n anodd agor y drafodaeth.

'Soniodd Betsan eich bod wedi cael problem,' mentrodd.

'Problem?' atebodd Bodo Mai yn biwis. 'Problem go fach i ti, fallai, ond mae rhywun wedi gwenwyno'r merched yma.'

'Dech chi'n siŵr o hynny?'

'Sbia arnyn nhw, Inspector Dafis – maen nhw'n sâl tu hwnt. Mae 'na rai sy'n fodlon gwneud unrhyw beth i ennill gwobr yn yr Eisteddfod.'

'Ond ydi'n bosib eu bod nhw wedi bwyta rhywbeth sy wedi troi arnyn nhw?'

Neidiodd y ddynes fach o'i hesgidiau bron iawn, nes ei bod ar flaenau ei thraed.

'Inspector Dafis, wyt ti'n meiddio meddwl 'mod i'n fodlon dod â fy merched i ardal fel hon heb gymryd camau bioddiogelwch trylwyr iawn? Rydan ni wedi dod â'n bwyd efo ni o sir Gâr, dydan ni ddim yn yfed unrhyw beth ond Tŷ Nant a rhaid i bawb ferwi'r dŵr tap cyn brwsio'u dannedd.'

'Ond yn fy mhrofiad i,' mentrodd Daf, 'mae selsig yn gallu bod fel terfysgwyr bach – dech chi'n gallu gwneud eich gorau glas i'w hatal ond mae un cnaf, neu facteria, wastad yn ffeindio'i ffordd drwodd.'

'Sgin i ddim diddordeb o gwbwl yn dy brofiad di â selsig gwarthus y canolbarth. Sut wyt ti'n bwriadu dal y troseddwr?'

'Os oes 'na droseddwr.'

'Dwi'n gwybod pwy sy'n gyfrifol – Eirlys Cadwaladr o Grymych. Fyddai ganddi hi ddim gobaith caneri yn ein herbyn ni petaen ni'n iach.'

'Rhaid cael tystiolaeth cyn dechrau cyhuddo pobl ...'

'Dyna dy swydd di, yntê.'

'Mi fydd yn rhaid i mi wneud dipyn o ymchwil, ac yn y cyfamser, mi fyddai'n help mawr os allai'r merched gadw samplau er mwyn i ni wneud profion.'

'Pa fath o samplau?'

Allai Daf ddim credu ei bod wedi gofyn y fath gwestiwn. Roedd llygaid y ddynes fach yn ei atgoffa o'i brifathrawes ysgol gynradd a oedd wastad yn beio Daf am bopeth, felly allai o ddim dychmygu trafod hel cach mewn pot iogwrt efo hi.

'Mi fydd tîm y feddygfa yn egluro'r manylion i chi,' eglurodd, cyn codi'i ffôn a galw Nia.

'Paid â bod yn flin, Nia, ond mae ganddon ni achos arall. Chwech o ferched yn sâl ac mae'n bosib eu bod nhw wedi cael eu gwenwyno. Alli di alw'r feddygfa i drefnu ymweliad gan y nyrs? ... Uwchben Pont, Bryngaled. Gynted â phosib, plis. Mi fydda i'n dod yn ôl i'r orsaf rŵan.'

Nid oedd Daf yn hapus iawn ynglŷn â rhoi ei rif ffôn i Bodo Mai ond roedd yn rhaid iddo wneud hynny. Roedd yr olwg yn ei llygaid yn arwydd pendant nad oedd ymateb Daf i'w chŵyn wedi ei bodloni o gwbwl a theimlai Daf yn falch o allu dianc, hyd yn oed i dreulio gweddill y pnawn tu ôl i ddesg.

Treuliodd Daf oriau'n trafod mewnbwn Heddlu Dyfed Powys i Gyfarfod Aml-Asiantaeth yng Nghaerdydd, paratoi papurau i'r crwner a chreu, agor, llenwi a chau ffeil ar ôl ffeil ar y cyfrifiadur. Chafodd o ddim cyfle i ddarllen manylion achos llys yr Athro. Derbyniodd decst gan Meirion tua phump: 'Tyrd i fyny efo pizzas ac alcohol. Dan ni ar fin marw o wres a diflastod'. Ffoniodd ffôn symudol Gaenor.

'Sut mae pethau, Gae?'

'Da iawn, diolch. A tithe?'

'Boddi mewn gwaith papur. Ydi Carys yn dod yn ôl heno?'

'Heb glywed.'

'Ti'n cofio neithiwr?'

'Dwi'n cofio sawl peth am neithiwr, Dafydd ...'

'Paid â siarad fel'na ar y ffôn. Ro'n i jyst yn meddwl sut oeddet ti'n gwybod ble i gael gafael arna i neithiwr?'

'Gofynnais i Sheila.'

'Wrth gwrs. Wel, dwi am fynd yn ôl i fyny yno heno i gael diod efo Meirion.'

'A dwyt ti ddim yn ffansïo gyrru'n ôl? Ti isie i fi ddod i dy nôl di?' Daeth y ddelwedd o'r ddau ohonyn nhw yn byw yn ddedwydd yng nghwmni'i gilydd yn ôl i Daf. Roedd hynny'n ymddangos mor ddeniadol.

'Allet ti? Wedyn, gei di barcio ar ben yr Allt er mwyn i ni gael ffwcio dan y sêr.'

'Ti mor rhamantus.'

'Sut mae Rhods?'

'Den ni'n brysur iawn yn gwneud paflofas. Siwgwr ym

mhobman.' Unwaith eto, cafodd Daf gip ar fywyd lle gallai ddewis gwneud beth oedd yn ei blesio fo. Aros dros nos efo criw'r gogs, neu gael lifft adre gan Gaenor. Dyna beth oedd rhyddid.

Yn yr archfarchnad, prynodd sawl pizza gwahanol, potel o Jamesons, slabyn o lager a phedwar twb o Ben & Jerry's. Heb feddwl, dewisodd yr hufen iâ blas Cookie Dough, ffefryn Falmai. Ers y llanast amser brecwast doedd o ddim wedi meddwl amdani o gwbwl, fel petai'r rhan o'i gof oedd yn dal pob gwybodaeth amdani wedi ei chwalu. Profodd eiliad o euogrwydd cyn i'r holl atgofion cas lifo'n ôl. Ochneidiodd, a gwthiodd y troli at y til.

Blaenoriaeth Daf, wedi iddo gyrraedd y bwthyn, oedd tynnu Betsan i un ochr i gydymdeimlo efo hi.

'Dwi'n dallt dy broblem yn iawn, Bets: dwi erioed wedi cwrdd â dynes fwy anhyblyg na Bodo Mai.'

'Wel, ti 'di gwneud argraff ffafriol iawn arni. Mi ddywedodd nad oedd ganddi reswm i gwyno amdanat ti, heblaw am dy acen a safon dy Gymraeg.' Chwarddodd Betsan o dan ei gwynt. 'Mi ddywedodd hefyd y dylwn i chwilio am ddyn tebyg i ti, dyn fyddai'n berffaith ar ôl derbyn tipyn o therapi lleferydd a gwersi gramadeg.'

'Therapi lleferydd? Dwi'n ystyried rhoi gwenwyn yn ei Thŷ Nant hi fy hun.'

Brysiodd Meirion draw efo cwrw yn ei law. 'Be 'di'r gyfrinach?'

'Dim byd,' atebodd Betsan.

'Paid â dweud dy fod ti wedi gwahodd criw'r CPS.'

'Dan ni i gyd angen ymlacio tipyn erbyn hyn, Mei.'

Nid noson dawel yn trafod materion yr heddlu gawson nhw felly, ond tipyn o sesiwn. Roedd Betsan wedi gwahodd y tîm o'r stondin CPS erbyn deall, a daeth teulu'r fferm draw hefyd efo potel o frandi eirin. Noson o hwyl heb ei disgwyl – a phan gyrhaeddodd Gaenor a sylweddoli fod gwraig y fferm yn un o'i ffrindiau gorau yn yr ysgol, ymlaciodd Daf yn braf. Ceisiodd gyfri sawl blwyddyn aeth heibio ers iddo fwynhau noson debyg efo Falmai. Byddai pob parti a phob cinio'n cael ei sbwylio gan sylw sbeitlyd neu snobyddlyd, i atgoffa pawb o'i phwysigrwydd fel un o deulu Neuadd. Sylweddolodd Daf cyn lleied roedd o'n ei wybod am deulu Gaenor a phenderfynodd ei holi yn ystod y daith adre yn y car.

'Sut nad ydw i'n gwybod dim am hanes dy deulu di, Gaenor? Cyn heno, dwi erioed wedi dy glywed di'n dweud gair am dy orffennol.'

Trodd ei phen a gwelodd Daf y dicter yn ei llygaid. 'Achos doedd Mam a Nhad ddim yn ddigon da i gymdeithasu efo teulu Neuadd, a dwi ddim yn un am greu targed ar gyfer eu dirmyg nhw.'

Penderfynodd Daf y byddai'n eu hachub nhw i gyd; Gaenor, Rhodri a Carys; o grafangau gwenwyn Neuadd gynted ag y gallai. Yn y cyfamser, gofynnodd i Gaenor ddod efo fo am dro bach ar yr Allt, o dan y sêr.

Pennod 8

Dydd Iau

Doedd Daf ddim wedi dioddef fel hyn ers deng mlynedd. Deffrodd tua phedwar oherwydd ei syched ac ar ôl llwyddo i godi ar ei draed meddyliodd am eiliad ei fod wedi cael strôc. Roedd o'n cael trafferth symud ei goesau, ond sylweddolodd yn raddol drwy'r niwl yn ei ben mai effaith y wisgi oedd hynny. Llwyddodd i hercio i'r ystafell molchi a llenwi'r mỳg bach brwsh dannedd o'r tap, a llowcio'i gynnwys, dro ar ôl tro. Ceisiodd chwydu ond methodd. Gorweddodd yn y twyllwch tan doriad y wawr, pan ddechreuodd y rhosod ar y papur wal neidio tuag ato. Pan gaeodd ei lygaid i osgoi'r blydi rhosod cysgodd drachefn, yn drwm.

'Dyma i ti ddewis: paned, Panadol, brechdan bacwn neu hanner potel o Pepsi fflat.' Rhoddodd Gaenor yr hambwrdd ar y bwrdd bach wrth y gwely. 'Rhod sy wedi gwneud y frechdan – ti 'di colli brecwast.'

'Alla i fod yn farus a chymryd pob un ohonyn nhw?'

'Chei â chroeso. Y Pepsi heb swigod sy'n gweithio orau i mi. Roedd fy mrawd yn dipyn o anifail parti flynyddoedd maith yn ôl, ac roedd Mam a finne wastad yn trio popeth i'w gael o drwy'r bore wedyn.'

'Wnei di aros i roi'r moddion i mi, nyrs?'

'Dim ond am ddeng munud. Mae gen i mini pizzas yn y ffwrn.'

'Gae, dwi'n sylweddoli 'mod i, yn fwy na thebyg, yn dal yn pissed ar ôl neithiwr ond dwi isie siarad efo ti, yn blwmp ac yn blaen. Do'n i ddim isie dod i aros yma dros y Steddfod, ond mae'r profiad wedi bod yn agoriad llygad i mi. Dwi ddim isie i ti orfod byw efo pobl sy ddim yn rhoi tamed o barch i ti. Efo'r hyn dwi'n ennill – a dwi newydd gael taliad trothwy hefyd – mi allwn ni fyw'n gyffordddus iawn.'

'Gallwn. Mi alla i fynd yn ôl i'r gwaith hefyd.'

'Dydi Rhod ddim isie aros efo Falmai, felly mi fydden ni'n deulu bach. Mi alla i godi benthyciad arall i dalu pob ceiniog o ddyled yn ôl i John a dyna ni, fel y dywedodd Nelson Mandela, "the long walk to freedom".'

Roedd arian wastad wedi bod yn boen i Daf. Gadawodd y coleg heb geiniog i'w enw, a bu i'r cyfrifoldeb o dalu am gartrefi gofal arbenigol i'w rieni a'i Wncwl Maldwyn am ddegawdau lyncu ei gyflog cwnstabl. Cafodd fenthyciadau a morgais mawr gan y banc er mwyn adeiladu'r byngalo, a thalodd cyn lleied ag y gallai o'r rheini'n ôl am flynyddoedd tra oedd Fal adre'n magu Carys a Rhodri. Aethai pob ceiniog sbâr i gyfrifon cynilo'r plant er mwyn iddyn nhw gael pob cyfle, felly doedd gan Daf fawr ddim celc y tu ôl iddo. Byddai'n rhaid iddo, mwy na thebyg, ildio'i fuddsoddiad yn y byngalo i Falmai, oherwydd doedd o'n sicr ddim am fyw efo Gaenor ar dir ei gŵr.

'Mae'n ddrwg gen i dorri ar draws dy holl gynlluniau ymarferol di, ond mae'n rhaid i mi ddweud, roedd hi'n grêt cael cwrdd â phobl newydd a chymdeithasu neithiwr. Am ddegawdau, dwi wedi teimlo fel petawn i'n mynd i bartïon efo dodrefnyn ar fy mraich, mae John mor ... ddifywyd a diflas.'

'Rhaid i ni gael parti mawr i ddathlu, ble bynnag fyddwn ni'n byw, hyd yn oed os mai yn fflatiau Wynnstay fydd hynny.'

'Yfa dy de, Dafydd, mae o'n oeri.'

'Fel popeth o dan y to 'ma.'

Tuag un ar ddeg, roedd Daf yn teimlo'n ddigon da i nôl ei gar. Roedd yn rhaid iddyn nhw aros am yr hyn a ddisgrifiodd Rhod fel 'ffenest yn yr amserlen bobi', a thra oedd y pedwerydd pobiad o bizzas yn coginio, darllenodd ddatganiad y llys am ddamwain yr Athro. Gweddw oedd mam y bachgen pymtheg oed a laddwyd. Ar ôl colli ei gŵr i gancr, roedd wedi penderfynu creu bywyd newydd iddi'i hun a'i mab yng Ngheredigion. Prynodd ffermdy a sefydlodd ganolfan weithgareddau i ymwelwyr yno. Roedd y trydydd tymor gwyliau, oedd yn un llwyddiannus, ar fin dod i ben pan laddwyd Aaron ar y ffordd nid nepell o Gei Newydd. Wedi hynny, chwalodd nerfau'r fam. Gwerthodd y busnes ac roedd yn byw erbyn hyn mewn fflat fach yng Nghei Newydd. Roedd gweithwyr yr achos yn ei disgrifio fel dynes â 'signifcant and enduring risk of self-harm'. Stori drist, a chwmwl du dros gydwybod yr Athro. Ond damwain oedd hi, damwain oedd wedi brifo sawl un. Ag arogl pizza yn ei ffroenau, roedd Daf dal yn teimlo'n bositif.

Pan gyrhaeddon nhw'r buarth lle roedd Daf wedi gadael ei gar, tynnodd Gaenor focs bach o'i phoced.

'Roedd yn rhaid i ni brynu set o'r rhain pan aethon ni â'r car i Ffrainc llynedd. Breathalyser parod ydi o. Paid â chymryd unrhyw siawns: alla i fod yn chauffeur i ti heddiw os oes rhaid – a gall Rhod agor drysau'r car i ti!' Chwythodd Daf i mewn i'r tiwb o flaen y ddau. Negyddol. 'Reit 'te, Rhod, adre i baratoi'r salads.'

'Dwi'n disgwyl mynydd o gôlslô, cofia.'

'Dwi ar y cês.'

Oherwydd ei safonau proffesiynol yn hytrach na'i ben mawr, gadawodd Daf y dasg o gyfweld Peredur i Darren a Nia. Fel hen ffrind i'w dad, fyddai hi ddim yn addas i Daf wneud y cyfweliad swyddogol. Ond cyn hynny, roedd yn rhaid iddo gael sgwrs efo'r Athro. Ffoniodd y byngalo.

'Geth, ydi dy dad o gwmpas?'

'Maen nhw wedi mynd lawr yn gynnar heddiw. Darlith Cymdeithas Edward Llwyd.'

'Ocê. Sut mae pethau?'

'Wn i ddim, Daf. Mae Peredur yn isel iawn ond chwarae teg i Manon, mae hi wedi gweithio'n galed i godi ei hwyliau.'

'Fydd Manon yn fam dda ryw ddiwrnod.'

'No we, José. Ges i'r snip ar ôl Peri – a beth bynnag, arna i ddylai hi ganolbwyntio. Dyna pam dwi'n talu am ei holl ffal-di-rals.'

'Dy fusnes di ydi o, Geth, ond ydi hi'n deg i ti adael iddi freuddwydio am blant a tithe 'di cael fasectomi?'

'Dwi'n meddwl y byd ohonat ti, Dafydd, ond ti'n rhy fusneslyd o lawer. Mi ffonia i pan ddaw Dad yn ôl.'

Cyn cyrraedd y briffordd, canodd ei ffôn. Nev.

'Dech chi'n gwybod yr achos 'na o fwa ar goll?'

'Ie?'

'Dwi ddim wedi'i ffeindio fo, ond dwi wedi dod o hyd i saeth.'

'Ble?'

'Yn y maes parcio. Mae rhywun wedi'i ddefnyddio fo i wneud dipyn o lanast.'

'Pa fath o lanast?'

'Crafu geiriau ym mhaent car, wedyn gwneud sawl twll yn y teiars.'

'Pryd? Dros nos?'

'Nage, Bòs, rhyw awr yn ôl.'

'Fydda i efo ti ymhen deng munud.'

Yn ôl i'r blydi maes unwaith eto felly, meddyliodd Daf. Ond roedd tamaid bach o schadenfreude yn ei natur – os oedd rhaid i rywbeth fel hyn ddigwydd o gwbwl, gwell iddo ddigwydd pan oedd John Neuadd yn brif stiward. A phan gyrhaeddodd y maes parcio, dyna pwy oedd yn disgwyl amdano.

'Diolch byth dy fod ti 'di cyrraedd, Dafydd. Mae rhywun wedi ... wedi ymosod ar gar yr Athro Talwyn Teifi. Geiriau anweddus, teiars yn rhacs ... dwi ar ben fy nhennyn.'

'Sut allai hyn ddigwydd o dan lygaid barcud dy stiwardiaid di, John?' Lledodd cochni dwfn dros fochau John.

'Mae'r tîm wedi gweithio mor galed ond den ni braidd yn brin o wirfoddolwyr. Fel arfer, does neb yn cyrraedd y maes cyn deg y bore felly mi ddwedais wrth y criw am ddod yma erbyn deg i ddechrau'r shifft.'

'O diar mi, John. Diar mi.'

Roedd y car yn y gornel bellaf, o dan gysgod derwen fawr. Ar y drws blaen, gwelodd Daf y geiriau 'Plentyn Gordderch' wedi'u crafu i mewn i'r paent.

'Plentyn Gordderch?' gofynnodd Nev.

'Bastard. Mae ganddon ni fandal sy'n gwneud ei orau i arddel safonau iaith y Steddfod beth bynnag.'

'Mae'n dweud "Coc Oen" fan hyn. Mae hynny'n ddigon clir.'

'A "Hwren" – dyna beth rhyfedd i alw dyn.'

'A'r un olaf, "penbwl". Waw, mae 'na rywun yn rhywle sy ddim yn hoff iawn o'r teulu yma.'

'Y teulu, neu un aelod ohono. Ble mae'r saeth, lanc?'

'Dyna fo, wrth y teiar cefn.' Roedd Daf wedi disgwyl rhywbeth tebycach i brop o ffilm Robin Hood, ond darn hir o ffeibrglàs du gyda phluen o garbon oedd o.

'Yden ni'n potsian efo olion bysedd?' gofynnodd Nev.

'Wrth gwrs. 'Mae o'n achos o Crim Dam – a dwi'n siŵr y bydd 'na dipyn o siarad am y peth. Yn enwedig,' ategodd yn uwch, 'pan fydd pobl yn sylwi pa mor hwyr oedd y stiwardiaid bore heddiw.' Gobeithiai fod John wedi ei glywed.

Ffoniodd Gethin eto. 'Sori i fod yn boen, Geth, ond mae rhywun wedi trashio dy gar di, yn y maes parcio.'

'Damwain ti'n feddwl?'

'Criminal Damage. Wedi crafu geiriau yn y paent, wedyn chwalu'r teiars.'

Hisiodd Geth o dan ei wynt. 'Gwion, y ffycar bach ...'

'Den ni ddim yn siŵr pwy wnaeth, ond yn y cyfamser byddai'n syniad da i ti sortio car benthyg. Gall Gaenor roi lifft lawr i ti i'w nôl o.'

'Heb os – a dwi ddim am swnio'n anniolchgar – hwn ydi'r holiday from hell ...'

Am y tro cyntaf clywodd Daf fin sur i lais ei ffrind, oedd yn hollol annymunol.

Ym Mhabell y Cymdeithasau oedd darlith Cymdeithas Edward Llwyd. Prynodd Daf goffi o'r fan gerllaw ac eisteddodd i aros. Roedd y copi o *Golwg* a brynodd y pnawn cynt yn dal yn ei boced. Porodd ynddo am gwpwl o funudau cyn gweld enw cyfarwydd: roedd Gethin wedi sgwennu colofn yn adolygu rhaglenni teledu. Ar bapur fel ar lafar roedd llais Gethin yn glir, yn glyfar ac yn ddoniol, ond hefyd heb damaid o dosturi. Fel gwn mawr yn dinistrio tŷ dol, roedd ei eiriau perffaith yn chwalu rhyw raglen yn gyfan gwbwl, a gorffennai'r darn ag awgrymiadau nawddoglyd am yrfa fwy addas i gynhyrchydd y rhaglen honno, megis glanhau toiledau. Enw'r cynhyrchydd? Elwyn Wyn Efans, y dyn bach roedd Gethin wedi bod yn dadlau efo fo yn y Patio Bwyd ddydd Llun. Ochneidiodd Daf wrth orffen y stori – oedd yn rhaid i Geth greu cymaint o elynion?

Dros ysgwydd Daf, daeth llaw fach i gipio'r cylchgrawn o'i ddwylo.

'Hei, be ti'n wneud?'

'Dyw e ddim yn wir,' protestiodd llais gwan. Trodd Daf i weld Elwyn Wyn Efans.

'Gwir neu beidio, chei di ddim bachu fy *Ngolwg* i.'

'Ond doedd y rhaglen ddim mor wael â 'nny. Does 'da fe ddim hawl i siarad amdana i fel'na. 'Wy wedi anghofio mwy am deledu nag y gallai e ei ddysgu petai e'n byw i fod yn gant – a dyw hynny ddim yn debygol o ddigwydd. Mae rhywun yn bownd o'i ladd e cyn bo hir.'

'Fe welais i ti'n sgwrsio efo Gethin ddydd Llun. Be oedd y broblem?'

'Sefydlodd fy mam gwmni teledu bach hyfryd: Cynyrchiadau'r Goeden Chwarae. Ti'n cofio rhaglenni fel *Bowns Bwni Bach* a *Ffa-la-la*? Fe weithiodd hi mor galed i greu busnes llwyddiannus, ond tra oedd hi'n sâl efo cancr y fron roedd yn rhaid i ni adnewyddu'r brydles ar y stiwdio – a phenderfynodd y landlord ofyn am grocbris. Cynigiodd Gethin fuddsoddiad i'n helpu ni, a chyn bo hir, fe oedd pennaeth ein cwmni ni. Pan fu Mam farw penderfynodd Gethin gau CGC i lawr a diswyddo'r staff i gyd. Rhoddodd swydd i mi yn Tei Fi TV ond fe sylwais sut roedd e'n gweithio: dwyn syniadau pobl heb roi cydnabyddiaeth iddyn nhw o gwbwl. Mi benderfynais i sefydlu fy nghwmni bach fy hun a chael comisiwn gan S4C – a 'shgwl be sy gan Ei Fawrhydi Gethin Teifi i'w ddweud amdano fe.' Taflodd Elwyn y cylchgrawn ar y llawr a sylwodd Daf ar ddarnau bach o baent ar goes ei drywsus. Tynnodd ei ffôn o'i boced a'i droi i'r donfedd argyfwng.

'Tyrd draw i Babell y Cymdeithasau yn syth bìn, Nev.' Trodd at Elwyn. 'Peth gwirion i'w wneud oedd malu ei gar o, Elwyn.' Draeniodd pob tamaid o liw o wyneb y cynhyrchydd bach.

'Sut... ? Am be wyt ti'n sôn?'

'Heddwas ydw i, Elwyn, ac mi fydda i'n gofyn i ti fynd efo 'nghyd-weithiwr i orsaf yr heddlu yn y Trallwng yn reit fuan. Ond mae gen i gwestiwn i'w ofyn tra den ni'n aros amdano: o ble ddaeth y saeth?'

'Baglu ar ei thraws hi wnes i, yn llythrennol, yn y maes carafannau. 'Wy'n aros mewn pabell yn y gornel bellaf. Roedd hi ym môn y gwrych, fel petai rhywun wedi'i thaflu hi yno.'

'Dwi'n deall dy fod ti'n flin iawn efo Gethin, ond rwyt ti wedi gwneud rhywbeth ffôl iawn. Nid cog yn dy arddegau wyt ti, ac mi ddylet ti wybod yn well.'

''Wy wedi syrffedu ar drefn sy'n golygu fod y lleiafrif bach yn elwa a'r mwyafrif yn colli allan.'

'Gei di drafod dy gynlluniau chwyldroadol yn y car efo PC Roberts – a dyma fo ar y gair.'

Roedd golwg llawn parch ar wyneb Nev.

'Chwarae teg i ti, Bòs,' sibrydodd. 'Dwi'n gwybod fod 'na rai o aelodau'r tîm yn meddwl dy fod ti'n nytar llwyr ond dwi wastad yn dweud wrthyn nhw, nytar neu beidio, mae o'n uffern o heddwas da.'

'Dipyn bach llai o'r busnes "nytar" 'na plis, Nev. Dyma fo, Elwyn Wyn. Cyhudda fo'n syth – mae o wedi cyffesu.'

'Iawn, Bòs.'

Agorodd ddrws Pabell y Cymdeithasau a daeth rhyw ddeugain o bobl allan i'r heulwen braf, yn blincian fel gwahaddod. Gwyliodd Daf am eiliad: roedd yr Athro a'i wraig yn cerdded yn hamddenol, yn siarad efo ffrindiau. Er eu bod yn bobl glên roedden nhw, rhywsut, wedi magu mab digon hunanol i frifo pawb o'i gwmpas.

'Esgusodwch fi, syr, ga' i air bach?'

Ar ôl setlo'i wraig wrth fwrdd picnic efo paned a'r *Guardian*, cytunodd yr Athro i fynd am dro bach efo Daf. Dechreuodd Daf drwy drafod busnes y car: roedd golwg flinedig ar wyneb yr Athro, fel petai o wedi bod yn disgwyl mwy o newyddion drwg. Wedyn, roedd yn rhaid i Daf godi pwnc y ddamwain.

'Y peth gorau i'w wneud yn achos Peredur, yn fy marn i, yw bod yn hollol agored efo'r gweithwyr cymdeithasol. Be ddigwyddodd i chi ar ôl y ddamwain?'

'Am y tro cyntaf yn fy mywyd, cefais iselder go ddwfn. Roedd yn rhaid i mi fynd mewn i'r clinig am fis. Ond dwi'n iawn rŵan, ac yn ddigon cryf i roi pob cymorth i Peredur.' Roedd yn rhaid i Daf ysgwyd ei law.

'Wyddoch chi, syr, os ydyn nhw'n penderfynu mynd am Orchymyn Gofal Diogel, y gallwch chi ofalu am Peredur o dan delerau'r gorchymyn.'

'Diolch am eich cymorth, Dafydd. Roedd Derwenna'n llygad ei lle – hi oedd yr unig un i weld y newid ynddo fo.'

'Felly, mi fydd hi'n aelod hanfodol o'r tîm sy'n mynd i'w helpu o.'

'Gobeithio'n wir.'

Derbyniodd Daf dair galwad ffôn ar ei ffordd i lawr i'r Trallwng, i gyd gan ferched dan bwysau. Gaenor oedd y gyntaf.

'Newydd roi lifft lawr i'r Trallwng i Gethin i nôl hire car, ac mi ddwedodd o fod John wedi eu gwahodd nhw draw i'r barbeciw heno. Os ydyn nhw'n dod, rhaid i Rhod a finne ailwampio popeth – den ni ddwsin o brofiteroles yn brin, er enghraifft.'

'Mae'n rhaid i John eu dad-wahodd nhw – mae 'na hanes anffodus iawn rhwng Garmon a Gethin. Well canslo popeth na chael ffrae. Fyddai hynny ddim yn deg i Carys.'

'Digon teg. Ac os ydi'r hen fygar ddim yn cytuno, mi a' i dros y buarth fy hun i ddweud wrtho fo.'

'Da lodes.'

'Dafydd?'

'Ie?'

'Roedd fy nhaid, Taid Richards, yn fy ngalw fi'n "lodes" o hyd. Mae'n gwneud i fi deimlo mor saff.'

'Wela i di'n nes ymlaen, lodes.'

'Caru ti.' Am ddatganiad!

'Ti'n gwybod yn iawn 'mod i'n dy garu dithe.'

A'r ail alwad ffôn: Chrissie.

'Mr Dafis, mae 'na ddynes reit od yma, yn aros mewn pabell.'

'Rhaid i ti ddisgwyl sawl odbod – mae'r Steddfod Genedlaethol wedi dod i'r ardal.'

'Saesnes ydi hi.'

'Tydi hynny ddim yn golygu ei bod hi'n od.'

'Alla i ddim disgrifio'r peth yn iawn, ond mae hi'n gyrru ias oer lawr fy nghefn i.'

'Be mae Bryn yn ddweud?'

'Dim byd o iws. Allwch chi bicio draw am funud bach?'

'Dim ond am funud.'

'Iawn.'

Y drydedd alwad ffôn: Nia.

'Den ni ddim wedi gorffen hanner y gwaith papur o ddechrau'r wythnos, a rŵan mae ganddon ni Crim Dam iaith gynta! Fydd yn rhaid iddo fo gael cyfreithiwr sy'n siarad Cymraeg ac mae pob un o'r rheini ar eu gwyliau.'

'Ceisia cael gafael ar Haf Wynne. Dydi hi ddim yn Eisteddfotwraig o fri.'

'A pha bryd wyt ti'n dod lawr i helpu?'

'Dwi ar fy ffordd rŵan. Un alwad sydyn i'w gwneud ar y ffordd.'

'Dwi wedi cychwyn y stopwatch, Bòs.'

Roedd golygfa brysur o'i flaen yn Berllan. Yn ogystal â'r bobl a symudodd yno o Dolau, roedd tua deg ar hugain o bebyll a charafannau ychwanegol wedi cael eu gosod ar y ddôl, efo man chwarae i'r plant yn y canol. Roedd Bryn wrthi, heb grys fel arfer, yn llenwi pwll wedi ei greu o fêls sgwâr efo leinin silwair plastig drostynt, a dros ddwsin o blant bach yn rhedeg o'i gwmpas yn eu gwisgoedd nofio yn aros iddo orffen y gwaith. Daeth Chrissie i lawr o'r tŷ mewn ffrog hafaidd ysgafn oedd yn dangos siâp ei chorff, a sylweddolodd Daf nad oedd o erioed o'r blaen wedi ei gweld hi'n gwisgo unrhyw beth heblaw jîns. Er gwaetha'i sgwrs â Gaenor roedd yn rhaid i Daf lyfu ei wefusau wrth gofio cusanau poeth Chrissie.

'Diolch am ddod, Mr Dafis, ond dydi hi ddim o gwmpas. Mae hi wedi mynd am dro, medde hi, i wylio adar.'

'Mi bicia i 'nôl yn nes ymlaen, fallai.'

'Dwi 'di siarad efo Bryn ac mae o'n meddwl 'mod i'n gwneud môr a mynydd allan o ddim byd.'

'Iawn. Ond ti'n gwybod ble ydw i.'

'Ond tybed pam mae hi wedi dewis dod yma yn ystod y Steddfod i wylio adar?'

'Fallai nad oedd hi'n sylweddoli fod y Steddfod yn yr ardal.'

'Fallai, cyn iddi gyrraedd, ond all neb fethu'r babell fawr binc 'na.'

'Digon teg.'

'Mae fel petai ... petai rhywun wedi gwasgu pob tamaid o bersonoliaeth allan ohoni, rhywsut.'

'Cofia di, Chrissie, Celtiaid yden ni, yn dangos pob emosiwn i'r byd mawr crwn. Mae'r Saeson yn bobl mwy ... tawedog, dyna'r cyfan.'

'Fallai'ch bod chi'n iawn, Mr Dafis. Gawn ni weld.'

'Sut mae Gwawr?

'Iawn, Mr Dafis. Mae hi'n help mawr efo'r holl blant. Dydi hi ddim yn mynd allan gyda'r nosau – mae hi'n treulio'i hamser efo ni.

'A dwyt ti ddim yn cael trwbwl gan neb arall?'

Chwarddodd Chrissie a chafodd Daf gip o'i gwddf hardd. Llanwodd syniadau cyffrous ei feddwl am eiliad.

'Sbïwch arnyn nhw, Mr Dafis.'

Wrth y pwll, ymysg y plant, roedd dau o bobl ifanc. Bachgen tal, golygus gyda mop o wallt du: Rob Berllan. Cafodd Daf fraw

– roedd Rob yn yr un dosbarth â Rhodri, ond roedd wedi aeddfedu'n ddyn ifanc. O dan ei gesail roedd merch denau, bengoch. Roedd Daf yn cofio'i hwyneb: merch hynaf Eifion Pennant.

'Neithiwr, pan oedd Gwawr efo ni, penderfynodd y cog fenthyg ei phabell heb ofyn er mwyn cael awr fach dawel efo'i gariad newydd.'

'Faint ydi'u hoed nhw, Chrissie?'

'Tair ar ddeg ydi Rob, dwi'm yn sicr amdani hi. Mae o 'run ffunud â'i dad.'

'Cymer ofal, Chris. Mae ei theulu hi'n ...'

'Dwi'n gwybod, Mr Dafis; mae ei thad wedi cwyno sawl gwaith ers iddyn nhw gyrraedd yma ddydd Llun. Ond does dim byd mwy naturiol na chariad ifanc.'

Gwelodd Daf law Rob yn ymlwybro i lawr cefn jîns merch Eifion Pennant mewn ystum o berchnogaeth rywiol.

'Ceisia'u perswadio nhw i fod yn gall, alli di? Y peth ola den ni ei angen ydi mwy o drafferth.' Roedd Daf yn siarad fel tad yn ogystal â heddwas, a gwyddai fod Rob Berllan, fel Rhodri, yn llawer rhy ifanc i chwarae tonsil tennis gydag unrhyw ferch.

Roedd Nia wedi gor-ddweud, fel arfer. Roedd y gwaith papur dan reolaeth. Yn drist iawn, pan ofynnodd Nia i Elwyn Wyn oedd ganddo ffrind neu aelod o'i deulu fyddai'n barod i ddod i lawr i'w gefnogi, allai Elwyn ddim enwi neb. Cafodd wasanaeth Haf Wynne fel cyfreithwraig ond, yn amlwg, doedd ganddi ddim lawer o ddiddordeb yn yr achos. Am y tro cyntaf, wrth ei gweld yn ceisio dianc oddi wrth ei chleient newydd, gwelodd Daf sut roedd Haf yn gwastraffu ei bywyd, yn llenwi'i dyddiau â llyfrau a syniadau yn hytrach nag ymwneud â chig a gwaed. Roedd o a'r rhan fwyaf o'i gydnabod wedi dysgu ac aeddfedu cymaint wrth fynd drwy'r broses o fagu plant, a'r cam diweddaraf yn y daith honno oedd ceisio ymdopi â phlant digon hen i gael perthnasau rhywiol. Fyddai hi byth yn deall nag yn elwa o brofiadau felly. Pan oedd Haf ar ei ffordd allan o'r orsaf, clywodd Daf ei hanner hi o sgwrs ffôn â Mostyn Gwydir-Gwynne: roedd hi'n ymateb, yn bositif, i wahoddiad i swper. Dychwelodd Daf i'w ddesg â theimlad o ryddhad. Byddai Haf Wynne yn siwtio'r Aelod Seneddol i'r dim, yn wraig berffaith i groesawu gwesteion i'w blasty, waeth pa mor oeraidd fyddai'r gwely. Meddyliodd Daf am lais cynnes Gaenor a gwenodd. Parhaodd y wên honno am oriau.

Cyn cinio, derbyniodd alwad ffôn o'r feddygfa yn datgan fod canlyniadau'r profion ar Flodau Mai wedi dangos digon i achosi pryder. Ffoniodd Daf yn syth yn ôl – doedd y meddyg ddim ar gael ond cadarnhaodd y nyrs fod y samplau i gyd wedi cael eu danfon draw i labordy tocsicoleg y City Assay yn Ysbyty Dinas Birmingham.

'Hefyd, Inspector Dafis, roedd pob un yn dangos tystiolaeth o weithgaredd anarferol yn yr afu.'

'Afu, lodes? Paid â son wrtha i am afu. Does neb yn yr ardal yma ag afu sy'n gweithio'n berffaith yr wythnos yma. Yn bersonol, mi welais fy afu fy hun neithiwr, yn boddi yng ngwaelod potel wisgi.' Ni lwyddodd y jôc.

'Den ni i gyd yn gwybod y gwahaniaeth rhwng pen mawr a methiant yr afu, gobeithio, Inspector. Rhaid aros am y canlyniadau ond, yn amlwg, mae rhywbeth wedi digwydd i'r merched yma.'

Wedi iddo roi'r ffôn i lawr rhoddodd Daf ei ben yn ei ddwylo am eiliad. Sut allai gŵyl ddiwylliannol greu'r ffasiwn helynt? A phwy fyddai'n talu bil y labordy drud yn Birmingham? Penderfynodd y byddai'n gofyn i'w ffrindiau lawr yn ne Powys am eu profiad, gan na chlywodd o erioed am helynt fel hyn yng Ngŵyl y Gelli. Canodd ei ffôn eto: Carys.

'Popeth yn iawn ar gyfer heno, Dad?'

'Sgen i ddim clem. Anti Gae a Rhods sy'n trefnu bob dim.'

'Alli di rwystro Mam rhag bod yn gas efo Garmon?'

'Dwi'n addo gwneud fy ngorau glas.'

'Ddywedodd Rhods eich bod chi'ch dau wedi penderfynu gwahanu.'

'Allwn ni ddim byw fel hyn. Den ni fel llewod mewn caets, yn rhoi loes i'n gilydd achos ein bod ni'n methu dianc.'

'Be ydi'r cynlluniau, felly?'

'Ar ôl y Steddfod, mi fydda i'n symud allan, yn ffeindio lle i'w rentu.'

'Efo rhywun?'

'Be?'

'Ti'm yn bwriadu byw ar ben dy hun, nag wyt Dad?'

'Mae Rhods yn dod.'

'Hmm. Eniwé, does gen i ddim digon o amser i drafod dy ddyfodol rhamantus di rŵan, Dad. Dwi wir yn synnu atat ti – ers dechrau'r wythnos rwyt ti wedi ymdopi efo sawl achos difrifol, ond eto mae gen ti ddigon o egni ar ôl ar gyfer cymhlethdodau carwriaethol.'

'Ti'n un dda i siarad, Carys Dafis.' Am y tro cyntaf, gwelodd Daf fod ei ferch fach wedi tyfu i fod yn ddynes, ac roedd o'n falch fod y ddynes honno'n glên ac yn llawn egni a hiwmor.

'Bihafia di heno, Dad.'

'Dwi'n addo.'

'O, ie – mae 'na stori reit od yn mynd o gwmpas y maes. Ydi o'n wir fod parti merched o sir Gâr wedi cael eu gwenwyno?'

'Ti'n gwybod y rheolau. Ddylet ti ddim gofyn achos alla i fyth â dweud.'

'Di-i-flas, Dad.'

Er cymaint roedd o wedi mwynhau'r sgwrs efo Carys, roedd wedi'i atgoffa o'i ddyletswydd pennaf – roedd yn rhaid ceisio cadw trefn ar Falmai. Roedd Daf wedi dod i barchu Garmon yn fawr, yn enwedig ar ôl y sgwrs ynglŷn â'r bwa. Doedd gan neb hawl i'w sarhau na bod yn nawddoglyd tuag ato. Sylweddolodd mai barbeciw Neuadd fyddai'r tro olaf iddo orfod cymryd unrhyw fath o gyfrifoldeb dros ei wraig hunanol. Ymysg y rhyddhad roedd tristwch, ond erbyn hyn roedd Daf yn barod i alaru am y Falmai a briododd, yr un oedd wedi diflannu.

'Nia,' galwodd, 'mae'n rhaid i ni drefnu i ymweld ag

aelodau'r parti merched sy'n sâl. Alli di fynd efo Nev, tybed, ar ôl gorffen cyfweld Peredur Teifi?'

Daeth Nia i mewn i'r swyddfa, a golwg anodd ei ddarllen ar ei hwyneb.'

'Overtime fydd o, Bòs.'

'Lodes, yn ôl y Cynghorydd Bebb mae'r Steddfod wedi atgyfodi economi'r ardal gyfan, felly den ni'n gallu rhoi chydig o bres poced i ti.'

'Lwcus fod Mam wedi cynnig gofalu am Seren yr wythnos yma felly.'

'Dwi'n sylweddoli, Nia, dy fod di'n colli'r cyfle i gael dipyn o sbri dros y Steddfod.'

Yn sydyn, lledodd gwên dros ei hwyneb. 'Ffordd arall rownd, Bòs – roedd Jac yn disgwyl i mi fynd i sawl digwyddiad diflas, yn enwedig ei wylio fo'n cystadlu efo'i Fand Pres, ond oherwydd yr holl stŵr yma dwi wedi cael getawê llwyr. Well gen i ymchwilio i'r achos o wenwyno na chlywed ei blydi trwmped o.'

'Chwarae teg, Nia.'

Yn hwyrach yn y pnawn, cyrhaeddodd Peredur ar gyfer ei gyfweliad ffurfiol yng nghwmni'r Athro. Roedd Daf wedi disgwyl gweld Eira yno efo nhw. Ffoniodd.

'Ffôn Eira Owain Edwards. Dwi ddim ar gael ar hyn o bryd ...'

Roedd y neges yn ddigon clir: roedd hi wedi penderfynu camu'n ôl. Efallai mai dim ond prop ar gyfer ei pherfformiad yn rôl y Fam oedd Peredur wedi cyfan.

Roedd yn anodd i Daf eistedd tu ôl i'w ddesg tra oedd Nev a Nia'n gwneud y gwaith caled yn yr ystafell gyfweld, ond o leia cafodd gyfle i ddal i fyny efo pethau dibwys fel negeseuon e-bost gan y wasg yn gofyn am fanylion achos Gwion. Yn achosion Ed Mills a Peredur Teifi roedd Daf yn hyderus yn ei awgrym i'r CPS fod rhybudd swyddogol yn ddigon, ond Gwion? Byddai'n rhaid iddo fo o leia gytuno i dderbyn triniaeth; er mai dyn ifanc oedd o, yn ôl Manon bu'n defnyddio cyffuriau ers degawd. Rhybudd yn ddibynnol ar driniaeth, efallai? Ond roedd Daf yn boenus. Beth petai ei awgrymiadau'n rhoi'r argraff i'r CPS ei fod o'n fodlon rhoi rhybuddion swyddogol i bawb am bob dim? Danfonodd y negeseuon gan y wasg ymlaen i'r swyddog priodol yn y Pencadlys, gorffennodd waith papur Gwion a gŵglodd ddamwain yr Athro unwaith yn rhagor. Erthygl yn y *Daily Mail*: 'Double Heartbreak for Bike Death Mum'. Wnaeth o ddim darllen yr erthygl gyfan ond gwelodd y lluniau; llun o deulu braf, llun o garreg fedd, llun o ddynes yn sefyll wrth ymyl blodau ar ochr y ffordd. Doedd dim angen geiriau.

'Den ni'n stỳc braidd, Bòs,' dywedodd Nev, yn rhoi ei ben rownd y drws. 'Dydi o ddim yn fodlon rhoi manylion ei stoc i ni, na'r arian chwaith.'

'Dyweda di hyn wrth yr Athro: os na allwn ni ddilyn y llwybr yma, mi fydd yn rhaid i ni fynd i lawr llwybr arall sef ei gyhuddo fo, chwilio drwy bopeth sy ganddo fo – efo gwarant, os oes rhaid – a ffonio o gwmpas i ddod o hyd i le mewn cartref i droseddwyr ifanc. A gofyn iddo fo ydi o'n gwybod unrhyw beth am fwa Garmon Jones.'

'Bwa Garmon Jones, Bòs? Mae hynna'n swnio fel cân werin.'

'Jyst gofyn.'

Gwnaeth hynny'r tric. Ddeng munud yn ddiweddarach, danfonodd Daf Darren draw i'r maes carafannau efo Sheila, i wagio man cudd Peredur yn y VW. Doedd dim gwybodaeth o gwbwl am y bwa. Gofynnodd yr Athro am gael gweld Daf ar ei ffordd allan.

'Ble oedd Eira?'

'Wn i ddim. Mi gafodd hi'r wybodaeth i gyd, ond chlywais i ddim yn ôl ganddi.'

'Dwi'n methu deall y peth. Yn foesol, mae'r bachgen fel plentyn sy wedi cael ei fagu gan flaidd ... neu fleiddast.' Roedd y ddelwedd addas yn hongian yn yr awyr rhyngddyn nhw.

'Wel, unwaith eto, diolch am bopeth. Fe'ch gwela i chi yn nes ymlaen, Dafydd.'

'Nes ymlaen?'

'Y barbeciw.'

'Yn anffodus, mae John, fy mrawd yng nghyfraith, wedi gwneud camgymeriad. Parti teuluol ydi o.'

Gwgodd yr Athro. 'Does ganddon ni ddim bwriad o ymyrryd ar ddigwyddiad preifat. Mae'n wir ddrwg gen i.'

Roedd yn rhaid i Daf siarad yn blaen. 'Na, fy lle i ydi ymddiheuro – den ni wedi gwahodd ffrind i Carys sy'n ... wel ... sy'n digwydd bod yn ffrind iddi hi ond yn elyn i Gethin.'

Ochneidiodd yr Athro. 'Cyn bo hir, bydd yn amhosib i mi fynd dros y trothwy heb faglu dros elyn iddo fe. A fallai, Dafydd, nad ydych chi'n hapus yn cymysgu â rhai sy'n gwerthu cyffuriau.'

Doedd Daf erioed wedi teimlo cywilydd o'i blant. Cafodd eiliad dywyll wrth drafod diwedd perthynas Carys a Matt, ond yng ngeiriau Chrissie, does dim byd mwy naturiol na chariad ifanc. Cydymdeimlai yn ddwfn gyda'r Athro.

'Mae'n achlysur braidd yn sensitif, syr, dyna'r cyfan. Mae gan Carys gariad newydd ac mae hi am ei gyflwyno i'r teulu.' Gwelodd, am y tro cyntaf erioed, olwg o genfigen yn llygaid yr Athro, fel petai o'n ysu i'w broblemau o fod yn rhai bychain fel hyn.

Ar fainc yn y cyntedd, eisteddai Elwyn Wyn.

'Beth ydych chi'n wneud yn y fan hyn, Elwyn Wyn?' gofynnodd yr Athro yn ei lais swyddogol. 'Fe fuaswn yn tybio y byddech chi â'ch pen yn eich *Odliadur* cyn fory?'

'A be sy'n digwydd fory?' gofynnodd Daf. Edrychodd y ddau arno fel petai o'n wallgof.

'Rownd derfynol Talwrn y Beirdd,' atebodd yr Athro, 'ac mae Elwyn Wyn yn y fan hyn yn un o sêr tîm sir Benfro.'

'Fydda i ddim yn cystadlu yn y Talwrn fory, syr,' atebodd Elwyn gan osgoi llygaid yr Athro, 'oherwydd fy mod, tua hanner awr wedi naw y bore 'ma, wedi chwalu car eich mab. Ac o waelod fy nghalon, syr, doeddwn i ddim yn moyn eich brifo chi o gwbwl, ond allwn i ddim maddau'r hyn wnaeth eich mab i ... fy mrifo i.'

Gwelodd Daf ddewrder yn yr hen ddyn, oedd o dan y lach

unwaith eto. Roedd o fel paffiwr profiadol yn derbyn ergyd ar ôl ergyd ac yn dal ar ei draed.

'Bydd eich absenoldeb yn y Talwrn yn golled fawr, Elwyn Wyn,' dywedodd, wrth ysgwyd llaw â'r troseddwr.

Dilynodd Daf yr Athro i'r maes parcio.

'Dyna fywyd arall wedi cael ei heintio ganddon ni, Dafydd. Beth yn union ydw i wedi ei wneud i haeddu hyn?'

'Syr, os ga' i fod yn ddigon digywilydd i drafod athroniaeth efo arbenigwr fel chi; dwi ddim yn credu ein bod ni'n cael ein cosbi fel yna. Dwi'n cytuno efo ffrind i mi sy'n dweud mai trwy brofedigaethau den ni'n datblygu fel pobl.'

Agorodd llygaid yr Athro am eiliad. 'Felly mae gennych chi ffrind sy'n Babydd, Dafydd?'

'Does gen i ddim syniad am yr athroniaeth, syr, dim ond siarad o brofiad ydw i.'

'Digon teg. Beth sy'n mynd i ddigwydd i Elwyn Wyn?'

'Mae o wedi cael ei gyhuddo. Dwi ddim yn rhagweld gormod o gosb iddo fo.'

'Ond llwyth arall o drafferth. Dafydd, mae'n rhaid eich bod yn ddyn dewr i wneud y swydd yma, ddydd ar ôl dydd. Mae'n ddigon amlwg nad yw eich calon chi wedi caledu. Sut ydych chi'n ymdopi?'

'Dwi ddim yn ddyn cryf o bell ffordd, syr, ond dwi'n ceisio gwneud fy ngorau. Fel arfer, helpu pobl i ddatrys problemau ydi'r rhan fwya o'r swydd, ond bob hyn a hyn dwi'n dod ar draws creadur ysglyfaethus, a bryd hynny mae'n rhaid i mi hela!'

Roedd Daf yn falch o'i gymhariaeth, ond pan welodd wyneb yr Athro'n troi sylweddolodd ei gamgymeriad.

'Yn anffodus, Dafydd, rydw i wedi magu gwalch ym mhob ystyr y gair. Dwi'n cofio cwrdd â'ch tad ar ddiwrnod eich seremoni graddio: roedden ni'n dau yn falch iawn o'n meibion bryd hynny. Ac fe fyddwn yn falch hyd heddiw petawn i wedi magu mab cystal â chi, Dafydd.'

'Y cyfan dwi wedi'i wneud ydi ceisio cadw trefn ar fy milltir sgwâr fy hun.'

'Hmm. Ar ôl popeth sydd wedi digwydd yn ystod yr wythnos yma, dwi'n falch dros ben o fod i wedi cael cyfle i ddod i'ch adnabod chi fel dyn.'

'Ac yn y dyfodol, os dech chi angen unrhyw fath o gymorth efo'r cog ...'

'Diolch.'

Roedd Peredur yn aros yn y car efo Manon, ei wyneb bachgennaidd yn llawn tensiwn. Roedd o'n atgoffa Daf o'r lluniau yn llyfrau Dickens o fechgyn bach y strydoedd a welodd ormod yn rhy ifanc. A beth oedd gwreiddyn ei broblemau? Doedd neb yn ei deulu clyfar, breintiedig wedi rhoi sylw na gofal iddo. Roedd o'n fachgen hollol wahanol i Rob Berllan oedd â hyder ym mhob ystum, a gwahanol hefyd i Rhodri. Wrth feddwl am y gofal gafodd Rhodri gydol ei oes, penderfynodd Daf ffonio Gaenor.

'Oes angen i mi bicio draw i Tesco?'

'Fyddai cwpwl o boteli o ddŵr soda yn help mawr. A tonic hefyd.'

'Beth am Coke?'

'Den ni'n iawn am Coke.'

Roedd ganddyn nhw bartneriaeth dda, meddyliodd Daf, yn ystyried ei gilydd a helpu'i gilydd heb orfod gofyn. Doedd hynny ddim wedi para'n hir efo Falmai gan mai blaenoriaethau Neuadd oedd yn mynd â hi o hyd. Roedd yn rhydd o hynny rŵan.

* * *

Roedd hi'n noson braf ar gyfer y barbeciw ac roedd Daf yn ddigon rhagrithiol i deimlo balchder o fod yn gysylltiedig â Neuadd. Er bod Garmon yn ddyn ifanc llwyddiannus byddai'n rhaid iddo gydnabod cefndir Carys ar ôl gweld Neuadd yn ei holl ogoniant. Wrth gwrs, ystyriodd wedyn, dylai Garmon roi parch i Carys yn ddiamod, nid oherwydd statws ei hewythr – na'r ffaith ei bod hi'n ferch i heddwas adnabyddus hyd yn oed.

Gwgodd Daf. Heddwas adnabyddus, ie, ond nid un llwyddiannus. Pwy lwyddodd o i'w ddal yn ddiweddar? Cyflwynydd rhaglenni plant sy'n hoff iawn o'r stwff gwyn, bachgen lleol oedd yn gwerthu madarch hud i helpu'i deulu, bachgen blwyddyn wyth efo rhieni ffiaidd a dyn bach trist ar ben ei dennyn. Roedd o'n falch o allu troi ei feddwl at fater arall, sef cyrhaeddiad Garmon. Roedd Falmai yn sefyll wrth y drws ffrynt yn disgwyl amdano; roedd yn rhaid i Daf ddweud rhywbeth wrthi hi.

'Noson ar gyfer Carys ydi heno, Fal. Rhaid i ni fihafio'n deidi.'

'Sbia arno fo. Dydi'i goesau o ddim yn symud o gwbwl. Sut all rhywun fel fo feiddio gobeithio cael perthynas efo merch ifanc iach fel Carys?'

'Os wyt ti'n sôn am ochr gorfforol y berthynas, mae Carys yn hapus iawn.'

'Ac mi wyt ti'n trafod pethau fel'na efo dy ferch, wyt ti, Dafydd Dafis? Hollol anaddas. Moesau Berllan, dwi'n tybio.'

'Fal, plis, jyst am heno. Allwn ni chwarae Happy Families am y tro olaf?'

Yr unig ymateb gafodd Daf oedd y casineb yn ei lygaid. Allai o ddim disgwyl dim gwell na damage limitation am weddill y noson felly. Cerddodd lawr i'r buarth i gwrdd â Garmon. Roedd Carys wrth ei ochr yn barod.

'Diolch yn fawr iawn am y gwahoddiad, Daf,' meddai Garmon, gan estyn ei law i Daf. 'Dwi wedi cael llond bol o'r maes carafannau erbyn hyn.'

'Dwi'n westai yma fy hun, lanc. Gan Gaenor ddaeth y gwahoddiad. Modryb Carys.' Trodd Daf i weld Gaenor yn brysio i lawr y llwybr i gyfarch Garmon, yn tynnu ei brat wrth gerdded a smotyn o flawd ar ei boch. Roedd ei gwên bron mor llydan â gwên Garmon a gwelodd Daf y balchder yn llygaid Carys. Yn y cyfamser, ble oedd Falmai wedi mynd?

'Garmon? Gaenor ydw i. Tyrd fyny am ddiod – mae John a Siôn newydd orffen godro, felly den ni ddim isie'u gweld nhw nes byddan nhw wedi cael cawod.'

Cododd ton o gariad ym mrest Daf ochr yn ochr ag ofn oer. Doedd o erioed wedi disgwyl dod o hyd i ddynes fel Gaenor, dynes oedd yn ei ffitio'n berffaith, a rŵan, ar drothwy hapusrwydd, cronnai'r ofn. Beth petai'n ei cholli hi? Beth petaen nhw ddim yn cael y cyfle i fyw'n hapus am byth, fel yn y chwedlau plant?

Roedd yn amlwg pan gyflwynodd Carys ei fam i Garmon ei bod hi wedi ei rybuddio am Falmai.

'Braf iawn eich cyfarfod chi, Mrs Dafis.'

Saib. Ddywedodd Falmai ddim gair ond achubodd Gaenor y sefyllfa.

'Be sy gen ti yn y bag yna, Garmon? Poteli, gobeithio! Oes angen oergell arnyn nhw?'

'Dwi wedi bod yn hunanol a dod â gwin coch ond mae 'na chydig o seidr yna hefyd.'

'Pa win coch?' gofynnodd Gaenor, wrth ddal y bag.

'Dwi'n swnio fel hen snob pan dwi'n siarad fel hyn, mi wn i, ond ers i mi deithio drwy Dde America, dwi wedi datblygu andros o flas am win o'r Ariannin, a ...'

Yr eiliad yr aeth Garmon allan o'u clyw, trodd Daf at Falmai.

'Be sy'n bod arnat ti, Falmai? Mae Garmon yn ddyn ifanc clên iawn a dwyt ti ddim hyd yn oed wedi siarad efo fo.'

'Ti'n hapus bod ein merch ni, sy â dyfodol disglair o'i blaen, yn lluchio'i hun ar ryw ... ryw gripl?'

'Wyddost ti be, Fal, mi glywais rywun yn sarhau Garmon fel'na ddydd Llun, llanc ifanc llawn cocaine. Do'n i erioed yn disgwyl i fy ngwraig fy hun ddefnyddio'r ffasiwn eirfa.'

'Rŵan dwi'n wraig i ti, ydw i?'

'Beth bynnag wyt ti, ti'n dal yn fam i Carys. Alli di jyst gofio hynny am heno?'

'Dwi'n deall yn iawn pam rwyt ti'n gystal ffan ohono. Pethau newydd sy'n dy blesio di o hyd – ti byth yn parchu unrhyw beth am hir. Ymlaen at y thrill nesa. Dwi'n dal i gofio am Matt, druan ohono fo.'

'Ro'n innau'n hoff iawn o Matt, ond penderfyniad Carys

oedd o, nid ni. Pwy a ŵyr be sy'n mynd i ddigwydd yn y dyfodol, ond mae'n rhaid i ni fod yn gwrtais heno. Dim ond holiday romance ydi o, cofia.'

'Ond pwy sy'n mynd i edrych arni hi ar ôl hyn? Pa fath o ddyn ifanc sy'n mynd i ffansïo sbarion rhyw gripl?'

'Ers dros ugain mlynedd, dwyt ti erioed wedi 'ngweld i'n colli fy nhymer, ond wir i ti, Fal, dwi'n stryglo rŵan. Mae dy ferch wedi cael cariad newydd – allwn ni ei dderbyn o'n gwrtais am noson?' Wedyn, cafodd ysbrydoliaeth. 'Ers cenedlaethau, mae enw da i Neuadd fel lle croesawgar i bawb. Byddai'n biti colli hwnnw.' Tarodd yr ergyd olaf ei tharged. Brathodd Falmai ei gwefus a cherddodd fyny at safle'r barbeciw.

Wrth aros am Siôn a John, roedd sgiliau cymdeithasol Gaenor a natur hawddgar Garmon yn ddigon i sicrhau awyrgylch hwylus. Daeth yr unig nodyn anesmwyth o gyfeiriad annisgwyl: ar ôl gwneud ei gorau glas ers dyddiau i chwarae rhan y cariad perffaith i Siôn Neuadd, roedd mwgwd Megan yn dechrau llithro. Iddi hi, fel dyn golygus a chefnog, a thipyn o seléb hefyd, roedd Garmon yn fagned; ond ar ôl hanner awr o fflyrtian a thynnu ei chrys T yn dynn dros ei bronnau, sylwodd Megan nad oedd gan Garmon ddiddordeb yn neb ond Carys. Newidiodd ei thactegau a cheisiodd roi help llaw i Gaenor – ond fel mam yn cadw golwg ar ei chyw, roedd Gaenor wedi sylwi o'r cyrion ar y ddrama fach.

Roedd Rhodri a'i ffrind, Meilyr, wrth eu boddau efo Garmon. Gwelodd Daf yr edmygedd yn llygaid ei fab wrth iddyn nhw drafod anturiaethau Garmon ledled y byd. Roedd Rhodri ychydig yn llai aeddfed na Meilyr, ac wrth gofio am Rob Berllan roedd Daf yn falch o hynny. Byddai digon o amser i Rhodri ddatblygu fel bachgen cyn tyfu'n ddyn ifanc.

Tra oedden nhw'n aros am Siôn a John, trefnwyd gêm o Frisbee ar y lawnt, ac ymhen dim roedd pawb, heblaw Falmai, yn gweiddi ac yn chwerthin fel ffyliaid. Roedd hi'n eistedd ar ei phen ei hun ar y fainc dderw, ei llygaid yn wag. Roedd yn rhaid i Daf roi cynnig arall arni.

'Tyrd i chwarae, Fal,' ymbiliodd. 'Den ni i gyd yn cael hwyl.'

'Dech chi i gyd yn bihafio fel plant bach. Dwi'n synnu at Gaenor, wir. A bydd y gadair olwyn yna'n cwympo cyn bo hir, dwi'n siŵr.'

'Cadair olwyn arbennig ydi hi, ar gyfer chwaraeon. Mae Garmon yn chwarae rygbi ynddi hi, heb sôn am Frisbee.'

Trodd Falmai ei phen a dychwelodd Daf i'r gêm. Doedd Daf ddim yn ei deall mwyach. Fel arfer, rhyngddo fo a theulu Neuadd fyddai'r rhwyg ond heddiw, roedd Falmai wedi penderfynu bod yn hollol ynysig. Hyd yn oed pan ddaeth John a Siôn allan o'r tŷ i ymuno â nhw wnaeth Falmai ddim symud o gwbwl.

Ceisiodd Daf beidio cymharu Garmon a Matt, ond methodd. Roedd Matt yn fachgen ifanc cwrtais ond doedd dim llawer mwy iddo na hynny. Sylwodd Daf ar y gwahaniaeth rhyngddyn nhw pan oedd Garmon yn sgwrsio efo John – byddai Matt wastad yn cytuno â John bob gair, ond roedd John wrthi'n cael dadl go iawn efo Garmon. Dyn ceidwadol a swil oedd John fel arfer ond efo Garmon, roedd o wedi cynhesu'n syth bìn. Wrth roi stêc ar blât Daf, dywedodd John; 'Dyna i ti gog clên dros ben.' Ac am unwaith, roedd yn rhaid i Daf gytuno'n llwyr efo'i frawd yng nghyfraith. Roedd popeth yn mynd yn iawn, heblaw am agwedd Falmai, a fu'n dawedog drwy'r gyda'r nos.

'Rhaid i ti ddweud rhywbeth wrtho fo,' sibrydodd Daf yn ei chlust. 'Sbia ar yr ymdrech mae pawb arall yn ei wneud. Meddylia di am Carys.'

Fel ymateb, martsiodd Falmai yn syth draw at Garmon, gan dorri ar draws sgwrs rhyngddo a Siôn.

'Faint o foddion wyt ti'n eu cymryd bob dydd?' gofynnodd yn siarp. Gwelodd Daf gwmwl dros wyneb Carys ond chwarddodd Garmon yn uchel.

'Heddiw, dwi wedi cymryd Co-codamol i helpu efo'r pen mawr ond a dweud y gwir, wnaeth o ddim gweithio'n dda iawn.'

'Ond ... ond rwyt ti'n sâl, yn dwyt ti?'

'Dim ond ar ôl deg peint o Guinness.'

Roedd ei chyfraniad drosodd, a safodd Falmai yn berffaith dawel am weddill y noson. Penderfynodd Daf ei hanwybyddu, ac unwaith eto roedd o'n ddiolchgar iawn am ymdrechion Gaenor. Roedd ei chroeso'n gynnes a'i bwyd yn flasus iawn. Wrth bicio'n ôl i'r gegin am botel arall o win, digwyddodd Daf glywed Garmon yn sibrwd yng nghlust Carys:

'Pa un yw dy fam? Achos mi fedra i ddweud wrthat ti pa un mae dy Dad yn ei charu.'

Synnodd Daf: roedd o'n meddwl na allai neb fod yn fwy dadansoddol na fo. Ond roedd Garmon yn ddyn ifanc arbennig, a chraff, iawn.

Tuag un ar ddeg, cynigodd Gaenor wely dros nos iddo fo.

'Diolch yn fawr iawn i chi, Mrs Jones, ond rhaid i mi fynd yn ôl i'r fan. Mae gen i rŵtîns bach i'w gwneud ben bore.'

'Ffisio a ballu?' gofynnodd Falmai, yn gweld ei chyfle i droi'r sgwrs yn ôl i faterion meddygol.

'Ffitrwydd, Mrs Dafis. Dwi'n treulio awr bob bore yn codi pwysau ac ati. A dwi'n gwybod yn iawn 'mod i dros y limit – mae Josh yn y dre ar y lemonêd ac mi alla i ei ffonio fo unrhyw bryd. A dweud y gwir, well i mi ei ffonio fo rŵan, os ydi hynny'n iawn.'

'Does dim signal yr ochr yma i'r tŷ,' eglurodd Carys. 'Dad, dangos yr hotspot iddo fo, wnei di?'

Gair anffodus oedd 'hotspot', meddyliodd Daf, wrth gofio am y ganmoliaeth a roddodd Carys i dechneg rywiol Garmon. Cuddiodd ei wên.

Yn sydyn, daeth sŵn ffraeo o'r buarth: Gethin a Manon.

'Cymdogion swnllyd,' sylwodd Garmon.

'Dim ond dros dro. Den ni wedi rhentu'r lle dros y Brifwyl i Gethin Teifi a'i deulu.'

'Ac mae o'n trin aelodau o'i deulu yn union fel mae o'n trin ei gyd-weithwyr, mae'n amlwg. Well i mi ddanfon tecst i Josh.' Arhosodd Daf i Garmon decstio gan fod y byngalo o fewn ei glyw.

'Pam na ddwedest ti wrtha i? Ti ddim yn gallu cadw cyfrinachau fel'na.'

'Fy musnes i ydi o.'

'Ond fi yw'r un sy ishe plant.'

'Mae 'na sawl peth yn y byd dan ni isie, ond dan ni ddim wastad yn eu cael nhw.'

'Ond mae gen i hawl ...'

'Ti'n swnio fel merch ddeg oed yn stampio'i thraed bach.'

'Ai dyna beth fydd nesa felly: ffansïo merched bach deg oed?'

Wedyn, sŵn slap.

'Esgusoda fi am eiliad, Garmon. Mae'n rhaid i mi jecio fod y ferch yn iawn.'

'Digon teg.'

Roedd hi'n iawn, ond gwelodd Daf farc mawr coch ar foch Gethin.

'Dos, os wyt ti wedi cael digon o'r lifestyle, Mans bach.'

'I ble? Fi 'di colli fy ffrindie i gyd.'

'Cer nôl at dy sgwarnog, Melangell. Dwi'n siŵr y cei di fynd i'w weld o'n reit aml yn y carchar.'

'Dyna hen ddigon,' taranodd Daf. 'Dwi ddim am ganiatáu hyn. Mae ganddoch chi'ch dau ddewis: tawelu ar unwaith neu fynd yn ôl i Gaerdydd heno.'

'Mae hi bron yn hanner nos,' cwynodd Gethin.

'A dech chi wedi torri amodau'r cytundeb. Dwi'm yn mynd i ofyn ddwywaith.'

Tu allan ar y buarth, roedd Garmon yn cymeradwyo.

'Dyna'r ffordd i ddelio efo fo. Ti'n gwybod be, Daf? Mae gen i glamp o darged saethu mawr adra, a dwi wedi rhoi ei lun o reit yn y canol.'

Pennod 9

Dydd Gwener

Oherwydd safon a sylwedd bwyd y barbeciw, ddeffrodd neb yn Neuadd efo pen tost, heblaw Megan a Siôn oedd yn bwriadu ymlwybro lawr i'r Black yn fuan ar ôl brecwast. Roedd pawb mewn hwyliau da ac eithrio Falmai, a phawb yn canmol Garmon.

'Rhaid i ti ei fachu o, Carys,' mynnodd Gaenor. 'Mae o'n bishyn go iawn.'

'Ac mae ganddo fo ben doeth ar ei sgwyddau,' barnodd John. 'Mae o ar fin agor siop newydd yn Nolgellau ac un yng Nghaer, medde fo wrtha i.'

'Glywsoch chi'r stori am ei daith i'r Ariannin, i saethu ffilm am y ddinas sy wedi cael ei boddi? Dwi'n checio'r ddolen ar ei wefan: den ni'n mynd i wylio'r ffilm gyfan ar ôl brecwast.'

'Den ni mor stoked i wylio'r ffilm, ar ôl clywed yr hanes i gyd ganddo fo,' ychwanegodd Meilyr.

'Dwi'n falch eich bod chi'n ei hoffi o,' mentrodd Carys, 'yn enwedig ... achos den ni'n ...'

'Dech chi'n canlyn? Falch o glywed,' atebodd John. 'Roedd Matt yn llanc braf, ond rhaid cofio am yr iaith.'

Cododd Falmai ar ei thraed. 'Dwi'n synnu atat ti, John. Does gan Daf ddim owns o synnwyr cyffredin felly tydi hi ddim yn syndod ei fod *o*'n cefnogi'r berthynas yma, ond fel arfer rwyt ti'n gallach. Be sy'n bod arnoch chi i gyd?' Trodd at ei merch. 'Paid â dweud nad ydi'r peth ddim yn amlwg: nyrs am ddim mae o angen, nid cariad, Carys.'

'O, cau dy geg, Mam,' atebodd Rhod, ei fochau'n fflamio. 'Den ni i gyd yn hoff iawn o Garmon. Gawn ni fynd drwodd i orffen ein tost o flaen y teledu plis, Anti Gae?'

'Â chroeso.'

Ar ôl iddyn nhw adael, siaradodd Carys â Falmai mewn llais isel, llawn perygl.

'Oedd rhaid i ti ei siomi fo o flaen ei ffrind, Mam? Hen ast wyt ti. Dwi'm isie dy weld ti yn y pafiliwn ar gyfer y Cadeirio pnawn 'ma, ac os dwi'n gweld dy wyneb yn y gynulleidfa, dwi'n mynd i godi fy ngwisg ddrud, grand, a phisio dros y llwyfan, ar y teledu, o flaen pawb, i ti gael teimlo dy siâr o'r embaras ti wedi'i greu i ni dros y blynyddoedd. A rŵan, mae gen i jyst digon o amser am sesiwn fach hyfryd yng ngwely'r cripl cyn cychwyn fy shifft yn Dresel Nain.'

Ar ôl i Carys gau'r drws bu tawelwch perffaith, heblaw sŵn John yn bwyta ei dost. Ar ôl bron i bum munud, siaradodd Falmai.

'Rhag cywilydd iddi hi!'

'Na, rhag cywilydd i ti, Falmai,' ymatebodd Daf. 'Ti'n ein gwthio ni i gyd i ffwrdd efo ymddygiad fel'na.'

'Well i ti beidio mynd i'r pafiliwn beth bynnag, Fal,' cynghorodd John hi. 'Mae heddiw'n ddiwrnod mawr iddi, a tydi hi ddim angen i ti amharu arno fo.'

'Jiwdas,' poerodd Falmai ato, cyn rhuthro drwy'r drws cefn.

'Ydi Mrs Dafis yn cael nervous breakdown?' gofynnodd Megan, wrth sipian ei the.

* * *

Ffoniodd Daf yr orsaf i gadarnhau ei fod o'n cymryd y diwrnod i ffwrdd. Roedd o wedi bwcio'r dyddiad yn syth ar ôl iddo glywed am rôl Carys yn y seremoni, cyn i'r Prif Gwnstabl ganslo gwyliau pawb, ond ar ôl wythnos o waith caled a chymhleth roedd o ofn atgoffa'i ffrindiau yn yr orsaf fod yn rhaid iddyn nhw ymdopi hebddo fo.

'Ond,' eglurodd Nia, 'den ni newydd gael neges gan y labordy yn Birmingham.'

'Y lol efo'r parti merched yma? Gormod o benmaenmawr i ganu ond methu wynebu'r arweinydd?'

'Dim lol ydi o, Bòs. Mae 'na dystiolaeth o wenwyn – asid dehydrocholig.'

'Ti'n jocian.'

'Dwi ddim.'

'A be ddiawl ydi asid dehydrocholig?'

'Sgen i ddim syniad. Ti ydi'r dyn clyfar, yr un sy wedi graddio.'

'Llenyddiaeth wnes i, nid Cemeg. Petai Islwyn Ffowc Elis wedi trafod yr asid 'ma, mi allen i helpu. Ond be ddywedodd y labordy?'

'Mae o'n sylwedd sy'n weddol gyffredin ond mi allai wenwyno pobl os ydyn nhw'n cymryd digon ohono, fel sy wedi digwydd fan hyn.'

'Pa mor sâl ydyn nhw?'

'Mae'r meddyg wedi awgrymu eu bod nhw'n mynd i Ysbyty Maelor, jyst am chydig oriau, i'w monitro nhw.'

'Ti'n gwybod be? Dim ond un diwrnod ffwrdd dwi isie'i gymryd.'

'Gwranda, Bòs, be am i mi fynd i siarad efo'r leidis, i Sheila ddechrau ar y gwaith papur ac i ti fynd i'r maes?'

'Oes posibilrwydd eu bod nhw wedi bwyta'r stwff 'ma ar ddamwain?'

'Dwi wedi cysylltu efo Severn Trent ynglŷn â'r dŵr, ond erbyn hyn mae'r meddyg a'r labordy wedi cysylltu efo'r awdurdod lleol hefyd – os yden nhw wedi bwyta rhywbeth sy wedi'u gwneud nhw'n sâl ar y maes, fydd raid ...'

'Nia, paid â'i ddweud o. Petai'n rhaid i ni gau'r maes cyn y Cadeirio, mi fydda i'n gorfod dianc yn syth i Periw ar gynllun witness protection. Beth bynnag, roedden nhw'n sôn mai ond y bwyd roedden nhw wedi'i gario efo nhw o sir Gâr oedden nhw wedi'i fwyta. Well i ti geisio cysylltu efo'r Awdurdod i ...'

'Dwi wedi gwneud. Dydi asid fel hyn ddim fel arfer yn dod drwy'r gadwyn fwyd, a petai'r gwenwyn yn uchel yn y gadwyn mi fydden nhw'n disgwyl gweld llawer mwy o bobl sâl.'

'Felly, does 'na ddim rheswm eto i ystyried clirio'r maes?'

'O bell ffordd.'

'Diolch byth am hynny. Pan fyddi di'n siarad efo nhw, ceisia ddarganfod yn union be maen nhw wedi bod yn wneud ers iddyn nhw gyrraedd sir Drefaldwyn. Gofynna ydi Nev neu Darren ar gael i ddod efo ti.'

'Mi wna i.' Bu saib bach.

'Diolch yn fawr am hyn, Nia. Os wyt ti'n dod o hyd i unrhyw broblemau, mi fydda i ar y maes, ocê?'

'Iawn, Bòs. Cofia fi at Carys – mae'n ddiwrnod mawr iddi hi, tydi.'

'Wrth gwrs.'

Yn ddiweddarach, llwythodd Rhodri a Meilyr i'r car er mwyn iddyn nhw gael mwynhau diwrnod o hwyl ar y maes efo'i gilydd.

'Wal ddringo neu'r Babell Wyddoniaeth gynta, cogie?'

'Den ni wedi trefnu i gwrdd â Rob Berllan a'r giang sy'n aros efo nhw gynta,' atebodd Rhodri, a theimlodd Daf ychydig yn nerfus. Roedd o'n gwybod bod Rob wedi cael ei fagu'n iawn gan Chrissie ond roedd ei hyder a'i aeddfedrwydd wedi creu bwlch rhyngddo fo a bechgyn fel Rhodri a Meilyr. Roedd Daf yn anfodlon iawn i gyfaddef hynny, ond roedd elfen o wahaniaeth statws rhwng Rob a Rhodri hefyd. Yn ôl Bryn, roedd Rob yn edrych ymlaen at adael yr ysgol ymhen tair blynedd er mwyn dechrau gweithio, prynu tŷ ac ati. Felly, roedd yn addas iddo fo ddod i ddeall perthynas rhwng bechgyn a merched yn gynnar. Ond roedd dyfodol Rhodri yn wahanol iawn – chweched dosbarth, coleg, teithio efallai, hyfforddiant proffesiynol. Byddai'n ddigon posib i Rob fod yn dad i blentyn yn yr ysgol uwchradd cyn i Rhodri ddyweddïo. Ond rwân, roedden nhw'n ffrindiau ac roedd Daf yn sicr fod Rhodri'n fachgen call ac yn ddigon cadarn i ganfod ei lwybr ei hun yn hytrach na dilyn eraill fel dafad.

Wrth adael y buarth, sylwodd Daf nad oedd symudiad na sŵn o gyfeiriad y byngalo. Efallai, meddyliodd, fod ei eiriau cadarn neithiwr wedi eu sobri nhw. Pan gyrhaeddodd y maes parcio penderfynodd beidio camddefnyddio manteision ei swydd, ac am y tro cyntaf yr wythnos honno, arhosodd yn y ciw. Pan ddilynodd arwyddion y criw yn eu gwasgodau hi-vis, John ei hun a'i harweiniodd i barcio'r car. Rhedodd y bechgyn nerth eu traed tuag at y fynedfa, gan alluogi John i fachu Daf am sgwrs.

'Dwi'n poeni am Falmai, Dafydd,' meddai, gan roi ei law fawr yn drwm ar ysgwydd Daf. 'Wyt ti'n meddwl ei bod hi ar fin cael breakdown fel y dywedodd y ferch 'na?'

'Den ni wedi penderfynu gwahanu, John. Alla i ddim byw efo hi ddim mwy, na'r plant chwaith.'

'Be?'

'Sori, John, ond yn ystod yr wythnos yma rwyt ti 'di cael cyfle i weld drosot dy hun sut mae hi'n bihafio. Mae'n rhaid i mi feddwl am les y plant.'

'Oes 'na ddynes arall yn y pictiwr, Daf?'

'Dwi'n siarad am y berthynas rhwng Falmai a fi, dim arall.'

'Ond wnest ti ddim gwadu, Dafydd. Beth bynnag arall wyt ti, ti'n ddyn gonest. Fel pennaeth y teulu, mae gen i ddyletswydd dros Falmai, felly mae'n rhaid i mi ofyn – ydi o'n wir dy fod ti'n cael ... perthynas efo Chrissie Berllan?'

'Mae gen i berthynas efo Chrissie; den ni'n ffrindiau a dwi'n meddwl y byd ohoni hi. Ond os wyt ti'n gofyn a yden ni'n ffwcio, dim eto ydi'r ateb. A fydd hynny ddim yn digwydd chwaith, mwy na thebyg.'

'Rhaid i mi ddweud, Dafydd – fel dyn o gig a gwaed fy hun rŵan, nid fel brawd i Falmai – na fyddai'n rhaid i Chrissie Berllan ofyn ddwywaith i mi. Dwi erioed wedi gweld dynes mwy secsi. Dyna'r rheswm dwi ddim yn fodlon iddi hi ddod i Neuadd i sganio. Mae hi'n gwneud i mi deimlo ... wel, teimlo'n anffyddlon.' Cymerodd John wynt mawr, fel petai'n rhaid iddo fo droi ei feddwl rhag dilyn trywydd peryglus. 'Wyt ti'n bendant dy fod ti a Falmai'n mynd i wahanu?'

'Does 'na ddim dewis arall.'

'Dros y blynyddoedd, Dafydd, dwi wedi dod i dy nabod di'n reit dda, dwi'n meddwl.'

Roedd Daf yn amheus iawn o hynny, ond ddywedodd o

ddim byd. 'Ac yn ddiweddar, dwi wedi dechrau deall dipyn bach am dy waith, am sut wyt ti'n gallu darganfod y gwir mewn achosion mor gymhleth. Dwi'n gofyn am dy gymorth di, nid fel aelod o'r teulu ond fel ffrind – sut allwn ni ddelio efo Falmai?'

'Wn i ddim, John. Gwranda, mae'r bechgyn yn aros amdana i wrth y giât. Fydd yn rhaid i ni gael sgwrs am hyn eto.'

'Iawn. Achos ... all hi ddim dod i fyw efo ni, wyddost ti. Fyddai Gaenor yn mynd yn wallgo.' Rwân rwyt ti'n dechrau parchu barn Gaenor, meddyliodd Daf, ond unwaith yn rhagor, ddywedodd o 'run gair. Gwenodd wrth feddwl nad oedd John wedi amau Gaenor o gwbwl. Efo'i statws a'i gyfoeth mae'n rhaid na allai ystyried y byddai ei wraig yn ei adael, heb sôn am ei adael am ddyn llai cefnog.

'Well i ni anghofio am y peth am heddiw, iawn John? Dwi ddim isie amharu ar ddiwrnod mawr Carys.'

'Digon teg. Wela i di wedyn, Dafydd. O, a Dafydd?'

'Be?'

'Gobeithio y gallwn ni ddal i fod yn ffrindiau, ar ôl beth bynnag sy'n mynd i ddigwydd?'

'Allwn ni jyst gadw pethau'n dawel am heddiw, John?' Roedd Daf yn anfodlon dweud celwydd noeth wrth John ond roedd bron yn amhosib iddo ddychmygu y byddai'r ddau'n rhannu peint efo'i gilydd. Byddai Daf yn gadael Falmai a'i theulu, ond nid bore seremoni'r Cadeirio oedd yr amser i drafod hynny.

'Wela i di yn y pafiliwn, Dafydd.'

'Ie.'

Wrth gerdded draw i'r fynedfa roedd Daf yn teimlo'n anghyfforddus. Doedd o ddim wedi bwriadu trafod dyfodol ei briodas efo John a bu'n agos iawn at fradychu Gaenor yn ddamweiniol. Ar ôl talu a gwylio'r bechgyn yn crwydro oddi wrtho'n hapus, ffoniodd Gaenor.

'Diolch o galon am bopeth neithiwr.'

'Wnes i ddim byd. Mae Garmon yn fachgen clên iawn ac roedd o'n haeddu croeso.'

'Wyt ti wedi gweld Fal o gwbwl?'

'Naddo, ond tydi ei char hi ddim ar y buarth.'

'Dwi newydd siarad efo John.'

'O.'

'Ddywedais i ddim byd wrtho fo amdanon ni, ond roedd yn rhaid i mi ddweud bod Fal a finne wedi penderfynu gwahanu.'

'All neb synnu, ar ôl ei hymddygiad yr wythnos yma.'

'Do'n i ddim isie trafod efo fo o gwbwl, ond rywsut, pan ofynnodd y cwestiwn, roedd yn rhaid i mi roi ateb iddo fo.'

'Paid â phoeni. Mi alla i ddelio efo John. Dwi wedi cael digon o gyfle i ymarfer.'

'Jyst nes bydd Gethin a'i griw wedi mynd ... dwi ddim isie trafferth diangen.'

'Ac mae'n ddiwrnod mawr i Carys heddiw.'

'Wrth gwrs. Dim ond lol ydi o, ond mae o'n lol sy'n bwysig iddi hi.

'Siŵr iawn. Wela i di'n nes ymlaen, Daf.'

'Dwi'm isie swnio fel twpsyn, ond alla i ddim aros i dy weld di.'

'Dwi'n dy garu di, Daf.'

'Caru ti, Gae.'

Roedd ei law yn crynu wrth roi'r ffôn yn ôl ym mhoced ei siaced. Gwelodd ei fod wedi methu ateb dwy alwad gan yr un rhif, a hwnnw'n rhif anghyfarwydd. Roedd ar fin ffonio'i beiriant ateb pan deimlodd, am yr ail dro y bore hwnnw, law ar ei ysgwydd. Trodd i weld Gethin, ei wyneb yn wyn yng ngolau haul y bore.

'Daf, rhaid i ni gael sgwrs. Ti'n ffansïo glasiaid?'

'Stedi on, Geth, dim ond un ar ddeg y bore ydi hi.'

'Paned, felly. Mae'n rhaid i mi ymddiheuro.'

'Paned amdani.'

Cofiodd Daf rywbeth rhyfedd iawn am Gethin: bob tro y byddai'n cerdded efo Daf byddai rhythm eu camau'n disgyn i'r un patrwm bron yn syth, fel petai ei draed yn ceisio dilyn patrwm Gethin. Gwenodd y ferch arno o'r tu ôl i gownter y fan goffi wrth baratoi'r diodydd a gorfododd ei hun i wenu'n ôl arni.

Eisteddodd ar fêl mawr o wair wrth y fan, wedi methu canfod cornel o gysgod. Ymestynnodd Gethin ei goesau hir ar ôl eistedd, fel cath yn mwynhau'r haul ar silff ffenestr.

'Daf, dwi mor sori am yr holl helynt.'

'Rhaid i mi gyfadde, ro'n i wedi gobeithio am denantiaid tawel.'

'Mae popeth wedi digwydd ar unwaith yr wythnos yma, fel ploryn yn hel o dan y croen cyn byrstio dros dy wyneb di.'

'Am ddelwedd hyfryd. Ddylet ti fynd yn ôl at dy farddoniaeth.'

'Rhyfedd i ti ddweud hynny, Daf ... ond mi allwn ni drafod barddoniaeth yn nes ymlaen dros botel, gobeithio?'

'Fallai, ond dwi'n mynd i gael pryd o fwyd efo'r teulu ar ôl y Cadeirio.'

'Nes ymlaen, ie? Mi bryna i'r *Cyfansoddiadau* ac mi gawn ni rwygo pob cerdd yn rhacs dros botel o Rioja.'

'Ti'n well bardd nag unrhyw un sy wedi ennill y gadair yn ddiweddar, Geth. Ddylet ti anghofio am dy fusnes, am ferched a hyd yn oed dy deulu, ac eistedd mewn rhyw fwthyn bach yn sgwennu.' Roedd Daf yn ymwybodol ei fod yn gwisgo'r gwir fel jôc.

'Wyddost ti, Daf, mae'n rhaid i mi wneud rhywbeth i ennill parch fy nhad.'

'Mae'r Athro'n meddwl y byd ohonat ti.'

'Sori, Daf, ond am unwaith rwyt ti'n anghywir. Ers i mi allu cofio, dwi wedi clywed pobl yn siarad amdano fo. Dwi'n cofio eistedd ar y glaswellt yn yr ardd gefn yn dair oed, yn gweld ei gysgod mawr dros y blodau, dros y llwybr, dros y pwll tywod – a dwi'n cofio meddwl y byddwn i, ryw ddydd, yn tyfu i fyny'n ddigon mawr i daflu'r un cysgod. A dyma fi, fy hen ffrind, wedi tyfu fyny i fod yn ddyn o ryw fath, a tydw i ddim yn taflu mwy o gysgod na gwelltyn.' Tynnodd welltyn o'r bêl er mwyn pwysleisio'i bwynt.

'Twt lol, Gethin. Ti 'di gwneud lot mwy o bres na dy dad yn un peth.'

'Ond be ydi pres? Dwi wedi ceisio mwynhau effaith y blydi pres ond methu wnes i. Iesu, dwi hyd yn oed wedi prynu merch ifanc i'w ffwcio ond be ges i o'r fargen honno? Mab sy'n defnyddio coke, cyn-wraig sy'n elyn peryglus tu hwnt a mam sy'n torri'i chalon. Ac mi fetia i dy fod ti'n cael amser poethach yng ngwely dy chwaer yng nghyfraith heb dalu ceiniog.'

'Gwranda, Geth, mi alli di ddweud hyn i gyd gan dy fod di'n gyfoethog. Petaet ti wedi stryglo fel pawb arall, mi fyddet ti wedi sylweddoli fod yr hen ddywediad Saesneg yn wir – brechdan gach yw bywyd, ac mae'r rheini sy â mwy o fara yn bwyta llai o gach.'

'Ond pwy sy am edrych arna i fel mae Mam yn edrych ar Nhad? Pwy fydd yn gofyn am fy marn i ac yn parchu fy noethineb? Hyd yn oed pan mae o ar ei ben ei hun mewn stafell wag, mae gan Nhad ei ffydd.'

'Be ti'n feddwl?'

'Does dim yn codi ofn arno fo. Cafodd brofion ar ei galon bum mlynedd yn ôl a bryd hynny roedd o'n siarad am farwolaeth fel dwi'n siarad am fynd i brynu potel o laeth. Erbyn hyn, mae'n well tad i Peredur na fi.'

'Ond roedd dy dad yn isel ar ôl y ddamwain gwpwl o flynyddoedd yn ôl, yn doedd?'

Gorffennodd Gethin ei goffi cyn ymateb.

'Hi, y fam, hi oedd yn unig berson gafodd effaith arno. Dim ond unwaith welais i hi – roedd hi'n ... Fallai dy fod di wedi gweld sawl un fel'na, Daf, ond dwi erioed wedi gweld dynes yn cerdded, yn anadlu, yn siarad efo'r fath wacter yn ei llygaid. Roedd Eira'n bendant mai effaith y tranx oedd o, ond i mi, colled oedd o. Roedd hi wedi colli popeth oedd yn bwysig iddi hi, a pham? O achos Nhad. A pham nad oedd o'n gyrru mor ofalus ag arfer? Roedd o'n siarad ar y ffôn ar y pryd, â'i ddwylo'n rhydd, wrth gwrs. Na, nid siarad – roedd o'n pregethu. Roedd rhyw si wedi cyrraedd Llandeilo am fy ymddygiad yn y Cameo Club felly roedd o'n trafod fy nyletswyddau fel gŵr ac fel tad, ond yn anffodus, anghofiodd ei ddyletswyddau fel gyrrwr.'

'Geth, ti'n swnio fel petaet ti'n falch.'

'Dydi hynny ddim yn deg, ddim yn hollol deg. Ro'n i'n falch o'i weld o, am unwaith, yn blasu bara chwerw euogrwydd, ond all neb fod yn falch o'r hyn ddigwyddodd i'r bachgen.'

'Bara chwerw euogrwydd? Ti'n methu rhwystro dy hun rhag barddoni. Cer di i nôl beiro a phapur, Oedipus Teifi, a gwna rywbeth gwerth chweil efo'r holl emosiynau 'na.'

Gwasgodd Gethin y gwpan blastig. 'Dim ond am unwaith, Daf, dwi isie iddo fod yn falch 'mod i'n fab iddo fo. Dwi wedi ceisio gwneud rhywbeth i'w blesio fo, ond dwi'n gwybod o flaen llaw na fydd hynny'n ddigon. Dwi'n cofio diwrnod ein seremoni graddio: ro'n i mor genfigennus. Roedd dy dad mor falch, a Nhad yn mynnu pwysleisio pa mor bwysig oedd ennill Dosbarth Cyntaf gan nad oedd fy 2:1 yn ddigon iddo.'

Chwarddodd Daf. 'Fi oedd yr un llawn cenfigen. Roedd dy gartref di mor groesawgar a diddorol.'

'Ond bob dydd, yn ystod pob sgwrs, pob pryd o fwyd, pob gêm o Monopoly hyd yn oed, roedd Nhad yn fy marnu. Felly, gan nad oeddwn i'n amlwg yn gallu ei blesio fo, penderfynais y byddwn i'n dechrau plesio fy hun. A dyma fi rwân.'

'Paid â boddi mewn hunandosturi, Gethin. Rydech chi wedi cael wythnos anodd fel teulu. Mae magu plant yn anodd, yn anoddach byth os wyt ti wedi gwahanu. Mi ddaw Peredur drwy hyn, paid â phoeni.'

'Ond efo cymorth pwy? A dwi ddim yn sicr faint o ddyfodol sydd i mi a Manon. Efo Eira ... wel, roedd Eira'n actio'r rhan o hyd, yn smalio bod yn wraig ac yn fam. Ond mae Manon yn teimlo pethau go iawn – sut alla i ymateb?' Curodd Gethin ei frest, ystum oedd yn atgoffa Daf o'r Catholigion yn cyffesu. 'Dwi'n wag, Daf. Does dim byd yna. Dwi ddim yn caru Manon. Dwi'n hoff iawn o'i ffwcio hi, ond pleser gwag yw hynny, fel bwyta losin. Dwi'm yn sicr ydw i'n caru Peredur, chwaith. Dwi'n ei weld fel niwsans yn fwy na dim arall.'

'Ti'n magu plentyn yn ei arddegau: maen nhw wastad yn boen,' atebodd Daf wrth feddwl am y cynhesrwydd a deimlai pan welai Rhodri'n hapus, a'r tynerwch yn llygaid Chrissie pan oedd hi'n trafod Rob. 'Ti angen siarad â rhywun sy tu allan i'r sefyllfa, rhywun all dy helpu i weld y ffordd ymlaen.'

'Dafydd, fy hen ffrind, mae'r ffordd ymlaen yn ddigon clir. Dwi'n mynd i ennill pres yn gwneud gwaith dibwys a'i wario ar bleserau sy'n cyfri dim. Dwi ddim wedi dweud wrthat ti am Garmon Jones, ydw i?'

'Nag wyt, ond mae Garmon yn ... ffrind i Carys, felly dwi ddim isie clywed unrhyw beth ...'

'Ro'n i'n hoff iawn o ffilmio efo fo i ddechrau. Roedd o'n mwynhau pob eiliad ar gefn ei feic ac yn gallu trafod pob shot fel pro. Ond ar ôl treulio bron i fis efo fo yn Ne America, tyfodd hadyn bach o genfigen – do'n i ddim yn gallu deall sut y gallai dyn ifanc werthfawrogi pob profiad, pob awr o'i fywyd pan oedd fy mywyd i mor ddiflas a gwag. Ar ôl y daith honno mi wnes i ddechrau ei gasáu o, torri fy mol isie'i weld o'n methu, ond bob tro ro'n i'n ei wthio fo, roedd o'n llwyddo. Wnes i ddim cynllunio'r ddamwain ond ro'n i'n falch o'i weld o ar y llawr. Ond ti'n gwybod be, Daf? Pan oedden nhw'n ei lwytho fo i'r Ambiwlans Awyr, mewn poen aruthrol, roedd o'n ceisio gwneud jôc. Bryd hynny y sylwais i, hyd yn oed mewn cadair olwyn, fod ganddo well dyfodol na fi.'

Gwylltiodd Daf. 'Dwi wedi clywed hen ddigon. Ti'n ceisio sgwennu drama fan hyn, trasiedi efo ti dy hun fel arwr, ond mae hi'n debycach i ffars. Ti'n ddyn hunanol sy wedi cael pob cyfle i lwyddo: os nad wyt ti'n mwynhau dy fywyd melys, rho bopeth i elusen a byw fel pawb arall am fis – mi fyddet ti'n gwerthfawrogi'r hyn sy gen ti wedyn. Pan oedden ni yn y coleg, roedd sawl un yn cwyno am eu rhieni. Roeddet ti'n un ohonyn nhw, wastad yn eu beio am bob gwendid. Erbyn hyn ti'n ddyn canol oed, ac yn dal i feio dy dad am bob camgymeriad. Rhaid i ti dyfu fyny, Geth, a does gen i ddim digon o amser heddiw i'w wastraffu ar dy broblemau seicolegol di.' Cerddodd i ffwrdd gan adael ei ffrind ar ei ben ei hun, y dyn mwya unig ar faes y Steddfod.

Unwaith eto, roedd o wedi methu galwad ar ei ffôn. Dim byd pwysig: nid un o rifau cyfarwydd ffonau symudol aelodau'r tîm na'r orsaf yn y Trallwng oedd o, felly doedd dim rhaid i Daf dorri ar draws ei ddiwrnod o hamdden.

Yng nghanol hwyl y barbeciw y noson cynt, roedd y teulu cyfan, oedd yn cynnwys Garmon erbyn hyn, wedi penderfynu bwcio bwrdd yn Pl@iad ar ôl y Cadeirio. Trefnodd Garmon i rywun warchod ei stondin, a phan alwodd Daf heibio roedd o'n edrych ymlaen.

'Dwi erioed wedi bod yn y Cadeirio o'r blaen, Daf,' cyfaddefodd. 'A dweud y gwir, dwi'n hollol ddi-glem am bethau diwylliannol. Pan o'n i 'run oed â Rhod a'i ffrind, doedd gen i ddim diddordeb mewn dim heblaw gwaith fferm a neidio ar gefn beic. Helpa fi i beidio â gwneud ffŵl o Carys.'

'Does dim i'w wneud. Dim ond eistedd a gwrando. O, a dipyn bach o ganu.'

'Dwi'n gorfod mynd i ran arbennig o'r pafiliwn i eistedd, oherwydd y gadair ... fy nghadair i, hynny ydi, nid Y Gadair. Wnei di ddod efo fi, Daf?'

'Be?'

'Smalio bod yn ofalwr i mi.'

'Sut mae gwneud hynny?'

'Os ydw i'n dechrau glafoerio a chditha'n gwthio'r gadair, mi fyddwn ni'n cyd-fynd â delwedd pobl o berson mewn cadair olwyn. Pobl fel dy wraig, Dafydd.'

'Sori, lanc.'

'Hi ddylai fod yn sori, Daf. Ond os ga' i fod yn ddigywilydd am eiliad, cofia di fod bywyd yn fyr ac yn fregus. Cymera di bob siawns i fod yn hapus, er mwyn pawb.'

'Diolch, Garmon. Wela i di tu allan i'r pafiliwn yn nes ymlaen. Y peth mawr pinc yng nghanol y cae ydi o.'

Ar ei ffordd draw i stondin Heddlu'r Gogledd, ceisiodd Daf osgoi Eifion Pennant drwy ochrgamu'n sydyn i stondin Coleg y Drindod ond roedd o eiliad yn rhy hwyr.

'Arolygydd Dafis? Ga' i air â chi, os gwelwch yn dda?'

'Dwi ddim yn gweithio heddiw, Mr Pennant. Mae 'na sawl heddwas ar y maes.'

'Ond 'wy angen siarad 'da chi, gan mai eich cyfrifoldeb chi yw'r holl ... wel, yr hyn sy wedi digwydd.'

'Be sy wedi digwydd?'

'Mater cyfrinachol iawn yw e. Allen ni fynd i rywle tawel i sgwrsio?'

Er bod yr awyr iach a'r haul wedi gwneud lles arwynebol i Eifion Pennant, ystyriodd Daf wrth edrych ar ei groen brown, doedd dim yn hamddenol yn ei lais. Ddywedodd o ddim gair arall nes iddyn nhw gyrraedd cefn y Babell Lên, oedd yn un o gorneli tawelaf y maes.

'Yn anffodus, mae'n rhaid i mi hysbysu'r heddlu am drosedd ddifrifol.'

'Pa fath o drosedd?'

Chwiliodd Eifion Pennant am y geiriau iawn, am y tro cyntaf yn ei fywyd.

'Dim ond pymtheg oed yw fy merch i, Arolygydd Dafis. Merch fach dawel yw hi, wastad wedi bod. Mae hi'n rhy ifanc i gael perthynas rywiol.'

'Oes cariad ganddi hi?'

'Ddim tan yr wythnos yma. Ry'n ni'n aros ar y safle a awgrymoch chi, ac mae hi wedi bod yn treulio llawer gormod o amser 'da mab y teulu sy'n berchen ar y lle.'

'Rob? Dim ond tair ar ddeg ydi o.'

Agorodd Eifion Pennant ei geg yn llydan am eiliad nes ei fod o'n edrych fel pysgodyn diwylliedig iawn. 'Y'ch chi'n siŵr?'

'Mae o wedi bod yn yr un dosbarth â fy mab i ers yr ysgol Feithrin.'

'Ond, wir i chi, Arolygydd Dafis, mae'r bachgen wedi cymryd morwyndod fy merch i. Mae'n rhaid iddo fe gael ei gosbi.'

'Mr Pennant, Mr Pennant, am eirfa hen ffasiwn. A be dech chi'n feddwl sy wedi digwydd rhyngddyn nhw?'

'Maen nhw wedi cael ... maen nhw wedi ...'

'Dwi ddim isie creu embaras, ond ydech chi wedi trafod y peth efo'ch merch? Ac ydech chi'n sicr be'n union sy wedi digwydd rhyngddyn nhw?'

'Dwi wedi darganfod proffilactig yn ein Elsan ni.'

'Darganfod be?'

'Proffilactig. Durex, neu beth bynnag maen nhw'n eu galw nhw.'

'A, dwi'n gweld. Does dim llawer o gyfrinachau mewn gwersyll. Be ddywedodd eich merch am y peth?'

'Roedd hi'n ... styfnig iawn. Fe wnaeth hi gyffesu, ond nid cyffesu yw'r gair iawn chwaith – roedd hi'n falch iawn. Roedd hi bron fel petai hi'n dathlu'r peth. Fe geisiais i siarad â thad y bachgen ond chwerthin wnaeth e.'

'Dydi Bryn Humphries ddim yn dad i Rob. Mae'n ewythr ac yn llys-dad iddo fo, ond ta waeth. Pam dech chi'n siarad efo fi?'

''Wy'n disgwyl i chi ei arestio fe am gael cyfathrach rywiol 'da merch dan oed.'

'Ond Mr Pennant, mae Rob yn iau na hi.'

'A beth mae hynny'n ei olygu? Heblaw bod yn dystiolaeth o anfoesoldeb ei fagwraeth.'

Collodd Daf y darn olaf o'i amynedd efo Eifion Pennant. Pwy oedd o i sarhau Chrissie, gweddw oedd wedi llwyddo i fagu pedwar o blant? Wel, efo cymorth Bryn, oedd dipyn bach yn well nag anifail anwes, ond dim llawer.

'Yr hyn mae hynny'n olygu, Mr Pennant, ydi bod pob barnwr dan haul yn mynd i roi'r cyfrifoldeb am natur y berthynas ar y partner hynaf. Os na fyddwch chi'n ofalus, bydd eich merch yn glanio ar y Sex Offenders Register.'

'Y'ch chi'n wallgo? Merch ifanc ddiniwed yw hi. Mae hi'n astudio pedwar ar ddeg o bynciau ar gyfer ei ThGAU, i gyd drwy gyfrwng y Gymraeg, ac mae hi'n chwarae'r corned yng Ngherddorfa'r Sir.'

Roedd yn rhaid i Daf frathu'i dafod wrth feddwl am sawl jôc yn cynnwys y gair 'chwythu'. Penderfynodd eu rhannu efo Chrissie yn nes ymlaen.

'Ond hyd yn oed petai Rob yn bymtheg fyddai gan y CPS ddim llawer o ddiddordeb mewn achos fel hyn.'

'CPS, Arolygydd Dafis? Pwy yw'r CPS?'

'Gwasanaeth Erlyn y Goron. Nhw sy'n penderfynu ydi unrhyw achos yn werth ei erlyn. Fel arfer, dydyn nhw ddim yn ymyrryd ym mywydau personol merched pymtheg oed, os nad ydi'r ferch yn cael ei cham-drin gan rywun llawer hŷn na hi.'

'Bydd rhaid i ni ei erlyn yn breifat, felly.'

'Does ganddoch chi ddim siawns o lwyddo yn erbyn bachgen mor ifanc â Rob.'

'Fallai mai'r peth gorau i'w wneud yw cysylltu â'r Gwasanaethau Cymdeithasol. Os yw e mor ifanc â hynny, mae'n rhaid iddo fe gael ei amddiffyn. Mae'n amlwg nad yw ei rieni'n ei amddiffyn o gwbwl.'

'Rwân, yden ni'n trafod amddiffyn Rob Berllan oddi wrth eich merch? Byddwch yn ofalus iawn, Mr Pennant.'

'Beth arall all rhiant ei wneud?'

'Be am siarad efo nhw?'

'Efo'i rieni?'

'Efo'ch merch a Rob.'

Yn sydyn, gwelodd Daf rywbeth annisgwyl iawn: roedd dagrau'n llifo i lawr bochau Eifion Pennant.

'Sut alla i hyd yn oed ddechrau'r fath sgwrs? Os gwelwch yn dda, Arolygydd Dafis, dewch 'da fi, rhowch gymorth i mi.' Roedd yr olwg ar wyneb Eifion Pennant yn atgoffa Daf o Ed Mills, un arall oedd allan o'i ddyfnder. Teimlodd Daf drueni drosto – dros y blynyddoedd roedd Eifion Pennant wedi gallu amddiffyn ei ferch rhag y byd mawr creulon ond erbyn hyn, roedd ei fur yn dangos sawl twll. Am ddiwrnod o wyliau – problemau Gethin Teifi, wedyn Eifion Pennant!

Roedd o wedi bwriadu nôl rhywbeth i'w fwyta cyn siarad efo Meirion ond efallai na fyddai amser. Ffoniodd Rhodri.

'Ydi Rob Berllan efo ti, cog?'

'Ydi, Dad. Den ni'n aros am fyrgyr.'

'A'i gariad o?'

'Ebrillwen? Ydi, pam?'

'Alla i gael gair efo Rob? Pasia'r ffôn iddo fo, plis.'

Roedd Eifion Pennant yn ceisio sychu'i fochau â chefn ei law, a rhoddodd Daf hances iddo. Roedd Falmai wastad wedi rhoi hances lân i Daf bob dydd, ond bu'r hances hon yn ei boced ers gadael y byngalo ddydd Sul.

'Mr Dafis? Rob Humphries.'

'Helô Rob. Gwranda, dwi'm isie bod yn boen, ond allet ti ddod draw i gael sgwrs fach efo fi? A Miss Pennant hefyd?'

'Miss Pennant? O, ie, 'Brillwen. Dim probs, Mr Dafis. Pryd?'

'Wyt ti'n gwybod ble mae stondin Heddlu Gogledd Cymru?'

'Jyst gyferbyn â'r Principality? Ie, dwi'n gwybod.'

'Mi fydda i yna ymhen deng munud, iawn?'

'Iawn, Mr Dafis.'

Roedd Eifion Pennant yn chwythu ei drwyn ac yn sychu ei wyneb.

'Den ni'n mynd i gwrdd â nhw rwân.'

Efo'i ddagrau, diflannodd gwyleidd-dra Eifion Pennant.

'Yw e'n dod?'

'Maen *nhw*'n dod. Dwi'n mynd i ofyn i fy ffrindiau yn Heddlu'r Gogledd gawn ni fenthyg y stafell fach breifat sy ganddyn nhw.'

'Iawn.'

'Ond dwi'n mynd i siarad efo mam Rob yn gynta, iawn?'

Cododd Eifion Pennant ei ysgwyddau a chamodd yn ôl ryw ychydig. Ffoniodd Daf Chrissie ar unwaith.

'Mr Dafis.' Gwnaeth y nodyn o bleser yn ei llais y cyfan yn werth y drafferth i Daf.

'Chrissie. Sut mae pethau efo ti?'

'Mae'n reit dawel fan hyn. Bron pawb wedi mynd i'r maes, hyd yn oed fy mhlant i. Mae Bryn yn torri silwair yn Pendomen. Dwi'n unig, a dweud y gwir.'

Gwenodd Daf. 'Rhaid i mi dreulio'r pnawn yn y pafiliwn, Chrissie, yn anffodus.'

'O, ie. Dech chi ddim yn meindio 'mod i'n gofyn?'

'Ddim o gwbwl. Ond gwranda,' dywedodd Daf, gan droi i sicrhau nad oedd Eifion Pennant yn clustfeinio, 'dwi wedi cael tipyn o hassle gan ein ffrind, Mr Pennant.'

'O, be mae'r bastard bech isie rŵan eto? Mae ei wraig o'n ddynes lyfli.'

'Mae o'n ... anesmwyth ynglŷn â'r berthynas rhwng ei ferch o a Rob.'

'Wrth gwrs ei fod o, y snob bech cas. Den ni ddim yn ddigon da i bobl fel fo.'

'Debyg iawn, ond gall pobl fel fo achosi tomen o helynt. Roedd o'n sôn am erlyn Rob, oherwydd oedran y ferch.'

'Mae hi dipyn yn hŷn na fo, Mr Dafis. Hi yw'r cradle snatcher.'

'Wyt ti wedi siarad efo Rob am y busnes o gwbwl?'

'Tydi bechgyn ddim yn derbyn y ffasiwn sgwrs gan eu mamau, Mr Dafis. Cafodd Bryn air.'

'Wyt ti'n gwybod be ddywedodd o wrtho?'

Arhosodd Chrissie am eiliad ac ymatebodd mewn llais isel, rhywiol.

'Ddywedodd Bryn wrth Rob am gofio plesio'r ferch gynta, a rhoi cwpwl o awgrymiadau iddo fo sut i wneud hynny.' Chwarddodd. 'Ac wedyn, mi roddodd Bryn neges syml iddo – paid cenhedlu plentyn ti'n methu fforddio'i fagu – a phrynodd becyn o Durex iddo fo.'

'Wel, maen nhw'n ofalus, felly. Mae Mr Pennant isie siarad efo nhw, i roi pryd o dafod iddyn nhw, dwi'n tybio, ac mae o wedi gofyn i mi fod yn bresennol. Wyt ti isie dod hefyd?'

'Dydi hynny ddim yn syniad da, rhag ofn i mi roi clec iddo fo am bregethu wrth 'y 'mhlentyn i. Dwi'n eich trystio chi beth bynnag, Mr Dafis: mi fyddwch chi'n gwneud yn siŵr nad ydi Rob yn cael cam.'

'Chaiff dy blant di byth gam yn fy ngŵydd i.'

'Dwi'n gwybod. Dech chi'n ffrind da i ni, Mr Dafis.'

'Dwi'n gwneud fy ngorau, ond cofia di hefyd, Chrissie, petawn i ddim wedi gofyn am dy help efo busnes Dolau, fyddai

Rob ddim wedi cwrdd â'r lodes. Hefyd, ac mae'n gas gen i ymyrryd, ond dydi o ddim braidd yn ifanc i gael hwyl fel hyn?'

'Mae rhai pobl yn defnyddio pobl eraill, Mr Dafis, ac mae rhai yn mwynhau pobl eraill. Os ydi Rob a'r ferch yn mwynhau, yn rhannu pleser, ac os ydyn nhw'n cofio 'mod i'n rhy ifanc o lawer i fod yn nain, be 'di'r ots?'

Fel heddwas, dyletswydd Daf oedd atgoffa Chrissie am reolau'r gyfraith, ond roedd ei hathroniaeth yn apelio ato'n fawr iawn. Dewisodd gau ei geg.

'Iawn, Chrissie. Gawn ni siarad yn nes ymlaen?'

'Ti'n gwybod ble i fy ffeindio i.'

Roedd y ddelwedd o bobl yn mwynhau ei gilydd wedi ei atgoffa o Gaenor. Yn ogystal â'r ochr rywiol roedden nhw'n mwynhau sgwrsio, rhannu syniadau a gofalu am y plant efo'i gilydd. Y diffiniad o gariad, efallai?

Pesychodd Eifion Pennant yn fusneslyd i atgoffa Daf o'i bresenoldeb ond gan ei fod mewn hwyliau da yn dilyn ei sgwrs efo Chrissie, wnaeth Daf ddim cymryd yr abwyd. Erbyn hyn, roedden nhw wedi cyrraedd stondin Heddlu Gogledd Cymru ac roedd Meirion hanner ffordd drwy gyflwyniad i athrawon a rhieni oedd yn eu rhybuddio am effeithiau legal highs. Clywodd Daf ddyn yn y gynulleidfa yn dweud wrth ei bartner: 'Gwranda'n astud, wnei di? Dan ni ddim isio i'n Rolant ni dyfu fyny fel y byni boi 'na, y Sgwarnog Ysgafn Droed.'

Cydymdeimlodd Daf efo Gwion – dros nos roedd o wedi mynd o fod yn ffrind i holl blant Cymru i fod yn ysgymun. Byddai'n rhaid iddo gofio dweud wrth Eifion Pennant fod problemau gwaeth na rhamant yn effeithio ar bobl ifanc. Cododd Betsan oddi ar y stôl uchel tu ôl i'r cownter a daeth yn syth at Daf.

'Ydi o'n wir? Bod Blodau Mai wedi cael eu gwenwyno? Roedd Bodo Mai yn sôn am fynd â nhw i'r ysbyty, a ...'

'Dwi'n dal i aros am yr hanes i gyd, ond cofia fod miloedd o bobl bob mis yn cael eu gwenwyno gan rywbeth maen nhw'n fwyta.'

'Mae Bodo Mai wedi sôn am gynllun i arestio Eirlys Cadwaladr yn syth ar ôl y Cadeirio.'

'Does 'na ddim cynllun o gwbwl. Rhaid casglu'r wybodaeth gynta.'

'Siŵr iawn, Daf. Diolch am dy help.'

'Dim problem. Ond rŵan, dwi angen benthyg y stafell fach yn y cefn os ga' i.'

'O, Inspector Dafis, mae croeso mawr i ti yn fy stafell gefn i unrhyw bryd!'

'Ti 'di treulio gormod o amser efo Meirion – mae ei jôcs *Carry On* o'n heintus tu hwnt.' Roedd yn rhaid i Daf chwerthin gan fod yr olwg ddi-hiwmor ar wyneb Eifion Pennant wedi ychwanegu at y jôc. 'O, Bets? Be ydi cyfenw Bodo Mai? Alla i ddim ei galw hi'n Bodo Mai, a wnest ti ddim rhoi ei henw llawn i mi.'

'Jones.'

'Iawn. Den ni'n disgwyl cwpwl o bobl ifanc i ddod i'n gweld ni, Bets – alli di ddangos iddyn nhw lle yden ni?'

'Troseddwyr ifanc eto?'

'O bell ffordd. Mater preifat ydi o. Sori i dy siomi di.'

Wrth eistedd wrth y bwrdd bach yn aros am y plant nad oedden nhw'n blant mwyach, roedd Eifion yn dawel. Roedd yn rhaid i Daf ddweud rhywbeth.

'Dwi'n deall eich bod chi'n flin. Does neb yn hoffi wynebu'r ffaith fod eu plant yn newid cymaint, ond os dech chi'n cadw perthynas braf efo'ch merch, mi fydd popeth yn iawn yn y dyfodol.' Nodiodd Eifion ei ben, heb ddweud gair.

Daeth Rob i mewn, law yn llaw efo merch Eifion Pennant. Edrychodd Daf o un i'r llall. Roedd o wedi sylwi ar daldra Rob o'r blaen – roedd yn agos i chwe throedfedd fel teulu ei dad – ond cyn heddiw doedd Daf ddim wedi sylwi ar ei nodweddion eraill; y cysgod tywyll ar ei ên, ei ysgwyddau cyhyrog ac yn fwy na dim, ei ddwylo. Roedd croen ei fysedd wedi ei liwio'n frown a chreithiau a chroen caled drostynt. Dwylo dyn sy'n gweithio'n galed oedden nhw, nid dwylo plentyn ysgol. A'r ferch,

Ebrillwen? Roedd hi'n taro Daf fel merch hyderus, aeddfed, ond braidd yn drefol. Roedden nhw'n edrych fel unrhyw gwpwl ifanc arall.

'Diolch am ddod,' dechreuodd Daf. 'Ti ddim yn fy nabod i, lodes. Daf Dafis ydw i.'

'Ebrillwen Haf Pennant.' Ysgydwodd law Daf.

'Neis i gwrdd â ti, 'Brillwen. Rŵan 'te, fallai'ch bod chi'n gofyn pam dwi wedi gofyn i chi ddod i gael gair? Wel, y gwir ydi, lodes, fod dy Dad yn poeni amdanat ti ac mae o isie sgwrs efo chi'ch dau.'

'Pam?' gofynnodd Rob, yn sgwario'i ysgwyddau.

'Achos oedran Ebrillwen,' atebodd Eifion Pennant. 'Mae hi'n rhy ifanc o lawer i gael perthynas rywiol.'

'O Dad, plis paid!' Roedd llais Ebrillwen yn isel.

'Be 'di'r broblem, syr? Dwi'm yn gwneud unrhyw beth efo 'Brillwen mae hi'n anfodlon ei wneud.' Dangosai ei ymateb hyderus nad oedd dyn bach fel Eifion Pennant yn codi ofn arno.

'Ond mae hi'n bymtheg oed.'

'Be 'di'r ots?'

'Ry'n ni'n ofalus, Dad. Sa i'n mynd i feichiogi.'

'Ond rwyt ti'n rhy ifanc o lawer, Ebrillwen Haf. Rhaid i ti ganolbwyntio ar dy waith ysgol, dy gerddoriaeth, y côr ...'

Roedd Ebrillwen yn gwisgo top byr oedd yn dangos ei bol, a phan oedd ei thad yn rhestru ei holl weithgareddau allgyrsiol parchus roedd Rob yn anwesu ei bol noeth. Rhedodd cryndod gweladwy drwy ei chorff a dychmygodd Daf na fyddai unrhyw ymarfer côr yn cymharu â'r teimlad o law Rob ar ei chroen.

''Wy ddim yn gofyn, blantos, 'wy'n rhoi gorchymyn. Mae'r busnes 'ma'n dod i ben heddiw. 'Wy'n gwahardd unrhyw ... unrhyw gysylltiad rhyngoch chi.'

'Dech chi ddim yn cael, Mr Pennant,' atebodd Rob. 'Den ni ddim yn byw mewn rhyw stori. Dwi'n hoffi 'Brillwen, a diolch byth, mae hi'n ddigon dwl i gymryd ffansi ata i. Dydi geiriau fel "gorchymyn" ddim yn gweithio.'

'Ond nes iddi gwrdd â ti ...'

Gwelodd Daf wên araf ar wyneb Rob, gwên gyfarwydd iawn. Roedd Daf wedi gweld y wên yna sawl gwaith ar wyneb Bryn, ac roedd o'n golygu cyfrinach rywiol o ryw fath.

'Dech chi ddim yn gallu stopio 'Brillwen rhag gwneud be mae hi isie,' eglurodd Rob yn hamddenol, gan daflu cipolwg draw arni hi. 'Dech chi ddim wedi llwyddo o'r blaen.'

'Be ti'n feddwl?' Roedd smotiau coch o ddicter ar fochau Eifion Pennant, hyder Rob yn amlwg yn ei wylltio.

'Doedd hi ddim yn ddibrofiad pan oedden ni'n caru am y tro cyntaf, Mr Pennant, felly dydi'r syniad o'i chadw hi dan glo ddim cweit wedi gweithio.'

'Be?' Roedd llais Eifion Pennant yn uchel, bron yn sgrech.

'Nid fi oedd y cynta, Mr Pennant. A wnaeth beth bynnag ddigwyddodd o'r blaen ddim amharu ar ei gwaith ysgol, yn amlwg.'

Disgynnodd tawelwch trwm dros y stafell fechan. Roedd Eifion Pennant yn fud. Symudodd Rob ei law oddi ar fol Ebrillwen i'w choes mewn ystum o feddiant.

'Dech chi ddim yn meddwl y byddai'n dipyn bach callach i chi aros am dipyn?' gofynnodd Daf, heb lawer o obaith.

'Dech chi'n cofio fy nhad, Mr Dafis?' gofynnodd Rob.

'Wrth gwrs.'

'A stori'r E-Type?' Nodiodd Daf ei ben. 'Dwi am ddweud y stori eto, er lles Mr Pennant. Roedd fy nhad yn ffan mawr o hen geir, a Mam yn fecanic o fri.'

'Peiriannydd,' cywirodd Eifion Pennant.

'Fallai fod rhai yn defnyddio'r gair yna, Mr Pennant, ond mae hi'n galw ei hun yn fecanic ac mae hynny'n ddigon da i mi. 'Nôl i'r stori. Mi welson nhw hen E-Type ar werth, un iddyn nhw gael ei wneud i fyny. Roedd y pres ganddyn nhw yn y banc i'w brynu fo, a dyna oedd breuddwyd Dad ers pan oedd o'n gog bach. Ond roedden nhw wedi penderfynu buddsoddi'r pres yn y busnes yn lle hynny. Y diwrnod wedyn, cafodd Dad ei ladd mewn damwain. Dwi 'di dysgu'r wers. Be os yden ni'n aros, a bod un ohonon ni'n mynd yn sâl neu'n cael damwain yn y cyfamser? Sori, Mr Pennant, ond dwi'n byw am heddiw, nid fory. Dyna wers ddysgais i gan Dad.'

'A hefyd,' ychwanegodd Ebrillwen, 'ni ddim isie aros. 'Wy'n dathlu 'mhen-blwydd ym mis Tachwedd, a bryd hynny fe alla i gerdded mas o'r ysgol a symud i Berllan os 'wy moyn. Dad, gwranda. Ar hyn o bryd, 'wy'n bwriadu aros yn y chweched, mynd i'r coleg, a chyflawni dy ddisgwyliade di i gyd. Ond os 'yt ti'n ceisio rheoli fy mywyd cyfan, 'wy'n mynd, cyn gynted â phosib.'

Ceisiodd Daf beidio mwynhau gweld Eifion Pennant yn cael ei drechu gan ddau o blant, ond methodd.

'Dwi'n gwybod nad yden ni'n ddigon smart i chi fel teulu, Mr Pennant,' dywedodd Rob. 'Dim ond pobl gyffredin den ni. Ond be am i chi ddod i gael barbeciw efo ni heno? Mae 'na wastad ddigon o fyrgyrs yn y freezer.'

'Tydw i ddim wedi rhoi sêl fy mendith ar y berthynas,' mwmialodd Eifion Pennant o dan ei wynt.

'Does dim rhaid i ti roi sêl dy fendith ar ddim byd, Dad. Jyst ymddwyn fel tad normal, dyna'r cyfan.'

Allai neb eu disgrifio nhw fel teulu hapus ar eu ffordd allan o stondin Heddlu'r Gogledd ond o leia roedd y sgwrs anodd drosodd. Chwarae teg i'r bobl ifanc, roedden nhw wedi dal eu tir yn dda iawn ac unwaith yn rhagor, synnodd Daf pa mor aeddfed oedd Rob, yn emosiynol ac yn gorfforol. Ond cafodd ei fagu o dan gysgod colled ei dad, yn hollol wahanol i Rhodri, a oedd wedi gofyn am Lego ar ei ben-blwydd. Penderfynodd Daf archebu set o Lego Technics i Rhod ar Amazon.

'Ti'n gwneud therapi teulu rŵan hefyd felly, Daf?' gofynnodd Meirion. 'Mae ei dalentau'n ddiddiwedd, Bets.'

'Mae'r bachgen ifanc 'na'n fy atgoffa fi o rywun dwi wedi'i weld ar y teledu, dwi'n siŵr. Un arall o'r cyfryngis ydi o, Daf?'

'O bell ffordd, Betsan – ti ddim yn sylwgar iawn am blismones, nag wyt? Mab fferm ydi o, a tydi o ddim yn perthyn i neb o bwys.'

'Dwi'n cofio, rŵan – y dyn yn achos Jacinta Mytton.'

'Roedd hwnnw'n wncwl iddo fo.'

'Dach chi i gyd yn perthyn i'ch gilydd yn fa'ma,' sylwodd Meirion. 'Dwi'n hiraethu am fwrlwm Caernarfon.'

'Alla inne ddim aros i'r holl lol ddod i ben chwaith, cytunodd Daf. 'Den ni'n byw'n reit stedi yma fel arfer – den ninnau ddim angen mewnforio trwbwl o bob cornel o Gymru.'

'Am groeso!'

'Ond diolch i chi'ch dau am eich help yr wythnos yma beth bynnag. Mae popeth wedi ei sortio erbyn hyn.'

'Dwi'n dal i fethu coelio bod yr hogyn bach 'na'n prynu a gwerthu coke,' dywedodd Betsan. 'Sut mae o rŵan?'

'Dal ar y come-down, dwi'n tybio. Yn isel, braidd.'

'Daf, ti'n malu cachu weithiau,' wfftiodd Meirion. 'Hogyn blwyddyn wyth wedi cael ei ddal yng nghanol y byd cyffuriau: wrth gwrs ei fod o "braidd yn isel".'

'Does dim rhaid i mi gymryd unrhyw nonsens gen ti – dwi ddim i fod yn gweithio heddiw! Diolch am bopeth, a wela i chi'ch dau cyn bo hir.'

Edrychodd Daf ar yr amser ar ei ffôn wedi iddo ffarwelio â nhw. Roedd awr a hanner cyn iddo orfod mynd i'r pafiliwn. Gwelodd ei fod wedi methu tair galwad eto, oll gan yr un rhif – roedd y demtasiwn i ffonio'n ôl yn gryf, ond roedd Daf yn ddigon call i ddeall, erbyn hyn, faint o amser roedd datrys hyd yn oed problemau bach yn ei gymryd. Heddiw, ei flaenoriaeth oedd cefnogi Carys a dim arall. Wel, heblaw Chrissie. Ffoniodd hi.

'Aeth popeth yn iawn efo'n ffrind ni, Eifion Pennant. Mae ei ferch mor benstiff â fo, ac mae'n rhaid i mi ddweud, mi atebodd Rob yn reit dda.'

'Cog clên ydi Rob, Mr Dafis. Mae o wedi profi tipyn o gach yn ei fywyd ac ae o'n haeddu hwyl.'

'Digon teg, Chrissie.'

'Efo pob parch, Mr Dafis, dydi'r ceiliog bech 'na'n gwybod dim byd amdanon ni. Mae Rob yn codi cyn pump bob bore i wneud ei waith cyn mynd i'r ysgol. Ti'n gwybod be gafodd o fel anrheg pen-blwydd eleni? Arc welder gen i a thortsh newydd gan y plant, tortsh iddo'i gwisgo ar ei dalcen. Ers hynny, mae o'n gweithio ar ôl deg y nos yn aml iawn. Ac yn ystod ... wel, yn y cyfnod ar ôl iddo golli'i dad, heblaw am ei help o wn i ddim sut fydde'r busnes wedi goroesi.'

'Mi wn i. Ddywedodd Rob chydig o'r hanes wrth Mr Pennant.'

'Da iawn fo. Eniwé, diolch yn fawr unwaith eto, Mr Dafis, a chofiwch eich addewid.'

'Hwyl, Chrissie.'

Canodd y ffôn yn syth: Nia.

'Rhaid i ti ddod fyny i siarad efo nhw, Bòs. Maen nhw'n bihafio mor od. Wedi gwrthod mynd i'r ysbyty, a phan ddaeth y nyrs draw i ail-wneud y profion afu, roedden nhw'n flin iawn efo hi.'

'Be am yr hen ddynes?'

'Yn amlwg, mae hi sawl brechdan yn brin o bicnic. Den ni wedi ceisio cael y stori'n iawn ond ...'

'Paid â phoeni, Nia. Dwi ar fy ffordd.'

Unwaith eto, roedd golygfa berffaith o flaen llygaid Daf, amlinelliad y rhes o fynyddoedd yn y pellter a gwyrddni'r bryniau o'i amgylch. Clywodd drydar y fronfraith, sawl mwyalchen a robin goch, eu cân yn ailadrodd neges syml: 'Fi biau'r tir yma'. Gwgodd Daf wrth adnabod ei agwedd ei hun tuag at ymwelwyr yr Eisteddfod yn llais y robin goch. Doedd gan bobl ddieithr ddim hawl i ddod yma i greu helynt.

Gwelodd Daf fod fan Severn Trent wedi'i pharcio ar fuarth y ffermdy. Roedd dynes ifanc mewn oferôls yn pacio offer i'w chefn.

'Pnawn da,' cyfarchodd Daf. 'Good afternoon.'

'Pnawn da, Inspector,' atebodd y ferch. 'Rhaid i ni ddanfon y cyfan i'r labordy, ond o'r profion den ni wedi'u gwneud yn barod, does dim arwydd o asid anarferol yn y dŵr.'

'Ocê. Diolch, lodes.'

'Mae'n werth gofyn; os oedd 'na asid yn y dŵr, pam mai dim ond yn y fan hyn den ni wedi gweld ei effaith? Mae'r bibell sy'n dod yma o'r gronfa yn darparu dŵr i bymtheg o dai. Ryden ni wedi cysylltu efo nhw i gyd a does neb arall wedi arddangos unrhyw symptomau o gwbwl.'

'Iawn.'

'A dwi'n gwybod mai dim ond pobl simpil y bwrdd dŵr yden ni, heb holl adnoddau fforensig yr heddlu, ond den ni'n gallu dibynnu'n ddigon da ar stribyn bach o bapur litmws, dech chi'n gwybod.'

'Iawn, diolch yn fawr am yr holl wybodaeth ...'

'Mae pawb yn ei gymryd o'n ganiataol, dŵr, ond dech chi'n gallu marw o syched yn llawer cynt na fasech chi'n llwgu. A meddyliwch am yr holl salwch – pethau fel typhoid a cholera – heblaw am gyflenwad dŵr dibynadwy, mi fydden ni'n wynebu pla bob haf. Dech chi'n gweld ein faniau yn mynd o gwmpas o ddydd i ddydd a dech chi byth yn meddwl ddwywaith amdanon ni, Inspector, ond den ni'n gweithio i gadw'ch teulu'n saff, yn union fel yr heddlu. Heddlu diogelwch biolegol yden ni, a does neb yn rhoi tamed o barch i ni.'

'Yn bersonol, dwi'n gwerthfawrogi'ch ymdrechion yn fawr iawn ond, os nad oes unrhyw beth yn y dŵr, rhaid i ni ddod o hyd i ffynhonnell yr haint. Mae'n wir ddrwg gen i ond mae'n rhaid i mi fynd.'

Roedd brwdfrydedd y ferch yn hollol chwerthinllyd ond roedd Daf yn gyfarwydd iawn â'i hagwedd. Gallasai drafod Heddlu Dyfed Powys yn union yr un ffordd ag yr oedd hi newydd sôn am Severn Trent. Daeth Nia rownd o gefn y tŷ a gwenodd â rhyddhad pan welodd ei fod wedi cyrraedd.

'Dwi wedi methu cael unrhyw sens ganddyn nhw, Bòs.'

'Be mae'r arweinydd yn wneud pan wyt ti'n ceisio siarad efo'r merched eraill?'

'Dim byd ond hongian o gwmpas, ei hwyneb fel craig.'

'Dyna'r peth cynta i'w sortio felly. Rhaid i ti fynd â hi i stafell arall am sgwrs pan dwi'n cael tro ar y merched.'

Chwarddodd Nia. 'Mae hynna'n swnio fel plot perffaith ar gyfer ffilm porn Gymraeg: heddwas yn cael tro ar y parti merched. Ond mi fydde'n rhaid castio rhywun gwell fel yr heddwas. Bryn Gwaun, fallai?'

'Cau dy ben, Nia. Dim ond awr sy gen i.'

Yn lolfa'r ffermdy eisteddai Bodo Mai a'i Blodau yn dawel. Roedd mymryn mwy o liw yn eu bochau na'r diwrnod cynt, ond roedd yr olwg ffyrnig yn llygaid yr arweinydd wedi taenu ofn drostyn nhw i gyd.

'Pnawn da, bawb,' meddai Daf, heb ddisgwyl ateb.

'Pnawn da, Mr Dafis.' Roedd y merched i gyd wedi'i gyfarch fel un â lleisiau undonog, fel plant ysgol gynradd yn cyfarch athro. Rhyfedd.

'Reit, mae'n rhaid i ni geisio datrys y broblem yma cyn gynted â phosib. Fy merch ydi Morwyn y Fro a dwi ddim am golli'r Cadeirio, dech chi'n deall?'

'Mae ein cystadleuaeth ninnau ymhen hanner awr,' eglurodd Bodo Mai.

'Anghofiwch am hynny. Mae 'na siawns na fydd unrhyw beth yn digwydd ar y maes heddiw. Os nad yden ni'n llwyddo i ddod o hyd i ffynhonnell yr haint, fydd gan y Cyngor Sir ddim dewis ond cau'r safle cyfan.' Edrychodd o'i gwmpas i fwynhau effaith ei eiriau ar y merched. Roedd eu braw yn amlwg, a dyna'i fwriad – roedd yn rhaid iddyn nhw sylweddoli nad chwarae plant oedd achos fel hyn.

'Felly bydd Nia yn mynd â chi, Miss Jones, i'r gegin i gael sgwrs ac mi fydda i'n siarad efo'r leidis yma. Nia, wyt ti wedi llwyddo i gael aelod arall o'r tîm i helpu?'

Ar y gair, clywodd sŵn car yn cyrraedd y buarth a thoc wedyn roedd Nev yn curo'r drws. Aeth Daf allan i siarad efo fo.

'Bore da, cog. Mae 'na bethau od yn digwydd fan hyn.'

'Dwi 'di clywed.'

'Mae'n amlwg eu bod nhw'n ceisio celu rhywbeth, felly mae'n rhaid i ni chwilio am dystiolaeth gadarn fydd yn cyd-fynd â chanlyniadau'r profion. Felly, dwi am i ti fynd drwy'r biniau a'r bocsys ailgylchu.'

'Dydi hynny ddim yn deg o gwbwl, Bòs. Be am i mi siarad efo'r merched ac i chi bori drwy'r sbwriel?'

'Does gen i ddim digon o amser i'w wastraffu efo dy lol di, Nev; mae 'na fenig ym mŵt fy nghar i.'

Sgwrs ofer gafodd Daf efo aelodau Blodau Mai. Hyd yn oed heb lygaid barcud Bodo Mai arnyn nhw, roedden nhw'n anfodlon dweud llawer. Teithiodd y criw i fyny o Landeilo i aros yn y ffermdy, medden nhw, a mynd lawr i'r maes ddwywaith.

'A phwy ohonoch chi gafodd rywbeth i'w fwyta ar y maes, y tro diwetha roeddech chi yno?' gofynnodd Daf.

'Ges i hufen iâ,' atebodd yr aelod ieuengaf.

'Dim byd ond paned ar stondin Merched y Wawr.'

'Ges i fefus.' Ac yn y blaen. Pob un wedi cael rhywbeth gwahanol, a dim byd na fyddai wedi cael ei werthu i rai o'r miloedd o Eisteddfodwyr eraill nad oedd wedi arddangos unrhyw symptomau.

'Be am fin nos? Peidiwch â dweud nad ydi bwrlwm y Steddfod wedi eich temtio i lawr i Feifod, i Lanfair Caereinion, hyd yn oed?'

'Ry'n ni wedi bod yn gall, Inspector,' atebodd dynes fer a chanddi wyneb crwn. 'Doedden ni ddim am fynd allan tan ar ôl i ni gystadlu.'

'Dwi'n deall y sefyllfa'n iawn, ferched. Mae Miss Jones yn meddwl eich bod chi i gyd wedi mynd i'r gwely'n gynnar i wylio uchafbwyntiau'r Ŵyl ond, ar ôl iddi gwympo i gysgu, mi aethoch chi i gyd am sbri.'

'Naddo, Inspector, wir.'

Agorodd y drws a daeth Nev drwyddo.

'Esgusodwch fi, Bòs, ga' i air bach sydyn?' Sganiodd Nev aelodau'r parti fel petai o'n eu hasesu nhw fel cariadon posib, ond doedd Daf ddim yn ddigon craff i weld oedd ganddo fo ddiddordeb yn yr un ohonyn nhw. Dangosodd Nev fag tystiolaeth yn llawn bocsys bach. Efo'i hances dros ei law, tynnodd Daf un ohonyn nhw allan er mwyn darllen y label.

'Moddion carthu.'

'Be?'

'Laxatives. A sbia ar restr y cynhwysion: asid dehydrocholig.'

'Ond, Bòs, mae 'na lwyth o focsys yma.'

'Ac i gyd yn wag. Dwi'n tybio fod Blodau Mai wedi bod yn dwp iawn, ond dim byd gwaeth na hynny.'

'Oes 'na ... oes 'na bobl sy'n camddefnyddio moddion fel hyn?'

'Dim ond i golli pwysau.'

Canodd ffon Daf.

'Arolygydd Dafis? Derek Gwilym, Cyngor Sir Powys. Dwi wedi clywed bod achos o wenwyno yn yr Eisteddfod, felly dwi wedi cysylltu efo'r tîm argyfwng rhanbarthol. Den ni'n barod i gau'r Eisteddfod a chlirio'r maes.'

'Does dim rhaid i chi hyd yn oed feddwl am wneud y ffasiwn beth. Damwain oedd y digwyddiad, heb gysylltiad o gwbwl efo'r maes.'

'Dech chi'n siŵr?'

'Gant y cant. Mae gen i dystiolaeth gadarn yn fy llaw ar hyn o bryd.'

'Fe fydda i angen cadarnhad ar bapur, Arolygydd Dafis.'

'Cysylltwch â Gorsaf yr Heddlu yn y Trallwng. Mi fyddan nhw mewn sefyllfa i ddanfon cadarnhad draw atoch chi mewn hanner awr.'

Wrth roi ei ffôn yn ôl yn ei boced, sylwodd Daf ar yr amser: byddai'n rhaid iddo gyfweld aelodau'r Parti ar dipyn o frys er mwyn cyrraedd y maes mewn pryd i weld y Cadeirio.

'Rŵan, cog,' dywedodd wrth Nev, 'sicrha fod Nia'n cadw'r hen wrach draw am ddeng munud. Rhaid i mi ddangos y bocsys yma i weddill y merched.'

Pan roddodd y bocsys ar y bwrdd coffi o'u blaenau, dechreuodd holl aelodau'r parti barablu ar unwaith.

'Does gen i ddim digon o amser i'r Babel yma. Stori glir, plis, gan un ohonoch chi.'

Llefarydd y grŵp oedd yr aelod hynaf, dynes yn ei phedwar degau efo gwallt mor goch â chopr.

'Ry'n ni'n gwybod mai ffyliaid y'n ni, Inspector, ond y parti 'ma yw bywyd Mai Jones. Dros y blynyddoedd, ry'n ni wedi siomi'n hunain sawl tro ond y flwyddyn yma, roedden ni wedi gwneud andros o ymdrech. Penderfynodd Mai archebu ffrogie drud i ni o siop swanc yn Llandeilo, ond doedden nhw ddim yn barod tan ddydd Llun.' Agorodd aelod arall o'r parti ddrws bach i ddangos cwpwrdd efo rhes o ffrogiau hardd yn hongian ynddo. 'Un bob un, ond ...' cochodd wrth ddweud yr hanes, 'roedd pob un ohonon ni wedi dweud celwydd pan ofynnodd Mai beth oedd ein meintiau ni. Mae'r ffrogie 'ma mor fitted.'

Torrodd yr aelod ieuengaf ar draws. 'Fi awgrymodd ffordd dda o golli tipyn o bwysau cyn y perfformiad, ond fe aethon ni dros ben llestri braidd. Roedd y tabledi mor gryf.' Trodd pob un o'u hwynebau yn ymbilgar at Daf. 'Os gwelwch yn dda, Inspector, peidiwch â dweud wrth Miss Jones. Dy'n ni ddim isie ei siomi hi.'

Chwarddodd Daf. 'Peidiwch â phoeni, ferched. Dwi'n un da am gadw cyfrinachau.'

Cymerodd ddeng munud i greu stori ddigon da i'w rhoi i Bodo Mai, rhywbeth ynglŷn ag ail brofion a ffliw gastrig, wedyn roedd Daf yn rhydd i ddychwelyd i'r maes.

Dim ond ychydig funudau oedd yn weddill cyn iddo orfod mynd i gyfarfod Garmon, ond penderfynodd Daf fynd am dro, er mwyn sicrhau bod Falmai am gadw draw. Gwelodd hi o bell yn brysur yn glanhau byrddau, a phenderfynodd beidio mynd ati.

Gwelodd hen ffrind ymysg grŵp o bobl oedd yn dod allan o Babell yr Eglwysi: Y Tad Joe Hogan. Roedd yn ddyn addfwyn a charedig, ac yn deall gwaith Daf i'r dim. Sylwodd Daf ei fod, fel arfer, yn gwisgo treinyrs ail law. Bob tro y byddai'r plwy'n prynu esgidiau newydd iddo byddai rhyw drempyn yn cnocio ar ei ddrws yn gofyn am help a llety am y noson. Yn aml iawn byddai'r tramp yn gadael y bore wedyn â degpunt yn ei boced ac esgidiau'r offeren am ei draed. Fel dyn heb ffydd mewn unrhyw eglwys, roedd Daf yn ddrwgdybus i ddechrau o'r dyn a roddodd ei fywyd cyfan i ddilyn eu rheolau twp ac ailadrodd straeon anghredadwy i bobl hurt, ond dros y blynyddoedd, roedden nhw wedi gweithio efo'i gilydd yn ddigon aml i gyfeillgarwch ddatblygu. Allai Daf ddim meddwl am neb gwell i'w helpu.

'Joe?'

'Dafydd! Sut mae'r hwyl?'

'Gwranda, Joe, mae gen i andros o ffafr i'w gofyn i ti. Mae'n rhaid i mi fynd i'r pafiliwn am gwpwl o oriau, i gefnogi Carys yn seremoni'r Cadeirio. Mae'n gas gen i ofyn, ond oes 'na siawns y galli di gadw llygad ar Fal i mi nes y do' i'n ôl? Mae Carys wedi ffraeo efo'i mam – wel, a dweud y gwir, den ni i gyd wedi ffraeo efo Falmai – ac mae'n bwysig iawn i Car ei bod hi'n cadw draw o'r seremoni pnawn 'ma.'

'Ydi hynny'n deg i Falmai, Daf? Mae hi wastad yn gwerthfawrogi pethau fel hyn gymaint.'

'Paid â bod mor ffycin rhesymol, Joe. Mwy na thebyg bod Fal wedi penderfynu aros yma beth bynnag, ond os bydd hi'n ceisio gadael, jyst cynnal sgwrs efo hi am ddeng munud. Chaiff hi ddim dod i mewn i'r pafiliwn ar ôl iddyn nhw gau'r drysau.'

'Ocê.'

'Diolch o galon, Joe.'

Wrth gerdded at y pafiliwn pinc, clywodd Daf lais cyfarwydd yn cyfarch Joe.

'Tad Hogan, braf iawn eich gweld chi.'

'A sut mae pethau efo chi, Athro Teifi? A phwy yw'r cog 'ma? Eich ŵyr?'

'Ie, Tad Hogan, Peredur yw fy ŵyr, ac fe fyddwn i wrth fy mod petaech chi'n tanio cannwyll i ni, y teulu cyfan, pan gewch chi gyfle.'

Trodd Daf i'w gweld nhw ond roedden nhw wedi diflannu i'r babell. Roedd yn bleser cael anghofio amdanyn nhw a siarad efo Garmon.

'Dim sôn o'r bwa, Dafydd?'

'Dim eto. Gwranda, cog, mae'n rhaid i mi ymddiheuro am agwedd Falmai neithiwr.'

'Rydan ni, Carys a finna, wedi trafod y peth. Dydi dy wraig byth yn mynd i ennill gwobrau am ei hagwedd tuag at bobl anabl.'

'Dwi'm yn ceisio cyfiawnhau ei hymddygiad ond mae hi dan straen.'

'Dwi'n gwybod. Mae byw bywyd perffaith lle mae popeth yn dod ar blât i ti'n goblyn o straen. Straen erchyll ydi bod yn freintiedig.'

'Den ni ddim yn cyd-weld fel y dylai gŵr a gwraig gyd-weld.'

'Allai neb gyd-weld efo dynes fel'na, Dafydd. Dwi wedi dysgu tipyn ers bod yn y gadair 'ma. I mi, dim ond dau fath o bobl sy 'na: rhai sy'n cwyno a rhai sy'n byw. Mae Carys yn dweud eich bod chi ar fin gwahanu – pob lwc i ti.'

'Gawn ni weld.'

Doedd dim rhaid iddyn nhw ymuno â'r ciw oherwydd y gadair olwyn ond cawsant gip ar Gaenor, John, Rhodri a Megan tu allan. Ar unwaith, gwelodd Daf ar wyneb Gaenor fod rhywbeth yn ei phoeni.

'Ti'n iawn?' gofynnodd.

'Rhaid i ni siarad, cyn gynted â phosib.'

'Syth ar ôl y seremoni, ocê?'

'Grêt. Mae gen i rywbeth pwysig i'w ddweud wrthat ti.'

Er gwaetha'i phryder roedd ei hwyneb caredig wedi codi ei galon. Roedd aelodau eraill y teulu'n rhy brysur yn siarad â Garmon i gymryd sylw o'i sgwrs o a Gaenor, ac roedd Daf yn falch o hynny.

'Dan ni'n mynd i mewn drwy ddrws arbennig y crips,' cyhoeddodd Garmon, 'felly dan ni ddim yn aros.'

'Well i mi aros efo Anti Gae ac Wncwl John, Dad. Dydi Garmon ddim angen dau ohonon ni,' meddai Rhodri.

'Iawn. Bihafia.'

Ar eu ffordd draw i'r drws anabl, synnodd Garmon faint o bobl oedd yn fodlon aros mewn ciw am dros awr i glywed canlyniad cystadleuaeth farddoniaeth.

'Traddodiad ydi o yn y bôn,' esboniodd Daf. 'Hefyd, fel ti'n gwybod dy hun, mae pawb yn hoffi seremonïau gwobrwyo.'

Yn y pellter tu ôl i'r pafiliwn, ar yr allt dros y shetin o'r cae lle cafodd Ed Mills ei fadarch, roedd dynes yn cerdded ar ei phen ei hun, â bag mawr yn ei llaw. Atgoffwyd Daf o lun Bruegel, 'The Fall of Icarus': pawb yn brysur efo'u tasgau, y Cadeirio yn ei achos o, heb sylwi beth oedd yn digwydd yn y pellter.

Fel y rhagwelodd Garmon roedd y bobl ar y drws yn glên iawn efo nhw, gan eu harwain i'w lle priodol yng nghanol y gynulleidfa.

'Mi fydden nhw'n gorymdeithio reit heibio i ni,' eglurodd Daf.

'Mae Carys yn edrych yn lyfli yn ei gwisg. Fel tywysoges o'r *Game of Thrones*.'

Roedd y lle yn llawn dop. Gweithiodd y stiwardiaid yn galed i lenwi pob sedd ond clywodd Daf rywun yn dadlau y tu cefn iddo.

'Fi'n cadw'r sedd 'ma ar gyfer fy mhartner a fi ddim am ei hildio. Fi wedi bod yn aros amdano ers dwyawr ac mae'n bwysig iawn ei fod yn cael sedd.' Llais cyfarwydd: Manon.

'Fedra i ddim troi rownd i weld – ai hwren Geth Teifi oedd honna?' gofynnodd Garmon.

'Llais Manon, ie.'

'Mae o'n meddwl y gall o gerdded i mewn yn hwyr ac y bydd pawb yn moesymgrymu o'i flaen.'

Welodd Daf ddim beth oedd canlyniad y ddadl rhwng Manon a'r stiward gan fod y seremoni wedi dechrau.

'A oes heddwch? Dim ffiars o beryg,' mwmialodd Daf o dan ei wynt wrth i'r beirniaid gymryd eu llefydd priodol. Efallai oherwydd ei fod yn ei filltir sgwâr ei hun, neu oherwydd bod ei ferch a'i nai ynghlwm â'r seremoni, teimlodd Daf awyrgylch arbennig, bendithiol yn y pafiliwn. Yn ôl y beirniad, roedd safon y cystadlu'n arbennig hefyd.

'Dwi'm yn medru dilyn bob dim maen nhw'n ddweud, Daf, mae'n rhy gymhleth i mi.'

'Rhaid i ni roi dipyn bach o addysg i ti dros y gaeaf, lanc.'

Roedd y beirniad yn pentyrru canmoliaeth ar waith y Mab Afradlon am ei gerdd grefftus. 'Teulu' oedd y testun ac yn ei waith, roedd y Mab Afradlon wedi disgrifio'r berthynas rhwng tad a mab. Dyn da oedd y tad yn y gerdd, yn garedig ac urddasol a'r mab, mewn cyferbyniad, yn fwli hunanol. Yn y diweddglo, a ddarllenwyd yn uchel, addawai'r mab geisio dilyn esiampl ei dad. Yn rhes flaen yr Orsedd gwelodd Daf wyneb yr Athro. Efallai mai'r goleuadau llachar oedd yn gwneud i'w lygaid sgleinio. Roedd pawb yn disgwyl y canlyniad.

'Felly, ar ganiad y corn gwlad, a wnaiff y Mab Afradlon, a'r Mab Afradlon yn unig, sefyll ar ei draed, neu ar ei thraed.'

Chwiliodd y llifolau am y bardd buddugol, ond ni symudodd neb. Chwiliodd eto – dim byd. Galwodd yr Archdderwydd y ffugenw eto: dim ymateb.

'Waw,' sylwodd Garmon, 'mae rhywun yn hoffi drama.'

Roedd y stiwardiaid yn brysur yn edrych tu allan rhag ofn fod un ohonynt wedi gwrthod mynediad i'r Prifardd, ond na. Sylwodd Daf fod y sedd wrth ochr Manon yn dal i fod yn wag. Ar ôl trafod â swyddogion eraill yr Orsedd am ychydig eiliadau, penderfynodd yr Archdderwydd fwrw 'mlaen â'r dawnsio fel petai neb yn deilwng.

'Ble mae'r Mab Afradlon, Daf?'

'Anodd ei ffeindio fo heb enw.'

Ond, cyn i bawb ganu'r anthem, gwnaeth yr Archdderwydd gyhoeddiad.

'Enw bardd buddugol Eisteddfod Genedlaethol Meifod 2015 yw Gethin Teifi.'

Gwelodd Daf ysgwyddau'r Athro'n crynu. Roedd ei fab wedi ennill ond heb fod yn ddigon cwrtais i fynychu'r seremoni.

'Dyna fo unwaith eto, Daf, yn creu stŵr a gadael pawb i lawr.'

Tu allan i'r pafiliwn roedd awyrgylch anesmwyth iawn.

Roedd grwpiau bach o bobl yn trafod y seremoni mewn lleisiau isel. Canodd ffôn Daf. Nev.

'Bós, mae 'na rywbeth ar y llawr tu ôl i'r Lle Celf.'

'Installation, mwy na thebyg – paid â photshan efo fo.'

'Nid celf ydi o: corff.'

'Corff?'

'Ie, corff. Dyn sy wedi cael ei saethu.'

'Saethu?'

'Ie, ond nid efo gwn. Mae ganddo fo saeth lathen o hyd yn sticio allan o'i wddf.'

'Fydda i efo ti toc.' Doedd o ddim yn fodlon rhoi esboniad o gwbwl i Garmon, rhag ofn ei fod o dan amheuaeth. 'Gwranda, cog, rhaid i mi fynd. Creisis gwaith, unwaith eto.'

'Dim problem, Dafydd – diolch am dy gwmni.'

Doedd dim arwydd o euogrwydd ar ei wyneb agored, ond roedd o wedi colli ei fwa. Ac roedd o'n gallu saethu'r bwa hwnnw'n gywir. Dim ond gair Garmon oedd gan Daf i brofi fod y bwa hwnnw ar goll.

Gethin oedd o, wrth gwrs, wedi cael ei ladd cyn derbyn ei gadair. Roedd gwaed y Mab Afradlon yn lledu ar y glaswellt sych.

'Ocê, Nev. Gynta, ffonia'r Ganolfan Groeso a'i chau hi: rhaid i ni gadw pawb ar y maes. Wedyn, hel pob un o'n giang ni sy ar y maes ac aelodau lluoedd eraill, fel Heddlu'r Gogledd. Mi fyddwn ni angen SOCOs a digon o dâp melyn swyddogol i gadw pobl draw. Iawn?'

'Iawn, Bòs.'

'Gwna'n siŵr fod Nia'n dod yma'n syth. Mi wna i aros yma nes bydd rhywun arall yn cyrraedd i warchod y corff ond wedyn, den ni'n mynd i agor stafell yr ymchwiliad ym mhabell Heddlu'r Gogledd.'

Am sawl munud, roedd Daf ar ei ben ei hun efo corff ei ffrind. Yr eironi mwyaf, meddyliodd Daf, oedd iddo ennill y gadair am gerdd oedd yn addo y byddai'n newid, a chael ei ladd cyn gallu gwneud hynny. Canodd y ffôn.

'Mr Dafis, Modlen sy 'ma. Modlen Carter. Ro'n i'n gwerthu *Golwg*? Ddywedoch chi wrtha i am eich ffonio chi os ...'

'Sori, cariad, methu siarad.'

'Ond mae'n bwysig.'

'Ffonia fi'n nes 'mlaen, da lodes.'

Cyrhaeddodd aelodau eraill y tîm efo tâp a chamerâu ac, yn sydyn, roedd y darn hwn o faes yr Eisteddfod, yn swyddogol, yn lleoliad trosedd. Rhedodd Daf nerth ei draed i chwilio am yr Athro a daeth wyneb yn wyneb ag o yn nrws yr ystafell wisgo.

'Mae gen i newyddion erchyll, syr. Mae Gethin wedi ...'

'Wedi lladd ei hun?'

'Wedi marw, neu wedi cael ei ladd.'

'Dyna'r rheswm na dderbyniodd y Gadair.'

'Ie. Mae o wedi cael ei saethu gan fwa.'

'Rhaid i mi ddod o hyd i Derwenna, a Peredur.'

Ar ei ffordd draw i stondin Heddlu'r Gogledd, daeth Eira tuag ato.

'Ydi o'n wir? Fod rhywun wedi lladd y bastard?'

'Paid â siarad fel'na. Ond ydi, mae o'n wir.'

'Hwrê!'

'Roedd o'n dad i dy fab di, cofia, Eira.'

Trodd Daf ei gefn arni a cherddodd i fwrlwm y stafell ymchwiliad newydd. Er bod y digwyddiad yn un trychinebus, yn enwedig i'r Athro a'i wraig, gwelodd Daf gyfle i ddangos i'r tîm sut arweinydd allai o fod.

'Ocê, den ni angen datganiad gan bawb, a den ni'n chwilio am restr o bobl sydd â rheswm da i ladd Gethin Teifi. Wnei di gymryd hyn i lawr, Betsan, plis? Yn ei deulu mae Eira Owain Edwards, ei gyn-wraig; eu mab, Peredur Teifi; ei dad, yr Athro Talwyn Teifi. Wedyn mae ei gariad, Manon, ac ex Manon, Gwion Morgan – o, den ni angen cyfenw Manon – a'r dyn den ni wedi'i arestio am chwalu ei gar, Elwyn Wyn. Well i ni ychwanegu Garmon Jones i'r rhestr hefyd, neu Garmon Beics Mynydd fel maen nhw'n ei alw fo. Does gen i ddim amser i esbonio cymhelliad pob un, ond efo nhw den ni'n dechrau. Ble roedden nhw cyn y cadeirio neu yn ystod y seremoni? Gallaf gadarnhau fod yr Athro'n amlwg ar y llwyfan yn yr Orsedd ac roedd Garmon Jones yn eistedd wrth fy ochr i drwy'r seremoni. Roedd Manon yn y pafiliwn hefyd. Rhaid i ni sefydlu amser ei farwolaeth cyn gynted â phosib ac archwilio car Gethin – nid yr un gafodd ei fandaleiddio ond yn un roedd o wedi'i logi yn ei le.'

'Myn uffern i, Bòs,' ebychodd Nev. 'Sôn am ddechre ar ras.'

'Cysyllta efo'r Gwasanaethau Cymdeithasol yng Nghaerdydd i'w cadw nhw yn y lŵp.' Cymerodd wynt. 'Peidiwch â sefyll yn stond, bobl bach, mae 'na waith i'w wneud!'

Roedd Meirion yn syllu arno. 'Dipyn o speech, Daf.'

'Alli di bicio lawr i'r brif fynedfa? Rhaid iddyn nhw gadw pawb ar y maes, ac mi fydd angen rhywun efo awdurdod yno.'

'Iawn, Bòs.'

'Faint o linellau ffôn sy angen?' gofynnodd Betsan.

'Pedair. A chysylltiad Wi-Fi dibynadwy, os yn bosib.'

'Mae'r Cynghorydd Gwilym Bebb tu allan, isie gair.'

'Alli di fynd at y Cynghorydd Bebb, plis Bets, a gofyn iddo fo fynd i ffwcio'i hun. Dwi'n brysur.'

Eisteddodd Daf tu ôl i fwrdd mawr. Heb iddo sylwi, cyrhaeddodd Modlen Carter, â bag sbwriel yn ei llaw.

'Rhaid i chi weld hwn, Mr Dafis. Mae'n bwysig.' Gwagiodd gynnwys y bag ar y bwrdd. Disgynnodd teclyn rhyfedd o'i flaen wedi ei wneud o ffeibrglàs.

'Dwi mor brysur, Modlen ...'

'Dim yn rhy brysur i hyn. Bwa Garmon Jones ydi hwn. Mi ddes i o hyd iddo fo neithiwr ond doeddech chi ddim yn ateb eich ffôn.'

'Neithiwr?'

'Neithiwr. Es i am dro bach ger yr afon ac roedd rhywun wedi lluchio popeth i'r gwrych yno, ddim yn bell o'r maes carafannau.'

Cyfrodd Daf bum saeth. Collodd Garmon chwech a defnyddiodd Elwyn un ohonyn nhw i grafu paent car Gethin.

Cofiodd rywbeth. Saeth ddu oedd yr un a falodd teiars car Gethin. Du oedd popeth ar y bwrdd o'i flaen – y bwa, pob saeth, y brês braich. Saeth wen oedd yng ngwddw Gethin.

'Diolch yn fawr iawn, Modlen. Mae'n ddrwg iawn gen i am fod yn hir yn ateb y ffôn. Does dim llawer o signal yn y tŷ.'

'Hmm. Wel, dwi wedi gwneud yn siŵr nad ydw i wedi chwalu olion bysedd oddi ar ddim byd a dwi'n fodlon dod i'r llys fel tyst. Fydd dim rhaid i chi drefnu unrhyw ddolen fideo.'

'Diolch o galon, Modlen. Dwi angen map o'r maes carafannau: allet ti ddod yn ôl yn nes ymlaen i ddangos i mi yn union lle gwnest ti ei ffeindio fo?'

'Dim problem. Unrhyw dro. A dwi'n tueddu i ateb fy ffôn i pan mae o'n canu, Mr Dafis.'

Edrychodd Daf ar yr eitemau ar y bwrdd. Oedd hi'n bosib nad bwa Garmon a laddodd Gethin? Galwodd Daf ar Betsan.

'Den ni angen map o'r maes carafannau, Betsan. Ac mae'n rhaid i'r stwff yma fynd yn syth i fforensig.'

'Ocê, Dafydd. Mae Meirion ar y ffôn – ac yn swnio'n stressed tu hwnt. Mae teulu Gethin wedi cyrraedd. Wyt ti am i mi ddechrau cymryd y datganiadau?'

'Ie, plis.'

'A diolch i ti – dwi wedi clywed gan Bodo Mai nad gwenwyn oedd o yn y diwedd.' Rhododd Betsan ei ffôn i Daf.

'Gwranda, Daf,' dywedodd Meirion, 'mae 'na ddyn ifanc yma sy angen siarad efo ti ar frys.' Clywodd Daf lais Ed Mills ar ochr arall y ffôn.

'Dyden nhw ddim yn gadael i mi ddod i'r maes, Mr Dafis, ond mae 'na ddynes wedi crogi ei hun yn ein coedwig ni.'

'Dwi ar fy ffordd.'

Roedd Pl@iad, lle roedd y teulu wedi trefnu i gyfarfod er mwyn dathlu llwyddiant Carys yn y seremonïau, rhwng ystafell yr ymchwiliad a'r fynedfa. Roedd pawb yn sefyll y tu allan, heblaw Falmai, wrth gwrs. Gafaelodd Daf ym mhenelin Carys a'i harwain oddi wrth y gweddill er mwyn cael gair preifat efo hi.

'Gwranda, cariad, alla i ddim dod i'r swper heno.'

'Dwi 'di clywed. Mae Gethin Teifi wedi cael ei ladd.'

'Do. Dwi mor sori.'

'Ac ... ydi Garmon dan amheuaeth?'

'Mae'n rhy gynnar i ddweud.'

'Wel, dyma ddiwedd perffaith i ddiwrnod perffaith Morwyn y Fro. Ydi o'n wir fod Gethin wedi cael ei saethu efo bwa?'

'Ti'n gwybod am y rheolau, cariad, alla i ddim trafod yr achos.' Trodd Carys yn ôl at weddill y grŵp a daeth Gaenor draw ato.

'Be sy'n bod, Daf?' gofynnodd yn ei llais meddal, caredig.

'Mae Gethin Teifi wedi cael ei saethu. Mae gen i restr hir o bobl efo rheswm da i'w ladd o, ond dim ond un ohonyn nhw sy'n gallu defnyddio bwa, sef Garmon.'

'O, druan o Carys.'

'Dwi'm yn siŵr alla i barhau efo'r achos os ydi Garmon wir dan amheuaeth – ac wrth gwrs, cha i ddim arwain ymchwiliad i lofruddiaeth ffrind.' Roedd cymaint o gysur yn llygaid Gaenor fel nad oedd yn rhaid iddi ddweud gair.

'Mae gen i ddatganiad preifat i'w wneud i ti hefyd, Daf.'

'All o aros?' Gwenodd Gaenor arno a llamodd calon Daf. 'Ti ddim yn feichiog?'

'Ti newydd ddweud wrtha i am aros.'

'Wyt ti'n siŵr?'

'Ydw. Mi wnes i brawf echdoe a mynd i weld y meddyg heddiw. Dwi'n teimlo mor euog oherwydd y sesh ges i ddydd Llun, ond mae'r meddyg yn dweud y bydd popeth yn iawn.'

Er gwaetha'r achos o'i flaen, roedd yn rhaid i Daf ddathlu. Roedd hyn yn sêl bendith ar eu cariad.

'A chyn i ti ofyn, ti ydi'r tad, nid John. Fu ganddo fo ddim llawer o ddiddordeb yndda i ers blynyddoedd, ers iddo ddechrau fy ngalw i'n hesb. Felly mae'n rhaid i ni sortio pethau.'

'Drefna i bob dim. A Gae, yn y cyfamser, cymer di ofal.'

Ceisiodd Daf wagio'i ben o bopeth personol wrth gerdded lawr i'r fynedfa ond methodd. Roedd y babi yn newid popeth, unwaith eto. Yng nghanol yr holl stŵr roedd bywyd newydd yn datblygu. Cofiodd wedyn sawl plentyn roedd Gaenor wedi'i golli. Efallai y byddai'n colli eu plentyn nhw – doedd hi ddim yn ifanc mwyach. Penderfynodd Daf y byddai'n gefn iddi, beth bynnag ddigwyddai, yn wahanol i John. Hesb. Am air i ŵr ei ddefnyddio i ddisgrifio'i wraig!

Yn sydyn, daeth Falmai i'r golwg, a golwg benderfynol ar ei hwyneb.

'Gobeithio dy fod wedi dysgu dy wers, Carys Dafis. Am seremoni warthus. Ti'n canlyn efo llofrudd ac mae dy dad wedi tynnu ei yrfa erchyll i faes y Steddfod a chwalu pob dim i bawb.'

'Dyna hen ddigon, Fal,' taranodd ei brawd. 'Den ni'n gwybod dim am Garmon eto, ac mae'n hollol annheg beio Daf am bopeth.'

'Ond pwy osododd ein cartref ni i'r ffasiwn bobl?' Roedd y geiriau'n dal i lifo o'i cheg fel nant y mynydd pan drodd Daf ei gefn arni a cherdded i ffwrdd.

Yn y brif fynedfa roedd Meirion wedi llwyddo i sefydlu system o ryw fath, a chwarae teg iddyn nhw, roedd y stiwardiaid yn gweithio'n galed. Yn amlwg, roedd pawb wedi clywed hanes y gadair wag ac roedd awyrgylch ryfedd, dawel yno, fel petai pawb yn ymwybodol fod pennod newydd yn hanes yr Eisteddfod yn cael ei chreu. Doedd neb wedi penderfynu herio awdurdod Mei a'r stiwardiaid fel y gwnaeth Eifion Pennant iddo fo, diolch byth. Tu allan yn yr heulwen, roedd Ed Mills yn aros.

'Dwi'n gwybod eich bod yn brysur, Mr Dafis, ond doeddwn i ddim yn gwybod at bwy arall i droi.'

'Fallai mai dim ond cyd-ddigwyddiad ydi o, Ed, ond mae dau gorff o fewn hanner milltir i'w gilydd ar yr un prynhawn yn anarferol.' Neidiodd Daf i'r Land Rover at Ed.

'Roedd o'n erchyll, Mr Dafis. Mi welais y brain yn hela ac ro'n i'n meddwl fallai mai dafad wedi marw oedd 'na, ond ...'

'Paid â dweud mwy, Ed. Dos â fi yno i weld.' Canodd ffôn Daf unwaith eto: Nia.

'Mae 'na lodes yma, Modlen, sy'n dweud dy fod ti wedi gofyn iddi hi ble ffeindiodd hi fwa Garmon Jones?'

'Do, ond dwi'n brysur ar hyn o bryd, Nia.'

'Mae hi wedi dangos y lleoliad i mi ar fap o'r maes carafannau – roedd y bwa yn y shetin tu ôl i babell Elwyn Wyn, un o'r bobl ti wedi eu henwi ar y bwrdd gwyn yma.'

'Cysyllta â'r tîm. Den ni angen ffeindio Elwyn Wyn yn syth.'

Fel yr adar ysglyfaethus a ddaeth i Dolau i yfed gwaed Dewi, roedd cwmwl o adar uwchben y goedwig fach. Pan agorodd ddrws y Land Rover, aroglodd Daf farwolaeth.

'Fan hyn mae hi, ar yr onnen uwchben y gamfa. Dwi'n meddwl ei bod hi wedi dringo i dop y gamfa a ...'

'Ed, mi fydd yr arbenigwyr fforensig yn gwneud yr holl waith dadansoddi, felly mae'n well i ni beidio creu ein theori ein hunain.'

Roedd hi yn y cysgod. Cymerodd eiliad i lygaid Daf ddod i arfer â'r twyllwch. Yn yr eiliad honno, ceisiodd gyfri faint o weithiau roedd o wedi gweld corff yn crogi. Dros ddwsin o ffermwyr, sawl dyn ifanc o dan ddylanwad cyffuriau ac un hen ddynes a grogodd ei Labrador cyn crogi'i hun. Pob un yn drasiedi, yn ddiwedd bywyd a diwedd gobaith.

Hyd yn oed â'i hwyneb wedi'i stumio gan y rhaff, roedd Daf yn ei hadnabod. Y ddynes oedd yn cerdded ar yr allt cyn y Cadeirio. Ar y llawr roedd bag chwaraeon mawr ar agor. Gwelodd Daf fwa ynddo, a sawl saeth wen. Ffoniodd Chrissie'n syth.

'Wyddost ti'r ddynes od roeddet ti'n sôn amdani, ble mae hi rwân?'

'Wedi mynd allan i rywle, ond cyn iddi adael, mi roddodd amlen i ni. Roedd hi'n anfodlon i ni ei hagor tan saith o'r gloch heno ond agorodd Bryn y peth. Doedd dim enw ar yr amlen na dim. Darn o bapur neis oedd ynddi hi, efo un frawddeg yn Saesneg arno.'

'Be mae o'n ddweud, Chrissie?'

' "For him to feel as I have felt." Sôn am ryw gariad mae hi, dech chi'n meddwl, Mr Dafis?'

'Nid cariad, Chrissie, ond colled. Lladdwyd ei mab mewn damwain car ac mi dorrodd ei chalon. Talu'r pwyth yn ôl wnaeth hi, ac yn anffodus mae hi wedi lladd ei hun hefyd.'

'Ffycin hel.'

'Wela i di wedyn.'

O ben yr allt syllodd Daf i lawr ar y maes, gan feddwl am ddigwyddiadau'r wythnos. Gwelai Dolau yn wag a Berllan yn llawn bwrlwm dan yr haul hwyr. Meddyliodd am hen ffrind a gollodd ei ffordd ac am ddynes, a ddisgrifiwyd gan y *Daily Mail* fel 'former Commonwealth Games archery competitor', a gollodd bopeth mewn eiliadau. Bastard llwyr oedd Geth, ond cafodd ei ladd oherwydd camgymeriad damweiniol ei dad. Sawl dioddefwr a neb i'w roi o flaen ei well. Efallai ein bod ni i gyd yn dioddef yn ein ffordd ein hunain, meddyliodd Daf, wrth ffonio am ambiwlans.

Newport Library and Information Service